伽马什探长系列

野兽天性
THE NATURE OF THE BEAST

[加拿大]露易丝·佩妮_作品 王琳淳_译

上海文艺出版社

...第一章

奔,狂奔,踉跄,继续狂奔。

瘦长的树枝不住抽打他的脸颊,他抬手拨开,但是太暗了,他没注意脚下凸起的树根。他扑倒,双臂大张,双手插进苔藓和泥土。手中的冲锋枪弹跳了几下,滚落出了视线。劳伦特·莱帕赫睁大双眼,几近癫狂地扫视着林地,双手在凋零腐朽的树叶中胡乱摸索。

他听见背后的脚步声。靴子践踏着土地。砰砰作响。他甚至能透过土地的震动,感觉他们一寸寸挨近,而他,匍匐在地,将叶子拨到一旁。

"拜托,拜托。"他哀求。

接着,那双染着鲜血且肮脏的双手紧紧抓住了冲锋枪的枪管,立即起身继续狂奔。他弓着腰,不断喘息。

他觉得自己好像已经跑了几周、几个月,甚至跑了一辈子的时间。虽然他仍在林间腾挪蹿跃,在树干间轻巧闪避,他知道这段狂奔马上就要结束了。

但此刻,他仍在狂奔,生存的欲望是如此强烈。把所得之物藏起来的欲望也是如此强烈。如果他无法安全回归,至少,也许,他可以确保那些追寻之人找不到它。

他可以把它藏起来。在这里,在林中。如此一来,雄狮便可在今夜入睡。终于。

砰。砰砰砰砰。周围的树皮突然炸裂,被子弹撕碎。

他立刻扑倒,翻滚到一个矮桩后面,肩膀挨着腐烂的木头。一丝防护也没有。

在这最后一刻,他的思绪并未穿梭回魁北克小镇里的父母,也未飘向他的小狗,现在小狗自然已经长大了。他并未想起他的朋友们,在夏日小镇的绿地上嬉戏,或在冬日乘着平底雪橇、头晕目眩地划下山坡,而小镇里那位上了年纪的疯狂女诗人对着他们晃着拳头。他并未想起在结束一日工作之后,坐在小酒馆的火炉前啜饮的热可可。

他只想杀死眼前之人,以及竭力争取时间。也许,也许,这样他就能把磁带藏起来。

如此一来,也许,也许小镇里的那些人就安全了。其他小镇里的人也安全了。明白这一切都是有意义的,他一阵舒心。牺牲自己,为了更大的善,也为了他所钟之人、所爱之地。

他举起武器,瞄准,扣紧扳机。

"砰,"他说,感受到冲锋枪戳进了肩头,"砰——砰砰砰砰。"

追来的第一排倒下了。

他蹿起,滚到一棵粗壮的树后,紧挨着树,粗糙的树皮甚至在他背上压出了乌青,他甚至怀疑这棵树随时会翻倒。他将冲锋枪抱在胸前。心怦怦直跳。连耳中都传来自己的心跳声,如此大声,似乎威胁着要淹没其他一切声响。

比如快速接近的脚步声。

劳伦特试着稳住自己,稳住他的呼吸,和颤抖的身体。

他提醒自己,自己早就经历过这种场景。他一定能脱离险境的,一定。今天他也能脱险,他会回家,享用一杯热饮,一叠糕点。泡个澡。

这样,他就能洗尽自己所做的一切可怕之事,以及将要做的可怕之事。

他的手探进破烂泥泞的外套口袋中,他磨破见骨、鲜血直流的手指与指关节在里面摸索着。它就在那里,那盒磁带,安全。

或者,至少,和他一样安全。

他的感官已提升到极致,本能地嗅出树林与土地间飘出的似麝的香气,他看见太阳的光线,听见头顶花栗鼠仓皇攀爬的声响。

他唯一没有听见的,就是脚步声。

他难道杀伤了他们所有人?他终于可以回家了吗?

可他又听见了。被踩断的枝条泄了密。近在咫尺。

他们已不再奔跑,而是在悄然缓慢地靠近他。四面楚歌。

劳伦特试着数清有多少双脚,试着通过杂音估算人数。但是他做不到。他也知道这些都无所谓了,这次他无处可逃。

现在他尝到了陌生而酸涩的味道。

他嘴中泛着恐惧。

他深呼吸。离开的那一刻,劳伦特·莱帕赫看着自己脏兮兮的手指紧紧扣住冲锋枪。他看见县集市里的他们,干干净净,手里拿着汉堡和蘸着奶酪番茄酱的薯条,还有香煮玉米棒以及傻傻甜甜的"修女之屁[①]"。

还抱着小狗,丰收[②]。以他父亲最钟爱的专辑命名。

现在,最终,当他抱着冲锋枪,劳伦特开始哼唱。是他父亲在他每晚睡前为他哼唱的曲调。

"老人看着我,"他压低嗓子唱道,"才二十四岁,后面的路还很长。"[③]

扔下枪,他拿出了磁带。已没有时间,他失败了。现在他必须把磁带藏起来。他双膝落地,找到了一团纠缠在一起的藤蔓,这些老藤已粗若木条。他已经不在乎越来越近的声响,劳伦特·莱帕赫分开这些藤蔓。它们比他预想的还要粗重,恐惧渗透了他的心。

[①] 直译自法语 pets de soeurs,是一种油炸红糖卷,相传是在准备一场盛宴之时,一位修女放了个屁,其他修女因大笑而不小心将面团掉进了滚油中,便形成了这种加拿大法式甜点。
[②] 出自于加拿大歌手尼尔·扬的专辑《丰收》(*Harvest*)。
[③] 出自于尼尔·扬的专辑《父亲》(*Old Man*)里的一句歌词。

他是不是拖太久了？

他双手并用连刨带撕，直到扒出了一个小洞。手臂往里猛然一戳，手一张，磁带便留在了洞中。

也许那些需要它的人永远无法找到它。但他知道，那些不惜杀人放火也要得到它的人也一样，永远无法找到它。

"但最终我还是孤身一人，"他喃喃自语，"车轮滚滚，还是回家吧。"

荆棘丛里的一道闪光引起了他的注意。

有什么东西在那里。并非自然生长的草木，而是人为放置在那里。原来在他之前，已经有人染指这片荆棘。

劳伦特·莱帕赫似乎已经忘了正被人追击，他跪得更近了一些，举起双手，一把抓起那些藤蔓，将它们用力扯开。这些匍匐在地的植物纠缠成一团。年复一年地生长，隐藏了万千世纪。

劳伦特不断扒拉撕扯，直到一束阳光穿透树冠与矮灌木，他看见了它。隐藏在那里，比劳伦特所活过的光阴更久远。

他睁大双眼。

"哇。"

...第二章

"所以?"

伊莎贝拉·拉科斯特把手中的苹果苏打放到破损的木桌上,盯着桌对面的男人。

"你知道我不会回答的。"阿尔芒·伽马什拿起啤酒,对她笑笑说道。

"那么,既然你已不是我的上司,我就可以说真心话了。"

伽马什笑了。他妻子蕾娜-玛丽向拉科斯特探身,低声问:"伊莎贝拉,你的真心话是什么?"

"伽马什夫人,我觉得你的丈夫将会成为警察局出色的警司。"

蕾娜-玛丽靠回椅背。透过小酒馆的直棂窗,她看见一群散漫的大人和孩子们正在踢球,里面有她的女儿安妮和安妮的丈夫,让-居伊。时值九月中旬,夏日渐远,秋意临门,树叶方才变色。亮红的、明黄的、琥珀色的枫叶点缀着花园与树林。有些叶子已纷飞着落入小镇绿地的草丛中。这是一年中最完美的时节,夏花荼蘼,秋叶缤纷,碧草尤盛,只不过夜凉如水,需套上衣衫,点起炉火,好将炉边的夜幕衬得如白日的树林,明亮雀跃得让人眼花缭乱。

很快,周末一过,人人都要回城,可她和阿尔芒不必。这就是他们要回归的地方。

蕾娜-玛丽对刚在附近的桌子落座的杂货店老板贝利夫先生点点头,注意力便又回到了面前这位与他们共度周末的女郎。伊莎贝拉·拉科斯特。总探长拉科斯特,魁北克警察局凶杀组现任组长。蕾娜-玛丽的丈夫在这个岗位上已经工作了二十多年。

蕾娜-玛丽一直把她当作"小伊莎贝拉"。这并非因为她自以为高人一等、妄自尊大,而是因为阿尔芒找到她、聘用她、培训她的时候,那时她还很年轻。

现在伊莎贝拉的脸上也爬上了细纹,发丝间也有了几许银灰。这一切好像不过昨日。他们见到她的未婚夫、参加了她的婚礼,还去了她两个宝宝的洗礼。多年来,她一直都是年轻探员拉科斯特,现在,好像是突然之间,她成了探长拉科斯特。

而阿尔芒退休了。当然,是提前退休,不过总之,就是退休了。

蕾娜-玛丽又瞥向窗外。这是他们的琥珀岁月。

抑或不是。

蕾娜-玛丽又看向阿尔芒,靠着小酒馆的翼形高背椅,啜饮着微型酿酒厂产的啤酒,舒适闲散,兴味酣然。他的六尺之躯十分充盈。他虽然并不重,但很结实。是暴雨中的支柱。

然而,并没有暴雨来袭,蕾娜-玛丽提醒自己。他们终于可以不再做支柱,而是做一对普通夫妇就好。阿尔芒和蕾娜-玛丽。两位小镇居民。仅此而已。这就足够了。

对她而言。

那对他来说呢?

阿尔芒的头发越发灰白,卷卷的,垂在耳际,落在衣领。与他在警察局的时候相比,他的头发长长了,只长了一点。若说是他没有发现,不如说是已不在乎。

在这里,在三松镇,他们发现鹅群迁徙,发现树上带刺的栗子不断成熟,发现盛开的黑眼苏珊在风中摇曳。他们发现贝利夫先生的杂货店外一桶一桶的苹果,可免费自取。他们发现农市的新鲜收获还有莫娜的新旧书店的新书。他们发现小酒馆中奥利维的每日特惠。

蕾娜-玛丽发现阿尔芒很快乐。也很健康。

而阿尔芒发现蕾娜-玛丽也很快乐和健康,在这里,在这小山谷中的小村镇里。三松镇虽不能帮他们挡住这世上的恶意,却能治愈曾经的创伤。

阿尔芒太阳穴的伤疤与他额头上其他的纹路相互交错。有些皱纹是因压力、担忧与悲伤而生。但大部分,就像现在看见的这条,则深刻着几许兴味。

"我还以为你要告诉我你是怎么看待他的呢,"蕾娜-玛丽说道,"一起工作这么多年,你目睹了他这么多缺陷。"蕾娜-玛丽往前靠了靠,一脸探究之意,"快说,伊莎贝拉,快说给我听。"

外面的青草地上,拉科斯特的两个孩子正与让-居伊·波伏瓦争着球。这位大人似乎非常认真,越来越迫切地想要掌控球场。拉科斯特微笑。就算对手是孩子,波伏瓦探员也不喜欢输。

"你是说他所有令人发指的酷虐?"她问道,注意力又放回了舒适的室内,"还是无能? 我们总是要循循善诱地将他引向我们解决事件的方案,好让他去邀功。"

"真的吗,阿尔芒?"蕾娜-玛丽问道。

"什么? 我刚睡着了。"

拉科斯特大笑。"现在你的办公室归我了,还有沙发。"她一脸严肃,"我知道你有机会升职作警司,老大。是布鲁内尔总警司告诉我的,她信心十足。"

"小有信心。"伽马什说道。但看上去并不想偃旗息鼓。

在警察局丑闻爆发、全面清算之后,泰蕾兹·布鲁内尔总警司上任,统辖整个警察局。她一周前来过三松镇,本应只是来见见朋友的。他们在露台上喝完晨间咖啡,开始放松的时候,她向他提出工作邀请。

"阿尔芒警司。你领导的部门负责监督凶杀与重案组,还有年度圣诞聚会也归你管。"

他扬起一边眉毛。

"我们正在重组,"她解释道,"把国庆野餐会交给了组织犯罪组。"

他笑了,她也是,但她的眼神又犀利了起来,细细地端详他。

"要怎样你才能回来呢?"

要说他没料到这一出,那就不太真诚了。自从警察局的领导班子陷入泥沼,自从他所揭露的腐败问题的深度和广度浮出水面,他就已经料到这一出。

他们需要有人带领,有人指明方向,并且越快越好。

"让我考虑考虑,泰蕾兹。"他说道。

"我希望你能尽快给我答复。"

"当然。"

泰蕾兹·布鲁内尔与蕾娜-玛丽吻别之后,她挽起阿尔芒的手臂,于是这对老友兼老同事向她的车走去。

"警察局已经腐肉尽去,"她放低声音说道,"但是现在的队伍需要重建。这次该好好建立才是。我们都知道腐肉仍会再生。难道你不想参与进来,确保警察局健康茁壮地成长,向正确的方向迈进吗?"

她观察着她的朋友。显而易见,他的身体已经从上次的袭击中恢复过来,浑身散发着一种强壮、健康且被冷静掌控的力量。身体上的创伤虽惨不忍睹,却并非阿尔芒·伽马什退休的原因。最终,他是被情感的重担压得步履蹒跚。他已经受够了腐败,受够了背叛,受够了局里明争暗斗和贪污败坏的气氛。他受够了死亡。总探长伽马什已驱散了局里的腐败,但是曾经的记忆仍然没有消失,深埋在某处。

这些记忆是否真的会随时间飘散?泰蕾兹·布鲁内尔不禁怀疑。这些记忆又是否真的会因距离消退?这美丽的小村镇是否真能将这些记忆如洗礼般洗尽?

或许吧。

"最可怕的时期已经过去,阿尔芒,"一到车旁,她开口说道,"现在,正值美好的时光,有趣的部分才刚刚开始。重建。难道你不想参与其中?

还是说,这儿,"她举目四顾绿色的村镇,"已经足够?"

她看见林立在绿地周围的古老房屋。她看见小酒馆、书店、面包店和杂货店。伽马什知道,她看见了一潭美丽而无趣的死水。但他也看见了对岸。这是失事的船只最终得以休憩的所在。

阿尔芒已将这个工作机会告诉了蕾娜-玛丽,当然,他们也已讨论过此事。

"你想去吗,阿尔芒?"她问道,尽量让自己听上去不偏不倚。

但他太了解她了。

"我觉得太快了。对我们俩来说。但是泰蕾兹提出了一个有趣的问题。下一步该怎么做?"

下一步?上周他提起这个词的时候,蕾娜-玛丽就已经思考过这个问题了。现在,在小酒馆里,她又开始思考这个问题,四周是人与人交谈所发出的嗡鸣,就像溪流在她身边流淌、环绕。那全身污泥的字眼被冲上了她的河岸,开始生根,开始延展藤蔓。这个字眼就是一株旋花草。

下一步。

阿尔芒退休后,他们从蒙特利尔搬到三松镇的时候,她从未想过还会有下一步。她还在因为终于有了"这一刻"而惊奇欢喜。

可是这一刻已融入了下一步。

阿尔芒还没到六十,而她自己已经放弃了国家图书馆那份极其优渥、前景明朗的职业。

下一步。

说实话,她还在品味着此地与此刻。下一步却已经出现在视野中,没精打采地向他们走来。

"你们好,你还在这儿呢?"

高大健谈的加布里正从小酒馆的另一头走来,这个小酒馆就是他与他的另一半奥利维一起经营的。他和伊莎贝拉·拉科斯特拥抱。

"我以为你早走了,"莫娜说道,和加布里一起走到他们跟前,将那位苗条的女士拥入她宽厚的臂膀。

"很快。我刚从你书店过来,"伊莎贝拉对莫娜说道,"你不在,所以我把钱留在收银台那儿了。"

"你找到书了?"莫娜问道,"哪本?"

她们聊着书,加布里则给她们倒了两杯啤酒,在走回她们那桌前先和其他顾客聊了聊。加布里四十岁不到,深色的头发才开始变灰,他经常笑,笑起来的时候脸上会荡起皱褶。

"彩排怎么样了?"蕾娜-玛丽问加布里和莫娜,"戏剧是否一切顺利?"

"这你得问安托瓦内特了。"加布里说道,用胡子指指坐在另一桌的中年妇女。

"她是谁?"伊莎贝拉问道。

她觉得她看起来就像她的女儿。只不过她的女儿才七岁,这位妇女起码有四十五。她穿的衣服更适合婴儿。竖起的紫色头发上绑着蝴蝶结。穿着一件花衬衫,又短又紧地箍在丰硕的臀上,还有一件背心,紧紧贴在她丰硕的身体上,外面还罩着一件亮粉色的毛衣。如果糖果店会呕吐,安托瓦内特就是它呕吐的产物。

"那是安托瓦内特·勒迈特和她的另一半布莱恩·菲茨帕特里克,"蕾娜-玛丽说道,"她是诺尔顿剧院的艺术总监。他们今晚会来吃饭。"

"我们也去,"加布里说道。"我们想让阿尔芒和蕾娜-玛丽加入我们。"

"加入?"伊莎贝拉说道,"我们?"

"艾地剧团,"莫娜说道,"我一直在试着说服克莱拉也加入我们。不一定要她演戏,也许就是画画布景之类的。只要让她从那间工作室走出来就行。她整天就盯着那张画了一半的彼得肖像。我看她已经好几周没有举起画笔了。"

"那画老让我觉得凉飕飕的。"加布里说道。

"这不会太大材小用了吗?"蕾娜-玛丽说道,"让加拿大顶尖的画家为业余戏剧画布景?"

"毕加索也画过布景。"莫娜说道。

"那是为俄罗斯芭蕾舞团画的。"蕾娜-玛丽指出。

"我打赌要是他住在这儿,他也会为我们画布景的,"加布里说道,"要是有人能说服他,那就是她了。"

他向安托瓦内特和布莱恩打了个手势,他们正往这桌走来。

"彩排怎么样了?"蕾娜-玛丽在将他们介绍给伊莎贝拉·拉科斯特之后问道。

"要是这个人"——安托瓦内特的头往加布里歪歪——"能听从我的指导就更好了。"

"我需要创新与选择的自由。"

"你把他演成了同性恋。"安托瓦内特说道。

"我就是同性恋。"加布里说道。

"但这人物不是。他只是刚从一段失败的婚姻中走出来。"

"是的。走出来。因为他是……?"加布里说道,向她倾了倾身。

"同性恋?"布莱恩问道。

安托瓦内特笑了起来。笑得全心全意,不拘一格,伊莎贝拉喜欢她。

"好,随你怎么演吧,"安托瓦内特说道,"无所谓。反正这剧肯定火。就连你也不可能把它演砸。"

"这句话会登在海报上,"布莱恩透露,"就连加布里也砸不了这场戏。"

他举起双手,假装在身前拉着一条巨型横幅。

蕾娜-玛丽笑了,心想可能还真有这么一回事儿,算是一个不错的卖点。

"你扮什么角色?"伊莎贝拉问莫娜。

"寄宿公寓①的主人。我本来想演成一个同性恋男子的,不过既然加布里已经独霸了这个领域,那我只能另辟蹊径了。"

"她准备演成一个高大的女黑人,"加布里说道,"非常有新意。"

"谢谢你,亲爱的。"莫娜说完,这两位隔空打了个啵。

"你真应该看看他们那出《玻璃动物园》②。"阿尔芒说道。他的眼睛

---

① 寄宿公寓(The Boarding House):爱尔兰籍作家詹姆斯·乔伊斯的短篇小说,收录在短篇小说集《都柏林人》中。
② 玻璃动物园(The Glass Menagerie):美国剧作家田纳西·威廉姆斯的代表作之一。该剧以三十年代美国经济大萧条为背景,刻画了社会底层人物的精神痛苦。

瞪得老大,像是在告诉伊莎贝拉她想得没错。

"对了,你和克莱拉说过了吗?"安托瓦内特问莫娜,"她来吗?"

"我看她不会来,"莫娜说道,"她需要更多时间。"

"她需要分散注意力。"加布里说道。

伊莎贝拉看着安托瓦内特手中的剧本。

"《她坐下,凄然而泣》,"她读道,"是喜剧吗?"

安托瓦内特笑了,把剧本递给她。"没听上去那么悲惨。"

"实际上,这剧本很棒,"莫娜说道,"而且还很好笑。"

"有人还说很放荡。"加布里说道。

"好吧,该走了。"伊莎贝拉站了起来,"我看他们的球赛已经结束了。"

在小镇绿地上,孩子们和大人们都停下了动作,齐刷刷地看着贝拉贝拉河上的石桥,桥上有个孩子正咋咋呼呼地跑向村镇。

"噢不,"他们透过小酒馆窗户往外看时,加布里说道,"不会又来了吧。"

男孩在绿地边缘停了停,拿着一根木棍夸张地摆了个动作。发现大家都没反应,他环顾四周,目光最终停在小酒馆上。

"躲起来,"莫娜说道,"蹲下[①]。"

"天呐,别告诉我露丝也来了。"加布里说,他开始仓皇四顾。

可惜太晚了。男孩已经进门,在人群中搜索着。他明亮的眼睛突然顿住了。盯着伽马什。

"您在这儿呀,老大,"男孩说道,跑向他们的桌子,"您得快跟我来。"

他拉着伽马什的手,试着把这高大的男子从座椅上拉起来。

"等等,"阿尔芒说道,"先冷静一下。出什么事了?"

男孩全身污泥,好像是被树林咳出来的一样。他的头发里沾着苔藓、树叶还有小树枝,衣服破破烂烂的,被划破的脏兮兮的手里还抓着一根拐杖大小的树枝。

"您肯定想不到我在树林里找到了什么。快点,赶紧。"

[①] duck 既有蹲下又有鸭子的意思。村里的诗人露丝养了一只鸭子,因此加布里以为露丝来了。

"这次又是什么？"加布里问道，"独角兽？宇宙飞船？"

"不是，"男孩似乎有些恼怒地说道，接着他转向伽马什，"很大。巨大无比。"

"是什么？"伽马什问道。

"噢，别给他煽风点火了，阿尔芒。"莫娜说道。

"是一把枪，"男孩说道，他看见伽马什眼中闪过一丝兴趣，"一把巨大的枪，长官。很大。"他摆动着手臂，那根木棍打到了他们旁边的桌子，将杯子都扫到了地上。

"好了，"加布里说着站了起来，"够了。给我。"

"不，不能给你。"男孩说道，保护着木棍。

"你要么给我，要么走。不好意思，你看见这里谁拿着树枝了。"

"这不是树枝，"男孩说道，"这是一把由枪变过来的剑。"

他本想挥舞一下，但奥利维过来了，一只手抓住了他。另一只手递出一把扫帚和一个簸箕。

"扫干净。"奥利维说道，语气虽不友善，但不容置疑。

"行吧。给您。"男孩把木棍交给了伽马什，"我要是出了什么事儿，您知道该怎么做。"他极其恳切地看着伽马什，"我就靠您了。"

"了解。"伽马什严肃地说道。

男孩开始扫地，阿尔芒则将木棍靠在他的椅子上，发现这棍子坑坑洼洼，历尽侵蚀，上面还刻着男孩的名字。

"他这次又要干什么好事？"让-居伊问道，他和安妮进来了，看着那个在扫地的郁闷小男孩，"警告别人外星人入侵了？"

"那是上周。"

"对。我忘了。易洛魁人①要来攻打了？"

"那已经过去了，"阿尔芒说道，"世界已经重归和平，我们把土地还给他们了。"

他看向那个男孩，他已经不再扫地，而是像骑着战马般骑着扫帚，用

---

① 易洛魁人（Iroquois）：北美洲印第安人的一支，长期实行母系氏族制。

簸箕当盾牌。

"其实他挺可爱的。"安妮说道。

"可爱？哥斯拉才可爱呢。他这叫可怕。"奥利维说道，将男孩从战马上扯下来，让他重新扫那些碎玻璃。

"我们一开始也觉得他很好笑。以为那是有个性，直到有一天他跑进来，告诉我们他家被烧毁了。"加布里说道。

"没有吗？"安妮问道。

"你觉得呢？"奥利维说道，"我们让整个志愿消防队都出动了，到那儿的时候只是看见阿尔与伊芙正在耕种。"

"我们试着和他们沟通他的情况，"加布里说道，"但阿尔只是笑了起来，说虽然他也想制止劳伦特，但他也没办法。这是他自然的天性。"

"也许是真的。"莫娜说道。

"好吧，地震和龙卷风也是自然的一部分。"加布里说道。

"你真觉得没法说服克莱拉帮我们画布景，"布莱恩说道，"没过几天就是我们的首演之夜了，我们需要帮助。这是一出大戏，就算没有人知道剧本出自谁手。"

"什么？"伊莎贝拉·拉科斯特说道，看着剧本的封面，这才发现标题下没有名字。

"没有人知道？"她问道，"你也不知道？"

"好吧，我们知道，"安托瓦内特说道，"我们只是不说而已。"

"相信我，"加布里说道，"我们已经问过了。我觉得是大卫·贝克汉姆写的。"

"但他是——"让-居伊刚开口，莫娜就打断了他。

"得了。上周他还认定是马克·沃尔伯格写的。让他保留这些幻想吧。还有我的幻想。大卫·贝克汉姆。"她的声音开始恍惚，"他必须要来首演之夜。独自一人。他和维多利亚会在此之前吵架。"

"他会住在我们的 B&B，"加布里说道，"浑身散发着皮革与老香料的味道。"

"他会需要一本睡前读物，"莫娜说道，"我会给他送来——"

"好了,够了。"让-居伊说道。

"我还想继续听。"蕾娜-玛丽说道,阿尔芒饶有兴味地看着她。

"你们永远猜不到是谁写的,"布莱恩说道,大笑着,手指敲打着本应写着作者,但故意留白的地方,"你们肯定没听说过他。一个叫约翰·弗莱明的男人。"

"布莱恩。"安托瓦内特突然掐断他。

"怎么了?"

"我们说好不告诉任何人的。"

"没有人听说过他。"布莱恩说道。

"正因如此,"安托瓦内特怒气冲冲,"唉。"她朝他挥挥手,"你就是调查员,能知道什么营销。我想营造一种神秘、悬疑的感觉。让人感到好奇。也许是特朗布莱写的,或者是威廉斯的一部遗失的经典。"

"或者是乔治·克鲁尼写的。"加布里说道。

"噢,乔治·克鲁尼。"莫娜说道,眼神又迷离了起来。

"约翰·弗莱明?"伽马什说道,"你介意吗?"他伸出手,从桌上拾起了剧本,看着标题。《她坐下,凄然而泣》。

"我们和版权管理人联系过,看看我们应该付钱给谁来拿到许可权,但他们没有这部剧的任何记录或者任何一个叫这个名字的编剧。"布莱恩说道,好像必须得向警察解释一般。

阿尔芒手中的剧本已经翻起了角,上面有咖啡的污渍,布满了笔记。

"很古老。"蕾娜-玛丽说道。

剧本上的字迹有些粗糙,不是电脑打出来的那种整齐的样子,而是一部打字机打出的粗短的样子。

阿尔芒点头。

"怎么了?"她轻轻地问道。

"没什么。"他笑了,但是眼角并没有荡出含着笑意的纹路。

"我也会演出。"布莱恩说道,拿着他的那份剧本。

"我的同志室友。"加布里对他们解释。

"他不是同性恋,你也不是。"安托瓦内特愠怒地掐断他的话头。

"别告诉奥利维,"莫娜说道,"他可能会有点失望。"

"并且非常惊讶。"加布里说道。

腐烂的叶子仍挂在男孩破烂的外套和牛仔裤上,他扫完了最后几片碎玻璃,这才举步维艰地回到桌旁。

"就是通报你们一下,"他说道,将扫帚和簸箕递给奥利维,"我很肯定那里面混着一些钻石。"

"谢谢。"奥利维说道。

"来吧,"阿尔芒说道,站了起来,将木棍还给了男孩,"天已经快黑了。把你的自行车推过来。我把它装在我车里,好载你回家。"

"那把枪真的真的很大,老大,"男孩说道,跟着伽马什先生走出了小酒馆,"和这个房子一样大。上面有一个大怪兽。长着翅膀的。"

"当然有怪兽了,"他们听见阿尔芒说道,"我会确保它不会伤害你。"

"我也会保护您。"男孩说道,用木棍疯狂鞭打着空气,结果打到了阿尔芒的膝盖。

"我希望你还有另一个丈夫挥舞着翅膀等着你,"安托瓦内特说道,"我不知道这个能不能活着上车。"

他们看着阿尔芒把那辆自行车放进沃尔沃的后备箱,接着又将木棍放在后座,但是男孩又把它拿了出来,毫不退让。不拿着木棍他就哪儿也不去。无论如何,这是一个危险的世界。

阿尔芒只好认输,放弃了那根木棍,不过他们可以看见他在给那个男孩灌输几条基本准则。

"如果我是你的话,我现在就上婚恋网找对象了。"莫娜对蕾娜-玛丽说道。

车开出几公里之后,男孩转向伽马什。

"您在哼什么歌?"

"我在哼歌吗?"阿尔芒惊讶地说道。

"对。"男孩一分不差地将曲调重新哼了出来。

"这是'在巴比伦河畔',"阿尔芒说道,"是一首赞美诗。"

约翰·弗莱明。约翰·弗莱明。伽马什下意识地将此人与这首歌联系了起来,但并不知晓原因。

不可能是同一个人,他想。这是个很常见的名字。他不过是杯弓蛇影。

"我们不去教堂。"男孩说道。

"我们也不去,"阿尔芒说道,"或者说不常去。虽然有时我会在没有人的时候,去三松镇的小教堂里坐坐。"

"为什么?"

"因为在那儿很安宁。"

男孩点点头。"有时候我坐在树林里,那里也很安宁。在那些外星人到来之前。"

男孩又哼起了歌,用又高又尖的声音,这是伽马什很久、很久以前听过的旋律。

"你怎么知道这首歌的?"伽马什问道,"这早在你出生之前就有了。"

"我爸爸每天睡前都给我唱。这是尼尔·杨写的。爸爸说他是个天才。"

伽马什点点头,"我同意你父亲说的。"

男孩握紧了木棍。

"我希望上了保险。"伽马什说道。

"上了。"他转向伽马什,"枪是真的,老大。"

"对,"伽马什说道。

但他并没有听男孩在说什么。他正看着路,想着脑海中挥之不去的旋律。

在巴比伦,巴比伦的河畔,
我们坐下,凄然而泣。

不过那场戏剧的名字与歌词不同。它名为《她坐下,凄然而泣》。

这戏剧不可能是那个约翰·弗莱明写的。他不写剧本。就算他写,没有一个头脑正常的导演会制作它。肯定是另一个同名同姓的人。

坐在他身旁,男孩看着窗外早秋的景致,紧紧握着那根木棍,手就紧紧握在他父亲帮他刻的名字下方。

劳伦特。劳伦特·莱帕赫。

...第三章

　　阿尔芒回来的时候,与他们共进晚餐的客人已经到了,正在啜饮着,蘸着苹果牛油果酱吃着玉米脆片。

　　"看来是安全将劳伦特送回家了,"蕾娜-玛丽说道,在门口迎接他,"没有外星人入侵?"

　　"我们将他们扼杀在萌芽之中了。"

　　"不一定,"加布里说道,站在他们书房门前,"这儿就有一条漏网之鱼。"

　　阿尔芒和蕾娜-玛丽往客厅旁的小房间看去,一位年迈而棱角分明的妇女坐在扶手椅中看书,她的丝袜上有许多洞眼,衣衫上也打着补丁。

　　"是一只母臭虫。"加布里说道。

　　一股强烈的琴酒味袭来。一只鸭子坐在老女人的腿上,而伽马什的德国牧羊犬亨利正窝在她的脚边。充满爱意地仰望着那只鸭子。

　　"不用麻烦你来门口迎接我了,"阿尔芒对亨利说道,"没事。真的。"

　　他看了狗一眼,摇了摇头。爱情的形式真是多种多样。不过这一次,亨利是上了新台阶,之前它还为沙发的扶手而神魂颠倒呢。

"感染的第一征兆就是琴酒的味道,"加布里说道,"她的种族似乎整天都踏酒而行。"

"晚餐吃什么?"他们的邻居露丝·萨多厉声询问道,挣扎着从扶手椅中站起来。

"你来多久了?"蕾娜-玛丽问道。

"今天星期几?"

"我还以为你在外面召集小海豹呢。"加布里说着便去搀露丝的手臂。

"这是下周的安排。你都不看我脸书的更新吗?"

"死老太婆。"

"死基佬。"

露丝一瘸一拐地走进客厅。鸭子罗萨昂首阔步地走在后面,身后紧跟着亨利。

"我曾是魁北克警察局凶杀组的组长。"伽马什看着这一串游行队伍,不无留恋地说道。

"我才不信。"蕾娜-玛丽说道。

"你好,露丝。"安托瓦内特说道。

露丝一开始没看见有其他人在这个房间里,于是她看了看安托瓦内特和布莱恩,又看了看莫娜。

"他们来干什么?"

"我们受邀前来,不像你,你这疯癫老酒鬼,"莫娜说道,"作为一个诗人,你怎么做到总是忽视周遭一切人和事的?"

"我们认识吗?"露丝问她,说完便转向了蕾娜-玛丽。

"蠢蛋呢?"她问道。

"他和安妮去城里了,伊莎贝拉和孩子们也一起。"蕾娜-玛丽说道。

她知道应为露丝叫她女婿蠢蛋而斥责她,但实际上,这位老诗人已经这么叫让-居伊很久了,就连伽马什都已经习以为常。就连让-居伊自己都会在听见蠢蛋时应声。不过仅限露丝这么叫。

"我看见莱帕赫家的男孩又从林子里窜了出来,"露丝说道,"这次又是什么？僵尸？"

"实际上，我相信他这次打扰到了一窝诗人，"阿尔芒说道，拿着瓶红酒四处走动，斟满宾客的酒杯之后，才吃起了淋着蜂蜜青柠的洋葱酱，"他可吓坏了。"

"大多数人怕诗，"露丝说道，"我知道大家怕我的诗。"

"大家怕你，露丝，不是你的诗。"

"噢，对。这就更棒了。那孩子说自己看见什么了？"

"一把巨大的枪，上面有只怪兽。"

露丝点点头，叹为观止。

"想象力丰富也不是什么坏事，"她说道，"他让我想起自己和他一般大的时候，我当时也是如此，看看我如今的成就。"

"那不是想象力，"加布里说道，"是赤裸裸的谎言。我想这孩子可能已经连自己都分不清楚了。"他转向莫娜，"你怎么看？你可是精神病学家。"

"我不是。"莫娜说道。

"你不是在开玩笑吧。"露丝哼了一声。

"我是心理学家。"莫娜说道。

"你是图书管理员。"露丝说道。

"我再说最后一遍，那不是图书馆，"莫娜说道，"是书店。别再直接把书带走了。唉，算了。"她朝露丝摆摆手，而露丝只是笑饮着杯中之物，莫娜只好看向加布里，"我们说到哪儿了？"

"劳伦特。他是不是疯子？虽然我知道在这里所谓正常的标准也是很低。"他看着露丝和罗萨窃窃私语。

"难说，真的。我行医期间，看见许多迷失现实的人。但都是成人。对孩子来说，现实与想象之间的界限是模糊的，但随着我们慢慢长大，这界限会越来越清晰。"

"这究竟是变好还是变糟。"蕾娜-玛丽说道。

"这个嘛，我觉得是变糟，"莫娜说道，"我病人的幻觉往往是可怕狂妄的。他们幻听，还会看见可怕的影像。因此做出可怕的事来。可劳伦特看起来是个快乐的孩子。甚至可以说适应得很好。"

"快乐和适应不可能同时出现。"露丝说道,因这一想法而大笑起来。

"我不觉得他适应得很好,"安托瓦内特说道,"我呢,是非常热爱想象的。想象力是剧院的燃料。赖以生存的燃料。但是我同意加布里说的。这不是想象力。他都长这么大了怎么还分不清呢?那个叫什么来着,就是指不明白或者不在乎后果的人?"

"露丝·萨多?"布莱恩说道。

众人惊讶沉默,接着爆发出一阵大笑。包括露丝本人。

布莱恩·菲茨帕特里克惜字如金,但他的话语值得等待。

"我觉得劳伦特没有精神病,如果这是你想问的,"莫娜说道,"他并不比其他孩子更疯癫。有些孩子的想象力过于丰富,甚至胜过了现实。但是,正如我之前所说的,长大了就好了。"她看着抚摸着鸭子为它唱歌的露丝,"或者至少大部分人会好的。"

"有次他告诉我们他的一位同班同学被绑架了,"布莱恩说道,"记得吗?"

"他这么说了?"阿尔芒问道。

"是的。一分钟之后我们才明白这并非事实,那真是天底下最漫长的一分钟。他跑进来散播这个消息的时候,那个女孩的父母就在小酒馆。我觉得他们受的创伤永远不会恢复,他们也永远不会原谅他。他不是这儿最受欢迎的孩子。"

"如果不是真的,他为什么要说呢?"蕾娜-玛丽问道。

"你的孩子们肯定也编过故事。"莫娜说道。

"好吧,的确,不过没有这么夸张的——"

"而且还说得像真的一样,"安托瓦内特,"他真的很会编故事。"

"他可能只是想吸引注意力。"莫娜说道。

"噢,天呐,你们难道不讨厌这种人吗。"加布里说道。

他把一根胡萝卜顶在鼻子上,试着寻找平衡。

"这里有一头海豹要求入团。"莫娜说道。

露丝大笑了一番,笑完了看向她:"你不是应该待在厨房里吗?"

"你难道不应该在挖床单的眼睛吗?"莫娜说道。

"呐,我喜欢那孩子,"露丝说道,"但我们得承认。从他妈受精开始,他的命就已经定了。"

"什么意思?"蕾娜-玛丽问道。

"看看他的父母。"

"阿尔和伊芙?"阿尔芒问道,"我喜欢他们。这倒提醒我了。"他走向门口,拾起一个帆布拎包,"阿尔给我的。"

"噢,天呐,"安托瓦内特说道,"别告诉我这是——"

"苹果。"阿尔芒举起包。

伽马什笑了。他送劳伦特回家的时候,他的父亲阿尔正在门廊上,整理着要放进他们有机蔬果篮中的甜菜。

阿尔·莱帕赫是不可能被认错的。如果一座山活了过来,那它看上去一定和劳伦特的父亲一模一样。健壮结实而棱角分明。他长长的银发扎成一个马尾,可能从70年代起就没放下来过。

他的胡子也是银灰色的,长得特别茂盛,盖住了大半个胸膛,因此胡子后面的那件法兰绒格子衬衫几乎不可见。胡子有时候是松散的,有时候是编起来的,有时候,就像那个下午,则束成了另一根马尾,于是阿尔看上去就像要拿去扎染似的。

或者,正如露丝所说的,像一匹有两个屁股的马。

"嗨,警官。"在阿尔芒停好车,劳伦特跳下车的时候,阿尔打招呼。

"你好,嬉皮士。"阿尔芒说道,走向汽车后备箱。

"他又干了什么好事,阿尔芒?"阿尔问道,他们把那辆自行车从停好的车里拽出来。

"没事。他只是小小叨扰了一下小酒馆。"

"僵尸群?吸血鬼群?怪兽群?"劳伦特的父亲提问道。

"怪兽,"阿尔芒说道,关上了车盖,"只有一只。"

"你又说漏嘴了。"阿尔对他儿子说道。

"那是一把巨大的枪,爸爸。比房子还大。"

"你得先洗干净了才能吃晚饭,看你脏的。快点,现在就去,在你妈看见你之前。"

"晚了。"一个女人的声音从屋里传来。

阿尔芒抬头,看见伊芙站在门廊上,手搭在宽厚的臀上,摇着头。她比阿尔年轻许多,至少二十岁,也就是说她大概四十五岁左右。她也穿着法兰绒格子衬衫,和一条荡至脚腕的长裙。她的头发也往后梳起,虽然有几缕碎发重获自由,掉在她搓洗干净的脸蛋上。

"你又干了什么好事?"她问劳伦特,声音混杂着一丝兴趣和有些厌烦的忍耐。

"我在林子里找到了一把枪。"

"真的?"

伊芙一脸惊恐,伽马什再次感叹这位妇女竟然相信她的儿子。这是爱吗,他想,还是说她和劳伦特一样有幻想问题?一种白日梦与疯狂的强大组合。

"就在桥那边。在树林里。"劳伦特拿起他的木棍一指,差点打到伽马什的脸。

"现在在哪?"她问道,"阿尔,我们是不是应该去看看?"

"等等,伊芙。"她的丈夫低沉耐心地说道。

"很大,妈妈。比房子还大。上面有一个怪兽。长着翅膀。"

"啊,"伊芙说道,"谢谢你送他回来,阿尔芒。你确定你不想再拘留他一会儿?"

"妈妈。"

"进去洗洗。我们晚饭吃松鼠。"

"又吃?"

伽马什笑了。他总是不能确定他们是否真要吃他们说要吃的东西。实际上,他以为他们是素食主义者。不过,他倒是很确定他们基本自给自足,用箩筐装着自己种的有机蔬果卖给订购的客户。包括他和蕾娜-玛丽。

冬天,他们则开课教授如何过上自给自足的生活,以此维持生计。这两人能找到对方,真是世上最伟大的奇迹之一。就像亨利和罗萨。接着,阿尔和伊芙又老来得子。一个接一个的奇迹。一个野孩子。

"为什么总是枪?"阿尔问道。

"是你自己在他生日的时候送了他这根棍子,"伊芙说道,"现在他成天就躲在家具后面朝怪兽开枪。我都数不清我被他扫到几回了。"她向阿尔芒吐露。

"这本应是一根魔法杖,"阿尔说道,"最多就是把剑。不可能是枪。我从没给过他枪。我讨厌枪。"

"你给了他一根棍子还有一份想象,"伊芙说道,"你觉得一个九岁小男孩会怎么用?"

"那是魔法杖。"阿尔对阿尔芒说道。

阿尔芒笑了。如果他给他儿子丹尼尔一根棍子做九岁生日礼物,那他肯定会哭至少二十年。究竟什么样的孩子不仅接受一根棍子作为礼物,而且还分外珍惜?

"代我向蕾娜-玛丽问好,"伊芙说道,"下一筐蔬果马上好了,我们就快收完了。在此之前,先把这个拿去吧。"

她递给他一袋麦金托什红苹果。

"谢谢。"他说道,尽可能表现得诚恳与惊讶。

伊芙进去了,阿尔跟在后面,到了门口的时候转头看看伽马什:"谢谢你送他回家。"

"别客气。他是个很好的孩子。"

"他是疯子,但我们爱他。"阿尔摇摇头,"一把枪。"

一头怪兽,阿尔芒上车准备回家的时候想。

但是他想的那头怪兽并非源于劳伦特的想象。它是活生生的。它有名有姓,也有脉搏,但是伽马什怀疑:它并没有心跳。

"你为什么不喜欢劳伦特的父母,露丝?"蕾娜-玛丽问道,把炖鸡与鲜香草饺子放到桌上。

他们都走向那宽阔的乡村厨房,在松木餐桌旁落座。安托瓦内特切起了面包,而加布里拌起了沙拉。

"不是她,是他,"露丝说道,把眼镜放在桌上,盯着它们看,"他是个懦夫。"

"阿尔·莱帕赫?"布莱恩问道,"我听说他逃了兵役,但这不代表他就是懦夫,不是吗?"

然而露丝和罗萨瞥了他一眼,什么都没有说。

"那时候他们都还是孩子,被征入伍,去打一场他们不想打的仗,"阿尔芒说道,"他们放弃了家园、家人与朋友来到这里。这也不是什么容易的选择。他们坚定自己的立场。我觉得他们根本不是懦夫。我喜欢阿尔。"

"他们通过逃跑来坚定立场?"露丝说道,"其他的孩子必须代替他们上战场。你觉得他有没有考虑过这一点?"

"我们整个小镇就是由当初那些不愿打那场仗的人建立的,"莫娜指出,"三松镇就是以前避难所的代名词。"

"更像收容所。"加布里说道。

"我知道这个小镇的历史。"露丝说道。

"我们换个话题吧,"布莱恩说道,他转向蕾娜-玛丽,"你要加入艾地剧团吗?"

"加入?"阿尔芒问道,看看他的妻子。

"我想也许挺有意思的。"

"特别有意思,"加布里说道,"明晚来看我们排练吧。我把剧本留给你。"

"太好了,我会来的。几点?"蕾娜-玛丽说道。

"七点,"布莱恩说道,"穿扔掉也无所谓的衣服。我们明天要画画。你呢,露丝?"

"对呀,你可能画得很好,"加布里说道,"你已经假装人类很多年了。"

"虽然说不是很成功,"莫娜说道,"我一秒都不信你是人类。"

但是露丝神情恍惚,已经陷入了沉思。

"我们去客厅吧,"晚饭吃完,蕾娜-玛丽说道,"盘子留着就行。亨利等会儿会来舔干净的。"

客人们在离席的时候面面相觑,只见蕾娜-玛丽独自微笑。客厅里,阿尔芒又往炉火中扔了一根木柴,伸出双手,手掌对着火焰。

"你冷吗?"蕾娜-玛丽问道,"不舒服吗?"

她用手摸了摸他的额头。

"没事,就是突然有阵凉意。"他解释道。

安托瓦内特走了过来,朝炉火点点头:"九月的炉火真是可爱,不是吗?如此明媚。到了六月只会令人抑郁。"

蕾娜-玛丽笑了,向露丝走去。安托瓦内特转过身,但是阿尔芒叫她回来。

"这部戏,"他轻轻地说道。

"怎么了?"

"布莱恩说是约翰·弗莱明写的。"

她全身一僵,打量着他:"他不该说的。"

"但他说了。你为什么想保密?"

"正如我所说,这是营销策略。这是一部新戏,我们必须尽可能地吊人胃口。"

"保密编剧的名字很难让摄影队出动。"

"一开始,也许是。但是这不是随便哪个名不见经传的人写的那种乏善可陈的戏剧,阿尔芒。它是杰出的。我已经做了很多年专业和业余戏剧了,这部戏是顶尖的。"

"对业余爱好者来说。"伽马什说道。

"对任何人来说。你就等着看吧。我觉得他可以和米勒、斯托帕德或特伦布莱比肩。它就是《我们的社区》遇见了《熔炉》。"①

伽马什已经习惯了这种夸张,特别是剧院里的人,所以她的话并没掀起什么浪花。

"我不是在质疑作品的质量,"他放低了声音,他的声音仿佛隐没在火焰燃烧干柴之中,"我在怀疑那位剧作家。"

"我什么都不能告诉你。"

"你见过他吗?"伽马什问道。

---

① 两部均为韩国电影。

安托瓦内特犹豫了一下,"没。剧本是布莱恩在我叔叔遗留下来的一堆文件中找到的。"

"你为什么要隐藏作家的名字?"

"我已经告诉你了。我想要引起话题。一旦戏剧开演,大家都会想知道是谁写的。"

"到时你怎么说?"

此时安托瓦内特看上去非常紧张。

"《她坐下,凄然而泣》是谁写的?"伽马什问道,声音很低。

"正如布莱恩所说,是一个叫约翰·弗莱明的人写的。"

"我知道这么一个约翰·弗莱明,"他说道,"你也知道他。所有人都知道。"他盯着她,"是那个约翰·弗莱明吗?"

"我不知道。"她顿了顿,说道。

他一直盯着她,直到她脸红了:"你知道的。"

"知道什么?"加布里问,给他们递上咖啡。太迟了,他已经嗅到这两人之间的剑拔弩张。

"请告诉我不是那个人,"伽马什说道,搜寻着安托瓦内特的脸。接着他颓然松懈了下来,喃喃道:"我的天,就是他,对吗?"

"是什么?"加布里说道,真希望能抽身而出,但是太迟了。

"你可以告诉他吗?"阿尔芒问道,"还是我来?"

"告诉他什么?"莫娜走过来,加入谈话。

阿尔芒走向门旁的桌子,上面是加布里留下的剧本。

"告诉他们这是谁写的,"他说道,将剧本向安托瓦内特递过去,"告诉他们你不想让任何人知道的真正原因。"

蕾娜-玛丽听见他的语气看了过来。阿尔芒已经无限接近冒犯他们的客人,这是她认识他以来极少见的情景。不是说他喜欢所有的来客,更不是说他同意每个人说的话,只是他总是谨慎谦恭的。

但此时他踩到了那根线。并且跨了过去,将剧本塞向安托瓦内特。

"告诉他们。"他说道。

她接过,转向其他来吃晚饭的客人说:"是约翰·弗莱明。"

"这我们知道,"莫娜说道,"下午在小酒馆布莱恩已经说过了,记得吗?"

"这算什么激动人心?"加布里问道,"这就是你的天才营销计划?根本不是什么大不了的名字。"

"他很出名,"阿尔芒说道,"每个加拿大人都知道他。在北美他家喻户晓,臭名昭著。"

他们面面相觑,被阿尔芒的行为和坚持弄得摸不着头脑。但接着,莫娜的身子一软。如果下面没有沙发接着,她可能就直接落到地上了。布莱恩从她手中接过差点撒了的杯碟。

"那个约翰·弗莱明?"莫娜呢喃道。

加布里全身僵直,好像变成一尊石像,他盯着安托瓦内特——他们之中的美杜莎。

"你没有,"他说道,"告诉我你没有。"

一到家,露丝用钥匙锁住了门,靠在上面,心怦怦直跳,呼吸短浅急促。她将罗萨拥在胸前,顶住了那薄薄的门板。这门板是唯一挡在她和罗萨与外面陌生世界之间的东西,这个孕育出约翰·弗莱明的世界。

接着她拉起了窗帘,从她的网袋里取出她顺走的剧本。

给自己泡了杯茶,露丝翻开剧本读了起来。

聚会不欢而散,阿尔芒走进厨房。蕾娜-玛丽听见自来水和盘子与刀叉碰撞的声音。

接着碰撞声停下了,她只听见水不断流淌的声音。走进厨房,她在门口停了下来。阿尔芒靠在水池边,一双大手紧抓着边缘,好像身体不适快要呕吐。

"明天你还去排练吗?"和莫娜回家的路上,加布里问道。

"大概去吧。我不知道。我……我……"

"我知道,我也是。"

加布里亲吻她的双颊道了晚安,接着走进小酒馆帮奥利维为最后几个客人服务。莫娜爬上书店上面的小阁楼,换上了睡衣,这才发现自己十分疲惫,却又清醒异常。看着窗外,她看见克莱拉家还亮着灯。

十一点了。

披上披肩,套上橡皮靴,她笨重地绕过绿地,敲了敲门。便自顾自走进去了。

"克莱拉?"

"在这儿。"

莫娜在工作室里找到了她,她正坐在那幅未完成的画前。彼得·莫罗正盯着她,像鬼魂一般。只画了一半。未完成的人,未完成的人生。

克莱拉穿着毛衣,嘴里叼着一根画笔,像女版的罗斯福。她的手梳着头发,让它们从诡异的角度翘起。

"晚上吃披萨吗?"莫娜问道,从克莱拉的头发里拣出一朵蘑菇。

"是的。蕾娜-玛丽邀请我去吃饭,但我没什么心情。"

莫娜看着画架便明白了原因。克莱拉又在与这幅画像斗争了。而彼得,即使已经走了,仍能贬损他妻子的画作。

"你想不想聊聊?"莫娜问道,拖来一张凳子。

克莱拉放下了画笔,用手梳着变灰的头发,梳得十分用力,导致腊香肠和面包屑都掉了出来。

"我已经不知道自己在做什么了,"克莱拉说道,向画像摆摆手,"好像我一辈子没画过画一样。噢,天呐,难道我本就不会画画?"

她恐慌地看着莫娜。

"你会画好的,"莫娜向她保证,"也许你只是画错了对象。也许现在画彼得还为时过早。"

彼得好像在看着她们。英俊的脸庞挂着微微的笑。莫娜不禁怀疑克莱拉是否知道自己画得有多传神。莫娜很在乎彼得,但她也知道他可能成为一幅真正的大作。实际上,正是面前这幅。莫娜也想知道克莱拉是否不断在这幅画上添几笔,或减几笔。她是否将他画得越来越虚幻?

她转过头,听着克莱拉诉说着近来发生的事。对彼得说。这个故事莫娜已经了如指掌。她就在现场。

但她仍然听着,她会继续听。一遍又一遍。

而每说一遍,克莱拉都放下了几丝不能承受的痛苦。她的愧疚。懊悔。就好像克莱拉正将自己从汪洋中拽出,浑身滴着悲痛,却不再溺于水下。

克莱拉擤了擤鼻子,擦了擦眼睛。

"你们在伽马什家玩得开心吗?"她问道,"话说回来,现在几点了?你为什么穿着睡衣?"

"十一点半,"莫娜说道,"我们要不要去厨房?"

离开这见鬼的画,莫娜想。

"喝茶?"克莱拉问道。

"啤酒?"莫娜回道,从冰箱里拿了两瓶出来。

"怎么啦?"克莱拉问道。

"你知道我加入了艾地剧团。"莫娜说道。

"你该不会是又要叫我一起去好给你们画布景吧。"克莱拉说道。莫娜没有回答,克莱拉放下啤酒,伸出手去握她朋友的手。

"怎么啦?"

"我们在排戏。《她坐下,凄然而泣》——"

"音乐剧?"

莫娜却没有笑。"安托瓦内特没有在剧本上打上作者的名字。她想保密。"

克莱拉点点头。"你和加布里都很兴奋,觉得一定是米歇尔·特朗布莱①或者是莱昂纳德·科恩②。"

"加布里希望是韦恩·格雷兹基写的。"

"他是曲棍球运动员。"克莱拉说道。

"是啊,你知道加布里的德性,"莫娜说道,"总之,安托瓦内特说她想

---

① 米歇尔·特朗布莱(Michel Tremblay):来自加拿大蒙特利尔的演员、编剧。
② 莱昂纳德·科恩(Leonard Cohen):来自加拿大蒙特利尔的音乐人、演员、编剧。

以此吸引人们的眼球与兴趣。要引起话题。"

"真正的原因是什么?"克莱拉问道,她已经看出来问题在哪。

"这位剧作家的确出名,"莫娜说道,"但不是你所希望的那种出名。是约翰·弗莱明。"

克莱拉摇摇头。这名字没什么意思。然而,她的心底好像有小猫在挠,甚至像有什么在啃噬的感觉。

莫娜等待着。

克莱拉目光放空,试图让自己回忆在哪里见过这个名字。一名男子。约翰·弗莱明。

"是我们见过的人吗?"她问道,莫娜摇摇头,"但我们知道他吗?"

莫娜点点头。

于是克莱拉想到了。在新闻头条上。电视上。摄影师推推搡搡,就为了拍到那名西装革履的矮小男子,他正被引向法庭。

真正的怪兽和电影里是何其不同。

约翰·弗莱明确实家喻户晓。

露丝合上剧本最后一页,青筋暴露的手放在那一沓纸上。

接着,她仿佛下定了决心,点燃了壁炉中的木柴,手举剧本,直到她薄薄的皮肤被烧得嘶嘶作响。但她做不到。

"待在这,"她命令罗萨,而罗萨在她的法兰绒布之巢中看着她。

找了把小铲子,露丝出去了,她跪了下来,开始铲土。挖开草皮。挖得再深一些,每挖一英寸都是一次奋斗,就好像泥土知晓她的用意,在故意抵抗着。但是露丝没有放弃。她要挖到地基,她会的。终于,她觉得已经足够深了,足够达成她的目的。

拾起剧本,露丝把它放进洞中。接着,她又用手将泥土扫进洞里,盖上了洞口。终于,她向后坐在脚跟上,在夜空下跪在地上,她在想是否应该说些什么。做一次简单的祷告,还是诅咒?

"此刻便是此时,"她呢喃道,在新翻的土地上引用自己的诗。

黑暗已然来临,

它原来毫无新意；

毕竟,只是记忆:

她站了起来,往下看,反思刚才自己做了什么,他又做了什么。

记忆中的恐惧。

也许她该告诉阿尔芒。但也许一切都会好的。也许就该继续深埋地下。

露丝进屋,锁上身后的大门。

...第四章

"我在想退出这场戏。"加布里说道。

小酒馆的早餐高峰已经结束,B&B 的客人已经在周末之后离开。现在他在莫娜新旧书店里,坐在凸窗边舒适的扶手椅里。莫娜坐在他对面那张椅子里,毫无疑问,这是属于她的椅子,因为经过日积月累的承载,椅子的形状已经与她丰硕的轮廓一般无二。她旁边的地上摞着一打书,正等着贴上标价,被放上书架。

从窗外看,他们可能就像橱窗中的人形模特,只不过他们脸上阴云密布。

"我决定退出。"莫娜说道。

"我们这么做,做对了吗?"加布里问道,"离首演之夜已经很近了,如果我们退出,不知道安托瓦内特该怎么办。"

"做她早就该做的,"克莱拉的声音从书店里传来。她刚才正在看"新书"书架。虽然"新书"只是相较而言。"她会撤下这出戏的。"

"那本曾是禁书,你知道。"莫娜看见克莱拉手中的书说道。《华氏

451度》。

"这本书也被烧了吗?"克莱拉问道,加入他们的谈话,"也许地狱之火就是靠此熊熊燃烧。烧书。不知道他们是否懂得欣赏这个讽刺。"

"不见得,"莫娜说道,"可是我们现在是否在做一样的事?"

"我们并非焚烧这部戏剧,"加布里说道,"我们只是不愿支持它而已。我们是有良心的反对者。"

"你们看,如果我们要这么做,就必须面对我们所做之事的真相与这么做的原因,"莫娜说道,"我们要求撤下一出戏,并不是因为其内容龌龊,而是因为我们不喜欢它的作者。"

"你说得好像这只是个性不合的问题,"加布里说道,"不是说我们不喜欢约翰·弗莱明这个人,而是因为他的所作所为。"

"有人吗?"书店门口传来熟悉的声音。

他们抬头,看见蕾娜-玛丽、阿尔芒还有亨利。

"我们出来散步,看见你在窗边。"阿尔芒说道。

"我们是否打扰到你们了?"蕾娜-玛丽问道,看着他们的脸。

"不,"克莱拉说道,"你们应该猜得到我们在说什么吧。"

蕾娜-玛丽点头:"和我们刚才在说的一样。那部戏剧。"

"那部该死的戏剧,"莫娜说道,"我准备退出,安托瓦内特肯定勃然大怒。我真郁闷得想哭。"

"你有没有发现这些是押韵的?"加布里问道,"退出、大怒、想哭。像是莎翁的十四行诗。"

"你觉得自己背信弃义。"蕾娜-玛丽说道。

"有一点,不过我开的是书店。"莫娜说道,她看着那一排排的书,在墙上形成一条条直线,在空旷之地隔出一条条走廊。"曾有那么多书被禁、被焚。那本,"她指向克莱拉仍拿在手中的《华氏451度》。"《杀死一只知更鸟》、《哈克历险记》,甚至《安妮日记》。这些书都被那些认为自己是正确的人禁了。我们会不会错了?"

"你不是在禁书,"克莱拉说,"他可以写,你也可以不支持他。"

"但最终还是一样。如果我和加布里退出,并告诉别人的话,这次演出就毁了。你猜怎么着？我就是希望把它毁了。安托瓦内特在知道作者是谁的那一刻，就应该知道这部戏永远都不应见光。对吗，阿尔芒？"

"对。"

如果他们期待他有一丝犹豫，回答时有一丝苦恼，那么他们只能失望了。他的回答非常迅速，毫不含糊。

阿尔芒·伽马什毫不怀疑。这部剧就该永远不得见光。就像它的作者永远不得见光一样。

"可是其他的杀人犯也写过书，甚至写过戏剧。"莫娜说道。

"约翰·弗莱明是例外。"克莱拉说道，"我们都知道。"

"你是一位艺术家，"蕾娜-玛丽说道，"你认为一部作品的好坏是否应该受到其作者的牵连，还是独立于作者之外的？"

克莱拉大大叹了一口气："我知道正确的答案。我清楚自己的感受。我是否会想要杰弗里·达默①的画作，或者照着斯大林家传的食谱做饭？我不会。"

"这不是问题，"加布里说道，"问题是选择权，让人们自己做决定。也许安托瓦内特应该制作这部戏，让人们自己决定要不要去看。"

"你还在想要不要退出吗？"莫娜问道。

"当然不是，"他说道，"我根本不想靠近那部戏剧。这部剧是狗屎写的，整部剧上都沾着狗屎。公平与否，这就是事实。"

"看看瓦格纳，"蕾娜-玛丽说道，"他和纳粹和大屠杀息息相关，因此，无论他的音乐有多么美妙，很多人还是无法欣赏。"

"就算他是个极端反犹主义也不行。"加布里说道。

"但这是否是不演奏这些极端而超群音乐的理由？"蕾娜-玛丽问道。

"这和理由没什么关系，"莫娜说道，"我第一个承认，任何一场有关弗莱明戏剧是否应该被禁的辩论我都一定会输。理智上，我知道他有权写

---

① 杰弗里·达默尔（Jeffery Dahmer, 1960～1994）：美国著名连环杀手，犯下多起命案。他经常喜欢拿粉笔在教室地板上描绘人体的形状。

戏剧,任何公司都有权制作他的戏剧。我只是不想成为其中的一分子。我无法为自己的感觉辩护,我就是有这种感觉。"

"我来回到那个问题吧,"蕾娜-玛丽说道,"作品的好坏是否因其作者是谁而受到影响?这很重要吗?"

"重要,"伽马什说道,"有时候审查制度是合理的。"

他们看着他,被他坚定无疑的态度震惊。就连蕾娜-玛丽也大吃一惊。

"但是,阿尔芒,你一直都是最拥护自由言论的,就算这些言论是对你不利的。"

"自由社会中是有例外的,"阿尔芒说道,"总是有例外。"而约翰·弗莱明,据他所知,就是一个例外。

"这部戏是关于谋杀的吗?"克莱拉说道。

"不是,"加布里承认,"实际上还挺有趣的。讲的是一个男人不断赢了彩票,却又不断浪费他所得到的机会。他总是回到同样的那所公寓,回到同样的人身边。"

"里面时不时地就会有笑点,"莫娜同意道,"但接着你就会发现自己竟然莫名有些感动。我不知道他是怎么做到的。"

"所以它和弗莱明所犯的罪没有关系?"蕾娜-玛丽问道,"和他这个人没有关系?"

"当然和他有关系。"阿尔芒说道,他的声音戛然而止,听得出他在尽量克制。他们看着他。大家从来没听见他以这么接近发怒的口吻对他的妻子说话。"如果约翰·弗莱明创造了这部剧,那么它就是畸形的。没什么好说的。就算不明显,但他仍然存在于字里行间,存在于每一个人物的举手投足。造物者与被造物之间本就是一体。"他十指交叉,"这就是他逍遥法外的途径。通过笔下的字,通过他人的背书。约翰·弗莱明就是这么进入你的脑海。而你一定不想要他驻扎于此。相信我。"

有那么一瞬,他看上去就像是被附身了。这一刻转瞬即逝,慢慢淡去,直到只有阿尔芒·伽马什一个人看上去还在心有余悸。沉默弥漫在书店里,只有亨利的项圈叮当作响,因为它走到阿尔芒身边,倚着他的腿躺了下来。

"对不起,"阿尔芒说道,摩挲着额头,给了大家一个无力的微笑,"原谅我。"他拉起蕾娜-玛丽的手,捏了捏。

"我明白,"她说道,虽然实际上她并不是很明白。弗莱明的案子是唯一一个阿尔芒从未和她谈起的案子,虽然她一直通过媒体在关注着案件。

"我们越早告诉安托瓦内特我们要退出的决定就越好,"加布里说道,"我小酒馆还有些清洁要做。莫娜,不如我一小时之后过来接你吧?我们可以一起开车过去。"

莫娜同意了。加布里走了,他跟着克莱拉一起离开了,向着她的书挥手再见。

"我准备去杂货店。"蕾娜-玛丽说道,把阿尔芒和亨利留在书店。

莫娜往椅子里沉了沉,看着阿尔芒,他在加布里空出来的扶手椅里坐了下来。

"你要不要再和我谈谈戏剧的事?"她问道。

"天哪,还是算了。"他说。

她刚要问他怎么会在那里,但她制止了自己。她问道:"你是不是知道了我们不知道的内情?"

过了一会儿他才作答。

"你是见识过那些疯狂的罪犯的,"他一边说一边揉着亨利巨大的双耳,看着这只在他说话时低吼的牧羊犬。然而,当他抬起头,莫娜看见阿尔芒深棕色眼眸中的悲伤。那是真正的痛苦。

他抓着狗,就像沉船之人紧紧抓着救生艇。

莫娜点头。"我有我自己的诊所,不过我也在监狱兼职,你知道的。"

"你去过特别关押单元吗?"他问道。

"就是那个 SHU[①]? 用来收容那些最恶劣的罪犯的?"莫娜问道,"曾有人叫我去那边去处理几个案子。我去过一次,但是没下车。"

---

① 特别关押单元(Special Handling Unit):简称 SHU,是加拿大安保等级最高的监狱。

"为什么?"

她张开嘴,又闭上了,整理起了思绪。想要找到用来表达这根本不算思绪的字眼。

"你知道什么叫'被上帝遗弃'吗?"

他点点头。

"正因如此。我坐在 SHU 的停车场里,看着那些高墙。"她摇摇头,"我没法走近那个被上帝遗弃的地方。"

他们仿佛都看见了那幢大楼,那可怕的庞然大物耸立在大地上。

"所以你继续在其他监狱里提供心理咨询,"他说,"杀人犯、强奸犯。但是最后你还是不做了,来到了这里。为什么?"

"因为我受够了。不是他们的错,是我的错。他们的损伤太大。我无力修复。"

"也许有些人无法修复,是因为他们根本没有损伤。"他提议。

透过窗,他看见层峦叠嶂的山头那令人惊艳的色彩。枫树、橡树和苹果树交替着,准备着。那就是山峰开始陷落的地方。先是高高在上,接着坡度向下倾斜,直到他们的山谷。这陷落,当然,是不可避免的。他看见它正在逼近。

"要不要咖啡?"他问道,然后把自己从椅子里挖起来,跨过亨利。

"麻烦你了。"

他边倒咖啡边说:"约翰·弗莱明是十八年前被捕、被判刑的。"

"那种犯罪并不会随着时间褪色,对吗?"莫娜说道,接过杯子,也接过他的话,"你认识他吗?"

"我跟过他的案子,"伽马什回答道,又重新坐了下来,"他在新不伦瑞克省犯罪,但是他在这里受审,因为人们认为在那里,他不可能得到公正的审判。"

"我记得。他还在这儿吗?"

伽马什点点头:"在特殊关押单元。"

"所以你才问我 SHU?"

伽马什点点头。

"他有没有获得帮助？"莫娜问道。

"没人能帮他。"

"相信我，我不是说他是否还能成为模范市民，"莫娜说道，"也不是说我是否会愿意将我的孩子托给他照看——"

很微小，但是莫娜清楚阿尔芒脸上的每一条纹路，她很确定自己看见了一个动作。一阵瑟缩。

"——他毕竟是个人，他一定也深受折磨，才做出这种事情。经过时间与治疗，他很可能可以好起来。不是获得释放，而是减少一些缠着他的恶灵。"

"约翰·弗莱明永远不可能好起来，"伽马什说道，声音低沉，"而且相信我，我们不希望他的恶灵获得释放。"

她本想要和他辩论，但并没有。如果有人相信第二次机会，那就是坐在她面前的这个男人。一直以来，她是他的朋友，也是非正式的心理治疗师。她听过他藏得最深的秘密，听过他最坚定的信仰，也听过他最恐惧的噩梦。但是现在她怀疑自己是否真的听见过。她想知道这个男人体内究竟潜伏着什么样的魔鬼，这个专精谋杀事件的男人。

"你知道些什么，阿尔芒，是我们不知道的？"

"我不能说。"

"我一直都在关注审讯——"她停了下来，凝视着他。

接着她突然灵光一现。明白了他是通过缄默来转达一切。

"我们所知的并非全部事情，不是吗，阿尔芒？还有另一场审讯，一场私下的审讯，用以裁决弗莱明的。"

审讯中的审讯。

以她和法律打交道的经验，莫娜知道这体系是允许这类程序的，但是她从未真正听说哪件案件要经过这样的程序。

对外，有公共审讯供大众娱乐，而在那关上、锁上、闩上的大门背后，则有另一场审讯。在那里，对普通民众来说过于可怕的证据将被揭晓。

莫娜想知道，一件事究竟有多坏，才会被认定为超越了社会原则的底线?这真相究竟要多恐怖,才不得不被隐藏起来,不让大众获悉?只有被告、法官、公诉人、被告律师、一名守卫、一名法庭速记员可以出席。还有另一人。

这个人和案件无关,只是被选中代表全体加拿大人出席。他们会吸收这恐怖的真相。他们会看见、听见他们永远不得忘怀的东西。接着,当审讯结束,他们便带着这些恐怖直到入土,这样其他人就无需如此。为了更大的益处而牺牲的那个人。

"你不只读了他的档案,对吗?"莫娜说道,"还参加了关门审讯,不是吗?"

阿尔芒盯着她,双唇微微紧闭。

伽马什和亨利离开了书店,在小镇绿地周围散步,感受扑面而来的新鲜且凉爽的秋意。他们闻着熟透苹果与新割青草的味道,他们的脚踢踏着刚刚落地的秋叶。

当然,他没有告诉莫娜。他不能。这些是保密信息。就算他有权告诉莫娜约翰·弗莱明犯罪的真相,他也不会。

他真希望自己也不知道这一切。

每一天,那扇大门打开,他终于可以出去的时候,阿尔芒回到他在蒙特利尔的警察局总部,透过窗,看着楼下的行人。等待着绿灯亮起的,正要去把酒言欢,或者去看牙医的,想着杂货、账单和老板。

他们不知道。他们通过报纸和电视关注那场审讯,仅仅如此便认为弗莱明是个恶魔。但是他们所知的还不及真相的一半。

阿尔芒·伽马什会永远感谢那位法官,感谢他颁布那些最极端的法律条文。他想知道在审讯结束之后,那间法庭是否被彻底擦洗过,被除菌,被烧成废墟。

还是说,他们只是关上门,回到平常的生活中去。而每逢夜晚,在黑暗之中,他们是否向某位神祷告,希望他足够强大,以此来抹除那些记忆?为今夜无梦而祷告,为时钟倒转,回到一无所知而祷告。

力量不一定就是力量。有时,它让人踉跄。

莫娜认为,治疗,终有一天可以驱散附在弗莱明身上的恶灵。但是阿尔芒·伽马什知道这是不可能的。因为约翰·弗莱明本身就是恶灵。

而现在,就在那间牢房里,他已经逃离。他从牢门的钢条间溜了出来,以文字的形式。

约翰·弗莱明已经再次来到这个世界。

他来游戏人间。

... **第五章**

"你来干什么?"安托瓦内特对着一片黑暗叫道。

她站在被打亮的舞台上,手撑在额头上,就像水手在遥望陆地。

"来和你谈谈,"阿尔芒的声音从剧院传来。

"我看你已经搅和够了,不是吗?"

布莱恩从舞台侧边出来,手里提着一展道具灯。"你在和谁说话?"

阿尔芒走上台阶,爬上舞台。"是我。你好,布莱恩。"

"你高兴了吗?"安托瓦内特厉声责问道,向他走去,"莫娜和加布里退出去了。这位布莱恩只好代替加布里演主角——"

"我是主角吗?"

"就算演员不临时退出,排演戏剧就已经够难的了。"她说道。

"你还是要做这部剧?"伽马什问道。

"当然,"她说道,"尽管你如此努力。其他的演员几分钟之后就来。我希望你可以在造成更多破坏之前离开。"

"你会告诉他们这部戏是谁写的吗?"

"怎么,如果我不说,你就会说?所以你才来这儿的?确保你彻彻底底地搅黄这部戏?天呐,原来你是个法西斯。"

"我不想和你辩论。"伽马什说道。

"当然,否则就会出来更多自由的言论。"安托瓦内特说。布兰恩站在一旁的沙发旁边,仍旧提着灯。就像落魄的第欧根尼①。

"加布里和莫娜是自己决定的,"伽马什说道,"但我并没有让他们不要退出。我觉得本身制作这部戏就是错的。"

"是,这我已经知道了。但是我们还是要做。你知道为什么吗?因为,即使那个人可能很可怕,但是他的戏实在太出彩。如果让你为所欲为,那么永远不会有人读到它,或者看见它上映。您真是自由社会的佼佼者。"

"一个自由的社会必然有其代价。"他突然发起怒来,但立刻悬崖勒马。

安托瓦内特微笑。"戳到你痛处了,不是吗?你在害怕什么,阿尔芒?那个人在监狱里,这么多年了,他都没有出来。"

"我不是害怕。"

"你是吓破了胆,"安托瓦内特说道,"如果我要拍身陷恐惧的男人,我肯定会求你来演。"

"我想和你谈谈,"伽马什说道,忽视她刚才说的话,"我们可以坐下吗?"

"好吧,但是快点,在其他人来之前说完。"

"我可以加入吗?"布莱恩问道,他放下灯,"还是这是私人对话?"

"当然,"阿尔芒说道,"这也和你有关。"

他坐在缺针少线的扶手椅上,也是舞台的道具。他鲜少上舞台,但每次他都惊讶于舞台上华而不实的一切。从远处看,作为观众,演员们看上去可能就像国王、王后和商业大亨。但拉近看呢?服装都是便宜货,破破烂烂的,往往散发着臭味。城堡也摇摇欲坠。

---

① 第欧根尼(Diogenes):古希腊哲学家,犬儒学派的代表人物。

幻想即刻破灭。这就是靠得太近、看得太细的代价。

作为一名调查员，他的整个职业生涯都在推敲事、推敲人。要看见幕后，看见真实。看见那破破烂烂、摇摇欲坠、缺针少线的内在。

然而有时候，有时候，当他从幻想中回到现实，他便能找到一些闪闪发亮、明亮剔透、比舞台布景好太多的东西。

他看着安托瓦内特。中年，也许对青春的幻想抓得太紧了些。她的头发染成了紫色，衣服勉强可以算是波西米亚风，如果不仔细看的话。

他发自内心地喜欢安托瓦内特，也很佩服她。就连在此时此刻，他也佩服她为自己所信的事物而坚持立场。然而，毕竟，她不知道关于弗莱明的全部事实。

"我来这里是因为我们是朋友，"他说道，"我不希望因为意见不同而做不成朋友。"

"你都没有读剧本，阿尔芒，"安托瓦内特说道，声音中的怒气慢慢被抽空，"你怎么能就这样否决它？"

"也许作者的生平不重要，"他说道，声音柔软，"但对我来说很重要，就这一次。"

"我不会叫停的，"她说道，"虽然现在可能乱七八糟的，因为要由布莱恩领衔——"

"喂，"布莱恩说道。

"对不起，你可以的，但是你没多少时间排练了，而且今天你排练迟到的时候，我以为连你也——"

"我是永远不会退出的，"布莱恩说道，他一脸震惊，很不高兴，"你怎么能这么想呢？"

伽马什不知安托瓦内特是否知道她是多么幸运，能够拥有这么一个忠诚的伴侣。他也想弄懂布莱恩，他怎么能如此信誓旦旦地为爱情盲目。

"说实话，阿尔芒，"她说道，"你现在就好像我们的生命受到了威胁。这只是部戏而已。"

"如果只是部戏，那么就把它取消。"他说道，于是他们又回到了原地。

她瞪着他，他瞪着她，而布莱恩看上去很不高兴。

"你怎么会拿到弗莱明写的戏剧的?"伽马什问道。

"我跟你说了,布莱恩在我叔叔的那堆文件里找到的。"

"你叔叔叫什么名字?"

"纪尧姆·库蒂尔。"

"他是剧院的导演吗?还是演员?"阿尔芒问道。

"都不是。就我所知,他根本没去过剧院。他是造桥的。小的那种。实际上就是高架。他是个安静而温和的男人。"

"那他怎么会有那本剧本?他认识弗莱明?"

"当然不,"她说道,"他一辈子几乎没有离开过三松镇。他可能是在某次车库拍卖中捡到的吧。我们不欠你一个解释。我们没有犯罪,而你也不是警察。"她站了起来,"现在请走吧。我们还有事要做。"

她转过身背对他,布莱恩也一样,不过在此之前,她给了他一个略带歉意的鬼脸。

在开往三松镇的那条泥土小路上,感受着那熟悉、几乎令人安慰的洗衣板似的泥疙瘩,阿尔芒·伽马什灵光一现。其实早在他发现《她坐下,凄然而泣》的作者是谁的时候,他就已经意识到了这一点。

他必须读一读那本剧本。

阿尔芒沿着小路,走上那颤颤巍巍的门前台阶。接着他敲响了大门。

"你来干什么?"露丝透过紧闭的窗户厉声询问道。

"来读剧本。"

"什么剧本?"

"我的老天,露丝,快点开门。"

他口气中的某种东西,也许是倦意,一定感染了她。于是门闩划开了,门打开了一条缝。

"你什么时候开始锁门的?"他问道,挤了进来。

她立刻就关上他背后的大门,他的大衣都没来得及进来,挂在了门把上,他只好猛拉一把。

"你什么时候开始关心我了?"她问道,"你为什么觉得剧本在我这儿?"

"昨晚你走的时候我看见你拿了。"

"你为什么要读?"

"我也可以问你一样的问题。"

"这不关你的事。"她突然暴怒。

"我也可以给你一样的回答。"

他看着那极其短促的一抹微笑。"好吧,神探克鲁索①。你要是找得到,就把那该死的剧本拿去吧。"

他摇了摇头,叹了口气。"直接给我吧。"

"不在这儿。"

"那在哪儿?"

露丝和罗萨蹒跚着走向厨房的门口,指指她的后院。花床里孕育着晚开的玫瑰、乳白色里透着些许粉色的绣球花,还有格状的藤架供旋花攀爬。

"从你们院子里出来的,"她抱怨道,"它就是杂草,你懂的。"

"充满侵略性、性情粗暴、咄咄逼人。吸走所有的养分。"他俯瞰那位老诗人,"是的,我懂。不过我们还是喜欢它。"

又有一丝笑容一闪而过,但无人发现。她的视线落在草坪中间的一个巨大的花坛。

伽马什随着她的视线看去,走下门廊,走向花坛。是空的。一句话也没有说,他把它往旁边拉开几步,看着那一方新翻的土地。肥沃黝黑。

"给。"露丝递给他一把铁锹。

他跪了下来,开始挖掘。

露丝和罗萨在后廊观望。

这个洞比伽马什所料的更深。他转头看看露丝,瘦小虚弱。然而,她挖了又挖。挖得尽可能深。他把满满一铲土堆到身后,又转过身铲了

---

① 雅克·克鲁索(Inspector Clouseau):《粉红豹》系列电影中的人物,也是史上最伟大的"乌龙探长"。

下去。

终于，铲子碰到了什么东西。拨开泥土，他倾身，看见白骨般的纸上印着墨黑的字。

《她坐下，凄然而泣》。

他盯着看了一会，地上映出了审讯时播放的录像。求救的尖叫，乞求着，恳求他停下。

"阿尔芒？"

蕾娜-玛丽的声音穿透了那些声音，但是尚未转身他就知道一定出了什么事了。坏事。

一只手拿着那肮脏的剧本，另一只手拿着铁锹，他站起来，在露丝后门透出的光晕中，看见蕾娜-玛丽的轮廓。

"出什么事了？"他问道。

"是劳伦特。他今晚没有回来吃晚饭。伊芙刚刚打电话问他是不是和我们在一起。"

伽马什感受到手中剧本的重量，好似被土地拼命拉扯。尘归尘，土归土。

劳伦特没有回家。

他丢下手中的剧本。

...第六章

找了一整晚,他的父母在隔天清晨找到了他。在一个土沟里。他被抛在里面,他的自行车就在附近。抛光的车捕捉到了清晨的阳光,这抹光线引领着他的父母到他身边。

其他从东部城镇各处的村镇前来帮忙搜寻的人们,因那一声嚎哭而戒心大起。

阿尔芒、蕾娜-玛丽还有亨利停下搜寻的脚步。不再呼喊劳伦特的名字。不再与路边厚重的灌木斗争。不再催促亨利去到更深、更远的地方,他们穿过重重荆棘与毛刺。

蕾娜-玛丽转头看阿尔芒,仿佛受到了重击,仿佛那一声声的哭喊变成了一个拳头。她靠进阿尔芒的臂弯,抓住他,把脸埋在他的身体里。他的衣服、他的肩膀、他的手臂,几乎蒙住了她窒息的声音。

她闻到他身上的檀香,混杂着一丝玫瑰水的味道。然而,前所未有的,这并不能安抚她。这悲痛太沉重。那嚎哭太让人心碎。

亨利,身上挂满毛刺,这声音让它恼怒,在泥路上来回踱步,呜呜地发着牢骚,抬头看着他们。

蕾娜-玛丽抽出身子,用一块手帕擦了擦脸。接着,她看见阿尔芒眼中闪过的微光,她又抓住了他。这次是她抱着他,就像之前他抱着她。

"我得去——"他说道。

"去吧,"她说道,"我跟在你后面。"

她接过亨利的绳子,跑了起来。阿尔芒还有半段路就要到转角了。全速冲刺,追着那悲伤。

接着,嚎哭停下了。

阿尔芒弯过转角,看见阿尔·莱帕赫正在土坡的底部,站在泥路的中间,双眼放空。

阿尔芒跑下陡峭的土坡,因松散的碎石而滑了几步。他远远地看见加布里和奥利维从相反的方向跑来。双向夹击这个男人。

他听见矮树丛里传来的呻吟声,以及富有节奏感的沙沙声。

"阿尔?"阿尔芒说道,减缓脚步,在这位僵硬的高大男子面前几步的位置停了下来。

莱帕赫的手在背后做了个手势,而他的脸仍没有转过来。

就算还没有看见,伽马什也知道自己会看见什么。

他身后传来蕾娜-玛丽渐渐停下的脚步声。接着他听见她的呻吟。一位母亲看见另一位的噩梦。每一位母亲的噩梦。

而阿尔芒看着阿尔。每一位父亲的噩梦。

快速而训练有素地扫视一遍之后,阿尔芒注意到了自行车的位置、路上的坑,断裂的灌木和弯曲的青草。石头的位置。所有这些清晰的细节永远映在了他的脑海。

阿尔芒滑下了土坑,长草和灌木遮住了劳伦特和他的自行车。在他后方,他听见奥利维和加布里在对阿尔说话。在安慰他。

但是安慰对劳伦特的父亲是遥远的。在目力与耳力所不能及的地方。他毫无知觉地处在一个毫无知觉的世界。

伊芙扑在劳伦特身上,她的身体抱着他的身体,摇晃着他。她战战兢兢的棕色发丝已经脱离了橡皮筋,一串串挂在她的面前,形成了一块帘幕,藏起她的脸,他的脸。

"伊芙?"阿尔芒低声呢喃,跪在她身边,"伊芙?"

他温柔地、缓慢地拨开那帘幕。

伽马什所见识过的意外现场已经很多,足够他辨识出无力回天的情况。但他还是伸出来手,摸了摸男孩冰冷的脖颈。

伊芙的痛变成了一首歌谣,有么一瞬间他以为是劳伦特。这就是两天前他送这男孩回家时,他所哼唱的曲调。

老人看着我,才二十四岁,后面的路还很长。

从他们的背后,从路堤上,从路中央,传来一声极响的喘气声,淹没了歌谣。

一吸,一叹。接着又是一叹。阿尔透过被悲伤堵住的喉咙拼命呼吸。

在这破碎的声音中,阿尔芒听见奥利维正在叫救护车。其他人也到了,在阿尔身边围成一个半圆。不知道该如何处理这种令人窒息的悲伤。

接着,阿尔跪了下来,慢慢低下额头,碰到了泥土。他用厚实的臂膀抱住银色的头颅,双手交叉,直到他看上去就像一块石头,路中间的巨石。

阿尔芒转向伊芙。她已经停下了摇晃。她也石化了。她看上去就像庞贝废墟中挖出的遗体,被永远束缚在恐怖的那一刻。

对于这两人,阿尔芒做什么都无济于事,所以他为了自己做了一件事。他伸出手,握住了劳伦特的手,用双手握住,下意识地想要温暖这只小手。在救护车来之前,他一直都陪着他们,它一路风风火火地鸣笛而来。到了以后却慢慢地开了下来,悄无声息。

没过多久,蕾娜-玛丽和阿尔芒拉上了家里的窗帘,挡住阳光。他们拔掉了电话线。他们小心地帮老亨利拔下身上的毛刺。接着,在黑暗静谧的起居室里,他们坐下,凄然而泣。

"对不起,老大,"让-居伊说道,"我知道您有多在乎他。"

"你不用下来的,"伽马什说道,从大门口转身走回屋里,"打个电话就行了。"

"我想亲自告诉您,而不是写封邮件了事。"

伽马什看着让-居伊手里的东西。

"谢谢。"

让-居伊把文件夹放在沙发前的咖啡桌上。

"据当地警局所说,这是一场事故。劳伦特在骑车回家时,在下坡的路上,他撞上了一个泥疙瘩。您也知道那条路。他们认为他在飞速冲刺,结果惯性把他从车把上掀了出去,抛进沟里。我不确定您有没有看见附近的石头。"

伽马什点头,用一双大手揉了揉脸,想要抹去倦意。他和蕾娜-玛丽才睡了几个小时,在雨点敲打窗玻璃将他们唤醒之前。

现在已经将近黄昏,让-居伊已经从蒙特利尔驱车向下,带着劳伦特的初步死亡报告来了。

"我看见了。出报告的速度很快,"伽马什说道,戴上了他的阅读眼镜,打开了文件夹。

"初步报告。"让-居伊说道,和他一起坐到沙发上。

外面正大雨滂沱,是那种冷到骨子里的阴雨。壁炉中已点起火,余烬从木柴上蹦跳跃出。但是这两位男士,头紧紧凑在一起,对周围下得欢快的大雨视而不见。

"看这里。"波伏瓦向前靠了靠,指着警察报告上的一行字,"法医说他一撞到地面就走了。他没有……"

他没有躺在那里,苦痛万分。而天渐渐暗下来,冷起来。

劳伦特,只度过了人生的九个年头,面对死亡之时并没有恐惧,只想着他们在哪里。

让-居伊看见伽马什略微地点点头,抿紧双唇。在这一切之中,他找不到任何安慰。他会接受他所能得到的,就像伊芙和阿尔一样,最终总要接受。唯一比失去孩子更糟糕的,就是想着孩子在死去之前,曾受尽折磨。

"他的伤口和警察的看法一致,"让-居伊说道。他坐回沙发里,看着他的岳父,"您为什么觉得不止如此?"

伽马什继续读报告,接着抬起头,透过半月形的眼镜看着他。

"你为什么认为我是这么想的?"

让-居伊翘了翘嘴角,向着报告点点头。"您读报告时的表情。您在搜寻证据。我在您对面干了二十年了,老大。我知道这表情代表了什么。否则您说为什么我想亲自来看您读报告?"他敲敲报告,"我也很在乎他,您知道。一个有意思的小男孩。"

他看见伽马什微笑起来,点点头。

"没错,"伽马什承认,"我们找到他的那一刻起,我就觉得事有蹊跷,很多小地方都显明了。还有一个大问题,孩子们时不时会从自行车上摔下来,我都不知道安妮头着地了多少次。只有多次撞到头才能解释她对你情有独钟。"

"谢谢。"

"然而,令人惊讶的是,几乎没有孩子因此丧生。而且劳伦特大部分时间都戴着头盔。昨天为什么没有戴?他有戴上头盔,是系在他自行车的车把上的。"

"劳伦特可能从家里出来的时候和骑到目的地的时候是戴着头盔的。但是他可能在中途时候摘了下来,趁没人看到的时候。就像大部分孩子。我以前也会在寒冬腊月把御寒帽摘下来,趁我妈看不见我的时候。我宁愿头冻得要死也不要看上去蠢得要死。别说出来——"让-居伊警告,明显预见伽马什要说的评语。

伽马什摇摇头。"就是感觉不对,让-居伊。总有点蹊跷。现场的轨迹,他骑行的距离。他的自行车经过了——"

"这儿都有解释了。"

"在一份匆匆编整的报告之中。还有自行车的位置,还有劳伦特的尸体。"

让-居伊拿起警方报告中的照片,仔细看了看,接着递给了阿尔芒,可他又把照片放回了文件夹。

每分每秒,他都能看见那张脸,那具身体。这些都已经烙进了他的记忆,不用再看一遍。

"它们看上去好像是被扔过去的。"伽马什说道。

"对,当他撞上那个泥疙瘩的时候。"让-居伊说道,尽量保持耐心。

"我调查过的意外事故这么多,让-居伊,足够我判断这次不像意外。"

"但就是的呀,老大,每个人都这么看,除了您。"

这句话的语气很温和,但也很坚定。伽马什脱下眼镜,看着波伏瓦。

"你以为我会希望这不只是一场意外?"他问道。

"不。但我觉得有时我们的想象力可能会带着我们跑偏。这是悲痛、无力与愧疚的结合体。"

"愧疚?"

"好吧,也许没有愧疚,但是我认为您觉得自己该对这个男孩负责。您喜欢他,而他也很仰慕您。结果出了这件事。"

波伏瓦向照片打了个手势。"我理解,老大。您想做些什么,可偏偏无能为力。"

"所以我偏要把它想成谋杀?"

"所以你才会质疑调查结果,"让-居伊说道,希望别让这意料之外的紧张氛围继续扩散,"如此而已。但是这些调查结果很清晰。"

"这个太初步了。"伽马什合上文件夹,把它推远,"他们立刻下了一个显而易见的结论,因为这么做很方便。他们应该进一步调查。"

"为什么?"让-居伊问道。

"因为我要确凿无疑的答案。他们需要给出确凿无疑的答案。"

"不,我是说,先假设这不是意外。他还是个孩子。他并没有遭到侵犯。也没有遭受折磨。感谢上帝。为什么有人会想要杀掉他呢?"

"我不知道。"

伽马什没有看后面桌上那一沓肮脏的纸张,他挖上来就放在那里了。但他能感觉到它们就在那里。感觉约翰·弗莱明就蹲在那里,听着,看着。

"有时候,并没有什么很明确的动机,有时候只是单纯的倒霉罢了,"他说,"杀人犯有自己的计划,而被害人只是他随机选取的。"

"你觉得是连环杀人犯杀了劳伦特?"让-居伊难以置信地问道,"一般的杀人犯还不够吗?"

"不够?"伽马什瞪着这个年轻人,"你这么说是什么意思?"

他的声音,先是突然炸裂般,接着又降低音量,变成了危险的低语,接着他又变回了自己。

"对不起,让-居伊。我知道你是想帮忙。我不是在编故事。我根本不知道为什么有人会想要杀劳伦特。我只不过是在说,我不能肯定这是单纯的事故。可能是肇事逃逸。但总感觉有点怪异。"

伽马什又打开了卷宗。看了看劳伦特口袋中的物品清单。一块小石头,上面有一条黄铁矿的细线贯穿始终。黄铁矿。一条巧克力。断了。还有松果断片、土、一块狗饼干。

接着伽马什读起了关于男孩双手的报告。这双手都是划痕,很脏。法医在指甲缝里找到了松脂还有一些植物残留。没有皮肉,也没有血迹。

没有争斗。如果劳伦特是被谋杀的,他并没有反抗挣扎。伽马什终于松了一口气。这说明这个男孩在生命的最后几小时、几分钟当中仍做着男孩子感兴趣的事情。他没有为了这生命而斗争,反而很明显是在享受它,一直到最后。

伽马什抬起他棕色的眼睛看着让-居伊。

"你会再着手调查吗?"

"当然了,老大。在葬礼时我会下来,到时候尽量给您一个确凿的答复。"

波伏瓦想着应该从哪里开始。但是并没什么可想的。一个孩子死去时,你会先从何着手呢?

"您说他的父亲并没有看自己的儿子,看他的尸体。会不会是……?"

伽马什思考了一会儿。想起阿尔·莱帕赫那遭受暴击之后风化的脸。他背对自己死去的儿子和哀号的妻子。"有可能。"

"但是?"

"如果他是因为突然暴怒而杀死了劳伦特,他可能会试图隐藏。但这样反而更容易,我觉得。他会把男孩埋在某处。或者把他的尸体带进树林,留在那里。剩下的就交给大自然了。如果是谋杀,那么凶手一定苦思冥想过,并且尽可能把这一切做成事故的样子。"

"当然,人们的确会这么做,"让-居伊说道,"杀人不留痕的最佳方法,就是保证没有人知道这是谋杀。"

他们信步走进厨房,开始倒起了咖啡。他们坐在松木桌旁,双手抱着咖啡杯。

波伏瓦很怀念这种感觉。与探长伽马什所共度的数不胜数的时光。仔细斟酌各种证据,与嫌疑人谈话,再就此谈话,比较笔记,在小饭馆、汽车、破烂的旅馆房间里面对面地坐着,将案子一层一层撕开。

而现在,坐在三松镇的厨房餐桌旁,波伏瓦探员想知道他同意调查这桩几乎仅存于伽马什想象中的案子,是否是在迁就头儿而已。又或许他是在迁就自己。

"如果是谋杀,为什么不直接把他埋在森林里?"让-居伊问道,"如此一来,找到尸体几乎是不可能的。正如你所说,那些野狼和熊……"

伽马什点点头。

他看着对面的让-居伊,这位年轻男子双眉紧锁,正在思考。想要抓住理性的线索。伽马什不禁想起,有多少次,在小渔村、在农田、在荒野漏雪的小木屋里,他们俩曾苦苦思索着错综复杂的案件,试着找到凶手,而凶手却拼命隐藏。

他想念这一切。

这会不会是他这么做的原因?他是否将一个小男孩悲惨的死亡变成了谋杀案,只是为了一己私欲?他是否在逼迫让-居伊去看见根本不存在的东西,只是因为他觉得无聊,因为他怀念做探长伽马什的日子?

因为他怀念那些掌声?

话说回来,让-居伊的确问了一个好问题。如果真的有人杀了劳伦特,为什么不直接把他埋在深邃黑暗的森林中?为什么要玩"意外"猜谜游戏?

答案只有一个。

"因为他希望劳伦特被找到,"让-居伊说道,在伽马什说出来之前,

"如果劳伦特一直处于失踪的状态,我们一定会不断寻找他。我们会把这片区域翻个底朝天。"

"于是我们可能会找到这位凶手不希望我们找到的东西。"伽马什说道。

"但是?"让-居伊问道。

"什么但是?"伽马什重复道。

一小时之后,蕾娜-玛丽从克莱拉那儿回来了,发现两人坐在厨房里,双眼放空。

她知道这意味着什么。

劳伦特·莱帕赫的葬礼两日后举行。

雨已经停了,天也已放晴,阳光明媚,在九月,这是个分外温暖的日子。

那位牧师,虽说根本不认识莱帕赫一家,已经尽力了。他提到了劳伦特的善良、温和与纯真。

"我们要葬的到底是谁?"加布里在他们又一次低下头祷告时小声说道。

劳伦特的父亲被牧师请到了台上。阿尔上台,穿着一点也不合身的黑色西装,头发往后扎得紧紧的。他的胡子也梳过了。他抱着吉他,坐在为他摆放的椅子上。

吉他躺在他的大腿上,准备就绪。可是阿尔只是坐在那里,看着那些来追悼的人们。无法动弹。接着,在伊芙的帮助下,他坐回了第一排靠背长凳。

下葬仪式不对外公开,就在三松镇上方的公墓。只有莱帕赫夫妇、牧师还有殡仪馆的工作人员。

在教堂的地下室中,劳伦特的老师、同学、邻居家的孩子们正挑挑拣拣村民们带来的食物。

"我可以和您聊聊吗,老大?"让-居伊问道。

"什么事?"等他和让-居伊走到离人群几步之遥的地方,阿尔芒问。

"我们已经调查了一遍又一遍。没有任何证据显示这不是意外。"

波伏瓦仔细看着面前高大的男人,想要从他的脸上找到蛛丝马迹。他是否松了一口气?是的。但是还是有些别的什么东西。

"您还是很烦恼,"让-居伊说道,"我可以给您看我们的调查结果。"

"不必了,"伽马什说道,"谢谢。我非常感激。"

"可您相信吗?"

伽马什慢慢点头。"相信。"接着他做了一件波伏瓦没想到的事,他笑了。"看来劳伦特不是唯一一个想象力过剩的人。总看见根本不存在的东西。"

"您该不会要报案说有外星人入侵吧?"

"啊,既然你提到了这一点……"

伽马什的头往自助餐台那边歪了歪,波伏瓦笑了。

露丝正从便携酒瓶中倒了些什么进装着潘趣酒的涂着蜡的杯子里。

"谢谢,让-居伊。非常感谢你做的一切。"

"还是谢拉科斯特特吧。是她批准了之后,专门组了一个小队调查这个案子。这男孩死于意外,老大。他从自行车上摔了下来。"

伽马什又点了点头。他们走向其他人,中途碰到了安托瓦内特和布莱恩。

布莱恩打了招呼,但是安托瓦内特转身。

"还在生气,我看出来了。"让-居伊说道。

"而且越来越生气。"

"你们在聊什么?"蕾娜-玛丽问道,阿尔芒和让-居伊又加入了她那一群朋友。

"安托瓦内特,"让-居伊说道。

"她用嫌恶的眼神看我。"莫娜说道。

"还有我,"加布里说道,端着一盘苹果派走了过来,奥利维的盘子上则堆满了藜麦、香菜和苹果色拉。

"戏排得不太顺利?"让-居伊问道。

"一旦他们发现作者是谁,大部分都退出了,"加布里说道,"我看安托瓦内特是真惊呆了。"

莫娜看着安托瓦内特,摇了摇头。"她看来是真心不明白为什么会有人退出。"

"所以演出取消了?"让-居伊问道。

"没有,"克莱拉说道,"怪就怪在这儿。她拒绝取消演出。我想布莱恩现在要演所有的角色了。她就是无法接受现实。"

"看来这是会传染的。"阿尔芒说道。

"你是说劳伦特?"奥利维问道,"看来终于有些人了解现实是流动的。"

"记得有次他说池塘里有个恐龙?"加布里大笑着说道。

"他差点就忽悠到你了。"奥利维说道。

"还有一次他看见那三棵松树在四处走动?"莫娜问道。

"它们的确一直在走动。"露丝说道,插进加布里和奥利维中间。

"以琴酒为燃料,"克莱拉说道,"这个机制还真是有趣。"

"说到这点,没有琴酒了。肯定有人把它喝完了。再去倒一点。"她对莫娜说道。

"你自己去倒——"

"这里是教堂。"克莱拉打断莫娜。

"我们现在在孩子的葬礼,"奥利维对露丝说道,"别喝酒。"

"如果说真的有适合喝酒的场合,那这个就是了。"露丝说道。

她抱着罗萨的样子几乎和伊芙·莱帕赫抱着劳伦特的样子一模一样。拥在胸前,护在怀里。

"他是个奇怪的小孩子,"露丝说道,"我喜欢他。"

就此,劳伦特·莱帕赫真正的悼词开始了。他提起小男孩编造的故事中的故事。关于那个拎着一根木棍的搞怪小孩,把村里搞得鸡飞狗跳。编造出各种怪兽、外星人、手枪、炸弹,还有会行走的树。

这就是他们正在埋葬的男孩。

"有多少次我们看着村中绿地,看见劳伦特躲在长凳后面,用他的'狙击步枪'对着入侵者开火。"克莱拉在离开教堂,沿着那条通往村庄的泥土路向下走时说道。

"到处扔橡果假装是手榴弹。"加布里说道。

"砰砰砰。"奥利维手中托着想象中的机关枪,模仿着劳伦特遇上敌军的时候会发出的声音。

克莱拉扔了一个想象中的手榴弹。"扑哧。"爆炸了。

"他时刻准备着要保护村庄。"蕾娜-玛丽说道。

"没错。"奥利维说道。伽马什想起劳伦特口袋中的橡果种子。他正在进行拯救世界的行动,全副武装,在他死去的时候。

"其实,我觉得他的死并非意外,"阿尔芒等其他人走到前面去的时候,向莫娜坦白,"我认为可能是谋杀。"

莫娜停下脚步,看着他。

"真的吗?为什么?"

他们坐在午后阳光下的长凳上。

"我也在想这个问题。会不会是因为我接触谋杀案太久,所以就算凶手并不存在,我还是感觉可以看见他。"

"编造怪兽,"莫娜说道,"就像劳伦特。"

"对。让-居伊认为其实我有点希望是谋杀,为了自娱自乐。"

"他肯定不是这么说的。"

"不是。但我是这么看的。"

"那么你会如何回答这个问题?"

"我想也许有点道理。不是说我很无聊,更不是想要通过杀人案娱乐自己。这种案子让我反感,但……"

"继续说。"

"泰蕾兹·布鲁内尔上周来过,请我去做总警司,监管重案与凶杀组。"

莫娜扬起了一条眉毛,"然后呢?"

"说实话,我从来没有这么安宁过,也没有其他地方比这里更像我的家。我感觉没有任何回去的必要。但是我感觉好像我应该这么做。"

莫娜笑了。"我知道你是什么意思。我辞职不做心理医生的时候,也觉得很愧疚。这已经不是我们父母所在的那种时代了,阿尔芒。现在人们的一生中有许多的篇章。我不干了之后,我问了自己一个问题。我想做的究竟是什么? 不是为了我的朋友,也不是为了我的家人而做。不是为了无关紧要的路人,而是为了我自己。最终,该轮到我自己了,属于我的时刻。而这就是属于你的时刻,阿尔芒,你和蕾娜-玛丽的。你想要的究竟是什么?"

他听见橡果掉落在地上的闷闷响声,压下想要回头看那个扔"手榴弹"的好笑小孩的想法。咔—扑哧。

接着又是一个,又一个。就好像那三棵巨松正在踩踏大地,叫它打开大门让劳伦特进去。那个让它们行走起来像被施了魔法似的孩子。

阿尔芒闭上眼睛,闻到新割的青草气味,感觉阳光轻触他微微抬起的脸。

我想要什么? 伽马什问自己。

在微风中,他听见悠悠荡起的轻扬音符。是尼尔·杨的《丰收》。阿尔芒抬头,看着小山顶上的小公墓。午后无云的蓝天勾勒出一个高大的男子,双臂之间抱着一把吉他。

剩余的歌词滚落山坡……后面的路还很长。

...第七章

"你们原来在这儿,"奥利维说道,和加布里一起坐在小酒馆里伽马什的桌边,"我们到处找你们呢。"

"你们肯定没仔细找,"蕾娜-玛丽说道,"我们还能去哪儿?"

"家里?"加布里说道。

"这儿不是我们家?"伽马什对蕾娜-玛丽小声说道。

"这儿是我们家,亲爱的。"她拍拍丈夫表示肯定。

他们还穿着葬礼时穿的衣服,蕾娜-玛丽穿着藏蓝的连衣裙,阿尔芒则是一套深灰色的西装,配白衬衫和领带。量身定制的经典。

他们还不准备把衣服换了,好像这么做就意味着脱掉了悲伤,把劳伦特抛在脑后。

奥利维和加布里一定也这么想。他们也还穿着深色的西装和领带。

奥利维对他的一位服务生招了招手,于是两杯啤酒,一碗什锦坚果出现了。

加布里和奥利维啜饮了两口啤酒,互相看了看,以示鼓励。

"你们为什么要找我们?"阿尔芒终于问道。

"你说。"加布里说道。

"不,你说。"奥利维说道。

"是你想出来的。"加布里说道。

"拜托,随便哪个,告诉我们吧。"阿尔芒说道,目光从一个身上转到另一个。他真的没有心情回答二十个问题。

"只是一件小事。"奥利维说道。

"几乎不值一提,"加布里说道,"我们只是有些好奇。"

伽马什瞪大了眼睛,诚邀他们细说道。

"那根木棍。"奥利维终于说道。

"劳伦特的木棍。"加布里说道。

他们盯着伽马什,可对方只是茫然地看回来,奥利维终于和盘托出。

"在葬礼后的聚会上,大家说起劳伦特的时候,每个人都记得他的那根木棍。"

"他的狙击步枪。"蕾娜-玛丽说道。

"他的狙击步枪,他的剑,他的魔杖,"奥利维说道,"我们有多少次看见他来三松镇的时候,骑着自行车冲下山坡,手中木棍直指前方,就像冲锋陷阵的骑士那样。"

"他真是吓人。"加布里微笑着说道,想起那个勇敢无畏的男孩,剑指天知道是什么东西,毅然决然地要拯救村镇和这里的人们。

伽马什盯着奥利维和加布里,静待后续。

"他去哪都不会丢下那根棍子,"加布里说道,"我们只是想也许阿尔和伊芙会想拿回来。"

"哦,对,"阿尔芒说道,"也许你说得没错。"

他希望自己早点想到这一点,但是很高兴这几位先生想到了。

"一定是警察捡去了,"奥利维说道,"你知道他们什么时候会还回来吗?我们现在可以拿回来吗?"

阿尔芒张开嘴,想说他觉得劳伦特所有的财务应该已经都归还了。但接着他让自己停下。开始思考,搜索着记忆中的警方报告。上面没有任何关于木棍的记录,但转念一想,即使调查员在地上看见这根木棍,他们或许也不会捡来作为证据。也许它看起来和其他树枝并没有什么区别。

但他又搜索了一遍他自己对事故现场的记忆。

那山坡,那碎石,那长草,那车把上系着头盔的自行车。他搜索自己的记忆,但是并没有发现木棍。也没有断枝。只有沟、草,还有跪着的母亲和冰冷的孩子。

他站起来。"警方没有找到这根木棍。我们要回去找找。不如我们换好衣服,在那里碰头?"

二十分钟之后,他们从伽马什的车上下来,穿着随意,毛衣、外套和橡皮靴。四人溜下小河堤,开始寻找。

但劳伦特的木棍不在那里。

不在沟里,不在泥路的边缘,不在长长的草丛中,不在被压平的那一圈草上,也不在森林边缘。

阿尔芒走到山顶,站在那里,想象劳伦特骑着自行车呼啸而下。他回溯劳伦特生命的最后一刻。

向下、向下、向下。劳伦特的车速越来越快,他小腿狂蹬,木棍肯定直指前方。就像英勇冲锋的长矛。

接着,意外发生了。他卡进了一个坑、一个洞或者一道坎,老东镇的人称此为卡弧。

阿尔芒站在一个可能是导致这场意外的坑洞旁。劳伦特在飞起的时候有没有害怕?伽马什怀疑没有。那男孩很可能兴奋得头晕眼花。嘴里甚至还叫着:"卡啊啊啊—弧呜呜呜。"

他以风为马,紧接着又失去了魔法。

钝力损伤,报告中如是说。然而,所有爱这孩子的人遭受的长期心理创伤却无法在尸检报告中展现。

阿尔芒站在坑洞旁,踮起脚尖,双臂前伸。模仿起飞的样子。他想象自己在空中航行。上升、上升、接着再下降、落入沟里。

那木棍掉哪了呢?也许离劳伦特有些距离,从他的小手中脱开,像标枪一样刺破空气。

蕾娜-玛丽、奥利维和加布里学着他,也在最有可能的地方找了一遍。接着又去最不可能的地方找了一遍。

"到现在为止,什么都没找到。"蕾娜-玛丽说道,接着四处张望,发现她丈夫不在身边。他站在劳伦特掉落的地方,看着地面。接着他转身,往山坡上看去。

"找到什么了吗?"奥利维问道。

"没有,"加布里说道,离树林越来越近,"只有草和泥。"他抬起靴子,只听土地发出吮吸的声音,好像不愿放他走。

阿尔芒回到路上,往山坡反方向走去。蕾娜-玛丽,还有加布里和奥利维,也跟上了他。

"没找到木棍?"伽马什问道。

他们摇摇头。

"也许阿尔和伊芙已经拾回去了。"奥利维说道。

但是这并没有什么说服力。劳伦特的父母现在光重拾自我都已经够呛。

"也许他弄丢了。"加布里说道。

但他们知道,除非劳伦特的手掉了,他绝对不会弄丢这根木棍。对劳伦特来说,它不只是一根木棍而已。

阿尔·莱帕赫从谷仓里出来,听见汽车的声音。他已经换回工作服,正擦着他的大手。

"阿尔芒。"

"阿尔。"男人们握手,蕾娜-玛丽则简单拥抱了他一下。

"伊芙在家吗?我有一盒磁带。"

阿尔指指房子,蕾娜-玛丽过去之后,他转向伽马什。

"你们是过来打个招呼的吗?"

"不,其实不是。"

他们把加布里和奥利维送到三松镇之后,便驱车前往农场。现在,阿尔芒注视着面前较他年长的男人。阿尔·莱帕赫看上去就像要扔掉之前揉皱的纸袋。但是第一次,阿尔芒仔细端详他的脸,注意到的不是他的胡子或者饱经风霜的皮肤,而是他湛蓝、湛蓝的双眼,形状就像杏仁。劳伦特的眼睛。还有他的鼻子。鼻子很瘦,对整张脸来说显得较长。劳伦特的鼻子。

"我有个问题想问你。"

阿尔示意他在一条饲料槽上坐下。两人肩并肩。

"劳伦特的木棍是不是在你这儿?"

阿尔看着他,好像失去了思维能力。"他的木棍?"

"他一直都带着它的,但我们找不到。我们只是想也许在你这儿。"

在阿尔回答之前,好像过了永远那么长的时间。阿尔芒暗地祷告他会说,是的,在我这儿。于是,阿尔芒和蕾娜-玛丽就可以回家,开始那漫长的过程,怀念男孩生前的逸事,淡忘他的死亡。

"没有。"

这位高大的男子没有看阿尔芒的眼睛,他做不到。他直勾勾地看着前面,瞪大杏仁般的眼睛,努力不让它们柔软起来。但他的双唇在颤抖,他的下巴皱了起来。

"能拿回来的话就太好了,"他终于说了一句话。

"我们会尽量帮你们找来的。"

"那是我为了他的生日亲手做的。"

"是。"

"每晚在他入睡之后,我才动手做的。他想要苹果手机。"

"不,他没有。"阿尔芒说道。

"他才九岁。"

伽马什点头。

"九岁。"阿尔·莱帕赫呢喃道。

两人的目光都涣散起来,看着相反的方向。劳伦特父亲目光所及的世界里,一个九岁的男孩死于意外。伽马什目光所及的世界里,更糟的事情发生了。

"肯定在那儿,"阿尔最后说道,"在我们找到他的地方。或许警察捡起来了。"

"没有。我们去看过了。警方也没有找到。如果不是在家里,也不是在找到劳伦特的地方,那我们必须找到它。"

"为什么?"

伽马什没有犹豫。他知道不会再有这样好的时机了。

"这可能意味着劳伦特是在别的地方被人杀害,之后才被抛进沟里的。"

阿尔的嘴动了动,像是要说什么话。也许是为什么。又或许是,怎么会。但最终他的嘴就僵在那里。接着伽马什看见劳伦特的父亲收起了他的家园,打包了他的行囊,搬走了。搬到另一个世界。在那里,一个九岁的男孩被杀害。在那个世界里,九岁的男孩们被谋杀。

阿尔芒·伽马什在搬运这个男人,他是摆渡人,带着他前往另一个世界。

一旦到了,就再也回不去了。

"一根木棍,老大?"让-居伊·波伏瓦电话里的声音一下子尖锐起来。

"对。"伽马什说道。他站在客厅,看着窗外,目光越过了屋前的门廊,落在小镇绿地上。

他可以看见克莱拉和莫娜坐在长凳上,正在和贝利夫先生聊天。

"您叫我去找探长拉科斯特,告诉她我们必须要重新调查劳伦特·莱帕赫的死因——之前的调查已经是我们为了帮您才做的——一根棍子不见了?"

"对。"

阿尔芒·伽马什现在明白劳伦特的感受了,在他想说服人们外面有怪兽的时候。他还没有看见怪兽,但他知道它正在出没。他必须让人相信。

"我知道这听上去很荒唐,让-居伊。"

"我觉得您不知道,老大,否则您肯定不会说的。"

"拜托,就照我说的做吧。"

"可我们该怎么办?我们已经进行过一次彻底调查。这是一场意外。"

"不是意外,"伽马什有些粗声粗气地说道,"而且不止是木棍的问题。我们昨天下午去了现场,搜寻了一番,我又发现了另一个疑点。他躺在地上的姿势。假设,其实之前也都只是假设,他正骑着自行车冲下山坡,撞上了一道坎,他一定是头先飞出去,对吗?"

"他的确是这样啊。撞到头了。对不起,头儿,但您这是想说什么?"

"他的方向反了,让-居伊。你们自己拍的照片就证明了这一点。"

"什么?"

伽马什可以听见让-居伊正在四处翻找,接着开始敲击着电脑,调出文件和照片。

一阵沉默。

"天呐,"他终于开口,仿佛叹气般吐出那个词,"您确定?"

"你去现场的话也会立刻发现的。劳伦特在摔落的时候不可能正在下坡。"

"另一边呢?"

"是平的。可能是车轮撞上了石头或坑洞,所以他才会摔下来,但最多也就是划破一个膝盖,或者摔断一条手臂。他绝对不可能飞那么远。"

"天,可能真被您说中了。那现在怎么办?"

"如果他是被杀害的,那么凶手犯了一个大错。他移动了尸体,但是忘了那根木棍。如果我们能找到木棍,可能就能知道劳伦特遇害的地点。"

"那是谁干的呢,"波伏瓦说道,"可即使这一切都是真的,您究竟想如何在森林中找到一根木棍?"

伽马什向窗外看去,抬起目光,越过小镇绿地,越过那些老旧的房屋,一直看向那片林子,那片森林。以小镇为中心向外辐射几百平方英里,地上掉落着成千上万根木棍。

但是劳伦特才九岁,而九岁的孩子,就算骑着自行车,也不可能游遍这几百平方英里。他们肯定也不会进到那么深的林子里。

如果他是被谋杀的，那一定在附近。

"几天前，你在村中绿地踢足球的时候，劳伦特正跑进小镇里。"

"对，"让-居伊说道。

"他是从哪个方向来的？"

"他是从老火车站那边来的。"波伏瓦说道。

"在桥对面，"伽马什说道，"对，我记得他是这么说的。我们就从那里开始。"

"为什么是那里？"

"你那天问我怎么会有人去杀害一个九岁的小男孩，"阿尔芒说道，"我只能想到两件事。要么就是毫无缘由，纯粹为了杀戮的快感，一个精神病患者。要么就是有原因的。"

"所以我还是要问，"让-居伊说道，"为什么？"

"想想劳伦特，"阿尔芒说道，"他都做些什么？他编故事，各种各样的故事，全都源于他的想象。莫娜认为他想要吸引注意力，那个叫狼来了的男孩，就算他最后说的是真话。我想劳伦特也是如此。"

"关于外星人入侵？"

"关于枪。"

"上面骑着一个怪兽？"让-居伊问道。

阿尔芒叹了口气。"他习惯了夸张，"他承认，"然而，正因如此他才失去我们的信任。如果劳伦特只说关于枪的部分——"

"——比世上任何房子都大的枪？"

"——那我们可能就会相信他了。没有一个人听他说完。我们只是忽视他的话。他求我和他一起去，可我连想都没想一下，"伽马什说道，"如果我当时和他一起去了……"

他的声音渐渐低了下去，直到听不见。他突然意识到，今天大部分的时间，这一点一直抓挠着他的心，但这是他第一次说出来。

"我会过来的。"让-居伊说道。

"没关系，我已经找了一些人一起搜查了，"阿尔芒说道，"可能需要一段时间。甚至我们可能永远都找不到它。"

"好吧,我能做些什么?"

"让法医重新检查一下那些医疗证据。问她那些伤口有没有可能不是意外而是其他原因造成的。"

"同意。我也会再看一遍照片和其他证据。"让-居伊顿了顿,"您真觉得有人杀了那个孩子?您知道这意味着什么吗?"

阿尔芒·伽马什再清楚不过这意味着什么。

要杀害一个孩子只有少数人可以做到。探长伽马什在他的漫长的职业生涯中曾经追踪过其中几个。为了找到凶手而苦苦斗争,也为了控制自己的抵触、自己的怒气而斗争。为了不让自己孩子们的思想受到这复杂而不稳定的现实而斗争。

问题就在于此。他们是最难寻找的凶手,不仅仅因为如果他们能欣然杀死孩童,那么他们也能欣然去做任何事,更是因为这涉及家人、证人、朋友、公众还有调查员的情绪。好比火山喷发。它们能模糊真相,扭曲思想。

这对凶手来说是个极大的优势。

而且,这类凶手也有能力让集体分崩离析。就连他,看着窗外来来往往的镇民,也只在想一件事。

凶手是其中之一吗?

方圆几英里的人们都竞相做志愿者,帮忙搜寻树林,寻找男孩的木棍。阿尔芒还没有向他们解释寻找的原因,总之没说出真相。相反,他告诉大家,能够拿回劳伦特的心爱之物,对于阿尔和伊芙来说是莫大的安慰。

整整搜了两天,他们才找到它。但他们找到的并不是木棍。一开始没有,最先找到的是一头怪兽。

...第八章

让-居伊·波伏瓦在搜寻行动的第二天驱车向下来到三松镇。

在这黑暗潮湿的树林里,搜寻一根木棍让人心烦意乱、腰酸背痛、冷入骨髓。但没有一个村民中途退出。他们以换班的形式接力,每两小时一班,几乎每个人都志愿连班过。

"法医同意劳伦特的创伤可能是击打造成的,而不是撞击地面,"让-居伊说道,"他是个瘦小的孩子,对一个九岁孩子来说。不需要多大力气。真可怕,竟然夺走一个孩子的生命。"

"是的。"

"我也重新看了一遍现场的照片,看到这个地方的时候,我就出来了。你可能是对的。"

"谢谢,"伽马什说道,捡起一根木棍,仔细检查了一番之后往背后一扔。

"而且您求我帮忙,我至少也要做到这份上了。"

阿尔芒笑了。"没有你我真不知该怎么办。"

让-居伊四处张望。他们可以听见其他搜寻者走动的声音,但看不见他们。

"您要是和我一起的话可能不知该往哪里走了。"

森林中,满地都是岁岁年年飘落的叶子,已然干枯腐烂,所以他们踩过的时候,它们发出一种如麝似木的味道,并不难闻。

头顶上的叶子正在变色,在明媚的阳光照耀之下,他们仿佛感觉正走在一块巨大染色玻璃做成的穹顶之下。

"这里。"一声喊叫道。

伽马什和波伏瓦停下脚步,朝声音传来的方向望去。

"我找到什么东西了。"

是贝利夫先生,杂货店老板。他站在树林中间,又高又瘦,正在挥手。伽马什和波伏瓦开始加快脚步,渐渐跑动起来。

其他听见叫声的人也开始赶来。

"停,"伽马什喊道,加速穿过树木间的缝隙,想在蜂拥来的人群之前赶到,"你们停下。现在。停。"

他们停下了。不是所有人都立刻停下的,但是最终人们听出他声音中蕴含的权威,于是大家都驻足不前,稀稀拉拉地散在林间。

"你找到劳伦特的木棍了吗?"波伏瓦向杂货店老板走去时问道。

"没有,"贝利夫先生说道,"我找到那个。"

"什么?"安托瓦内特厉声问道。她站在林中较深的地方,布莱恩站在她身边。不可能被人认错,也不可能被人忽视,她穿着一件亮粉色的羊毛套头衫,上面挂满了干枯的树叶和树枝。她看上去就像从苏斯博士①书里逃出来的样子,为了远离绿鸡蛋和火腿②而潜逃。

贝利夫先生正指着什么东西,但是他们看不见。

"是什么?"伽马什走近时轻轻问道。

"你看不见吗?"贝利夫先生低声说。他用手画了一个圈,但是伽马什

---

① 苏斯博士(Dr. Seuss):20世纪卓越的儿童文学家、教育学家。
② 绿鸡蛋和火腿(Green eggs and ham):由苏斯博士创作的儿童故事。

看见的只有树林中特别茂密的一部分。

"我的妈呀,"伽马什听见背后的人说道。他想可能是克莱拉,但他没有回头。相反,阿尔芒·伽马什停了下来。接着往后退了几步,再退几步。

微微仰头。

"妈呀,"他听见让-居伊低语道。

接着他看向贝利夫先生所指之处。那是藤蔓中的一个小裂缝。在这之后只有一片黑色。

"你带着你的手电筒吗?"他问让-居伊,并伸出手。

"带着,不过我先进去,老大。"

波伏瓦戴上手套,跪在地上,打开手电,头钻进了洞里。让-居伊看上去有点像小熊维尼卡在蜂蜜罐里,当然伽马什不可能当着他的面说。

但是他出来之后,脸上全无童稚之情。

"是什么?"伽马什问道。

"我不确定。你得来看看。"

这次波伏瓦全身都钻进了洞穴,彻底消失了。阿尔芒在让其他所有人等在外面之后,也紧随其后。看上去大家也乐得留在原地。伽马什挤过开口之后,发现了一些断裂的伪装网。

接着他走进了一个没有太阳的世界。这里黑暗而安静。就连惊慌奔逃的啮齿动物也没有。一无所有。除了波伏瓦手电发出的光束。

他感觉到这个年轻人紧紧抓着他的臂膀,帮他站起来。

两人都没有说话。

伽马什往前走了一步,感觉脸上沾到了蛛网,他把它刷到一边,又小心地踏前一步。

"这什么地方?"让-居伊问道。

"不知道。"

两人低声对话,不希望惊动洞里面可能存在的任何东西。但是伽马什的直觉告诉他这里面没有任何东西。至少,没有活的东西。

让-居伊一开始快速地晃动着手电筒,想要看清他们的处境。接着,这迅速而流畅的原形光斑慢了下来。

它落在这里,又落到那里。接着它便停了下来,波伏瓦往后一跳,撞到了伽马什,手电掉了。

"什么东西?"阿尔芒问道。

让-居伊立刻弯腰捡起手电。"不知道。"

但他知道除了他们俩,这儿还有别的东西。

波伏瓦手电的光束开始向上方倾斜。向上,笔直向上,阿尔芒感觉自己的下巴要掉了。

"噢,我的天啊,"他小声说道。

他所看见的令人难以置信,不可思议。

伪装网和古老的藤蔓遮住了一个巨大的空间。它是中空的,但不是空的,里面有一把枪,一门巨炮。这比伽马什所见过的、或所听过的、或所想过的任何东西都大上十倍、百倍。

另外有一个图案从其底座往上延伸,很明显是从地里冒出来的。

一个带翅的怪兽。正在蠕动。

伽马什往前踏了一步,脚下踩到什么东西便停了下来。

"让-居伊,"他说道,向地面示意。

波伏瓦用手电照了过来,在圆形的光环之下,躺着一根木棍。

消息很快传开。没过几分钟,小镇里所有人都知道他们找到了什么东西。

阿尔和伊芙·莱帕赫在寻找他们儿子木棍的时候,几乎参与了每一次轮班,只有在阴冷和潮湿侵入他们的骨髓、让他们无法忍受之时才会休息。

他们此刻恰好在小酒馆休息,暖暖身子,看见让-居伊·波伏瓦路过,正在走向伽马家的路上。他们跟上了他,站在门口的时候,他们听见他正在和当地警察支队通话。

而下一通电话,是打到他在蒙特利尔的办公室的,叫他们派一支鉴证小队过来。

"你们找到什么了?"伊芙站在书房的门口问道。

阿尔站在她身后,如果波伏瓦不告诉他们的话就不让他走。

"我们找到了劳伦特的木棍。"让-居伊说道。他说得很柔和也很清晰。坐实他们最害怕的梦魇。它就是阁楼里的厉鬼,床底下的怪兽,地下室的吸血鬼。

怪兽的确存在,他们的孩子就是被其中一只杀死的。

"我想去看看。"阿尔说道。

他和伊芙跟着波伏瓦回到林子里,现在正面对着伽马什。波伏瓦已经钻回洞里了,开始初步调查,把阿尔芒留在外面,以防任何其他人进入。

加布里和奥利维回到村里,去带警察穿过树林。

"我不能让你们进去,"阿尔芒对阿尔和伊芙说道,"对不起。还不能进去。"

阿尔·莱帕赫,永远那么高大,此刻好像因为愤怒又大了一圈。他的胸膛凸出,他宽阔的肩膀向后打开,就连胡子看上也比平时更加狂野。

阿尔芒以为伊芙能理性一些,可惜他失算了。虽然她比她丈夫更较小,但是她的怒意并不比她丈夫小。

"给我让开,"她暴躁地说道,向他冲去,想把他撞到一边。但是阿尔芒的手臂圈住她的腰,把她留在原地,向她靠近了些,轻柔的声音穿透她松散的长发。

"不,伊芙,拜托。求你了。停下吧。"

他知道,和她讲道理是没有用的。警告她这样做或许会破坏证据。告诉她鉴证科应该是最先见到现场的人。

这与理性无关,而是一种天性,一种原始的本能。她一定要站在那里,不是她儿子死去的地方,而是他最后活着的地方。

而阿尔芒必须阻止她,阻止他们。

"那里面还有什么,阿尔芒?"阿尔厉声询问道,拉着他妻子的手,"你还有什么事没有告诉我们?"

伽马什没有回答。

"我们听见让-居伊打电话,请求支援,"阿尔说道,"他叫他们带上最大的手电筒和探照灯。还有梯子。"

阿尔·莱帕赫的目光从阿尔芒身上向上看去,看着那如树枝般粗壮的藤蔓组成的墙壁,交织缠绕,互相之间上上下下、里里外外交叠纠缠,形成一堵几乎不透风的墙。这也是一种障眼法,让人以为这只是厚重的灌木而已。任何一个路过的人看见了,都会以为只是森林的延展。

但没有一个人会单纯路过这里。这里是三松镇后方半公里深的森林。从三松镇出来,只有一条杂草丛生的老路隐约可见,就连这条路也不过堪堪百米便绝了迹。

"里面有什么?"阿尔重复道。

伽马什看着劳伦特的父母,又看看其他的搜寻者,包括蕾娜-玛丽,大家都有着相同的问题。

"我还不能告诉你。"阿尔芒说道。

他看见蕾娜-玛丽的脸已经显出焦急的神情。

"你不用对我们和盘托出,"安托瓦内特说道,"就告诉我们是否有必要为此担心。"

这是一个挺理智的问题,但是他也没有答案。还没有。

他们听见有人踩着干枯的树叶走来,接着三个男人出现在树丛中。是加布里和两位警察。

"剩下的交给我们吧,"其中一个年轻探员说道,他让加布里离开。接着他转头看着镇民们,很明显他们看见警察来了都松了一口气。

"我们来这儿干嘛?"他问道。环顾了四周说道,"这是在开玩笑吗?"

"当然不是,"伽马什说道。他往前走了一步,伸出手来:"我叫阿尔芒——"

"我问你名字了吗?没有。我是问我和我搭档来为什么要站在这些树丛中。"

这个年轻人橄榄绿色的制服看上去既僵硬又崭新。不是洗过的原因,而是因为很少穿。

也许,伽马什意识到,这是他上任第一天。几乎毫无疑问这是他的第一个月。波伏瓦打电话已经是一小时之前了。他们明显没有抓紧时间赶过来。

这位探员看上去很恼怒，毫无怜悯之意，手搭在他的枪柄上，首次尝到大权在握的滋味。

伽马什看见他制服左上角的名牌。

法弗洛。

这个名字很眼熟，没过多久他就想起来了。这是劳伦特死亡报告上的签字。那份将此作为意外结案的报告。

"有人叫我们过来看一个奇怪的东西。"

他看着伽马什。

"是你吗，老兄？"他问道，他的搭档用鼻子哼了一声，仿佛准备好看好戏。

"你知不知道——"加布里开口了，但是阿尔芒摆手示意他安静。

"知道什么？"这位警局探员问道。

"我觉得最好你们都先回去，"阿尔芒对其他搜查者说道，"我猜奥利维正在等探长拉科斯特？"

加布里点点头："对。他会带他们进来的。"

伽马什转身对贝利夫先生说："探长拉科斯特可能带了梯子，不过我想你应该也有几把吧？"

"梯子？"杂货店老板问道，"是的。我自己用的梯子，但我还能再找几把来。"

"梯子，阿尔芒？"蕾娜-玛丽问道，搜寻着她丈夫的脸，接着又朝他身后看了看。

"对。噢，还有，贝利夫先生，你能不能找大梯子来？"

"当然，"杂货店老板说道。这位镇定的男士，现在看上去有些许慌张。

"等等，"法弗洛探员说道，"这是什么情况？在我们得到解释之前没有人可以离开。"

伽马什向他走近。这位探员往后退，手放在警棍上。

伽马什头往一侧歪了歪,看清了他的动作。接着他转身背对两位探员,面朝有些不自在的围观镇民。

"走吧。"他说道。

"阿尔芒?"蕾娜-玛丽问道。

"我马上就回来。"他安慰地笑笑。

于是他们走了,时不时回头看看这位高大的男子和两位年轻人,他们正站在这古老的森林中对峙。这不难让人想起两匹柔软而年轻的公狼正在包抄一头牡鹿,全然不知道牡鹿的危险。

劳伦特的父母在原地一动不动,伽马什也没指望他们能离开。他们现在是例外。

伽马什又打量起两位年轻人。

"你们看见他们了吗?"两位探员没有回答,他继续说道。"那是伊芙和阿尔·莱帕赫。他们几天之前刚刚失去他们的儿子,劳伦特。我相信他的报告是你写的。"

"是的,"法弗洛探员说道,"意外。骑着车冲到沟里去了。那和这有什么关系?"

"他的死亡不是意外。"伽马什的声音低了下去,以免莱帕赫夫妇听见,虽然,他们早就知道了,"他是在这里被杀害的,尸体被挪到沟里去。证据就在里面。"

伽马什往他身后看去。

"哪里?"法弗洛探员厉声问道。

"这里很难看清。隐藏在藤网之下。"

"给我看。"探员说道,向站在他面前的伽马什走来。

"请别再往前了,"他说道,双眼锁定年轻的警察,"很危险,你会破坏证据的。"

"你也很危险,你妨碍我们调查了。"

"我找你们来是请你们在蒙特利尔凶杀组到达之前保护现场的。"伽马什说道。

"你找我们来的?"探员大笑道,"我们不是你随便找来参加你的聚会的。让开。"

"我不会让的,"伽马什说道,"你还没有经过相应的训练。我之前也在警局工作。让凶杀组的专家做他们该做的,你们做你们该做的。"

"让开,不然我就把你打开。"

他抽出了警棍。

伽马什惊讶地瞪大了眼睛。年轻探员还以为他是害怕了。他咧嘴笑了起来。

"继续啊,老头。给我一个理由。"他瞥了伽马什一眼。

"我的天,你是警校出来的吗?"伽马什厉声问道。

"别用这种口气跟我说话,否则我就给你看看警校怎么教我们对付骚扰警察、妨碍公务之人。"

"法弗洛,"布拉萨尔探员低声说道,但是他的同事根本拒绝搭理他。

"你会成为我抓的第一个人,而且我怀疑你会拒捕。"

伽马什警惕地看着他,让他笑了起来。

"吓尿了,老兄?现在给我滚开。"

探员想要走过伽马什。

"停下,"伽马什说道,挡在他面前,"退后。"

那位探员被他语气中的威严震惊,真的这么做了。

"你们还是新人,"伽马什说道,"对吗?"

布拉萨尔点头,法弗洛一动不动。

"我知道你想要立功,但是你的工作不是欺负市民,也不是搜集证据,而是保护证据。你很幸运,你能看见在现实世界中就近观察凶杀案是如何调查的。大部分探员等了许多年都没有这个机会。"他放低声音,"但是对伊芙和阿尔·莱帕赫来说就不是这么一回事。那是他们的儿子,他们的孩子。别忘了这一点。"

"别对我的工作说三道四。"法弗洛说道。

"总得有人说。你刚才听见我说那个男孩是被人杀害的吗?而且你的名字就在那份将此归结为意外的报告上。你搞砸了。你的第一个工作,你却没充分调查。你没能发现他的尸体所躺的方向反了。"

他一直看进这年轻人的眼睛。这双眼睛里所蕴含的已不止是一丝攻击的意图。

"你还年轻,刚开始工作。失误是会发生的。可是一旦做错了,你必须吸取教训。你现在走到那个男孩的父母面前,承认你的错误,并且道歉。不是因为我叫你这么做,而是因为你应该这么做。"他的声音微微柔和下来,真诚而忧心地看着法弗洛探员,"当然,肯定已经有人这么教过你了。"

布拉萨尔探员也一直在听,此刻正要举步走向莱帕赫夫妇,但是法弗洛探员制止了他。

"我们不需要什么老破警察告诉我们该怎么做我们的工作。"他说道。

"很高兴你们来了,探员们,"波伏瓦说道,从藤蔓缝隙间出来了。他拿出自己的证件给他们看。"波伏瓦探员,凶杀组的。看来你们已经见过伽马什先生了。"

"我们见过了,长官,"法弗洛说道,"我正和他解释权力系统的运作方式。我知道他以前也是警察局的,所以他应该明白自己不应妨碍公务。"

波伏瓦双眉扬起。"他在妨碍公务?"他转向伽马什,"而且他们还要帮您解释。我看这调查程序和您在警局时并没什么变化呀。"

"有一些微不可查的变化。"阿尔芒说道。

"真的?可您不久前还是凶杀组组长。"

波伏瓦转向两位探员,发现布拉萨尔瞪大了眼睛。

"是的,"波伏瓦说道,朝他凑近了些。"噢噢噢,该死。"

伽马什和波伏瓦从两位探员身边走开几步,交头接耳地谈起自己的发现。

"你这混蛋,你知道那是谁吗?"布拉萨尔探员咬牙切齿地啃着法弗洛的耳朵,"那位就是探长伽马什。那位发现腐败问题的。你没在新闻上看见他吗,在审判的时候?在调查的时候?"

他往伽马什和波伏瓦看去,他们俩肩并肩,低着头。波伏瓦探员正在说话,前探长则听着,不时点点头。

"前任凶杀组组长,前任。"法弗洛强调,"是,我是在新闻上看到过他。

但他已经离开了警局。他现在就是《一个自行发完病毒的病例》,一个可悲的老头,根本无法承受压力,只能退休躲进这鬼地方。"

几步之外,伽马什听见了这些话,波伏瓦也是。

"您要不要我去……?"让-居伊问道,但是伽马什微笑着摇了摇头。

"忽略它吧。你找到什么了?"

波伏瓦飞快地瞥了一眼一旁正在密切观察着他们的莱帕赫夫妇。"那东西推到开口的旁边了。我就把它留在那儿等法医来鉴定。"

"什么东西?"

"我觉得您得亲自看看。"

伽马什跟着波伏瓦重新钻进了裂缝,去看看让-居伊发现的东西。在那里,半埋在腐烂树叶下的,是一盒磁带。阿尔芒凑近去看上面的字。

"皮特·西格,"他说道,直起身,"很明显,这是一盒旧磁带。"他从胸前口袋里摸出眼镜,再仔细看了看,"但是我觉得它是新埋的。上面有些土,而不是苔藓或霉菌。"

"我也这么想,"波伏瓦说道,"它是怎么来的?究竟还有谁会听磁带?谁是皮特·西格?"

伽马什坐了下来,看着磁带,手电的光把它照亮了。他察觉到周遭的黑暗,也因背后若隐若现的东西而极度警觉。

"他是个民谣歌手。美国人。在民权和和平运动的时候非常有影响力。"

"啊。"让-居伊说道。

啊,伽马什想起来。

外面传来他们熟悉的声音,两人爬出洞口,看见探长拉科斯特正和莱帕赫夫妇谈话,请他们节哀。她的身后,奥利维正架起一把梯子,鉴证小队正在安排探照灯和梯子、展开粗壮的电线。

伊莎贝拉·拉科斯特转向凭空出现的波伏瓦和伽马什。

"你俩从哪儿出来的?"拉科斯特问道。

"从那儿。"波伏瓦往身后摆摆手。

"哪儿?"

拉科斯特眯眼瞧了一会儿，接着她瞪大双眼，脸上也爬满了好奇。

"那是什么？"她问道。

"是伪装网，长太快了。"

"它在伪装什么？"

"我觉得你得亲自去看。"波伏瓦说道。

探长拉科斯特对伽马什说："您要不要……？"

她向入口示意，但是他摇了摇头，微微笑了笑。

"不了，谢谢。这是你的案子。如果你没意见的话，我准备回去了。"

"行。噢，老大。"伽马什在几步之遥驻足。拉科斯特朝他走去。"对不起。关于劳伦特，是我错了。我应该更仔细调查的。"

"我知道你会找到杀死他的凶手的。这才是最重要的。"

伽马什等她消失在里面之后，走向两位年轻的探员。

"我知道你们认为这等小事无须你们来做，"他说道，"你们也觉得我就是个糟老头，但我求求你们，保持警惕，时刻睁大双眼。这不是在开玩笑。你们懂吗？"

"是，长官，"布拉萨尔探员说道。

"法弗洛探员？"

"你已经不是队里的了。没有权利命令我。"

伽马什看着这双挑衅的眼睛。"我们走着瞧。"

拉科斯特环顾四周，试着适应这奇怪的新环境。波伏瓦探员正在指挥犯罪现场鉴定和鉴证小队，他们开始工作之后他就来找她了。

他们一起穿过探员们用黄色警用胶带围成的警戒线。波伏瓦飘逸的光束在地上撒欢，最后停在一根木棍上。大概离入口十英尺的地方。

"他是在这里遇害的？"拉科斯特问道。

"我想是的。"波伏瓦说道。

他看见她点点头，接着她的光束在地上扫荡，弄出越来越大的弧度，一直朝外面荡去。但是波伏瓦探员帮她节省了时间。

他们带来的工业照明器刚刚接好，于是他现在打开了一盏，灯光往前方直直打去。

伊莎贝拉·拉科斯特本能地朝后避了避,就连波伏瓦,就算已经知道那是什么东西,也觉得心脏突突直跳。在他们周围,动作娴熟的犯罪现场鉴证小队停了下来,僵直的警探们盯着它直看。

我的天呐,只听他们喃喃自语,这些话语消失在死一般的空间里。

在这束巨大的光束中,那枪甚至比用小手电照射的时候显得还要庞大。现在,他们终于明白这东西的规模。

警探们用手电筒指着它,就像用武器一样。更多的探照灯打开了。在这东西上面嬉戏,但它们加在一起仍无法将这庞然大物笼罩在光线之下。

"他说的是真话,"拉科斯特用比呼吸还轻的声音说道,"我的天呐,原来劳伦特根本没有撒谎。"

在他们面前,是一把硕大的枪,一尊大炮,它长长的炮筒一直向前伸展,超出他们光束照亮的区域,消失在黑暗之中。

让-居伊·波伏瓦将光线向下方移动,直到撞上这东西的底座。在那里,他们看见一个怪兽被刻进金属里,扭动着、蠕动着爬出地面。它展开双翅。许多个蛇头交织盘绕,就像将它隐藏数十载的藤蔓。

"我们需要更多灯,"伊莎贝拉·拉科斯特说道,"还有更长的梯子。"

第九章

莱帕赫夫妇把卡车停在小酒馆旁的路上,伽马什陪他们走回去。

"我会确保你们会得到所有信息,"在阿尔发动卡车的时候,他凑近窗玻璃对他们说。

"目前我们什么信息都没有得到,"伊芙说道,"除了他们在那个东西里面找到了劳伦特的木棍。木棍怎么会在那里呢?"

"我们知道它怎么会在那里的,伊芙,"阿尔说道,"劳伦特是在那里被杀害的,之后就被搬走了,不是吗?"

伽马什点头:"探长拉科斯特和她的团队在之后的几小时之内会得知更多信息,但目前看来是这样的。"

"那劳伦特怎么会在那里?"伊芙说道,"他是不是吓到什么人了?里面有什么?是个制毒工作室还是大麻种植基地?他是不是一头撞进了和毒品有关的事情?他们为什么杀了他,阿尔芒?"

"我不知道。"

"但你知道里面有什么东西,"阿尔说道,"劳伦特找到的东西。"

"我目前不能向你们透露更多。"阿尔芒说道。

"你可以的,"阿尔说道,"只是你选择不告诉我们。你知道这么做只会让事情更糟糕。"

"对不起。"阿尔芒说道,在阿尔踩油门的时候往后退了一步。

他看着那辆破旧的小卡车绕过村镇绿地,接着开往通向村外的道路。接着他走回家,沉思着。

的确,这些他都知道。但是他也知道另一件事。

当他靠近莱帕赫家卡车打开的车窗,他看见,散落在座位中间的控制台上的,是一堆磁带。

"露丝在哪里?"莫娜从来没想到自己竟然会问这个问题。

"不知道,"克莱拉说道,扫视了一下拥挤的小酒馆,"一般这个时间她已经到这儿了。"

现在是下午五点三十,这里每一张椅子都已经坐满了。周围嘈杂的声音让他们连自己在想什么都听不太清了。

克莱拉看见贝利夫先生站在门口,正好连接起萨拉的面包房和小酒馆。他正扫视着酒馆。

"我去问问他有没有看见她,"克莱拉说道,站了起来,优雅地穿过桌椅之间。

在经过桌子的时候,她能听见一些谈话的片段。不同桌的用词有一点不同,根据这些小团体的组成而变化。但是意思是一样的。

"杀人,"她听见压低的声音,"谋杀。"

接着,更低的声音说:"真的?"

"但是谁杀的?"

然后鬼鬼祟祟地四处扫视,扫向朋友、熟人、邻居和陌生人。怀疑,就像斧头一样,会落到谁身上?

克莱拉一直以来觉得小酒馆是让她安心的地方,特别是在失去彼得之后。但是现在这里虽然仍旧令人放松,这氛围却像是在包抄她。那些她努力从脑海中驱逐的词再次出现。新鲜、崭新、有力,"谋杀"、"责怪"、

"杀害"将舒心挤到一边。

劳伦特死了,很可能是他们其中的一个人干的。

"你看见露丝了吗?"克莱拉问杂货店老板。

"不,还没。她没来吗?"

"没。"

"我这儿有点杂货要给她。我会给她带过去,顺便看看她的。"

在走回她那一桌的时候,克莱拉又听见了只言片语。

"……毒品。贩毒集团……"

"……酒,禁酒令时期所漏掉的……"

一桌人在听一个激情四射的人讲述51号区①,以及那些无法驳倒的证据显示外星人在几十年前降落在了新墨西哥。还有,据他所说,在魁北克。

"你们记住我说的话,这儿有外星人的飞船,"他说道,"那孩子不是经常警告我们有外星人入侵吗?"

令人惊讶的是,这一桌的其他人,克莱拉知道他们是非常通晓事理之人,竟然在点头。似乎他们其中一人变成外星人比他杀害了一个小男孩来得更令人安心。

克莱拉坐在莫娜旁边,面孔铁青。

"你听见人们都在说些什么吗?"克莱拉问道。

"听见了。而且越说越难听。那一桌人点的酒越来越多,还说要进林子里,冲进我们找到的那个洞穴里。"

莫娜把她那杯红酒推远一些。人的天性,她知道,痛恨空洞,而这些人,面对信息空洞,便用自己的恐惧去填补它。

现实与虚幻之间的界限,真实与想象之间的界限,正越来越模糊。将人们与文明行为栓起来的锁链就要被磨断。他们可以看见,可以听见,可以感觉它正分崩离析。

这些人里的绝大多数都认识劳伦特。也有他们自己的孩子。他们很累、很冷、充满了恐惧和酒精,而非事实。这些都是好人,受到惊吓的人,

---

① 51号区(Area 51):美国高度机密的军事测试和研发基地。

这是可以理解的。

奥利维弯下腰,把一碗什锦坚果放在桌上。他对他们小声说道,"我准备开始和某些人保持距离。"

"我觉得这是个好主意,"莫娜说道。

克莱拉站了起来。"我看阿尔芒得来一趟。我觉得他避而不见是因为他不希望这会引起不必要的麻烦,但现在麻烦已经是小问题了。"

角落里的一桌突然吵了起来,因为加布里对他们说他们已经不能再多喝了。

克莱拉走到吧台,打电话到伽马什家。

"我没听错吧,克莱蒙?"露丝问道,老杂货店老板在她的客厅里坐下。

"你听见什么了?"他问道。

"那孩子是被谋杀的。"

她说出来的时候好像这个字眼不具有任何的感情负担,不过就是一个词而已。但是她细瘦的双手却在颤抖,双拳紧握。

"是的。"

"接着他们在林子里找到了什么东西,就是劳伦特遇害的地方。"

"是的。我指给他们看怎么进去的,"他说道,"那条小路。别人都看不见,当然,已经被草木盖起来了。"

露丝点头。她觉得自己的记忆也模糊不清,被那么多其他事给掩盖了起来。写诗,出书,得奖。晚餐与谈话。新邻居。新朋友。罗萨。

年复一年,盖上了肥沃富饶的泥土。

现在它回来了,渐渐爬回表面。那个黑暗的东西。

"那里面是什么,克莱蒙?他们干了什么?"

阿尔芒和蕾娜-玛丽刚踏进小酒馆,混乱嘈杂立刻散尽。

一阵沉默笼罩在欢快的室内,顶梁外露的屋顶,粗石砌成的壁炉,火焰燃动,欢迎着宾客,与一张张愤怒的脸形成鲜明对比。

"有问题吗?"阿尔芒问道,他沉稳的目光从一张熟悉的脸庞扫向另一张熟悉的脸庞。

"有,"一个站在后面的男人说道,"我们想知道你们在林子里找到了什么。"

加布里、奥利维和其他服务员趁这些人的注意力被转移,立刻撤掉了桌子上的酒,换上了一盘盘面包和芝士。

"我们有权知道,"另一个顾客说道,"这是我们的家。我们也有孩子。我们需要知道。"

"你说得没错,"伽马什说道,"你们有权知道。你们需要知道。你们有孩子也有孙子需要保护。一个孩子已经遇害,我们需要保证这种事不会再发生。"

怒气渐渐消散,因为他们意识到他是站在他们这一边的。

"但问题是,你们看,"阿尔芒说道,又往里面走了几步,他的声音镇定而理智,"有可能是你们其中一人杀了劳伦特。"

在他身边,蕾娜-玛丽低声说道:"阿尔芒?"

但她看见他的侧脸,非常坚决。他目光坚定,看着他邻居们的脸。他散发着沉着与信心。

她的目光转移到了小酒馆的顾客身上。他们现在清醒了。很安静。他的话已经打进他们的心,打醒了酒,打消了怒意,打散了积郁。

几个人先坐下了。接着其他人也坐下了。直到大家都坐下了。

伽马什深深地吸了几口长气。"我不是说你们自己并没有想到这一点,或者你们没有互相讨论过这一点。你们几乎百分之百四处打量,在想是谁干的,是你们之中的谁杀了九岁的小男孩。"

此刻,他们又在四处打量,眼神与某个朋友、邻居接触时便垂下眼睛。

"我知道那林子里有些什么,"他说道,"我也可以告诉你们,但是我不会这么做。不是因为我想要向你们隐藏什么。我不想。而是因为这可能会让寻找凶手的行动大打折扣。杀害劳伦特的凶手正指望着你们的帮助呢。他正坐着,可能此刻就在我们中间,正希望你们冲进林子里去呢。他正在祈祷你们去践踏证据,妨碍调查呢。凶手隐藏在混乱之中。你们不能让他得逞。"

"那么我们该怎么办呢?"一位女士问道。

"你们应该留在林子外面。你们应该保证你们的孩子不会进林子里。你们应该在警察问你们问题时彻底坦诚布公。调查的过程越是透明,凶手越是无处藏身。杀害劳伦特的不是什么连环杀手,或者随机的疯子。他是有目的的。你们一定要确保你们和你们的孩子们别妨碍到他,或者妨碍调查。"

他让这些话沉入他们心中,看进许多在场之人的双眼。

"我和蕾娜-玛丽为能做你们的邻居和朋友而感到非常骄傲。我们本可以住在任何地方,但是我们选择了这里。因为你们。"

他拉起她的手,一起往安静的小酒馆里走去。

"我们可以坐这里吗?"他问克莱拉和莫娜。

"请,"克莱拉说道,朝空椅子示意。

渐渐地,低声的谈话在他们周围响起,音量适中,因为大家都恢复了理智,至少目前恢复了。

克莱拉看见对面的阿尔芒闭了一小会儿眼睛,深深地吸了一口气。

"我打赌,阿尔芒从警察局退休的时候,你肯定以为从此不用再听见关于谋杀的事儿了。"莫娜说道。

"这个嘛,毕竟我们搬来了三松镇,"蕾娜-玛丽说道,"我们曾怀疑过。"

"老大,"奥利维说道,弯下腰咬着伽马什的耳朵,"伊莎贝拉从老火车站打来电话。她说要和你说话。"

"你介意吗?"他问蕾娜-玛丽。

他走开后,他听见克莱拉问他的妻子:"所以,他有没有告诉你他们找到了什么?"

露丝翻开她破旧的折了角的笔记本,翻到她在贝利夫先生到来之前读的那一页。

他现在已经走了,回小酒馆去了。她向他保证晚点过去和他碰头。为了表现出一种正常感,对露丝来说。如果这东西真的存在的话,对三松镇来说。对任何人来说。

她抚平了纸张,思考了一会儿,便读了起来。

好吧,所有孩子都是悲伤的,

但有些能熬过去。

细数你的福泽。最好,

再买顶帽子。买件大衣或宠物。

露丝的目光落在罗萨身上,它正在它的绒布巢中打呼。声音听上去就像妈的妈的妈的。露丝微笑。

开始跳舞直到忘记。

...第十章

警局案件调查室又一次被建立在曾是火车站的地方,在它被弃置或移作他用之前。那长长的、低矮的砖房横跨在流经村镇的贝拉贝拉河,这里曾经是三松镇支援消防队的领地,而露丝·萨多正是队长,因为她非常为人所知,大家都这么认为,地狱之火。

现在这地方被用于更悲壮的目的。

由于技术人员和探员正在此忙着配备用以调查现代谋杀案的设备,老车站突然焕发了新生。桌子、电脑、打印机、扫描仪、电话线,许多诸如此类的东西。由于村镇处于山谷极深处,这里没有高速网络,就连卫星信号都没有。他们不得不用回拨号电话。

这速度慢得让人光火,抓狂,忍无可忍,但总比没有强。

阿尔芒·伽马什刚到这里,站在这一团乱麻之中。年近六十的他,刚开始在警察局工作的时候,连传真都没有,只有电报机。

伊莎贝拉·拉科斯特看着他,想起自己还是新手时,和伽马什一起调查谋杀案的情景。他们发现自己身处一个打猎营地,面对一具尸体和一些指纹,却无法传输任何信息。

探长伽马什把旧电话的听筒从支架上卸了下来,转开底部,取出音盘,直接接到电话线上。

"你热线发动了电话?"她问道。

"差不多吧。"他说道,接着他教她怎么接。

"以前一定很艰难吧,"她说道,"你只能用这些设备。"

"这给我更多思考的时间。"他解释道。

接着他们坐在燃木炉旁,开始思考。等信息艰难地通过电话线到达之时,他们早就破了案。

现在她成了探长。看着设置好的各种设备,似乎理所当然,这些就是破案的关键所在。

但她清楚并非如此。让-居伊·波伏瓦也清楚这一点。

"感谢您能过来,长官。"她说道,带着他们穿过各种盒子和电线。

"随时效劳,"伽马什说道,"我能帮上什么忙?"

她指指会议桌,设在老车站的另一头。

"到了思考的时候了。"她说道,看见他笑了。

她在会议桌主座的位置旁犹豫了一下,感觉有点奇怪。之前他们坐在这张桌旁的时候,伽马什探长都会坐在这个位子上。

然而,这一次,他直接走过这张椅子,坐在她的左边。留下波伏瓦探长坐在她的右边。

阿尔芒·伽马什清楚自己的位置。实际上,是他自己选择了这个位置。

"所以,我们知道的就是这些,"拉科斯特说道,"在森林里藏着一把巨大的枪,一个男孩在那里被杀,尸体被移走。你们比我更了解劳伦特,"拉科斯特对伽马什说道,"你们觉得发生了什么事?"

"很明显,他发现了那把枪,"伽马什说道,"看来有人想要阻止他,不让他告诉任何人。"

"但是他已经告诉很多人了,"让-居伊说道,"我们所有人,这还只是开始。那天下午在小酒馆的人都听见他说的话了。"

"也许凶手不知道这一点,"伽马什说道,"也许在劳伦特跑进小酒馆的时候,他不在里面。"

"所以你认为在离开我们之后,他又告诉了别人?"拉科斯特问道,"那人为了让他闭嘴而杀死了他。"

伽马什点头:"也有可能他自己又回到那里,打扰到了某人。虽然那个地方看上去是被遗弃的。"

"等法医鉴定结果出来我们就能知道更多,"拉科斯特说道,"但目前我也是这么想的。"

"所以现在怎么说?"波伏瓦问道。

"我想杀害劳伦特的人并不十分了解他。"伽马什说道。

"为什么这么说?"让-居伊问道。

"第一,他相信劳伦特。他是个很棒的男孩,但是他是个狂想症患者。人人都知道他总是编造故事,而这个故事和他编的其他故事一样荒唐。林子里的巨枪,比任何房子都大。"

"上面还有个怪兽。"拉科斯特说道。

这个男孩,就像一个幽灵一样,出现了。瘦骨嶙峋,浑身是泥和树叶,风风火火。他的眼睛很亮,双臂尽可能打开,朗诵着他的荒诞奇谈,过于怪诞,让他们难以相信。

但是有的人听见了这个故事,并且相信了。

"凶手肯定知道劳伦特终于在说真话了。"波伏瓦说道。

"正确。"伽马什说,点着头。

"你觉得有人知道关于这把枪的事,并且一直保密了许多年?几十年?"拉科斯特说道。

"一定是在看守它,"波伏瓦说道,推理得越来越兴奋,"结果劳伦特发现了它。灾难。他必须要让这男孩闭嘴,唯一的方法就是杀了他灭口。"

"所以谁知道这东西就在那里呢?"拉科斯特问道。

"把它放在那里的人。"伽马什说道。

"你觉得建造这把枪的人还在?"拉科斯特问道。

"也许吧。"伽马什说道,坐着往前凑了凑。

"所以劳伦特还告诉了谁?"拉科斯特问道,"他离开我们之后去了哪里?"

"家,"波伏瓦说道,看着伽马什,"你开车送他回去的。"

"是的。我可以看看吗?"

伽马什指指他们搜集的证据。一个放在桌上的包裹。

"当然,"拉科斯特说道,"已经做了抹片和指纹。"

伽马什拿起了磁带。《皮特·西格精选集》①。

伽马什读了读歌单。《花落何处》《麦克尔,船上岸》《狮子今晚睡着了》,他笑了。这些是安妮还是婴儿的时候最喜欢的歌。他也是皮特·西格的粉丝,或者曾经是,直到他在她生命中的整个第一年都在听《狮子今晚睡着了》。从早到晚。

他扫了一眼其他几首歌。都是经典民谣,包括《转!转!转!》。伽马什已经忘了西格还写过那首歌,歌词出自《传道书》。

"天下万务都有定时。"他说道。

"什么?"拉科斯特说道,"你说什么?"

"阿尔·莱帕赫敞篷小卡车里有磁带。"

他把磁带递给她,不禁怀疑,将劳伦特送回家时,是否将这男孩交到了杀害他的凶手手中。

"朗热利耶将军?我是探长拉科斯特,魁北克警察局的。"

"晚上好,探长。"

他的声音里有些许责怪的意思。很明显,他不喜欢有人这么晚打电话来军事基地。她几乎可以看见他在看表,想着最好是美国入侵了,否则这通电话根本不应被批准。

现在已经过了晚上八点,她独自一人留在案件调查室。他们吃了从小酒馆带来的三明治和饮料,在工作中度过了晚饭时间。

---

① 皮特·西格(Pete Seeger, 1919~2014):美国民间歌曲歌唱家。以歌唱世界大同、和平、爱情主题的歌曲而闻名。

她派让-居伊去整理他们在 B&B 的房间了,而她则刚刚做完书面工作。有多少次,她把探长伽马什一个人留在某些偏远的案件调查室中,在棚子里,在谷仓里,在被遗弃的工厂里,在夜晚独自燃烧的一缕火光。

现在正是夜晚。而她成了那缕火光。

往椅背靠了靠,她看着电脑上的照片。接着她抬头看见一串号码,便拨通了加拿大军事基地的电话。

经过一番威胁和霸凌,她才终于打进了基地指挥官家里。

"我可以如何为您效劳,探长?"

"我在调查凶杀案,需要您的帮助。"

一阵停顿之后,才又传来那字正腔圆的声音。

"这和这里的基地有关系吗?是否和我的某个士兵有关?"

"不,先生,我们目前还没有发现这一点。此案发生在东部城镇,离佛蒙特州边界不远。"

"那你为什么要打电话给我?我肯定你知道我们离得很远。"

"是的,先生。你们的基地就在魁北克城之外,但我们发现了一些你们可能会感兴趣的东西。"

"什么?"

她听出他声音中的焦虑减少了,好奇增加了。

"一尊巨大的导弹发射器。我做了一些研究,但就连和它相似的东西都找不到。"

"导弹发射器?在东部城镇?"朗热利耶将军明显感到很困惑,"那里没有军事基地。从来没有过。怎么会在那里的?"

她差点笑出来,但还是憋住了:"所以我才会打电话给您。我们不知道。而且这也不是什么普通的导弹发射器。正如我刚才所说,它是个庞然大物。"

"好吧,是的,发射器的确很大,"他说道,"你确定是导弹发射器?也许是某种农业用具或者伐木机。"

"我可以给你发照片。"

"如果可以的话。"他的兴趣逐渐减弱。

他给了她自己的安全邮箱。听见电话线另一头低声的"妈的",她知道他收到了。

他看照片的时候四周悄无声息。

"旁边站着的是一个人吗?"朗热利耶问道,他又换回了政治家的口吻。

"对。"

"妈的,"他骂了句脏话,"你确定?"

"今天下午我亲自拍的照片。的确是一尊导弹发射器,不是吗?不是挤奶机?"

"对。"他听上去心不在焉,"我不知道该说什么,探长。我从没见过这样的。说实话,虽然它的确很大,但是看上去很古老,可能是二战的时候用的。"

"有可能是那个时候放置的?也许是用于国防但后来被弃置了?"

"我们不会把武器就这么散在林子里,"他说道,"国防是对着海的,而不是对着内地的。它还能用吗?"

"我们也不知道。所以我才会找您。我们需要您帮我们评估一下。"

"里面有导弹吗?"他问道,"上膛了吗?"

"我们什么都没有找到,但我们还在继续找。目前为止看上去就只有发射器本身。您能派个人来吗?"

电话那头传来一声叹息,她几乎可以想见他正在挠头。

"说实话,我们现在的弹道和重武器专家都只处理现代的武器,洲际弹道导弹,很复杂的系统。这东西看上就像一头恐龙。"

拉科斯特看着她屏幕上的照片。他说得没错,千真万确。它看上去的确像刚出土的巨兽。

可是为什么它被藏起来了呢?又究竟是谁造的?为什么要造?

为什么只为继续保密不惜杀死劳伦特?

"让我想想,我会给您答复的。"他说道。

"这,当然,是机密。"她说道。

"我明白。我会尽力。"

她感谢一番之后挂了电话。她还没有告诉他另一件事，底座上的雕刻。

她让自己情绪平稳下来，希望老车站并非如此之暗、如此之静、如此之孤独，接着她又打开一张照片，看着上面展翅的怪兽。就算是在照片上，就算离开一段距离，它也是相当惊人的。惊人得可怕。

她盯着它看，不知道自己为什么没有告诉加拿大军事基地的指挥官这上面刻着长有七个蛇头的怪兽。也许因为她记得那个跑进小酒馆的男孩，说着巨型枪支的奇谈。

正如伽马什所说，如果劳伦特不提这一点，他们可能，只是可能，会相信他。但是他的下一句实在太离谱，让人无法相信。

拉科斯特知道朗热利耶将军几乎不可能完全理解这武器的大小。没有一张照片可以充分表现出来，就算旁边站着一个探员作为对比。她觉得他已经认为她过分夸大了。她觉得长着翅膀的怪兽不会让他更值得相信。

伊莎贝拉·拉科斯特盯着雕刻。这的确，她必须承认，令人难以置信。

让-居伊·波伏瓦已经把东西从行囊里拿出来了，衬衫和长裤吊在B&B 的衣柜里，折叠衣衫放在松木抽屉里，洗漱用品放在宽敞的浴室里。

他已经同加布里说好，让他做好安排，让他和拉科斯特能在 B&B 需要住多久就住多久。加布里给他安排了他一般会住的那间，里面有大床、整洁的亚麻床单和温暖的鸭绒被，还有宽大厚实的松木地板、颇具东方风情的小地毯。

他拉开窗帘，看见老火车站的窗里还亮着灯。

案件调查室已经准备就绪。证据被送去蒙特利尔的实验室。当地警察支队同意保护巨枪，虽然没有人在意他们派来的探员素质如何。

"刚从警校毕业，"伊莎贝拉·拉科斯特如此置评，"他们会学乖的。"

"也许吧。"

"我们以前也是这样。"

"我们从来没这样过,"波伏瓦说道,"这又不是什么难做的算术题,伊莎贝拉。他们在警察学校待了三年了。这意味着这两位,以及他们班级的所有人,都是在最腐败的时候被录取的。"

"你觉得他们是腐败分子?"

"我觉得他们当时招人的时候标准不同。"他说道。

而现在,有一整个班的新警察,他想。打开窗户,感受凉爽的微风。是好几个班,散落在警察局各个角落,散落在森林的各个角落。

现在看守那个可怕东西的,最好的情况下,是能力欠佳的探员,最差的情况下,是容易被收买的警察。

他拿起他在房间书架里找到的《圣经》,翻阅着,看到了《传道书》。他很好奇皮特·西格的歌词。

透过窗户,他看见伽马什家的灯光,想象他们正坐在壁炉旁,看着书。

天下万务都有定时,他读道。

在绿地对面,克莱拉家中,亮着一盏孤灯。

哀恸有时,跳舞有时。①

他看见三棵高大的松树正在秋风中微微摆动。他看见两个晦暗的身影离开了小酒馆。

一个人很高,弯着腰。另一个拄着拐杖,胸口正抱着什么。

两人慢慢走到绿地对面,走过长凳,走过池塘,走过树丛。

看了一阵,让-居伊看见贝利夫先生陪着露丝走到她的大门口。但接着这位杂货店老板做了一件几乎闻所未闻的事。他走了进去。

天色渐晚,但波伏瓦尚无倦意。

静默有时,言语有时。②

他打电话回家,和安妮说话。他们商量着买一套房子,带一个后院,离学校近,附近有一个公园。接着他们只是聊起了今天的日常。他躺在B&B熟悉的床铺上,知道她一定躺在他们的床上,脚抬得高高的。

他听出她声音中的睡意,因此,有些不情愿的,他祝她晚安,便挂断了

---

①②③ 分别引自《圣经·传道书》3:4;3:7;3:2。

电话。

生有时,死有时。③

他的手还眷恋这听筒,但是他想到了劳伦特,还有莱帕赫夫妇,还有得到一个孩子、再失去这个孩子究竟是何感觉。

穿上晨衣,他走到楼下,把电脑插进电话线接口。

小酒馆熄灯之后,他还在那里。奥利维和加布里回来的时候,他还在那里。在三松镇各家灯火都熄灭的时候,当所有人都入睡的时候,他还在那里。

让-居伊·波伏瓦就在那里,他的脸浸在手提电脑的荧光中,直到他找到他想要的。此刻他才往后靠去,浑身僵硬,充满倦意,看着那个他掘地三尺才找到的名字。

他打了一个电话,留了条言,接着爬上楼梯,钻进鸭绒被里,睡下了。抱着那个他的小狮子布偶,每次出远门,他都带着这个小狮子。

征战有时,和好有时。④

"床与早餐,"电话里传来抑扬顿挫的声音。

"你好。我叫罗森布拉特。麦克尔·罗森布拉特。"

"是订位的吗?"

"不是,你们打电话给我的。关于导弹的事。"

罗森布拉特听见电话那头一阵大笑。

"对不起,"那头的男士说道,"你肯定打错电话了。这里有床与早餐。没有导弹。连导购也没有。"

这下麦克尔·罗森布拉特听明白了。

"对不起,"他说道,"我肯定记错电话了。"

他挂断电话,又查了一遍号码,摇了摇头,继续准备早餐去了。早上那通从麦吉尔大学他之前所在学院打来的电话肯定是打错了。关于前一天晚上有人给学院留言,说起有关导弹的事。

---

④ 引自于《圣经·传道书》3:8。

半小时之后,电话又响了,他接起来的时候听见一个陌生的声音。

"是罗森布拉特教授吗?"那位男子用带有魁北克口音的英语问道。

"是的。"

"我叫让-居伊·波伏瓦。我是魁北克警察局的督察。麦吉尔大学把您的电话给我了。我希望您不介意。"

"警察局?"他问道。

"是的。"波伏瓦决定不告诉他关于谋杀的事。教授听上去已经有点慌乱了。声音也是上了年纪,他不希望在自己手上再出一条人命。

"您是在麦吉尔大学留言的人吗?"罗森布拉特问道,"我试着给您回电,但是接电话的人说这是个订床和早餐的店。"

波伏瓦道歉。

他听上去挺客气的,罗森布拉特想,让人放松警惕。

这位荣誉退休教授知道这意味着什么。他所认识的最危险的人就是会让人放松警惕的人。他立刻又防备了起来。

"我的手机在这里没法用,"波伏瓦探员说道,"所以我只能留下主要的号码。我在B&B,调查一个案子。我们在林子里发现了一些东西。我们无法解释的东西。"

"真的?"罗森布拉特觉得自己的好奇心爬满了筑起的城墙,"什么?"

"看上去是一把巨大的枪。"

他的好奇心打了滑。

"我不管枪的事情,"罗森布拉特说道,"我的领域是,曾经是,物理学。"

"是的,我知道。我读了你关于气候变化和弹道的文章。"

教授朝前靠在了厨房餐桌上。

"真的。"

波伏瓦选择不告诉他也许"盯着看"比"读"更精确地描绘了这个词。然而,他前一天晚上在网上搜索之后就跳出了罗森布拉特的名字,还有这篇文章,而据波伏瓦所知,这个男人是专业处理超级大枪的。

而他正好有一尊。

"我觉得我可能帮不到你,"罗森布拉特教授说道,"那份论文是二十年之前写的了。我已经退休了。如果你找到的是一把枪,那么你可能应该去联系枪械俱乐部。"

他听见电话那头的轻笑。

"我想我的描述可能不是很恰当,"波伏瓦说道,"我不知道用什么词,特别是英语。或者法语,尤其是关于这件事。我不是在说射击用枪或者手枪。这看上去像是导弹发射器,但我从来没见过这种设计。这是在森林中间,在东部城镇。"

罗森布拉特教授往后靠去,像是被人猛推了一把。"在东部城镇?"

"对。藏在伪装网和草木之下。看上去很老,"波伏瓦继续说道,"放在那里甚至有几十年了。教授?"

电话那头的沉默让让-居伊·波伏瓦不禁怀疑电话是不是死机了。还是罗森布拉特死了。

"我还在。请继续。"

波伏瓦深吸了一口气,一头扎了进去。"它很大。比我所见过的任何武器都大。十倍、百倍得大。我们需要梯子才能爬上去,就算搭了梯子还嫌不够高呢。"

又一次,电话那头死一般寂静。

"教授?"

波伏瓦没指望听见回答。他唯一指望的是听到拨号音。

"我在,"罗森布拉特说道,"上面有没有任何可以用来识别它的东西吗?"

"没有序列号或名字,"波伏瓦说道,"虽然有可能是我们漏看了。要一寸不漏地检查一遍需要很长的时间。"

罗森布拉特发出嗡鸣声,就好像他的大脑在呼啸。

"有一点,"让-居伊说道。

"是什么?"

"不是什么识别码,这东西很特别,是一个图样。"

麦克尔·罗森布拉特在餐桌旁站了起来,咖啡打翻在今天早晨的《蒙特利尔公报》上。

"刻出的图画?"他问道。

"对,"波伏瓦慢慢从案件调查室里的办公桌旁站起来。

"在底座?"

"对,"波伏瓦说道,一丝谨慎爬进他的声音里。

"是一头野兽吗?"罗森布拉特问道,几乎无法呼吸。

"野兽?"

"一头怪兽。"他的法语不怎么好,但已经足够用来说这个了。

"对。怪兽。"

"七个头。"

"对,"波伏瓦探员说道。他坐回办公桌旁。

罗森布拉特教授坐回餐桌旁。

"您是怎么知道的?"波伏瓦问道。

"这是一个神话,"罗森布拉特说道,"至少,我们是这么想的。"

"我们需要您的帮助。"波伏瓦探员说道。

"对,你说得没错。"

...第十一章

"你好?"

麦克尔·罗森布拉特推开木门,头探了进去,并不是很乐观。

肯定是搞错了,他想。

这地方看上去像是被遗弃的,就像魁北克大部分的老火车站。但是小酒馆的那个人给他指了这个方向。

"你好?"他叫道,这次更响了些。

随着眼睛适应了光线,他看见一个庞然大物的轮廓,挡住他再往这阴暗建筑的深处前进。

他瞥了一眼。觉得自己一定是眼花了,因为这看上去像是一辆消防车,停在老旧火车站的中间。他听说这里是警察局调查室。一切都那么奇怪。

他转身,不知所措。

"您真快。"一个男人的声音传来。

从消防车背后转出来一个双臂张开的男人。

"罗森布拉特教授？我是让-居伊·波伏瓦，"他说道，"我在电话上和您通过话。"

"您好吗？"罗森布拉特说道，握住那强有力的手。

在他的面前，站着一位三十五岁以上的警官。非常有魅力，仪容十分整洁。修长但不瘦弱，好像他的体内抑制着无尽的精力，就像绷紧的弹弓。

让-居伊·波伏瓦看见一个矮小的老年人，穿着花呢夹克，打着领结。他头顶的白发略显稀疏，中间那圈倒是恰到好处。

用一只柔软的手，罗森布拉特教授推了推鼻梁上的眼镜。另一只手则抓着一个用旧了的皮箱。

然而，他的眼睛十分明亮、锐利，正在打量着。除了他的外表，没有任何含糊不清的地方，没什么可以糊弄这个男人。

"感谢您专门过来，我没想到您这么快。"波伏瓦说道，转身走回老火车站深处。

"我住得不远。"

"真的？"

"是的，我退休后就来这儿了，不过我必须说这个小镇还是让我有点惊讶。我从没听说过。"

"很难找，"波伏瓦说道，"希望您没有遇见麻烦。"

"恐怕我没有什么方向感，"罗森布拉特说道，跟着波伏瓦，"这总是让我难堪。我怀疑这可能会降低我作为导弹专家的可信度。"

他说起自己如何在乡间小道上转悠，时不时停下来看看地图和导航。但是似乎并没有一个叫三松镇的小镇。他越来越焦急，转弯、转弯、转弯，听天由命，试试这条路，进进那条死胡同。

"三松镇，"罗森布拉特说道，"就连这名字听上去都有点荒谬，在这么一个茂密的松树林中。"

不过接着，当他正要放弃的时候，他沿着一条印着车辙的土路，爬上了一个小山坡，刹住了车。

他的脚下，神出鬼没一般，出现一个小镇。在正中间，是三棵高大的松树，正在冲他招手。

他看看导航，上面显示这是个无名之地。毫不夸张，无名，无路，无人，连树林也没有，只是一片空白，就好像他掉下了地球表面。

罗森布拉特教授从车里出来。在见到那位让人放松警惕的警官之前，他需要理清思绪，开动脑筋。他走到山脊处的一张长凳，正要坐下时，发现了两行字，一上一下，刻进木椅背上。

勇敢国度中的无畏者

意外的惊悦

罗森布拉特教授转身，看向村庄，发现人们在他们的花园里，在他们的门廊上，还有人在遛狗。他们会停下和对方聊聊天，看上去既慵懒倦怠又按部就班。

他想知道他们是谁，为什么会住在这无名之地。还有那两行字对他们来说一定意义非凡，否则不会刻在小镇的入口。

现在麦克尔·罗森布拉特跟着这位警官走进老车站的核心，看见男男女女正忙着接听电话、打电脑、交递文件，黑板和软木板上布满了照片和图表，墙上钉着一张附近区域的巨大地图。

波伏瓦探员走向一张办公桌旁的年轻女子。

"探长拉科斯特，这位是我和你提到的那位先生。罗森布拉特教授是一位物理学家。他精通于弹道学和高空飞行。"

"罗森布拉特教授，"拉科斯特说道，站起来招呼这位老人，"高空飞行？天体物理学家？"

"噢，没那么高，"罗森布拉特说道，和她握手，"只是普通品种的物理学家。而且恐怕您的同事应该用过去时。我现在只是个老学究罢了。"

"噢，我有一把老枪，"拉科斯特微笑着说道。但是他能感觉她正在判断他。想确定他不是个疯老头。"警官，请你打电话给探长，看他是否愿意加入我们？"

"我以为您是探长，"罗森布拉特说道。他站着，紧握自己的皮箱，让自己尽量放轻松。

"我是的。我是顶替他的，他退休后就来这儿了。"

"我也是,"罗森布拉特说道,"真是个和平之地。"

"我想这取决于您住在哪里,"拉科斯特说道,在一张椅子坐了下来,并示意对面的另一张椅子,"在我们去林子里之前,先要和您说一件事。枪所在之地也是一个犯罪现场。一个小男孩在那里遇害。我们认为他是因为找到了那把枪才会遇害的。有人想要保守这个秘密。"

"很遗憾听到这一点,"他说道,坐了下来,有些不情愿。他急着赶过去看。

"但您看上去一点也不惊讶。"她说道,非常仔细地观察着他。

"如果这把枪就是我想的那把,那这已经不是第一起由它引起的谋杀案了。"

"您该不会要跟我说它是被诅咒了吧。"伊莎贝拉·拉科斯特说道。

"和其他枪差不多吧。"

好吧,他想。也许这把更可怕一些。对于一把从来没有开过的枪来说,它已经造成了惊人数量的死亡。这个男孩只是最近的一个,而不是,也许,最后一个。

"我们找到的究竟是什么?"她问道。

"我要先看看,"他说道,"才能确定。"

"您认为是什么?"她继续施压。

透过直棂窗,罗森布拉特教授看见一个五十多岁的男士正走过石桥,朝老车站走来。他很高,给人印象很健壮而不是很笨重。他戴着帽子,穿着宽松长裤,套着橡皮靴,还有一件保暖防水外套抵御九月早晨的清寒。

而且他看上去很眼熟。

伊莎贝拉·拉科斯特转头去看教授是在看谁看得这么专注。

"那是伽马什先生。"她说道。

伽马什,罗森布拉特想,探长伽马什,警察局的。

是的,现在他认出他了。他上过新闻。

看着那位男士迈着坚定有力的步子不断走近,罗森布拉特不禁怀疑这位伽马什即使退休,也不会不问世事,就和他自己一样。

他们穿过林子,跟着贴在树上的亮黄色胶带。就像面包屑,撒在去奶奶家的路上,然后去看超级巨枪。

罗森布拉特教授不习惯森林,或田野,或湖泊,或自然界中的任何地方。他们才走了几分钟,他已经累了。他又从一块长满青苔的岩石上滑了一跤,紧紧抱住一根树干,止住下滑的趋势。

"没事吧?"伽马什问道,伸出手稳住这位老人,并又一次试着接过他的皮箱。他想帮他拿,但是教授礼貌而坚决地拒绝了,又一次拿回了自己的包。

他们穿过树林的过程变得有点像在跳小步舞,罗森布拉特教授从一棵树挂到另一棵树,就像一个醉汉摸索着穿过舞池。

拉科斯特和波伏瓦现在已经在前方和他们拉开了一段距离,几乎要被树木吞噬。

"这儿不是我的自然栖息地,"教授说道,虽然他根本没必要说出来,"我更喜欢坐在四方墙壁之间,面对着电脑和一盘玛德琳。"

伽马什微笑:"我的话要巧克力酥。"

"对。这也行,在紧急情况之下。我不认为……"

"可惜,没有。"伽马什微笑着说道。

在前方远处,罗森布拉特可以听见,在他呼哧呼哧的喘气声之间,有两位警察在说话,和电视剧里差不多的用词慢慢飘进他的耳朵。

DNA。法医。验血。

他想知道那男孩是怎么死的,虽然目前他必须集中注意力,在气喘吁吁、跌跌撞撞地穿过树林之前,别自己先丢了性命。

接着,在阴暗的光线中,罗森布拉特看见让他的心漏跳一拍的东西。其中一棵树竟然动了。他停了下来,拿下眼镜,用手背擦去眼睛周围的汗珠。

作为一名科学家,罗森布拉特教授清楚树是不会走路的。但是他也知道,在这片森林之中,还藏着其他令人难以置信的东西。

接着,他的眼睛稍稍适应了昏暗,他看清楚了,那不是,当然,一棵树,而是一位警官,穿着橄榄绿的制服。另一侧则站着另一位警官。

在山坡那头,还有一位。

接着他的眼睛终于更适应了一些,于是他仔细观察他们所包围、看守的究竟是什么。

他的思绪已经整理就绪,但当他看见那高耸的、如一团乱麻的藤蔓,他所有的理智全都离他而去,留下他头晕目眩。

"准备好了吗?"伊莎贝拉·拉科斯特问道。

他们一个一个进去。先是波伏瓦探员,再是拉科斯特探长。接下去就该轮到罗森布拉特教授了。

他犹豫了一下,惊讶地发现自己有些害怕。害怕即将找到的东西,害怕那并不是自己所预期的东西,又害怕真的如自己所想。

伽马什拉开裂口处的粗藤,让教授能够手脚并用地爬着挤进去,皮箱放在前面往前推进。

警官们已经打开了手电,但只是萤火之光罢了。接着砰地一声,巨大的探照灯打开了。

麦克尔·罗森布拉特手搭在额头,遮挡反光。接着他的目光不断向上,向上,向上。

他的嘴松开,他屏住呼吸,接着呼出了一口长长的气,这口气的尾巴上有两个词,微不可闻。

"他竟然。"

接着罗森布拉特教授的皮箱掉在了地上。

...第十二章

"上帝啊。"罗森布拉特呢喃道。

但是在伽马什眼里,站在这位老教授身边的他,并不认为他看见了自己的上帝。恰恰相反。

"我可以靠近一点吗?我可以摸一摸吗?"

"可以。但是请小心。"拉科斯特说道。

他交出了自己的皮箱,此刻它已无足轻重,递给了伽马什,往枪的方向走去。很慢,很小心。他的手向前伸出,就好像担心把它吓跑了。

"我们最需要您回答的问题,教授,"拉科斯特说道,他们跟在他的身后,"是它是否还能射击。我们必须解除这一点。"

"是的。"罗森布拉特说道,仿佛置身于梦境之中。

他走到那刻印面前,停了下来。端详了一会儿那头怪兽。接着他的手掌平摊放在上面,感受冰冷的金属。他几乎以为自己可以感受到脉动。

他凑近了一些,伽马什好像听到低声的呢喃,但是猜不出他说了什么。

罗森布拉特教授往后退了一步，又退了一步，再退了一步。伸长了脖子，往后仰，直到仰不动为止。他张开嘴，瞪大眼，想要看清他所见之物的规模。不仅仅是这武器的大小，更是它整体的特点。

他转头，视线沿着长长的炮筒消失在黑暗之中。探照灯也无法照到它的末端。

伽马什看见教授闭起了眼睛，深吸了几口气，接着随着他呼出最后一口气，他转向自己的同伴们。

"我得找到发射室，才能看它是否仍旧有效。"

他现在只是就事论事而已。

"应该是在这附近，"他说道，走到枪的尾部，"你们打开过吗？"

他指指一扇圆形的金属门，大小足够人走进去。

"我们试过了，但是打不开，"拉科斯特说道，"所以我们就停下来了，怕我们一不小心把导弹发射出去了。"

罗森布拉特教授点点头。"不会的。射击机制在别处。这里只是后膛。如果里面有导弹的话，应该就是在这里。"

他们看着教授的手在门闩、扶手和把手上四处游荡。

"小心。"波伏瓦警示道，但是罗森布拉特没有回应。他过于专注于这台机器。

"我们确定他知道自己在干什么吗？"拉科斯特问波伏瓦。

波伏瓦还没来得及回答，他们看见教授伸出手，抓住了一根控制杆。往前靠，这位老人拉了一把，但什么反应都没有。

"我需要帮忙，"他说道，"卡住了。"

波伏瓦去帮忙了，于是他们俩拉了又拉，突然之间两人都往后一跳。

一阵呼啸摩擦的声音，紧跟着响亮的嘶嘶声。

伽马什紧张起来。害怕罗森布拉特发动了这东西，但又不知就算这东西被发动了，他又能怎么办。

接着那扇巨门打开了，像张开的嘴，像动物的咽喉，正邀请他们进入。

四人注视着。伽马什听见粗重的呼吸声，知道那是让-居伊。不是因为刚才出了太多力气才喘息，而是因为他正在注视着自己的梦魇。

伽马什恐高,而波伏瓦则害怕洞穴。阿尔芒走到他身边。

"你留在这儿,"他说道,"万一门关上了,请把它打开。"

波伏瓦没有回答,只是继续盯着看。

"需要写下来吗?"伽马什问道。

"啥?你说什么?"让-居伊说道,终于从他的幻想中走了出来,"对。等等,你也进去吗?"

他朝开口摆摆手,罗森布拉特教授已经站在那里了。

"我去。但如果我们要爬到这东西上面去的话?"

"换我去。"波伏瓦微笑着说道。

"你最好去。"

伽马什跟着罗森布拉特和拉科斯特进入了后膛。

在手电的光束中,伽马什可以看见教授的脸。他的眼睛明亮,却并不过于兴奋。他看上去几乎可以说是非常镇定,挥洒自如。

这就是他的自然栖息地,在野兽的腹内。这就是这位矮小的教授的归属。

"难以置信,"罗森布拉特呢喃道,摇了摇头,"没有电子设备。"他转头看看自己的同伴,"看上去就像麦卡诺模型。"

"但它是否上了膛?"拉科斯特问道。她已经开始有点坐立不安。她从来没有密闭恐惧症的经历,但是她也从未和另外两人一起挤在巨型武器的后膛室里。

"没有。"罗森布拉特说道,指了指他们面前那条极长的管道。

罗森布拉特正在研究炮眼。

"空的,里面从没装过导弹。光洁无瑕。"

伽马什伸出手,摸了摸内壁。有一点点油腻。

"但是它已经准备就绪。"他说道。

罗森布拉特看着他,点点头:"你懂枪。"

"很不幸,的确,"伽马是说道,"我们都懂。但从没见过这种。"

"没有人见过这样的枪,"罗森布拉特说道,即使就着手电筒微弱的光线,伽马什也能看见教授眼中的惊奇。

"可以发射导弹吗?"拉科斯特问道。

"我得先找到射击室才能回答,要去那里的话我们就得离开这里了。"

他根本不用说第二遍。拉科斯特已经闪了出去,跟着教授绕到了这台机器的另一侧。

"有趣。触发器应该在这里。"他把拳头伸进一个巨大的洞中,"但是不见了。"

"也许在别处。"波伏瓦提议。

"不,从里面的结构来看,肯定在这里。"

他往身后看去,看向伪装网组成的后墙,摇了摇头。

"但主要问题是,"拉科斯特说道,"它没有上膛,就算有,也不可能发射。"

"如果没有触发器的话,不行。"

"触发器是什么样子的呢?"伽马什问道。

"触发器上应该有齿轮,可以扣到这个轮盘上。"教授指向一个带齿的圆圈,大约有一英尺宽,"这东西没有任何电子设备,就连制导系统也没有,全都是手动的。"

"会不会是掉下来了?"波伏瓦问道,看看地上。

"这可不是什么乐高玩具,上面的东西不可能轻易掉下来的。它非常错综复杂,完美无瑕。每一个部件都紧密、精确地结合在一起。"

"所以,不会?"波伏瓦说道。

"不会。"罗森布拉特说道,"如果不见了,那一定是有人拿走了,从上面的痕迹来看,不是最近拿走的。我得再看看那幅刻印。"

这位老人语气坚定,伽马什意识到,他害怕高处,波伏瓦害怕狭小空间,而麦克尔·罗森布拉特教授害怕那幅刻印。

他们走了回去,罗森布拉特往后退了一步,看着这暴跳着扭动着的带翅怪兽。它的七个头被紧紧拉住,长长的脖子像蛇一样交织纠缠。它的背上骑着一个女人,拉着缰绳。控制着这头野兽。她盯着他们,脸上有种奇诡的表情。那不是愤怒,伽马什想。既非复仇亦非嗜血,更像是纯粹的邪恶。这种感觉伽马什无法定义。

罗森布拉特教授在呼吸声的掩盖下轻声低语道。

"您说什么?"伽马什说道,因为他离这位科学家最近。

罗森布拉特指向这头怪兽身上像量度一样的东西。

伽马什走近一步,接着,戴上了他的眼镜,他弯下了腰。直起腰来,他看着教授。

"希伯来语?"

"是的。你能读吗?"罗森布拉特问道。

"不,恐怕不能。"

罗森布拉特又看了看这些文字。那些点缀,根本不是量度,而是字词。于是他读了起来,大声朗读。

"עַל נַהֲרוֹת בָּבֶל–שָׁם יָשַׁבְנוּ, גַּם בָּכִינוּ:

接着他转头看向暗处的同伴们。他看上去患得患失。就好像他最害怕的与最期待的竟是同一件事。并且都实现了。

"在巴比伦河畔,"他说道,"我们坐下,凄然而泣。"

血液冲上伽马什的头部。在他面前,在探照灯的灯光下,这把枪开始发光,非自然而是超自然。影子被抛上苍穹,头顶上的虚假天空形成了奇异的星群。

"现在,"罗森布拉特教授说道,"我可以告诉你们这是什么了。"

他们坐在伽马什家的客厅里,围坐在壁炉边,火焰跳动起舞,将欢快的光扔到一张张肃穆的脸上。

刚才在林子里很冷,于是他们便有了回到温暖之地的决定。一个私密之地。

他们坐着,手中捧着装着热茶的马克杯,温暖而舒心,还有几盘玛德琳,是刚才他们路过萨拉的面包房时,阿尔芒进去买的。

"你们找到的东西,"罗森布拉特教授说道,"是巴比伦大炮。我们早上谈话时,听你的描述,我几乎无法相信。巴比伦大炮只不过是物理学家用来吓唬对方的一个传说罢了。它就是科学家的格林童话。"

他深吸一口气,去拿另一块蛋糕,企图掩盖自己的不适。但是那颤抖的手背叛了他。

伽马什不知这颤抖究竟是源于恐惧还是激动。

"你们手中的就是一尊超级大炮。不,不是一尊,而是那尊。独一无二那尊。在军备界,这算是一种传奇。多少年来,我们只是道听途说,它已经建成。有人想要找到它,但最终放弃。之后,随着时间的推移,这流言蜚语便渐渐消散了。"

"你一开始看到它的时候,"伽马什说道,"你低声说了一句:'他竟然。'你是说谁?"

阿尔芒向前倾身,前臂枕在膝盖上,大手在面前形成类似一张弓的形状,就像一艘破浪前行的船只。

"我是说吉拉德·布尔,"罗森布拉特说道,似乎期待着强烈的反应,倒抽一口冷气之类的。但是除了大家都全神贯注之外,并没什么特别的反应。

"吉拉德·布尔!"罗森布拉特重复道,从一个人看到另一个人。

他们摇摇头。

"看我盖世伟绩,尔等强王,"罗森布拉特说道,拉近自己破旧的皮箱,"无一可及。"

"噢,不,"波伏瓦说道,"又来一个。"

"《奥斯曼狄斯》[①],"伽马什说,绝望地看着让-居伊,"教授这是在引用雪莱的一首十四行诗——"

"——可不是。"

"——说的是傲慢狂横,妄自尊大。一个国王以为自己的丰功伟绩将遗留上千年,但是最后他所留下的不过是埋在沙漠中断裂的雕塑而已。"

"然而,他最后仍然是永垂不朽了,"罗森布拉特说道,"不是因为他的

---

① 奥斯曼狄斯(Ozymandias):公元前13世纪的埃及法老拉美西斯二世(Ramses Ⅱ),希腊人称他为奥斯曼狄斯。他在墓地旁建造了狮身人面像斯芬克斯。

力量,而是因为这首诗。"

波伏瓦环顾四周,本想说点自作聪明的话,但最终没说。反而开始思考。

"吉拉德·布尔是谁?"他终于开口问道。

罗森布拉特教授打开了皮箱,在里面翻了翻,拿出一叠纸来。

"我和你通话之后,就把这些文件找出来了。我觉得可能会用到。"

他把那一叠用订书机钉在一起的纸放在咖啡桌上。

"这就是布尔博士。"

伊莎贝拉·拉科斯特拿了起来。教授带来的文件已经泛黄,而且是打字机打的。还有一张已经有些纹路的黑白照片,上面是一个穿着西装,打着细领带的男人,看上去像是被胁迫的。

"他是一位军备工程师,"罗森布拉特说道,"要看听的对象是谁,布尔博士可以说是个有创见的,也可以说是不道德的军火商。无论如何,他都是一个天才设计师。"

"林子里那东西就是他造的?"拉科斯特问道。

"我认为是的。我认为这是巴比伦计划的一部分。他的目标是设计建造出超级大炮,可以将导弹发射进地球轨道,就像卫星一样。再从那里穿越几千英里之后射中目标。"

"可不是有那个吗?"波伏瓦问道,"洲际弹道导弹?"

"是的,但是超级大炮与此不同。"罗森布拉特说道。

"麦卡诺模型,"拉科斯特说道,"没有电子设备。"

"正是。"教授对她灿烂一笑,"没有任何电脑制导系统。无需依赖软件甚至电力。只是老式军火,和第一次世界大战时用的军火差不多。"

"那为什么这算是一项丰功伟绩?"伽马什说道,"听上去像是退了一步,而不是进步。正如波伏瓦探员所说,既然已经有了洲际弹道导弹可以精确地发射核弹,击中几千英里之外的目标,又怎么会有人想要或者需要吉拉德·布尔的超级大炮?"

"再仔细想想。"罗森布拉特说道。

他们想了,但是什么都没想到。

"你们过于拘泥于当下,认为越是新的一定就是越好的,"他说道,"但是吉拉德·布尔的天才,一定程度上是因为他清楚古老的设计不仅仅有用,而且在某些情况下,甚至更好。"

"他是不是造了一个巨型弹弓?"波伏瓦说道,"我们是不是应该去找类似的东西?"

"再想想。"罗森布拉特说道。

伽马什想了想,接着他环顾自己家。看着书房桌上无用的智能电话。再看看几乎没用的拨号网络。

他又看了看哔啵作响的壁炉,感受它的温度,接着他又想到厨房里燃木炉。克莱拉家厨房里的,莫娜书店里的。

如果停电了,他们仍能感受到温暖和光亮。他们仍能生火做饭。不用依赖现代科技。那反而会被认为是无用的,因为那些老式、甚至古老的工具,他们才被赋予了力量。燃木炉。水井。

从很多方面来看,三松镇可能是非常原始的,不像外面的世界,就算没有电力,也可以存活很长时间。这本身就是一种实力。

"这武器不需要电力,"伽马什慢慢地说道。开始了说到它的优势与影响。"它连一块电池都不用,就可以把导弹发射进近地轨道①。"

罗森布拉特教授点头。"正是。既是天才,也是噩梦。"

"为什么是噩梦?"波伏瓦问道。

"因为有了布尔教授的超级大炮,任何的恐怖组织、任何极端主义、任何疯狂独裁者都可能成为国际威胁,"这位科学家说道,"他们不需要任何技术或科学家,就连电力也不需要。他们需要的只是超级大炮。"

他让他们消化这件事,于是,就连那明媚的炉火也无法驱散屋内的寒意,也无法擦除他们脸上的警惕。

"但也许他没有做到,"拉科斯特说道,"也许他没有成功。也许布尔将它遗弃,是因为失败了。"

---

① 近地轨道(Low Earth Orbit):指航天器距离地面高度较低的轨道,一般高度在 2000 公里以下的近圆形轨道都可以算为近地轨道。

"不，"罗森布拉特教授说道，"他遗弃它，是因为他被杀了。"

他们盯着他。

"怎么被杀的？"伽马什问道。

"他是在1990年被杀的，有的人说是暗杀。他当时住在布鲁塞尔，头中了五枪。"

伽马什眯起眼，聚精会神地听着。

"我好像记得，"他说道，"吉拉德·布尔是魁北克人——"

"实际上，他在安大略出生，后来去了女王大学。都在这儿了。"罗森布拉特晃了晃自己带来的文件，"但是他大部分工作的时间都在魁北克。至少，一开始是的。"

"你认识他吗？"伽马什问道。

"不能说认识。他在麦吉尔大学留了很短一段时间。大家觉得他有点怪，很难相处。"

"和物理学家不同？"伽马什问道，看见罗森布拉特微笑起来。

"恐怕我的才华不足以让我恃才傲物，"他说道，"这是天才的特权。我只是一个学者，教教弹道学而已。尽量教罢了。每当教到那些复杂机制的时候，学生们意识到其实自己没必要学这些东西。电脑程序完全可以代劳。我可能也会去用计算尺和算盘。"

"布尔博士从来没问过您的意见？"伽马什进一步探究。

现在罗森布拉特哈哈大笑起来。"问意见？吉拉德·布尔？没有。他也不会来找我的。我没有那么厉害。"

两人凝视了一会儿，伽马什才终于微笑起来，垂下了眼睛。但是麦克尔·罗森布拉特看上去更加警惕，不禁怀疑自己是不是太夸张了。

"他死后，有人谣传布尔已经造出了超级大炮，"罗森布拉特说道，"并且已经准备就绪可以测试了。但是没人知道在哪。只是流言蜚语而已。人们都喜欢看戏，但是没有人真正相信它。"

"他为什么会被杀？"波伏瓦问道。

"没有人能确定，当然，"罗森布拉特说道，"据推测，杀死他是为了防止他再造出一架大炮来。"

"在巴比伦河畔,"伽马什引用道,他的眼睛盯着这位老科学家,"我们坐下,凄然而泣。有些事,您还没有告诉我们,教授。您知道我们最终还是会发现的。为什么那个刻印,那头野兽,会在大炮上?为什么吉拉德·布尔把它放在那里?为什么用那句经文?"

罗森布拉特教授环顾四周,如果他们不是在说已经害死两人的超级巨枪,它的制造者与劳伦特,以及那些想要大规模屠杀之人,他这举动就会显得滑稽可笑、鬼鬼祟祟的。

麦克尔·罗森布拉特意识到,虽然太晚了,他过于低估了面前三人。特别是伽马什。没错,他们最终还是会发现的。

但是也许,他想,大脑飞速运转,不会发现一切。

他也许可以告诉他们。但是也许,他想,不是和盘托出。

"吉拉德·布尔算是一个文艺复兴者,"他说道,听见波伏瓦不屑地哼了一声,他看向探员。"文艺复兴造就了许多奇妙的艺术与发明,但也是残暴的一段时期。我不是不知道这是一台武器。"

"大规模杀伤性武器。"伽马什说道,他也无意夸耀这位军火设计师及军火商。

罗森布拉特教授仔细打量他一番,想看看是否有别的意味,藏在伽马什刚才选择说出口的那些词汇背后。但似乎没有。

"没错。但他也是一个古典派,热爱音乐、艺术与历史。布尔博士非常清楚自己造的是什么。军备界中流传着许多这样的故事,说他不仅制造了超级大炮,而且还在上面刻了一头怪兽,请参照《启示录》。"

他看着他们。伊莎贝拉·拉科斯特在思考,搜寻着儿童时期上课时学的《圣经》。波伏瓦则不耐烦地摇摇头。伽马什盯着教授,令他有些局促。

"巴比伦的淫妇!"罗森布拉特说道。

"直接告诉我们吧,"波伏瓦说,他的耐心已经到头了。

教授拿出他的苹果手机,戳了戳屏幕,放到桌上。旁边金色的玛德琳被一张怪兽图像照亮,它的七个头长在长蛇一般的脖子上,从身体中弹出,扭曲暴动着。

骑着怪兽的是一个女人,可她并不看这野兽驮着她前往何方,而是盯着所有盯着她的人看。

"这个巴比伦的淫妇指的谁?"波伏瓦厉声问道。

罗森布拉特正要回答,但紧接着看向伽马什:"我想您知道。"

伽马什没有从画面上挪开视线:"敌基督者。"

波伏瓦兴致盎然地唾沫四溅:"噢,拜托,"他说道,英俊的瘦脸皱起深深的笑纹,"不会吧?"

他看着他们,目光终于落到这位老科学家的身上。

"您是认真的吗,说林子里的那东西就是魔鬼?"

"我没这么说,只不过您问我谁是巴比伦的淫妇,这就是答案。您可以自己去查阅,或者询问任意一位《圣经》学者。关于那头野兽和七个头代表什么倒是众说纷纭,但是大部分都得出同样的结论。她正奔赴大决战。"

"就像吉拉德·布尔,"拉科斯特说道,"在制造超级大炮的时候,他也在奔赴大决战。"

"好吧,现在,"罗森布拉特说道,垂下眼睛看看自己的脚,再抬起头看向她,"这造成了很大的分歧。许多人,或许是大部分人,认为布尔博士是个雇佣兵,军火商,一站式商店。他会设计、制造、贩卖任何武器给出价最高者。"

"其他人呢?"伽马什问道,"少数人?"

"他们认为布尔博士是个英雄。认为他很清楚自己为什么要制造超级大炮,以及这是为了谁而造。他们相信野兽刻印是一种态度,就像二战的飞行员,往往在自己的飞机上画上可怖的图案。"

"他称之为巴比伦大炮,"伽马什说道,"为什么?"

"二十世纪八十年代后期的魔鬼是谁?"罗森布拉特问道。

"苏联。"拉科斯特说道,她想起了学的历史。

"冷战逐渐冷却下来,"伽马什说道,"叶利钦和戈尔巴乔夫总统推行公开化。"

"正是,"罗森布拉特说,"还有别人。一个很快变成敌人的盟友。披着羊皮的狼,如果你要引用《圣经》的话。"

"巴比伦?"伽马什说道,"你是说吉拉德·布尔是为了萨达姆·侯赛因造的吗?"

他甚至没有剥离自己语气中的难以置信,至于让-居伊的表情,他不用看都能想象出来。

"你们不信?"罗森布拉特说道。这句话落入屋内的沉寂,飘进了炉火,就要被燃尽。

"您信吗?"伊莎贝拉·拉科斯特问道,仔细盯着这位老人,想知道他究竟有多疯狂。这巨枪本身已经让人难以下咽,但至少她还能看得见、摸得着,至少她知道那是真的。但是现在这位老人有点过头了。

"我觉得信不信不是什么大问题,"罗森布拉特说道,收起他的文件,"你们找我来就是让我把我知道的告诉你们。这些就是我所知道的。"

他站起来,伽马什也站了起来。

"你们也没有相信那个男孩,"罗森布拉特轻轻说道,"看发生了什么事。"

伽马什让自己麻痹,就一小会儿,就好像他的生命之火被掐灭了。接着他深吸一口气,又坐了下来。

"请,"他说道,指指身边的座位。罗森布拉特教授犹豫了一会儿,又坐了下来。"给我们说说巴比伦计划和吉拉德·布尔吧。"

罗森布拉特教授看着他们,发现他们仍有些不愿相信,但更有些跃跃欲试。愿意尝试去相信接下去他要说的都是真的。

"萨达姆想要摧毁以色列是众所周知的,"罗森布拉特说道,"并发动全面战争。他想要控制整片区域。"

伽马什点头,想起二十世纪八十年代末、九十年代初。对波伏瓦和拉科斯特来说,这只是历史。对他,对罗森布拉特来说,这是回忆。

"说实在的,关于巴比伦计划众说纷纭,"罗森布拉特说道,"有些更是特别古怪。"

没有人关注波伏瓦,而他正尽己所能,让嘴巴保持紧闭。

"有些人甚至认为布尔博士是为了以色列才造的超级大炮。为了先发制人去攻打伊拉克。这些人都是实用主义。他们相信神,但要如何战胜魔鬼呢?通过祷告?那么,吉拉德·布尔就是应验祷告之人。"

"但是以色列人有各种精密的军火,"拉科斯特说道,"他们为什么还需要超级大炮?"

"他们不用,"伽马什说道,"但萨达姆·侯赛因需要。"

在他对面,阿尔芒看见波伏瓦的眉毛纠结在一起,逻辑开始渐渐渗透了疑虑。

"是的,"科学家说道,"大规模杀伤性武器在哪里都可以装备,比如说,在沙漠中央。无需电子设备或专业技能。"

"可如何瞄准导弹,"罗森布拉特教授说道,"没有电子设备很难做到完全精确,特别是远距离发射的时候。这可能是布尔设计中的一个瑕疵。"

"瑕疵?"伽马什问道,"我认为可能不止是瑕疵,您不觉得吗?"

教授在伽马什锐利的目光下,脸红了。

"所以呢?"伽马什继续逼问道。

"所以,在很远的距离之外,不能保证超级大炮击中的只有军事目标。"

"不仅如此,"伽马什说道,"它原本就不是被设计用来击中军事目标的,不是吗?"

"那是用来攻击什么的呢?"拉科斯特问道。

"城市,"伽马说道,"最大的,最赤裸的牛眼之城。所以,它是用来摧毁特拉维夫和耶路撒冷的。它是用来屠杀男人、女人、孩子、教师、酒保、公车司机,它是用来将他们屠杀殆尽,把以色列炸回石器时代。"

"或者把巴格达炸回石器时代,"拉科斯特说道,"如果买主是以色列的话。话说回来,刻印上面的铭文是希伯来语。"

波伏瓦一直以来都很安静,除了一开始哼哼了几声,挣扎着不让自己说出什么刻薄的话来。

"你在想什么?"阿尔芒问他。

"我在想大决战。"他说。

"电影?"拉科斯特问,看见他笑了。

"不是。如果那东西真的能用的话,如果这个叫布尔的家伙制造出的巨枪可以把导弹甩进近地轨道,意图或希望彻底摧毁整座城市。无论何处。"

罗森布拉特教授点头,"无论何处。"

现在,怪兽真正的身份已经揭晓。不是巴比伦的淫妇,甚至不是超级大炮,而是它们的缔造者。

伽马什和波伏瓦离开家,跟在拉科斯特和教授几步之遥的后方。

罗森布拉特正要回家,收拾一些东西,再回到B&B,在需要的时候伸出援手。拉科斯特和波伏瓦则要回案件调查室,去看鉴证报告出来了没。伽马什则准备回到小酒馆找蕾娜-玛丽。

波伏瓦走在伽马什身边。

"您相信他吗?"波伏瓦问道,"关于伊拉克?"

他下意识地模仿伽马什,双手扣在背后,跟上他走路的节奏。

"我不确定,"伽马什说道。

"好吧,即使是真的,可能也不会再糟到哪里去了。攻击目标,或者买主,早就不在了。萨达姆·侯赛因许多年前已经被处决了。什么危险都已经过去了。"

伽马什"嗯"了一声。

"怎么了?"

"有人杀了劳伦特,只为保守大炮的秘密,"伽马什提醒他,"我认为危险可能只是在沉睡。"

他们沉默着走了几步。

"但现在它已经回来了。"让-居伊说道。

伽马什又"嗯"了一声。又走了几步,"你发现那把枪指向哪里吗?"

波伏瓦停了下来,往石桥和森林望去。

"不是指向巴格达,这是肯定的。"波伏瓦说道。

"不是。它指向南方,美国。"

波伏瓦转过头看向伽马什,他正看着老科学家坐进了车里。

"我想知道巴比伦计划究竟是什么,"伽马什说道,"以及它是否和吉拉德·布尔一起入土了。"

...第十三章

探长拉科斯特走向老火车站,她发现一辆不可名状的车停在路边。

一男一女坐在前座,车门开了之后,她的心沉了下去。

记者,她想。有点像医生见到疫病的反应。但是当她一看清他们是谁,这想法立即逃走、消失了。

"探长拉科斯特?"女人问道,非常不优雅地把一个大布包甩到肩膀之后。

"对。"

"噢,很好。我们还以为走错路了呢。"

她看上去松了一口气,因为她看见伊莎贝拉看见她的时候松了口气。

"我早就告诉你我知道方向,"男人说道,"一路上连一个弯都没有转错。"

"所以你才开导航嘛。"女人说道。

"不。我开导航是因为你偏要开车。"

"还不是——"

女人举起双手，对着男人嘀咕，声音大小正好让拉科斯特可以听见，"我们可以之后再谈。"

伊莎贝拉·拉科斯特，一点也没觉得不高兴，反而差点笑了。这两位让她想起自己的父母，年龄也差不多。五十岁中旬，她猜想。穿衣风格若不能说是缺乏想象力，起码可以说是谁都可以想见的。女的穿着一件布外套，剪裁得体，只是稍显宽大，而男的穿着一件雨衣，前面点缀着极其零星的甜甜圈糖粉。

女的头发很明显是自己在家里染的，而且必须再染一次了。而男的头发往后梳，想要遮掩某些无法遮掩的东西。

"我叫玛丽·弗雷泽，"她伸出手与她相握，露出了指甲油剥落的部位，"这位是我的同事，肖恩·德落梅。"

他微笑，握了握手。他的甲上皮被啃过，裂了。

"我们从 CSIS 来的。"她兴高采烈地说道。

要是玛丽·弗雷泽说他们是从月亮来的，可能还更容易相信一些。伊莎贝拉·拉科斯特尽量不让自己看上去太惊讶。

"这可以跟她说吗？"肖恩·德落梅问道，侧过脸不让拉科斯特看见，还把手放在嘴巴上。再一次，想要遮掩某些无法遮掩的东西。

"不然我还能说什么？"弗雷泽女士低声说道，"告诉她我们是游客？"

"好吧，但也许我们应该先讨论一下。"

"我们一路上都在讨论——"

现在轮到这位男士抬手叫停这场斗嘴。

"这我们可以之后再谈，"他说道，"但是万一出了什么岔子，都怪你。"

他们用英语交谈，但对拉科斯特则用的是口音非常浓重、就像教科书录音中的法语。

也许，拉科斯特想，他们以为她不说英语。她决定还是不要戳破他们的幻想。

"我的荣幸，"她说，和他们握了握手，"你是说 CSIS？加拿大安全情报局？"

她必须确认这一点。如果说有人看上去不太像间谍，甚至不太像情报员,那就是面前这两个人了。

那位男士,肖恩·德落梅,环顾四周,接着凑近拉科斯特,"我们可以私下谈谈吗?"

他的目光四处乱窜,就好像他正在1939年的柏林,怀揣着电码。

"当然,"拉科斯特说道,打开案件调查室的大门,她带他们走进去的时候波伏瓦到了。

拉科斯特将他们介绍给彼此。

和她一样,波伏瓦看着他们,明显觉得有必要再确认一遍,问道:"CSIS? 间谍组织?"

"我更倾向情报员。"玛丽·弗雷泽说道,但是她看上去也不是不喜欢别人叫她间谍。

"你们怎么来了?"拉科斯特问道,带着他们走向会议桌。

"这个嘛,"德落梅说道,声音几乎微不可闻,"我们听说了枪的事。"

拉科斯特有点期待他点点自己的鼻侧。

"请你们一定要原谅德落梅,"玛丽·弗雷泽说道,鄙夷地看了她的同事一眼,"我们很少获批外勤。"

现在他也回敬了她一眼。

"你们的办公室在哪里?"拉科斯特问道。

"渥太华,"弗雷泽女士说道,"我们在总部。"

"我可以看看你们的证件吗?"波伏瓦问道。

听见这个要求,两人很高兴,几乎一点都没有察觉对方有侮辱他们的嫌疑。

他们拿出了钱包,但似乎很难将那层薄薄的证件拿出来。玛丽·弗雷泽甚至找不到她的那张了。

在这两人口角的当口,让-居伊和伊莎贝拉互相做了个鬼脸。从被派来的这两人来看,渥太华,以及CSIS,可能并不怎么把他们在林子里找到的东西放在眼里。

终于他们把自己的证件交给了波伏瓦和拉科斯特,两人确认了坐在会议桌对面的这两位满脸微笑的中年人正是加拿大的情报员。

"你们怎么会听说枪的事?"拉科斯特问道,把证件推了回去。

"我们上司说的。"德落梅说道。

"他从哪儿听来的?"她尝试着再问了一遍。

"我真不知道。"德落梅看着弗雷泽女士,她也摇摇头。

"说实话,上头叫我们做什么我们就做什么,上头叫我们过来看看枪。"

几乎可以肯定,这是朗热利耶将军"让我想想"的结果,拉科斯特想。他肯定打过电话给国防部的人了,这人又打电话给CSIS,CSIS则又传达下去,结果这话越传越歪,最后传到这两人头上。

"为什么派你们来?"波伏瓦问道,"不是说我们见到你们不高兴。"

"你知道吗,"弗雷泽女士说道,"我们也在想同一个问题。我们在同一个部门工作,我和肖恩。很多年了。大部分时间只是在归档而已。"

"偶尔也出个外勤。"德落梅插了个嘴。

"把记录输入电脑。交叉比对,"她说道,"看看线索之间是否有什么联系没有被发现。这点我们挺擅长的。"

"的确,"他承认,"我们能看见别人看不见的东西。"

"最好别告诉他们我们看见那种东西。"她说道,德落梅大笑起来。

"好吧,"拉科斯特说道,开始喜欢上了这两个人,"我猜你们想看看那把枪吧。"

她觉得自己听上去像个五十年代的家庭主妇,小心翼翼地邀请她的客人参观自己所拥有的设施。

"你是不是希望自己也能活跃在第一线?"蕾娜-玛丽问道,她的丈夫则咬了一口铺着枫糖浆熏火腿、苹果、布里干酪的法式酸面包。

他看向小酒馆的窗外,看向石桥。

"你是说去那潮湿阴冷的树林里的犯罪现场?"

"对。"

"有点。"

"伽马什先生,"蕾娜-玛丽说道,"你比我妈想的还要疯狂。"

"你母亲爱我。"

"只是因为你让她的孩子们看上去非常理智。除了阿方思,当然。他是货真价实的疯子。"

亨利正盘在他们桌下。这条德国牧羊犬的头枕在阿尔芒的鞋子上,头上撒着星星点点的面包屑。

"伊莎贝拉已经上手了吧?"蕾娜-玛丽问道。

"不仅是上手,简直如鱼得水。她已经彻底掌控了整个部门。已经成了属于她自己的部门了。"

蕾娜-玛丽搜索着他明显松了一口气的表情背后是否隐藏着悔恨的征兆,但是那里只有年轻女门徒对他的仰慕。

"让-居伊似乎已经接受她做他的上司了。"她说道,从篮子里拿了一块新鲜法式长棍,涂上了黄油,配上她的萝卜苹果汤。

"我想可能他还是有点挣扎,"阿尔芒说道,"但他只尊重拉科斯特,他知道自己不可能成为探长,在发生那件事之后。"

"你是说在他射中你之后?"蕾娜-玛丽问道。

"这件事也不会给他加分,"阿尔芒承认。他又拿起了自己的三明治,又放了下来。"昨天我被一名年轻警察威胁了。"

"我看见他把手放在警棍上。"蕾娜-玛丽说道,汤匙落了下来。

阿尔芒点点头。"刚从警校出来的。他明知道我曾经是一名警察,但是他根本不在乎。如果他这样对待前任警察,他又会如何对待普通市民呢?"

"你似乎动摇了。"

"的确。我曾希望,通过摆脱腐败,最可怕的已经过去,但是现在……"他耸耸肩,微弱地笑笑,"是只有他一个,还是说有一整个班的流氓进入了警察局?配备着警棍和枪。"

"很遗憾,阿尔芒。"

她手伸到桌子对面,放在他的手上。

他低头看看她的手,又看着她的眼睛,笑了。

"我已经不认识那里。天下万务都有定时。我想和罗森布拉特教授谈谈他在麦吉尔大学的工作。"

"你觉得他的身份不属实？"

"噢，不，不是这个意思。我相信伊莎贝拉和让-居伊已经核实了他的身份。不，这只是我的个人问题。"

"真的？你想做物理学家了？"蕾娜-玛丽问道。他没有回答，她紧盯着他看，"阿尔芒？"

她知道他不是想要去学科学，而现在她明白他在想什么了。

如果他们俩需要面对的答问题是：下一步？答案可不可以是：大学？

"你有兴趣吗？"他问道。

"重回校园？"

她其实真没想过，但现在她突然发现她愿意扎入那一片知识的海洋。历史、考古学、语言、艺术。

现在她仿佛可以看见阿尔芒就在那里。实际上，大学比警察局更像是阿尔芒的归属。她仿佛可以看见他穿行在走廊里，作为学生。或者教授。

无论是何身份，学院的走廊是他所归属的地方。也是她的归属。她想知道劳伦特的死是否终于也彻底了结他对于谋杀案这种为人唾弃之事的兴趣。

"你喜欢那位教授？"她问道，继续喝汤。

"是的，虽然这个人与他的职业之间有些怪异的断层感。他的领域是弹道及发射学。他的研究主要涉及武器设计师。可是，他这个人看上去非常，非常，柔和。充满书卷气。有点不太匹配。"

"是吗？"她问，尽量不笑出来。她刚才正是这么想他的。一个充满书卷气之人，却在追踪杀人犯。"我想我们并非表面上所看到的那样。"

"不过，他看上去对自己的领域了如指掌。他立刻就认出那台武器了。他说那是超级大炮。"

"超级大炮？"

他以为她会笑。坐在温暖欢腾的小酒馆里，面前摆着新鲜的热面包和萝卜苹果汤，这一个词本身听上去就很荒唐。"超级大炮。"好像漫画中才会有的东西。

但是蕾娜-玛丽没有笑。相反,她想起了劳伦特,和他每时每刻所想的一样。活生生的劳伦特,还有死去的劳伦特。因为林子里的那东西。无论它叫什么名字,只要是与它相关的,就没有哪怕一丝令人忍俊不禁的可能。

"那是吉拉德·布尔造的。"阿尔芒说道。

"那怎么会在这儿呢?"她问道,"罗森布拉特教授知道吗?"

阿尔芒摇了摇头,接着指了指窗外。"也许他们能告诉我们。"

蕾娜-玛丽向外看去,见到拉科斯特和波伏瓦穿过那条土路,走上通往林间的小径。同行的还有两个陌生人。一男一女。

"他们是谁?"蕾娜-玛丽问道。

"要我猜的话,我觉得是国防部,或者可能是CSIS的。"

"或者是学者。"蕾娜-玛丽提议。

再一次,让-居伊·波伏瓦将巨大的插头插进巨大的插座,在一声沉闷的金属声之后,巨大的探照灯亮了起来。

他双眼一直注视着两位CSIS的情报员,他们并没有令他失望。

他们肩并肩站着,抓着自己的皮箱,就像在火车站等待的通勤者,变成两个看上去已经丧失理智的疯子。

他们双目圆睁,嘴张得格外大,两人的头极其同步地慢慢、慢慢往后仰。目光也不断向上。要是在下雨,他们肯定早就呛死了。

"我的妈呀,"肖恩·德落梅只吐得出这几个字,"我的妈呀。"

"是真的,"玛丽·弗雷泽说道,"他做到了。他真的造出来了。"她转向站在她旁边的伊莎贝拉·拉科斯特,"你知道这是什么吗?"

"是吉拉德·布尔的超级大炮。"

"你怎么知道的?"

"麦克尔·罗森布拉特告诉我们的。"

"罗森布拉特教授?"肖恩·德落梅问道,终于恢复神智,不再说"我的妈呀"了。

"是的。"

"他怎么知道的?"德落梅说道。

"他已经见过了,"波伏瓦说,"他也来了。"

"他当然来了。"玛丽·弗雷泽说道。

"我请他来的。"波伏瓦说。

"啊,"玛丽·弗雷泽说道,转过头。她的视线又被拉回巨枪。但是她并没有看着这尊大炮,CSIS的归档员正盯着刻印。

"难以置信。"她低声说道。

"那些故事都是真的了。"德落梅对他的同事说道。

玛丽·弗雷泽试探着向前走了几步,凑近了那幅画。

"这儿有字,"她说道,用手指着,但没有触碰那幅刻印,"阿拉伯语。"

"希伯来语。"拉科斯特纠正道。

"你知道是什么意思吗?"德落梅问拉科斯特。

"在巴比伦河畔——"伊莎贝拉说道。

"我们坐下,凄然而泣,"玛丽·弗雷泽补充完,退了一步,"巴比伦的淫妇。"

"我的妈呀。"肖恩·德落梅说道。

伽马什和亨利正朝小镇边缘走去。亨利带着它的球,阿尔芒带着他的剧本。

他低头看着标题,上面还沾有从露丝为其所挖坟墓中带出来的泥土。它并没有安息,他又把它挖了出来,现在他是时候读一读了。

《她坐下,凄然而泣》。

可能只是个巧合。几乎肯定是。连环杀手所写的剧本标题和大规模杀伤性武器侧面所刻的词句如此相似。

的确会有巧合,阿尔芒知道。他也知道别过于较真。但是他也知道不应该彻底忽视。

他本想在家里读剧本,坐在壁炉前,但是他不想玷污自己的家。接着他又想带去小酒馆,但是也决定不去了。同样的原因。

"你是不是赋予它太大的力量了?"蕾娜-玛丽曾问起他。

"也许吧。"

但他们都知道语言也是武器,若是融入了一个故事,它们的力量几乎是无限的。他站在门廊上,手中拿着剧本。

去哪儿呢?

去一个已被玷污到已无法拯救之地,他想。虽然他想到的唯一一处就是森林,在那里,一个男孩被杀死,一把用以大屠杀的枪在那里座落了几十年。但是那里人太多了,他不想给人解释。

所以如果不去堕落之地,那只剩最后一个选择了。神圣之地。那里可以承受约翰·弗莱明的攻击。

他和亨利走向村子的边缘。他们爬上通往老教堂大门的阶梯,那里永远敞开,他们走了进去。

圣托马斯教堂里没有人,但并不显得空荡。也许因为彩色玻璃上的男孩们,一站就是永恒。有时候,阿尔芒来教堂,只为了看看他们。

他现在坐在铺着舒适坐垫的长凳上,剧本放在腿上。亨利躺在他脚边,头枕着爪子。

一人一狗看着彩绘玻璃,是一战末期画的。上面是战士,年轻得令人难以置信,挎着枪,穿过无人之地。

阿尔芒有时候来这儿只是为了坐在透过他们画像投下的光线之中。坐在他们的恐惧之中,坐在他们的勇气之中。

这里是神圣的,他知道,不是因为这是一座教堂,而是因为这些男孩。

他感受到大腿上剧本的重量,回忆的重量。弗莱明所作所为的重量。它们坠落、碾压而下,直到剧本成了压平的混凝土,将他钉在那些回忆之中。

他再一次听见了那位警官疲倦的声音,他最终抓住了弗莱明,也目睹了他所做的一切。阿尔芒再一次看见犯罪现场的照片,看见一个恶魔造出的另一个恶魔。

那七头怪兽。

阿尔芒垂下眼,看着剧本,红与金的光从男孩身上落到标题页。

他鼓起勇气,深吸一口气,打开了剧本。

...第十四章

"我看你们回来了。我可以加入你们吗?"

小酒馆里,让-居伊·波伏瓦坐到罗森布拉特教授对面。这位老科学家笑了,明显欢迎他的陪伴。

"我刚刚收拾好我放在 B&B 的行李,便想过来吃个午餐。"罗森布拉特教授说道。

"你在做笔记,"让-居伊说道,看着打开的笔记本,"关于枪?"

"是的,并且尽量回忆我所知关于吉拉德·布尔的一切。令人着迷的人物。"

"看来你刚去了书店。"

一本薄薄的册子放在桌上,在他们中间。

"没错,很妙的地方。我无法拒绝书店,特别是二手书店。我找到了这本。"

他指指那本《我很好》。

"实际上我本想买别的书,不过有位老太太站在收银台旁边,说我选的每一本书她都要了。这是她唯一让我买的那本,幸好我很喜欢。"

波伏瓦歪嘴笑了笑,"你喜欢写《我很好》的诗人?"

"喜欢。我觉得她是天才。谁曾伤你至此/无法修复/你总卷起双唇/每当拉起序幕。"罗森布拉特摇摇头,拍拍书,"天才。"

"露丝·萨多。"波伏瓦说道。

"啊,看来你也认识她。"

"实际上我正要介绍你们认识呢。麦克尔·罗森布拉特教授,请允许我向您介绍露丝·萨多和她的鸭子,罗萨。"

这位老科学家抬头,惊呆了,看见一张瑟缩的老妇人的脸,正是那位逼着他买那本书的老太太。

他挣扎着站起来。

"萨多女士,"他说道,几乎鞠了一躬,"非常荣幸。"

"废话,"露丝说道,"你是谁,你来这里干什么?"

罗萨倚在露丝怀里,一双豆子眼看着罗森布拉特教授。

"我,那个,我只是——"

"我们请他来帮忙的。"波伏瓦说道。

"帮什么忙?"

"当然是我们在林子找到的那东西。"

"那是什么东西?"她厉声问道。

"是——"罗森布拉特正要开口,被让-居伊打断了。

露丝瞥了一眼教授,"我们见过吗?"

"我觉得没有,否则我一定会记得的。"他说道。

"那个,"让-居伊说道,看着他们桌上的空位,再看看露丝,"再见。"

露丝给了他一根手指,接着一瘸一拐地走向火炉边克莱拉的桌子。

"好吧,"教授说道,又坐了下来,"真是出乎意料啊。那是她的女儿吗?"

"那鸭子?"

"不,坐在她旁边的女士。"

露丝会生育的想法让波伏瓦震惊。他还在挣扎着接受她也曾生育过。

在他想象中,出现一个矮小、干瘪、一头银发的孩子,还有一只小鸭子。

"不,那位是克莱拉·莫罗。"

"那位艺术家?"

"是的。"

"我看过她在蒙特利尔当代艺术博物馆的展览。"他眯起双眼,"等等,克莱拉·莫罗是不是画过露丝·萨多?那位年老色衰的麦当娜?那位看上去令人作呕的?"

"就是她。"

罗森布拉特教授瞥了一眼其他的顾客。在这流光四溢、明媚欢快的小酒馆里,在那些舒适的扶手椅中。他看向书店,接着,又往另一个方向,那个写着湿润玛德琳的面包房,带有童年的味道。

接着他的目光落到了窗外老旧、坚实的房子上,还有绿地上像守护者一样的三棵巨松。随后又看回了露丝·萨多,她正和克莱拉·莫罗同桌分享食物。

"这儿是什么地方?"他问,几乎微不可闻,"为什么吉拉德·布尔选择这里,而不是其他地方?"

"这我正想问你呢,教授。"波伏瓦说道。

"你好,让-居伊,"奥利维说道,站在桌旁,手里拿着记事本和铅笔。"您好,"他对教授说道。

"奥利维,这是罗森布拉特教授。他正在协助我们的调查。"

"噢,真的吗?"

"我想我和您的伙伴已经通过话了,加布里,"罗森布拉特说道,"我在B&B订了一间房间。"

"太好了,那我们能经常见到您了。"

奥利维等了一会儿,明显期待更多信息,但是他等来的只是他们要点的午餐。

让-居伊,与自己激烈斗争了许久之后,点了烤扇贝和热梨色拉。他答应安妮注意饮食。

"也许吉拉德·布尔来这里是命运,"奥利维离开之后,罗森布拉特说,"阴与阳。一个整体的两个部分?"他提出,看见他的同伴皱起了眉头。

"噢,我知道这意思,但你不是不信这种东西的吗,难道你信?"

"你是不是以为就因为我是个科学家,我就没有信仰了?"罗森布拉特问,"你会惊讶有多少物理学家相信上帝。"

"你信吗?"

"我相信相对任何运动必然存在等价的反应。除了阴阳还有什么?天堂与地狱。一座平和富有创意的村镇,附近有一座令人毛骨悚然的杀人机器。"

"除了天堂,魔鬼还会想去哪?"波伏瓦问道。

"除了地狱,上帝还会想去哪?"罗森布拉特说道。

老人举起了双手,上面有一点点的老年斑,接着举高其中一只,再举起另一只。

平衡。

"谢谢,老板。"让-居伊说道,往后靠了靠,给奥利维让出上菜的空间。

扇贝很大,且多汁,被烤成了金黄色。它们躺在谷物、新鲜香草、烤松果与山羊奶酪铺成的床铺上,隔壁就是一只温热的烤苹果。他正要问梨在哪儿,接着就被放在教授面前的培根总会三明治、细长喷香的炸薯条给吸引了。

他真聪明,波伏瓦想。

"我可以引诱你吗?"罗森布拉特问道,把他的盘子往让-居伊那里推了一毫米。

"不,谢谢。"让-居伊说道,拿了一根薯条。

教授笑了,接着这笑容就淡下去了。

"他们是谁?"

波伏瓦顺着罗森布拉特皱起的眉头,看见伊莎贝拉·拉科斯特站在小酒馆的门口,旁边站着玛丽·弗雷泽和肖恩·德落梅。

在房间另一边,玛丽·弗雷泽转向拉科斯特,"是他吗?"

"罗森布拉特教授,对,"拉科斯特说道,"需要我介绍吗?"

伊莎贝拉穿梭在桌子中间,假装没听见背后急急忙忙的一句轻声的不用了，谢谢。

"他们过来了，"罗森布拉特急急忙忙地轻声说道。波伏瓦甚至以为他准备吠叫两声："快点，躲起来。"

"你们在这儿啊，"伊莎贝拉说道，好像看见波伏瓦非常惊讶，毫无预谋，"我们也过来吃个迟到的午餐。我想你们一定还没见过。麦克尔·罗森布拉特教授，请允许我向您介绍玛丽·弗雷泽与肖恩·德落梅。他们刚刚从渥太华赶过来。他们对我们所发现的东西也非常感兴趣。"

罗森布拉特再一次挣扎着站起来，虽然兴致明显没有刚才在露丝·萨多面前高昂。文质彬彬的他，虽说没有在这些新来客面前卷起双唇。但也差不多了。

"我们没见过，"他说道，"但我想应该联系过。"

德落梅只说了一句"是的"，而玛丽·弗雷泽则保持沉默，虽然她也和教授握了握手。不过，拉科斯特感觉，这更像是出于习惯，而非心甘情愿。

拉科斯特打量四周，发现角落中的一张桌子，离波伏瓦和教授有一定的距离。

"我想那张应该是空的，"她说，看见CSIS的情报员手脚并用，爬过其他桌子，拼命挤过去。

探长拉科斯特已经和奥利维打过招呼，不要提到她已经打电话预留了那张桌子。

"他们是CSIS的，"教授说道，转过身背对他们，"但是，当然，你懂的。我认为说他们是情报员是有些抬举他们了。"

"那他们是？"波伏瓦问道。

"档案管理员。"罗森布拉特说道。

"你怎么认识他们的？他们怎么会认识你的？"

"好几年来，我都在向政府申请吉拉德·布尔和巴比伦计划的文件。我计划写一篇关于他的研究论文，作为他遇刺身亡二十周年的纪念。这两位所在的部门就是保管布尔博士档案的，但他们无论如何就是不愿提供这些信息。"

"为什么？"

"这是个好问题,探员。"

他往背后瞥了一眼,看见玛丽·弗雷泽很快垂下了眼睛。接着罗森布拉特又将注意力转回波伏瓦的身上。

"他们对超级大炮的反应如何?"

"他们和你一样惊讶。"波伏瓦说道。

"不知他们是真惊讶还是假惊讶。"

"他是个天才,你知道,"玛丽·弗雷泽说道,"吉拉德·布尔。加拿大最年轻的博士。二十二岁时就得了学位,二十二。他比其他人超前的程度要用光年来计算,但是他有点问题,他没有刹车,他没有底线,如果他看见一条底线,就一定要跨过它。"

伊莎贝拉·拉科斯特听着。两位 CSIS 情报员正轮流讲着故事。现在,拉科斯特明白上头为什么要派他们过来了。

玛丽·弗雷泽和肖恩·德落梅可能对做间谍不太在行,但是他们对吉拉德·布尔的事如数家珍。他们的任务就是收集及保护这些信息。而现在他们正在透露这些信息。

或者,至少,其中一些信息。

"布尔博士曾为美国政府工作,也曾为英国人工作。他参与了'高空飞行研究计划',"肖恩·德落梅说道,拉科斯特注意到他根本无需参考任何笔记,"他在蒙特利尔的麦吉尔大学工作过一段时间。接着他便搬去了布鲁塞尔,开始自立门户。"

德落梅拿下眼镜,用一块亚麻布餐巾擦了擦。

"那真是灾难,"他说,又戴上了眼镜,"吉拉德·布尔从科学家变成了设计师,最终沦落为军火商。"

"而加拿大失去了对他的控制。"拉科斯特总督察说道。

"我想我们之前对他的控制也不过是一种幻觉而已,"玛丽·弗雷泽说,"我想吉拉德·布尔从头到尾都是无法掌控的,因为他根本不在乎。"

"那个人并没有好去哪里,"肖恩·德落梅说道,示意坐在小酒馆另一头的麦克尔·罗森布拉特,"我们也有一份他的档案,你知道。当然,不是很厚。他有没有告诉你们他曾帮忙设计过阿芙罗飞箭?世界上最精致的战斗机之一,在这个项目报废之前。他对军备竞赛或军火交易可一点都不陌生。别被他骗了。"

"你真觉得吉拉德·布尔造出超级大炮的事能瞒过政府?"罗森布拉特问道。

"不知道,"波伏瓦说道,"似乎他在这村外制造大炮的事倒是瞒过了所有人。"

"在职情报人员的工作质量竟如此堪忧,你难道毫不怀疑?"罗森布拉特朝拉科斯特的桌子摆摆手。

这位科学家似乎希望两者兼得。政府知道之后也在实质上支持了布尔的研究,与此同时,政府又过于无能,被瞒在鼓里。

当波伏瓦指出这一点,罗森布拉特摇了摇头。

"你误会我了,"他说道,"我认为加拿大政府支持过布尔博士的研究,甚至鼓励过。还倾注了财力。很清楚他所制造的究竟是什么。而且我想,CSIS归档的材料应该可以证明这一点。"

"然后呢?"波伏瓦问道。

"然后,当布尔突然搬去布鲁塞尔,并与加拿大断绝联系之后,他们,请原谅我的用词,大发雷霆①。他们惶惶不可终日。你看,我并不赞同吉拉德·布尔的道德准则。我觉得只要能赚得盆满钵满,并证明自己是对的,他愿意做任何事,甚至愿意摧毁自己曾经创造的伟大机构。"

"什么伟大机构?是指其他军火工程师?"波伏瓦问道。

"你配着一把枪,"罗森布拉特说道,看着波伏瓦皮带上的手枪皮套,"最好还是别这么虚伪。"

但是他的笑容弱化了这句刺人的话。

"我想我们都是伪君子,从某种程度上来说,"罗森布拉特承认,"我的专业是弹道发射学,而且我的顾客也并非渔业部门。"

---

① 英文为 ballistic,也有弹道学的意思。

波伏瓦笑了，点点头，叉了一口烤扇贝，结果还挺好吃的。唯一的进步空间大概就是把它们炸一炸了，他想。

"我们都有自己的底线，"教授说道，"包括那些设计军火的工程师。有些事过于可怕，就算可能做成。"

"这个世界上已经有核弹和化学武器，"波伏瓦说道，放下了他的叉子。突然一点也不饿了。"还能有多可怕？"

罗森布拉特教授没有回答，让他松了一口气。相反，这位老教授看向老旧的窗外，看着安静的小镇。"我不敢相信他真的造出来了。人们乞求他不要造，但是他觉得其他工程师只不过是嫉妒。"

"你认识布尔教授吗？"波伏瓦问道。

"和我之前告诉你的一样，只是有所耳闻。我和他不是一个圈子的，但是我也属于那个领域，即使只是擦边而已，只是学术方面的。"

"你嫉妒吗？"波伏瓦问，"其他设计师嫉妒吗？"

罗森布拉特摇摇头，"我们害怕。"

"害怕什么？"

"吉拉德·布尔所说可以做到之事竟真的可以做到。他实际上真的会做到。有人甚至暗杀他也要制止他，这点几乎毫无疑问。我认为CSIS的资料能证明这一点。但是等他们意识到已经太迟了。骰子已落，武器已成。"

"对，"波伏瓦说道，"但是它究竟是为谁而造，又是为何而造？"

"他是个疯子，"玛丽·弗雷泽说道，盯着小酒馆另一头老人的脊背，"他对吉拉德·布尔有各种疯狂的看法。还有对我们。他估计有被迫害妄想症。认为我们故意不给他信息。"

"我们的确没给。"德落梅说道。

"是这样，但并不是针对他，"玛丽·弗雷泽说道，"这都是依法办事，根据《信息安全法》。就算我们想泄密，我们也不能这么做。这倒提醒我了，除了他之外，你们还对谁说过关于超级大炮的事？"

"这就写在我们关于这场谋杀的正式报告上，"拉科斯特说道，"但这是保密的。我们还没有作任何声明。"

"好。请在我们上手之前先不要公开。"

"是的,我们必须启用一级防范禁闭。"德落梅说道,明显非常享受使用这句话,也许是他职业生涯中的第一次。

"我理解目前应保密超级大炮的事,但为什么你们要保密吉拉德·布尔的信息?"伊莎贝拉·拉科斯特问道,吃了一叉温热的烤鸭色拉,"他早就死了。"

"我不是很清楚。"玛丽·弗雷泽说道,好像她从没问过自己这个问题似的。她的工作,毕竟,不过就是分析文件,而不是质疑内容。

"你们肯定读过那些档案了,"拉科斯特继续逼问道,"你们可能比这世界上任何一个人都更了解吉拉德·布尔。档案上怎么说?"

"上面说他就是个普通军火商,可能是个反社会人士,"玛丽·弗雷泽说道,她在说吉拉德·布尔,但仍看着罗森布拉特,"他不在乎自己的军火是卖给谁的,或者别人会如何使用。"

"布尔博士唯一想要的就是一船船的钱,以及证明自己是正确的,"德落梅说道,"在这个过程中,就算死了千千万万人,也与他无关。"

"如果他成功了,天知道在相关区域会发生什么。"玛丽·弗雷泽说道,转过头看着拉科斯特。

"他的客户是萨达姆?"拉科斯特问道。

"外勤特工是这么看的。"玛丽·弗雷泽说。

"但是就算他们弄错了,结果他卖给了以色列人或者沙特阿拉伯人,仍然会天下大乱。"德落梅说道。

"大决战,"玛丽·弗雷泽说。她不知用了什么方法,说起这个词的时候竟让人觉得毫无违和感,即使周围的一切是如此平静。

"你们怎么会知道枪上有画的?"拉科斯特问,"巴比伦的淫妇。"

肖恩·德落梅充满激情地俯身凑到桌子对面。"这些都是传奇的一部分,那叫一个精彩。我们的工作就是收集信息并且归档。"

"我们在八十年代末期的外勤特工报告中读到过关于这画的内容,"玛丽·弗雷泽说,"这些特工尽己所能地追踪布尔博士,虽然他们基本确定他的主顾就是萨达姆·侯赛因,但他们无法证明这一点。"

"外面流言蜚语满天飞,"德落梅说道,"博人一笑还行,用作情报就不行了。"

"有那么一个传言倒是经常出现,说布尔在超级大炮的侧面刻了一幅画,"弗雷泽说,"巴比伦的淫妇,源于《启示录》。"

"撒旦,大决战。"德落梅说。

"纯布尔①。"玛丽·弗雷泽说道,摇头晃脑。

"你这是想好的吗?"德落梅转向她,"很聪明。"

拉科斯特看着两个人,觉得这个布尔博士名字的玩笑并不是什么聪明之举,而是十分明显之事,不过两位 CSIS 特工看起来很高兴。

"我觉得布尔博士就是以这种浮夸的行为闻名的,"玛丽·弗雷泽说道,"但是这些只是烟雾弹而已。越是绚丽多彩,泡沫就越是脆弱。"

"而刻着巴比伦淫妇的超级大炮就是纯布尔的行径。"德落梅说道,偷偷笑了笑,仍被这个明显,而且已经用烂了的笑话逗笑了。

"没有人相信他?"伊莎贝拉·拉科斯特问道,"太过夸张。就像那位遇害的男孩,劳伦特·莱帕赫,也没有人相信他。"

"很明显有人信了,"玛丽·弗雷泽说道,"他们都被人杀了。"

伊莎贝拉·拉科斯特和两位 CSIS 特工一起走向加布里的 B&B,安排他们的住宿。

可能稍显拥挤,但一定很有趣。把两位特工和那位学者扔一块儿,看看会起什么反应。

就像玛丽·弗雷泽和肖恩·德落梅,她觉得那位罗森布拉特教授竟如此着迷于那位早已死去的军火商也十分奇怪。但是她也认为玛丽·弗雷泽竟说自己看不出画上的是阿拉伯语还是希伯来语也很奇怪。

并且,更奇怪的是,那位肖恩·德落梅竟然直接找到三松镇,可要找到这个地方,迷路几乎是前提条件。

超级大炮当然十分诡异,但并非目前唯一诡异之事。

---

① 布尔 Bull 也有公牛的意思。

第十五章

"你们回来啦。"蕾娜-玛丽说道。

她从电脑面前转过头来,看看阿尔芒和亨利,一人一狗站在书房门口。

"对,"阿尔芒说道,"你在干什么?"

"调查,"她说道,起身欢迎他,"剧本有多糟糕?"

他把剧本抛到门边的桌上。"作为一出戏剧?一点也不糟糕。实际上,安托瓦内特是对的。十分出彩。"

他看上去像是吃了一只苍蝇。

"我还没看完,但之后会接着看的。我想休息一下。喝一杯吗?"

"请吧,"她说道,转回身去看电脑。他听见打印机的声音,在走向清洁柜的时候瞥了一眼,他们将最好的酒都藏在清洁柜里,以防露丝发现。

"利洁时还是洁碧,先生?"①他喊道。

---

① 利洁时(Lysol)和洁碧(Mr. Clean)皆为清洁用品品牌。

"实际上,清洁整齐就挺好的。不过要淡一点。"

他递给她一杯琴通宁,里面多加了苏打水和一片柠檬,发现她正浏览着麦吉尔大学的网站。

阿尔芒把一张唱片滑进音响,尼尔·杨独一无二的声音倾泻而出。接着他拿着自己的苏格兰威士忌,还有一本书,坐进了一把扶手椅中。

他读着熟悉的第一行字,感觉一阵平静,一阵慰藉。他让自己,哪怕只有一瞬间,迷失在斯各特、杰姆与布·拉德力①的世界中。

半小时后,蕾娜-玛丽发现他坐在窗边,手指夹在书中,正盯着他们的花园,听着音乐。亨利坐在他身边。

"开心吗?"她问。

"平静,"他说,"找到什么有趣的课程吗?"

"什么?"

他朝她手中打印出来的那捆纸张摆摆手。

"你在看麦吉尔大学的网站。要不要也看看蒙特利尔大学的呢?他们有些非常不错的课程。你是想旁听,还是攻读学位呢?"

"我不是在查课程,阿尔芒。我在查吉拉德·布尔。对于一个工作内容应该严格保密的人物来说,他网上的信息多得惊人,如果你找对关键词的话,比如巴比伦大炮、谷歌之类的公众搜索引擎上面就有很多,而且大同小异。但你要是去看那些私人记录的话,就会发现很多有趣的东西。"

"私人的?"他问,坐了起来。

"我可是档案管理员,"她提醒他,"就像神父,我们永远不会真正退休。"她扬了扬那一捆文件,"而且我有进入麦吉尔大学私人档案的密码。"

"上帝祝福你,"阿尔芒说道,伸手拿过文件以及眼镜,"你找到了什么?"

"这个嘛,从他的学术记录以及工作表现来看,吉拉德·布尔都是挺失败的。他对别人来说算得上是一根巨大的眼中钉。根据他在麦吉尔的个人档案,他几乎是在混日子,任何一个想要接近他的人都被他故意疏

---

① 《杀死一只知更鸟》中的人物。

远。他是大有个性之人，脑海中也充满疯狂的想法。没有人想和他合作。"

"他们为什么不摆脱他呢？"

"最终他们不就摆脱他了，虽然表面上粉饰着得体而永不能生效的条件。但是他们毕竟还是留了他很长一段时间，就是希望他的某一个古怪想法可能真的实现。"

"当然，最终成真了，"阿尔芒说道。他读了那些文件，接着抬头看她。"但是到成真的那一刻他早就不在了。他是什么时候出生的？"

蕾娜-玛丽快速浏览了自己的笔记："1928 年 3 月 9 日。"

伽马什飞速计算了一下。"那么到现在他应该已经八十多岁了。将近九十。"

蕾娜-玛丽看着他，十分困惑。"但是他已经死了，你知道的。布尔博士在 1990 年被杀，当时他"——她算了算——"六十二岁。"

"是的。"阿尔芒说，靠回椅背上。

"你在想什么？"

"没什么。很荒唐。"

"你在想吉拉德·布尔是否还活着？"她问道，非常震惊。

"我花了太多时间怀疑猜忌，"他微笑着说道，"忘了我所说的。"他举起自己已经淡了的苏格兰威士忌，"要怪就怪利洁时。"

"阿尔芒，这些文件中有些地方很奇怪。"

她从他手中拿过两张纸，把推到头顶的眼镜挪了下来，放到眼前。某些字词，有时甚至是一整行都被涂黑、编辑过了。就算是秘密档案中也仍然保留着秘密。

"我已经习惯了，"她说道，"发到档案馆的笔记和论文一般都先经过安全编辑。往往都是政要或者科学家的个人日记，所以我也不是特别惊讶。"

"不，"阿尔芒说道，"我也不惊讶。布尔博士的研究明显包括军备应用。"

"对。但是让我惊讶的是这个。"

蕾娜-玛丽翻动着这些纸张。她把一支笔夹在耳后,而她的眼镜现在落到她的鼻尖上。她看上去就像《电脑风云》中的凯瑟琳·赫本。聪明能干,全然不知自己有多美。阿尔芒可以就这么盯着她看一整天。

蕾娜-玛丽终于找到她想要找的,将其中一页递给他,上面有很多涂黑的地方。

"这是布尔博士所做工作的内部报告,是在他遇害之后写的。看这里。"

她指向其中一行。他戴上眼镜,读了起来,接着又读了一遍,他的眉毛纠结在一起。他在椅子里坐下来。

检查员漏了一处和超级大炮有关的内容。不是什么大疏忽,因为布尔博士想要制造这么一尊大炮算是公开的秘密。

"你觉得这只是打错了吗?"她问道。

"希望如此。"

他又看向报告,看着那个词,本应被涂黑的。

"多尊超级大炮。"还是复数。

上帝啊,他想。难道还有不止一尊吗?

蕾娜-玛丽推了推眼镜,把笔从耳后拿了下来。

凯瑟琳·赫本不见了,斯宾塞·屈塞不见了,这可不是什么喜剧片。阿尔芒和蕾娜-玛丽对视着。接着阿尔芒站了起来,开始来回踱步,倒并非狂躁,他的步伐大而有度,几乎可以说是优雅,在起居室来来回回。

"可能毫无意义,"他说,"可能只是像你说的那样,打错了。几乎可以肯定是打错了。我们就专注于我们所知道的事实吧。"

"好吧,根据这些文件,我们知道布尔博士在麦吉尔大学工作,研究远距火炮。我们知道他在八十岁出头的时候搬去了布鲁塞尔,并在 1990 年 3 月 20 日在那里遇害。"

"你找到的报告上有没有说是谁的责任?"

"主要推测是摩萨德。吉拉德·布尔很明显也在进行伊拉克的飞毛腿导弹计划。但是他主要的工作就是为萨达姆制造可以将导弹射进近地轨道的加农炮。"

"再从那里去往任何地方。"阿尔芒说道。

"巴比伦计划,"蕾娜-玛丽说,"超级大炮毕竟是为伊拉克打造的。"

"是一尊还是多尊,"阿尔芒说,"你刚才说他是在 1990 年 3 月 20 日遇害的?"

"是的。怎么了?"

阿尔芒有些急切地又踱了几步,接着停了下来,摇摇头:"这说不通。我知道不可能。"

"什么?"

"约翰·弗莱明第一次杀人就是在 1990 年的夏天。"

一阵停顿,蕾娜-玛丽正好可以吸收刚才那句话,尽量让自己保持冷静:"你是在说这两人之间有联系?怎么可能?"

阿尔芒坐下,膝盖碰到她的膝盖。"吉拉德·布尔制造了巴比伦大炮,在旁边刻上的不只是巴比伦的淫妇,而且还有《诗篇》中的一行诗,'在巴比伦河畔,我们坐下,凄然而泣。'"①

他看向起居室另一头的大门,旁边正躺着那该死的剧本。

"约翰·弗莱明写的戏剧也引用了同一行诗,或者说极其相似。《她坐下,凄然而泣》。"

"这句诗很出名,阿尔芒。"她尽量让自己听上去非常支持他,而非过于保护。她可以看见他眼中的亮光。"许许多多的文学作品都引用过,包括音乐。唐·麦克林②不也写了一首歌,用的歌词就是那首诗?"

接着她看见他正在思考,感觉自己所担忧之事正扎着她的心。

"你在怀疑约翰·弗莱明可能就是吉拉德·布尔?若果真如此,那他肯定瞒不下去的。"

他拾起被涂黑的那一页页纸张。"你可以隐藏一切,取决于这个'你'是谁。"

蕾娜-玛丽凑近他,将他的双手握在自己的手中。她慢慢地、静静地

---

① 原文只引用了《圣经·诗篇》第 137 首的前半句。
② 唐·麦克林(Don Mclean, 1945—),美国籍创作歌手。他在专辑《美国派》中收录了歌曲《巴比伦》。

说道,她直视他的眼睛。"你只不过一直在读那出戏剧。它让你想起各种关于约翰·弗莱明的回忆。你想,会不会是你对于劳伦特的哀悼从某种程度上来说和弗莱明的审判时所受到的创伤纠缠在一起?我不知道究竟发生了什么,也许有一天你会告诉我,但是这根本说不通,阿尔芒。"她停下,让自己的话沉入、渗透进、甚至盖过他的幻想,"这两件事没有任何关联,除了那句被许多人引用过的《圣经》诗句。你发现了吗?弗莱明已经潜入你的皮肤,爬进你的鼻子,"她笑了,看见他微微扬起的嘴角,"但是,无论他是怎么进去的,他就在你的脑中作祟,你必须将他赶走。他不属于那里,他也和劳伦特的谋杀案无关。这只不过让一切更模糊。"

阿尔芒起身,站在壁炉旁,他背对着她,看着那些火焰。接着他转身。

"你是对的,当然。约翰·弗莱明现在才刚七十岁出头。他要是吉拉德·布尔的话也太年轻了。是我太愚蠢。我的想象力又失控了。"

他的大手穿过自己的头发,微笑中带着歉意。

"不过,我还是先该知道更多关于那出戏剧的故事。比如,安托瓦内特的叔叔是怎么拿到剧本的。"

"这很重要吗?安托瓦内特说他可能就是在某个跳蚤市场捡来的。有的人就是喜欢搜集奇怪的东西。也许他就爱收集恐怖的玩意儿,和犯罪或罪犯有关的东西。"

"但是无论是布莱恩还是安托瓦内特,都没有提及有搜集这回事,"阿尔芒说道,"为什么一个对剧院没有任何兴趣的工程师会买剧本,更别提是由这个国家最狂暴的杀人凶手写的剧本了?"

蕾娜-玛丽凝视着他。她必须承认,这是个有趣的问题。

他深吸一口气,摇了摇头,对她微笑。"你真是耐心无限,亲爱的。"
"没你想的那么多。"

他又笑了。"也没必要,你已经忍受这么久了,该结束了。"

他吻了她,走向门口,招呼亨利一起。

"我想呼吸呼吸新鲜空气,让自己清醒清醒。"

"这儿有点挤,不如我们去小酒馆碰头喝茶吧,二十分钟之后?"

"完美。到时驱逐令应该生效了。"

...第十六章

伽马什从小酒馆回到家的时候天色已晚。他们发现露丝在起居室啜饮着盛在量杯中的苏格兰威士忌,吃着剩下的炖菜,而罗萨则呷着一盘野米色拉。

蕾娜-玛丽在这位诗人身旁坐下,阿尔芒则走进厨房洗碗准备做饭。

"我们在等你。"

伽马什跳了起来,吓坏了,抬手揉揉自己的胸前。

"天呐,"他抽了一口气,"你们把我吓得半死。"

"老大,这是怎么回事,"伊莎贝拉·拉科斯特说,从椅子上站起来,"什么时候看见露丝是正常的,看见我们反而让您害怕了。"

他笑了,恢复了平静,但他已经提起戒心。

"我以为我们锁了门。"他说。

"露丝会穿墙,"让-居伊说道,"您到现在应该知道了吧。"

"你们怎么来见我了?"伽马什用一条洗碗布擦干手,转向他们。

"鉴定报告来了,"伊莎贝拉说,自己拿了一听啤酒,又坐下了,"他们在导弹发射器上发现一组近期的指纹,劳伦特的。但是也有些污点,我们的凶手也摸过它,不过是戴着手套。"

"那么劳伦特的棍子和磁带上呢?"伽马什问道。

"棍子上什么人的都有,包括您的。但是磁带上我们只找到三组。劳伦特自己的,当然,还有他父母的。您是对的,磁带肯定是劳伦特夫妇的。"

"这并不能说明什么。"阿尔芒说道,也在松木桌旁坐下,加入他们。

"不能,"波伏瓦同意,"但也可能说明了一切。这卷磁带可能是在男孩挣扎时从凶手口袋中落下的,或者在他捡起男孩尸体的时候。否则,它又怎么会出现在那里?"

阿尔芒点点头。这当然说得通。它可能是一把冒着硝烟的枪,也可能是一根手指指指点点的。这些都指向阿尔·莱帕赫。阿尔芒有点惊讶自己竟想要维护阿尔·莱帕赫。也许是因为他喜欢这个人,不算上猜忌的额外重负,劳伦特的父亲已经承受够多了。

但是猜忌是不可避免的,结果往往成真。人们几乎都是被自己认识的人害死的,而且还不是一般认识的人,这让悲剧雪上加霜,也许这也是为什么,伽马什想,那么多的受害者看上去并不害怕,而是惊讶。虽然伽马什喜欢阿尔·莱帕赫,并且同情他,他也逮捕过够多犯下谋杀罪的悲痛家属,知道劳伦特的父亲确实是一名可能的嫌犯。

而且这么想的不止他一个人。他和蕾娜-玛丽在小酒馆的时候,听见各种对话与谣言。猜忌落到了劳伦特的父亲头上。

"我们盘问过莱帕赫夫妇一次,"让-居伊说,"而且还搜了他们家。但是我们明天会再去一次。"

伽马什点点头。他清楚波伏瓦和拉科斯特不需要向他报告,而他们也不是在向他报告,他们只是在通知他。出于礼貌,而非命令。

"我看见你带着几个人进林子里去了。"

"是的。玛丽·弗雷泽和肖恩·德落梅,"拉科斯特说,"CSIS,低级官员。"

"档案员。"让-居伊说,打开了冰箱,拿出一瓶姜汁汽水。

"但是他们十分了解吉拉德·布尔。"拉科斯特说。

拉斯科特把他们告诉她的关于这位军火商的事都告诉了他。

"他们也知道我们的罗森布拉特教授,"让-居伊说,"他也知道他们。他们之间不是很对得上眼。"

"为什么?"阿尔芒问道。

"他觉得他们在遮遮掩掩,"让-居伊说道,"他怀疑加拿大政府可能与吉拉德·布尔有关,比他们所承认的关系还要密切。"

"他的工作还是他的死亡?"伽马什问道。

"不清楚,"波伏瓦说道,"但是他说弗雷泽和德落梅看见超级大炮的时候,可能并没有看上去那么惊讶。他不相信他们。"

"他们也不相信他,"拉科斯特说道,"他们认为这位退休教授如此着迷于一个过世已久的军火商非常奇怪。我也这么想。"

"你怎么看那些CSIS的人?"伽马什问道。

"他们看上去太直接,"她说道,"不过力有未逮。"

"怎么了?"伽马什问道,"你在笑。"

"他们让我想起我的父母,"拉科斯特说道,"爱斗嘴又有些困惑,他们其实挺可爱。但他们又不是笨蛋,对自己的工作非常在行,只不过他们的工作就是归档,寻找联系,而非外勤。"

"所以为什么会派他们过来呢?"

"也许因为他们比任何人都了解吉拉德·布尔和他的工作吧。"波伏瓦说道。

"你打电话找他们来的吗?"他问拉科斯特。拉科斯特摇摇头。

"他们就这么来了。我想可能是加拿大军事基地的朗热利耶将军打电话给CSIS的某个人。他说会尽量帮我们找能帮上忙的人。但是我觉得没有人真的相信我们找到的就是巴比伦大炮。如果他们相信的话,肯定会派一些更高级的情报人员。我现在随时恭候其他人的到来。"

她看向窗外安静的小镇。

"他们想要保守超级大炮的秘密,这可能正合他们的心意——"

"但我认为若是如此,那么调查劳伦特的谋杀几乎是不可能的,"让-

居伊说道,"但是我们可能别无选择。"

"嗯……,"伽马什说道,"我觉得有些东西你们可能需要看一看。"

他起身,一分钟之后回来了,手里拿着他和蕾娜-玛丽留在起居室的文件。露丝读了吗?她是否发现了吉拉德·布尔和巴比伦计划?是否明白藏在林子里的是什么?

阿尔芒有种如坐针毡的感觉,觉得她或许已经发现了,虽然在他去接她们的时候她什么也没说。可这沉默本身就令人怀疑。

回到厨房,伽马什把其中一页递给伊莎贝拉。

"伽马什夫人在搜索档案的时候发现的,"他解释道。让-居伊正从拉科斯特肩膀上方看这页文件。"大部分信息被涂去了,但是他们遗漏了一处。"

让-居伊先看到那一处,抬头凝视伽马什若有所思的双眼。

接着,没过多久,拉科斯特也看见了。一个词,一个字。

"是打错了吗?"她问道。

"也许吧。我们也在想同样的事。"

"如果不是呢?"波伏瓦问道,又沉回椅子里,"如果真的还有一尊?"

"或者两尊,或者三尊?"拉科斯特说。

伽马什举起了手。"我们不知道是否还有。我想我们现在必须保守这个秘密。"

"连CSIS都不说?"拉科斯特问道。

"他们可能就是把它涂黑的人,"伽马什说道,"他们肯定已经知道了。"

"还有件奇怪的事。阿拉伯语和希伯来语。他们看上去其实差别挺大的,不是吗?"

"很大,"伽马什说道,"怎么了?"

"你觉得CSIS的特工是否应该能分清?"

"我觉得能,"他说道,仔细端详着她的脸,"为什么这么问?是不是关于那幅画?"

"是的。玛丽·弗雷泽发现了那些字,但是她以为是阿拉伯语。"

他盯着她，不确定她想说什么。

"还有一件事，"她说道，"他们并没有迷路。"

"什么？"

"玛丽·弗雷泽和肖恩·德落梅，"拉科斯特说道，"他们从渥太华开车过来，直接找来了三松镇。"

伽马什纹丝不动。这小镇本就是一处迷失之地，藏在山川之中，它甚至不在任何一张地图上，或者导航系统中。然而，那些情报员仍旧能直接找过来，这就说明他们可能早就知道小镇的所在之地。

虽然获邀与伽马什、露丝还有罗萨共进晚餐，警察局的两位还是拒绝了。

"我想我们还是去小酒馆吧，老大，"波伏瓦说道，"看人们在说些什么。"

"你知道他们都在说些什么，蠢蛋，"露丝骂了一句，"阿尔·莱帕赫。"

"你有没有煽风点火，露丝？"阿尔芒问道。

她瞥了他一眼，接着摇摇头，又继续喝酒去了。

"她难道不应该……？"波伏瓦的手仿佛握着纸杯往嘴里倾倒。

"是茶，"阿尔芒在他们走向前门时说道，"我们把它倒进格兰菲迪的瓶子里。"

"她喝不出来？"拉科斯特问道。

"她要是喝得出来，她是不会说的，"伽马什说道，"谢谢你们过来告诉我这些。"

"我们的荣幸，老大，"拉科斯特说道，"你明早为什么不来 B&B 和我们一起吃早餐？到时我们就能看看我们小小的社会实验是否奏效，将教授和两位情报员扔在一起。"

"就像大爆炸一样？"他问道，同意和他们共进早餐。

"噢，天呐。"

第二天早上，玛丽·弗雷泽从床上坐起，盯着慢慢关上的门。脚步声在 B&B 的走廊里渐渐远去,接着就是隔壁的敲门声。

老板加布里正在送上早安咖啡,还有新闻。

现在玛丽也有些想呕吐①。

"全村人都知道了,"他说道,同时把那杯醇厚的咖啡放在床头柜,帮她拍了拍她的枕头,"关于那把枪。要不要扔?"

"什么枪?"玛丽·弗雷泽问道,把自己挺起来坐得笔直,她把温暖的羽绒被拉起来遮住法兰绒睡袍,以示稳重。

那位高大友好的男子已经走到门边,现在他转身,机敏地看了她一眼。接着脸上又闪现一抹原谅的微笑。

"您知道是什么枪,就是林子里那把,你们来看的那把。"

"噢,那把。"这是她能想到唯一机智的回答。

"是的,那把。他们称之为超级大炮。"

"'他们'是谁?"她问道。

"噢,你知道。'他们'。"

他离开,将早安咖啡和那个词送到其他人那里。那个词就是"超级大炮。"

"噢,天呐,"她轻叹,接着把这句改成了"他妈的。"

"谢谢,"肖恩·德落梅说道,从浴室出来,手里拿着剃刀,脸上都是泡沫,专门跑出来感谢旅馆老板的咖啡,以及新闻。

门一关上,他就沉进床的一侧,盯着紧闭的门。他目光看向窗外,那迷雾缭绕的森林与小镇绿地正送来新鲜的空气。在下方,他看见镇民们停下脚步来聊天,双手摆动着,打着手势,他几乎可以听见他们说的话。

巨大,一个人说道,大张双臂。

另一个人点点头,指一指,指向森林。

在新鲜、带有些微松木清香的空气里,这位 CSIS 的情报员闻到一股腐臭的味道。

---

① 呕吐与送上在原文中都是 Bring up。

"我去，我去，我去他妈的。"他深吸一口气，长叹一声，"噢，天呐。"

"这下好了。"
麦克尔·罗森布拉特坐在床上，喝着咖啡，看着小镇绿地上的骚动。
"好，好，好。"
他伸手去拿苹果手机，紧接着想起来在这个怪趣的小村镇里根本不能用。然而，这还不是最糟糕的。
最糟糕的是三松镇每个人舌尖上的故事。
罗森布拉特教授几乎为 CSIS 探员感到难过。几乎。

阿尔芒·伽马什穿着浴袍从浴室里出来，手里拿着一条毛巾，正把头发擦干。接着他停了下来，站在他们的卧室中，他突然静止。
从敞开的窗户飘进来的那个词，在穿过窗帘时翩翩飞舞。那个词是"超级大炮。"
他的目光转移到蕾娜-玛丽身上，她惊讶地瞪大眼睛。
"你听见了吗，阿尔芒？"
他点点头，往窗外看去，他看见两个镇民正在遛狗，动作夸张。
他想自己一定听错了，他们说的肯定是超人，或者超级胶水。
一个人指指森林。
或者超级大炮。

克莱拉·莫罗是被电话吵醒的。电话铃刚响了一声她就接了，昏昏沉沉的。
"你好？"
"你听见了吗？"莫娜问道。
"听见什么？听见把我吵醒的电话？"
"不，听见人们在说什么。小酒馆见。"
"等等，什么事啊？"
"超级大炮。快点。"

"什么?"但是莫娜已经挂断了电话。

克莱拉冲了把澡,飞快地穿好衣服,她的好奇心和想象力互相作用,不断膨胀。但是无论她多有想象力,她也永远不可能想到她即将听说的事。

伊莎贝拉·拉科斯特坐在 B&B 的床沿。她在想刚才她所听见的。以及这意味着什么。

接着她微微点了下头,就去浴室洗澡,为今天做好准备。

今天要付出很大的代价。

露丝·萨多听见有人轻敲后门。

她在厨房里。咖啡在老旧的炉子上冒着泡,她已经拿出了吐司和果酱。

敲门声并没有让她感觉很惊讶,她在恭候着,不过罗萨倒是从她的食物前抬起头来,有些惊讶,虽然鸭子的脸本来看上去就很惊讶。

露丝打开了厨房的门,点点头,又退了回来。

"你听说了吗,克莱蒙?"她问道。

"听说了,"贝利夫先生说道,"比我们担心的还要糟糕。"

"叫巴比伦大炮,当然了,不然还能叫什么?"

"你怎么知道的?"这位老杂货店老板问老诗人,在她的厨房餐桌边坐下,"没别人在传。"

"我昨晚看见几张纸,在伽马什家里。"

"你不是那个……?"

"说出去的人?"她问道,也坐了下来,"当然不是。我们互相保证不说出去的。另外,我们什么都不知道,基本不知道。"

贝利夫先生看着她,她垂下眼睛,看着白色的塑料桌。

"我们所知的已经够多了,露丝。太多了。"

"好吧,都已经过去这么多年了,我凭什么要现在说出来?"

"为了让人们不要再将焦点放在莱帕赫先生身上,"克莱蒙停顿了一会儿才继续说道,"为了保护他。"

"我凭什么要保护他?我又不喜欢他。"

"保护他,用不着喜欢他。你觉得是他干的吗?"贝利夫先生问道。

"我是不是觉得阿尔·莱帕赫杀了他自己的儿子?"露丝问道,"若是如此,那就太可怕了。不过,可怕的事时有发生,不是吗,克莱蒙?"

"是。"

贝利夫先生沉默了一会儿,看向厨房门外,在她的后院里有一块长方形的新翻的土壤。她顺着他的目光看去。

"弗莱明的戏剧,"露丝说道,"《她坐下,凄然而泣》,源于《诗篇》,毫无疑问。"

"巴比伦,"他说道,"你把它埋了?"

"我埋了,但后来阿尔芒过来,问我要。"

"你给他了?"她从没见过这位杂货店老板这么接近发怒的状态。

"我也别无选择。他知道在我这儿。"

克莱蒙·贝利夫点头,眼光又落回青葱绿草中的黑洞,一片生机中的死物。

"他知道吗?"

露丝摇摇头。"我不会告诉他的,我说话算话。"

正是这些话,露丝想,就是一切麻烦的开端。

"巴比伦大炮,"贝利夫先生轻声呢喃,"此刻便是此时,黑暗已经来临。"[1]

---

[1] 引自于 T. S. 艾略特的诗歌《小吉丁》。

...第十七章

让-居伊到 B&B 的餐厅,看见伊莎贝拉·拉科斯特一个人坐在壁炉旁的大桌子边,正在阅读伽马什夫人所找到的关于吉拉德·布尔的文件,这是伽马什昨天晚上给他们的。

加布里已经铺好木柴,点燃了炉火。秋天的雾已经在下了,正从寒冷的山头滚落,注入小镇里。那炉火大约在一小时左右就会燃尽,但至少此刻,明媚的小火焰还是十分受人欢迎的。

"你好,"波伏瓦说道,坐了下来,"你听见了吗?有人泄露了大炮的秘密。"

他从桌上的篮子里拿了一块热腾腾的松脆饼,看着黄油融进那些小洞洞里。接着他涂上了橘子酱。这种松脆饼搭配橘子酱的吃法是他的叔叔,一位魁北克独立派,介绍给他的。很明显不知道自己正在与敌人串通一气让他吃下自己的仇敌。

但是忠贞,让-居伊知道,是活在心中,而不是活在腹中的。他咬了一大口,并在加布里问他要不要拿铁咖啡的时候点了点头。

"我听说了。"拉科斯特说道。

"这样调查劳伦特的案子就容易多了,"让-居伊说道,"我们现在可以谈他究竟找到了什么,但是我知道有两个人肯定气得七窍生烟。说曹操曹操到。"

玛丽·弗雷泽和肖恩·德落梅出现在餐厅门口,正四处张望着。

伊莎贝拉·拉科斯特招手叫他们过来。

"要不要一起吃?"她说道。

"吉拉德·布尔的超级大炮的消息已经传遍了整个小镇,"肖恩·德落梅没头没脑地说着,"怎么会这样?"

他用眼睛瞟他们。

"我们也不知道,"波伏瓦说道,"我们正在讨论这件事。我们和你们一样震惊。幸运的是,没人在说布尔博士,只是在议论大炮而已。"

"'只是'大炮?"德落梅问道,"这还不够吗?"

"可能更糟糕。"罗森布拉特教授说道。

这位科学家进了餐厅,穿着灰色的格子衬衫,罩着一件花呢外套,打着领结。他四处张望,看着早餐时间的餐桌,一尘不染的洁白桌布,锃亮的银制餐具,还有细瓷杯盘,壁炉里的火焰温度刚好。

还有厚实的墙壁和直棂窗,让罗森布拉特觉得如果等得够久,可能会等来马车。

但是他不会上车,这里比任何他所能想象得到的地方都更有趣。

"我就不和你们坐一起了,"罗森布拉特教授说道,就好像有人邀请他似的,"你们可能有要紧事儿要谈。"

"比如聊聊新闻。"让-居伊说道。

"是的。"罗森布拉特摇摇头,"真讨厌。"

但他看上去毫无怒意。

"请坐,"拉科斯特说道,对教授微笑,指着一张空椅子,"多多益善。"

"益善"这个词与这次聚餐无关,无论多少人。

罗森布拉特教授坐了下来,看着CSIS特工一脸颓丧。"好了,我们刚才在说什么?"他把一块白色的餐布铺在大腿上,又看了看他们,"啊,对了,泄密。"

这下又添了根搅屎棍,波伏瓦带点钦佩地想。有趣的是,这位名誉教授可以搅动多少屎呢。

波伏瓦的目光转移到两位 CSIS 特工的脸上,此刻两位倒是满脸镇定。

为什么这件事可以如此搅动他们的魂灵?

"是你干的吗?"玛丽·弗雷泽问道。她的头发刚洗完,还是湿的,穿着一件灰毛衣,黑裙子,还带着珍珠,似乎是想要好好打扮,但结果反而看上去更落魄。

"刚才你还在质问那位年轻人,"罗森布拉特指指波伏瓦,"现在就轮到我了,你还想怪谁?他?"

他看着加布里,他正端着拿铁走过宽木条铺成的道路。这位旅馆老板穿着条纹围裙,而奥利维看到这条围裙快疯了。

"多有趣,"加布里对他的伴侣说道,"它使我快乐。"

"它使你看上去像同性恋。"

"就是要这样,否则不就没人知道了。"

加布里走到他们桌旁,分了咖啡,站定,等他们点早餐。

罗森布拉特请他再给他几分钟看看菜单。拉科斯特和波伏瓦也说要稍后一些,但是两位 CSIS 特工直接点了,很明显过于焦躁,只想尽快吃完。

"只有那么些人可能泄露关于超级大炮的信息,"加布里一走开,德落梅就说了起来,"其中大部分就坐在这张桌旁。"

他四处打量,波伏瓦非常震惊,因为这个男人非常努力地在尝试威胁他们,可惜不成功。他只是看上去有点暴躁而已。

"无论是谁,都必须承担全部法律责任。"玛丽·弗雷泽说道。

她总算是稍微有点威胁力,但也许并非她所设想的那样,就好像他们得罪了自己最喜欢的阿姨。

让-居伊不知他们是否会被叫回渥太华,被某些真正的特工取而代之。他希望不会,他还挺喜欢这两位。

"你们好,"阿尔芒·伽马什说道,走到桌旁,脱下了外套,"今天早上有点雾。这火挺大。"

他伸出两只大手,向火炉摊开。

"老大,"加布里说道,从厨房里出来,"我就想我听见你的声音了。要咖啡吗?"

"麻烦您了。"伽马什说道,看着围坐桌旁的几个人。

波伏瓦和拉科斯特已经站起来迎接他。他对他们笑了笑,接着他握了握老科学家的手。

"教授。"他微笑着说道。

伽马什又转向另外两位。

"我来为您介绍好吗?"拉科斯特说道,"玛丽·弗雷泽和肖恩·德落梅是从渥太华下来的。他们是CSIS的。这位是阿尔芒·伽马什。"

德落梅站了起来,握住了伽马什的手,而玛丽·弗雷泽仍然坐着,盯着这位新来之人。

让-居伊觉得,她正在想该如何对待此人。他知道这种表情,面前是一张熟悉的脸、熟悉的名字,但是在一个不熟悉的场景。

接着她想到了答案。"当然,伽马什。警察局的。"

听上去非常像警长郎福,就职于皇家骑警。①

"曾就职于警察局的,"他说道,坐在她旁边的空椅子上,"我的前同事们非常好心,仍愿意将我视作他们的一分子。我和妻子退休之后便在这里住下了。"

波伏瓦不由赞叹伽马什能将自己说得如此无足轻重。但是他也看见玛丽·弗雷泽眼睛滴溜溜地转。有那么一刻,她看上去并不那么像中年发福的妇女,反而更像是精明的悍妇,但这一刻转瞬即逝。

"您一定很气恼吧,本以为可以抛开一切,结果反而又卷入这场骚

---

① "警长朗福"为影视人物,象征了加拿大人的民族特性,集彬彬有礼、勇敢无畏和值得依赖于一身。

乱。"玛丽·弗雷泽说道。

加布里走出来,端着肖恩·德落梅的鸡蛋班戟,玛丽·弗雷泽的油封苹果薄饼,上面还淋着糖浆,旁边还有切得厚厚的枫糖烟熏培根。

"非常好的选择。"阿尔芒说道,有些故作神秘地朝她面前凑了凑。

玛丽·弗雷泽脸红了,为了遮掩自己的反应,她指指拉科斯特手中的文件。

"这些是关于巴比伦计划的吗?"

"有一点,大部分是关于吉拉德·布尔的。"拉科斯特举起这些纸张,"有些被涂黑了,所以大部分与巴比伦计划有关的信息都被抹除了。"

"你们是从哪里拿到的?"罗森布拉特问道,取了一张,读了起来。

"档案库。"

"你们怎么拿到的?"他说道,"我试了好几年了。"

"如果你加入警察局的话也许就能成功了。"拉科斯特说道。她与伽马什交换了眼神,看见他眼中的谢意。她才不会说出伽马什夫人。

罗森布拉特皱了皱眉,什么也没说。玛丽·弗雷泽拾起了文件,快速扫了一眼,在看到吉拉德·布尔的那张黑白照片时停了下来。

"你有没有见过他?"拉科斯特问道,玛丽·弗雷泽摇了摇头。

"不过他这张照片倒是很常见,"她说道,"可以说是我所见过的唯一一张了。对于一个自我膨胀的男人来说,他倒是不喜欢拍照。"

玛丽·弗雷泽放下照片,继续看那些打印出来的文字。

"很有趣的读物,"伊莎贝拉·拉科斯特说道,"细节都被涂黑了,但是这份报告上的内容证实了吉拉德·布尔愿意出售任何东西给任何人。不仅仅是伊拉克。"

"我觉得现在该你们来回答了,"罗森布拉特对CSIS的特工们说道,"除非你们想要我来回答。"

玛丽·弗雷泽看上去很窝火,但很清楚自己别无选择。

"这些文件上说得没错。吉拉德·布尔在布鲁塞尔的时候彻底脱离了正轨。他和任何人、每个人都能签订合约。曾经与他合作的合法人士都避之不及,他就像黑死病一样。"

"告诉他们苏联的事。"罗森布拉特说道,明显非常享受这种感觉。

德落梅向他射去一个自以为是蔑视的眼神,结果只是看上去很好笑罢了。

"布尔利用苏联和南非作为他的武器与设计的渠道,"弗雷泽说道,"但正如你们所知道的,他最大的合作对象还是伊拉克。他根本毫无道德。"

"大家都不要遮遮掩掩了,"拉科斯特说道,"我们一直都在调查。萨达姆很多的武器都是从西方来的。布尔博士并不是唯一一个。"

"那地方就是一个泥潭,"玛丽·弗雷泽承认,"我们的确供给过萨达姆武器,但是当我们意识到它的破坏力,我们就停下来了。吉拉德·布尔没有。他看见一个商机、一个市场,他便下海。我们深深后悔将武器出售给萨达姆,但是谁知道他会变成一个反社会人士?"

罗森布拉特教授看上去像是想说些什么,但是肖恩·德落梅插了进来。

"没有人为我们过去的选择感到骄傲,但是至少我们还是尽量在维持秩序。而吉拉德·布尔根本就是一头野兽。他根本不受控制。他潜下官方渠道,进入了军火交易的黑市。那里没有规则也没有法律,没有任何束缚。如果政府都搞砸了,你可以想象这些军火商究竟做了什么。我们几乎可以肯定这尊大炮就是要卖给伊拉克的。布尔肯定说服了萨达姆,让他相信这可以让他成为自己那片的唯一霸主。"

"而这一切你们都不知情?"波伏瓦问道。

肖恩·德落梅摇了摇头,一长条梳到脑后的头发掉了下来。"有人向我们告密,说他们认为吉拉德·布尔在全球各个不同的工厂制造大炮的不同部件,但是在他把它们组装起来之前,他就已经遇害了。"

"然后呢?"波伏瓦指指森林的方向。

CSIS的特工们同时摇了摇头。更多梳到后面的头发松了,暴露出肖恩·德落梅的头皮,或许还有他的想法。

"我不知道,"玛丽·弗雷泽说道,"我是说,我们知道这是什么,这是超级大炮,但是我们不知道它怎么会在这儿。"

"以及为什么有人会为了灭口而杀害一个九岁的小男孩。"伽马什说。

"感谢上帝它并不能用。"拉科斯特说道。

"但怎么会不能用呢?"罗森布拉特教授问道,"别误会,我和你一样松了一口气,但是,这个……"

"钥匙在哪?"波伏瓦说道。

"什么?"德落梅问道。

"钥匙,"罗森布拉特教授说道,"那消失的发射开关。"

"但消失的还有一样东西,"波伏瓦说道,"你们都没有提到。"

"什么?"德落梅问道。

"设计图。"罗森布拉特教授说道。

他已经不再享受这种感觉了。现在他极其严肃,眼睛发亮,声音低沉。这个人坐在这儿并非只为取笑他人而已。

"对,"波伏瓦说道,点点头,"我做模型飞机的时候都有设计图。别跟我说吉拉德·布尔是边做边想的。他可能是个天才,但是没有人能做到这一点。他肯定画过图样。"

CSIS特工们沉默了。

"怎么了?"波伏瓦问道。

"从没找到过任何设计图,"玛丽·弗雷泽说道,"不是说我们没有仔细找过。在布尔博士遇害之前,他公寓已经被人闯了数次。作为警告,让他停止这些行为,但是,我们也怀疑,是为了找到他的设计图。"

"你们怀疑?"拉科斯特说,"所以闯进去的不是CSIS?"

"不是。我们不知道是谁闯进去的。"

"也许就是杀害他的人。"德落梅说道。

"是职业杀手干的,"玛丽·弗雷泽说道,这句话说得浑然天成,因为她对此了如指掌,"子弹直接射中头部,确保万无一失。"

伊莎贝拉·拉科斯特对这位有些邋遢的中年妇女另眼相看。她对这种击杀方式为何如此熟悉,是因为受过训练还是她的个人经验?有没有可能,关于吉拉德·布尔的死亡,她还知道其他内情,却并未如实相告?这次谈话明显也是经过过滤的。

拉科斯特快速地算了一下,玛丽·弗雷泽可能五十五岁左右,吉拉德·布尔大约是在二十五年前在布鲁塞尔遇害的。

弗雷泽当时可能正好二十五岁左右。

是有可能的,许多战士都是那个年纪,或者更年轻一些。

"你确定他死了吗?"伽马什问道,吸引了所有人的眼球。

"什么?"玛丽·弗雷泽说道。

"吉拉德·布尔。CSIS有没有看见他的遗体?有没有任何加拿大大使馆证明是他的遗体?"

"有,当然。"德落梅说道,"他死了,五颗子弹射中头部肯定死透了。"

伽马什微笑,"谢谢,我只是想知道而已。还有约翰·弗莱明?"

现在两位CSIS特工们定定地盯着他,虽然拉科斯特和波伏瓦则垂下了眼,看着桌子。

"请您再说一遍?"玛丽·弗雷泽问道,"约翰·弗莱明?"

"是的,"伽马什说道,他的声音非常随和,甚至很友好,"他是否与此有关?"

玛丽·弗雷泽先是看了一眼她的同事,接着又看了看几位警察。一阵尴尬的沉默。

"您知道我们是在说巴比伦计划吧。"她说道。

"对,"波伏瓦插嘴,"我们发现一本约翰·弗莱明的戏剧,看上去像是偶然,仅此而已。"

"你们是在大炮附近发现的?"肖恩·德落梅问道,想要跟上,找到其中的逻辑。

"这倒不是。"伽马什承认。

"那我们为什么要谈这个?"玛丽·弗雷泽看着几位警官,明显是在寻求解释,但什么都没有,他们已经遁入了尴尬的沉默。

然而,阿尔芒·伽马什却没有。

"所以据你们所知,约翰·弗莱明与吉拉德·布尔还有巴比伦计划毫无关系?"他问道,目光从玛丽·弗雷泽看向肖恩·德落梅,又再回到弗雷泽的身上。

"说真的,我连你说的是谁我都不知道,"玛丽·弗雷泽说道,站了起来,"我觉得这场谈话差不多接近尾声了,感谢你们的陪伴与帮助。我们可以走了吗?"

"我也有事要做,"教授说道,"我想要重读一些笔记。也想借走那些"——他指了指那经过过滤的文件——"如果你们不介意的话。我会还给你们的。"

"我们很希望能倾听您的看法,先生。"拉科斯特说道,将文件递给这位老科学家。

罗森布拉特教授选择了靠窗的宽敞长凳,坐下后立即开始阅读。

在他们向加布里点完早餐之后,伊莎贝拉转向伽马什。

"刚才怎么回事?"

"什么事?"

"约翰·弗莱明。"

"我只是想看看他们的反应。"伽马什说道。

"您看到了,"拉科斯特说道,"他们以为您疯了。"

"你呢?"他问道,脸上的微笑渐渐柔软,"你怎么看?"

伊莎贝拉·拉科斯特看着他狡猾的眼睛。"我从没见您问过蠢问题,先生。有时候您可能会出错,但绝对不是愚蠢。我想您是真心觉得可能有联系。"

"你不觉得?"

他的目光从拉科斯特看到波伏瓦,两人都垂下了眼睛。

"我看不来,"伊莎贝拉承认,"布尔和弗莱明在他们的作品上用了同一段《圣经》,但这不能说明他们合作过或者认识彼此。"

伽马什看向波伏瓦,他显得有点烦躁不安。

"我同意伊莎贝拉。我认为您在那些人面前彻底丢了信誉。从她看您的眼神我就明白了。"

"是的,"伽马什说道,往后靠去,"那很有趣。有点过了,你们不觉得吗? 她都没问过我是哪个约翰·弗莱明。"

再一次,拉科斯特和波伏瓦飞快地交换了一下眼神,明白了伽马什的意思。

"您怎么看两位CSIS特工？"拉科斯特问道，她的声音过度欢快，转换了话题。

"我觉得，对于那尊所有人都认为那位去世已久之人并没有造出来的大炮，他们知道很多。"伽马什说道。

"我也这么觉得，"拉科斯特说道，"他们并没有表面上看起来那么好糊弄。他们真的成天都在归档文件吗？"

"还有阅读，"波伏瓦对伽马什说道，"我跟你说过这很危险。"

"我觉得体育专栏可能会杀死你，我的老先生。"

他们的早餐来了。伽马什和波伏瓦的是薄饼和香肠，拉科斯特的则是菠菜水潽蛋。

加布里把一篮子热腾腾的香脆可颂放在桌上，对着拉科斯特微笑。

波伏瓦的目光从伊莎贝拉移到加布里渐渐远去的围裙上。

"我和他度过了一个非常特别的夜晚。"拉科斯特说道。

阿尔芒慢慢放下了餐具。"是你，是你告诉加布里超级大炮的事，"他低声说道，不让罗森布拉特教授听见，"还叫他四处散布消息。"

伊莎贝拉·拉科斯特幅度非常小地耸了耸肩。"对。"

"是你？"波伏瓦问道，"为什么？"

"大家都同意如果大炮落到某些想伤害我们之人手中，那将是非常危险的事，但是我们眼睛要擦亮了，"她说道，"就算是落到我们自己人手中，它也是十分危险的，特别当这一切还是个秘密的时候。但是我这么做不是为了国家安全，说实话，我根本没那么聪明，能够明白那头野兽的各个部件是怎么运作的。"

伽马什对这点表示怀疑。他一直都非常敬重自己的这位年轻学徒，特别是现在。

"你之前说过，让-居伊，"她继续说道，"除非我们可以公开讨论动机，那么调查劳伦特的谋杀案几乎是不可能的。动机是超级大炮，而我们要负责的是劳伦特，而不是CSIS。再说，如果凶手希望保密超级大炮的事，我们能做到的最好的事就是反其道行之，让它去聚光灯下，看看凶手是否会慌张。而且，正如您教我们的，伽马什先生，一个慌张的凶手会自己现形。"

的确。但是让两人惊讶的不是她的推论，而是她叫伽马什"先生"。这是她第一次以其他的头衔称呼他。

很自然，很健康，很正确，但是阿尔芒·伽马什却感觉仿佛有一块文身被刮了下来。

"我还教了你什么？"他问道。

"永远不要用洗手间的第一间厕所，"拉科斯特说道。

"除此之外。"

"凶手是危险的，"她说道，"一个慌张的凶手更是危险至极。"

伽马什站了起来。"您这次用了一个大招数，探长。您击中了CSIS的软肋，他们最隐蔽的位置，但知道我们可以看见他们的反应。您也非常痛快地踢了凶手一脚，而他还潜藏在暗处。"

"我希望他会因此有所行动，"拉科斯特说道，也站了起来。她端详着他的脸，正因为许多诸如此类的谈话，这张脸她已经分外熟悉，只不过以往，他都是做决定的那个。

"我做错了吗？"她问道。

"就算是错的，换作是我，我也会这么做的，"他微笑着说道，"很危险，但是有必要。现在不是该小心翼翼的时候，也不是该保密的时候。"

"我们的秘密除外。"波伏瓦说道。

...第十八章

麦克尔·罗森布拉特从法式吐司前抬起头来,看见几位警官正准备离开。

他一直都在阅读、做笔记、吃早餐,这次来到这个小镇,给了他一种启示。小镇本身就是一种启示,就像这完美的法式吐司、香肠和枫糖浆,糖浆几乎肯定是用窗外那些树的树液做的。

但是那尊大炮给了他更大的启示。当他手脚并用爬出那小小的开口,抬起头,他几乎以为自己要听到天使的合唱,"啊~"

前方就是吉拉德·布尔的超级大炮,沐浴在光中。

该死的吉拉德·布尔,死了,却从未离开。他是怎么做到的?

他怎么造出那该死的大炮的?

罗森布拉特教授看着餐盘旁的纸张,再看看自己的笔记本,上面染上了一点点的枫糖浆。有一个词很大,还被圈起来了。

如何。

接着他又写:为何?

这似乎也是个好问题。

但他现在又想到了什么，于是便又加了一个词。

谁？

罗森布拉特教授放下笔，看着伽马什和他的同事道别。

约翰·弗莱明。当这位前任总督察说出这个名字时，教授着实有些慌张。他好多年没听见过这个名字了。他知道，当然，伽马什说的是谁，他也看出来那些CSIS的人也知道。那位连环杀手，那位走上可怕不归路的人。

但是把弗莱明和布尔联系起来？这有点神奇。

罗森布拉特教授看着伽马什和两位警官分开，他可以看见两位年轻警官看伽马什的表情，有一点担心，但更多的是关怀。

他是个和善的人，罗森布拉特这么想，接着发现自己其实并不认识几个和善的人。精明的人、聪明的人、成功的人，当然有，但都不是很和善，而且往往也不是好人。

"希望我没有打扰到您。"伽马什说道，走过宽木地板，来到教授桌前。

"当然没有，请坐。"罗森布拉特指指他对面的座位。

"您睡得好吗？"阿尔芒问道，滑进长凳。

"不怎么好，"罗森布拉特承认，"新的床，新的超级大炮。"

伽马什咧嘴笑了。这位教授看上去的确非常疲惫，但他的眼里仍闪烁着智慧的光芒。

这是个强大的男人，伽马什想。

这是个强大的男人，罗森布拉特很清楚。然而他之前对伽马什是个和善之人的评价并没有改变，只是拓宽了，纳入了现在他对阿尔芒·伽马什的了解，昨晚他刚查了些他的资料。

对面这位高大体贴的男人曾告发、攻击他的上级，他曾杀过人，也差点被人杀死。

罗森布拉特知道，即使那双眼睛看上去十分和善，它们曾见过鲜有人见过的东西。而那只与他相握的手，即使十分温暖，也曾做过少有人做过的事。

如果有必要，它会再做一次。

麦克尔·罗森布拉特觉得阿尔芒·伽马什既让他感到安慰，又让他有点害怕。

"您晚上一定就大炮的事思考了许久，"伽马什说道，"CSIS特工们有他们的长处，但他们毕竟不是科学家。我想听听您对吉拉德·布尔所造之物的见解。"

罗森布拉特教授摇摇头，叹了口气。"作为科学家？这甚至比我想象的更巨大，难以置信，有力而优雅。"

"优雅？"伽马什说道，"用这个词形容大规模杀伤性武器倒很奇特。"

"这并非对它的道德判断，只是在说它的运作机制。大多数情况下我们所谓的优雅其实就是简单，方便使用。"

"简单？"

"噢，是的。最好的设计都是简单的，这就是其天才之处。看上去很复杂，很巨大，但实际上活动的部件不多，所以相对来说更方便制造和组装，出故障的概率也更低。像弹弓就是优雅的，比如弓与箭，比如您曾佩戴的枪。"

"我很少配枪，"伽马什说道，"我讨厌那种东西，太危险了，您知道的。"

"您不赞同恐怖平衡理论吗？"罗森布拉特问道。

"皮尔森总理用来描述冷战的词汇？"伽马什说道，"我想他视此为批判与警告，而非目标。"

"或许吧，"罗森布拉特说道，"但它还是有用的，不是吗？如果双方均可摧毁对方，那么任何一方都不会轻举妄动。"

"直到你把武器交给一个疯子。"伽马什说道。

罗森布拉特的脸拉了下来，点点头。"这的确是个漏洞。"

"所以吉拉德·布尔的大炮很优雅，"伽马什说道，"但它还有用吗，或者说时间与科技是否已经超越了它？"

"弹弓还是可以杀人的。"罗森布拉特说道。

"弓箭也一样，但是在核弹面前占不到一分便宜。"

罗森布拉特思考了一会儿。"我想我应该赞同如今的洲际弹道导弹比布尔三十年前的设计更危险,但事实上并非如此。吉拉德·布尔造的大炮或许没那么性感,但却能实打实地完成任务。"

"问题是,什么任务?"伽马什说道。

"对,这是个好问题。"

"如果超级大炮真的只是一尊巨大的加农炮,"伽马什说道,"它是否只能发射传统的导弹,还是说可以改装?"

"放进去什么它就能发射什么。"

伽马什顿了顿,消化着这句话,对方说得轻描淡写。

"包括核弹头?"

罗森布拉特在椅子上动了动,点点头。

"化学武器?"伽马什问道。

再一次点头。

"生物武器?"

这下罗森布拉特往前倾身。"它可以把一辆大众汽车射进低层大气。动用它的人想发射什么就可以发射什么。"

一阵沉默。

"那它怎么会在这里?"伽马什问道。

又是一阵沉默,直到罗森布拉特终于再度开口,轻声说道:"我不知道。"

"您猜猜。"

"我不会猜。我是科学家,猜测不是我的本职工作。"

伽马什笑道:"当然是。科学家一直都在提出各种理论,这些不是最精密的揣测又是什么?试试看。您坐在这儿不也一直在想同一件事吗?"

罗森布拉特深吸一口气。"可能只是个原型,只是秀给买家看的,这或许就能解释发射装置为何不见了。它本来就不是拿来用的,只是做个模型而已,作为销售道具。"

"或者?"

"或者它的确可以发射。您注意到它所指的方向了吗?"

"指向美国，"伽马什说，"您觉得哪种情况更有可能，它是一个模型呢，还是货真价实可以使用的？"

罗森布拉特摇摇头。"消失的发射装置是一个谜。是从没造出来过呢？还是被人拆掉了？"他盯着伽马什的脸，"我真的不知道。"

阿尔芒·伽马什不确定自己是否相信这位科学家，但是他知道，此时此刻，他不可能得到一个更清楚的回答。

"好消息是，我们至少在它可以投入使用之前找到超级大炮，如果这是它被制造出来的目的的话，"伽马什说，"不幸的是，这代价是劳伦特·莱帕赫的生命。"

罗森布拉特教授仔细看着他的同伴。"您已经退休了，为什么还要做这些？"

"劳伦特是我的朋友。"

罗森布拉特点点头。这句话简单、优雅，却和那大炮一样有力。

"现在您是为了复仇才出山的吗？"罗森布拉特问道。

伽马什微微偏了偏头。"我希望并非如此。"

这下轮到罗森布拉特偏偏头。"但您也不确定。"

"您借去阅读的文件中有没有什么有趣的地方？"伽马什问道，声音清脆。

罗森布拉特盯着他看了一会儿，接着垂下眼睛看着文件。

"那些涂黑的地方真是让人遗憾，但是我觉得这里面只是一些稀松平常的信息而已。"

"平常？"

"在布尔死后，随着时间的流逝，一些他工作的相关信息已经众所周知了，"罗森布拉特说道，"我相信您现在既然已经知道了关键词是什么，一定也能自己找到这些信息。但是仍有一些东西只有这个领域中的人知道，或者揣测过。"罗森布拉特顿了顿，"理论化。"

"这是什么领域？"

罗森布拉特意识到，太晚了，他的第一印象是对的。这是一个危险的男人，他正领着自己进入危险的领域。

罗森布拉特强大的头脑飞速运转,但总是能转回原点。

他可以说谎,但最终还是会被拆穿。

"军备设计的领域,"罗森布拉特教授说道,他发现伽马什一点都不惊讶。

"这是肯定,不是吗?"伽马什说道,也同样对罗森布拉特开诚布公,"否则,您怎么会在这儿呢?"

两人对视。没有挑衅,没有威胁,没有任何较量。恰恰相反,有着对对方的认同。

对方是另一个领域中的佼佼者。双方的领域都是坑坑洼洼,杂草丛生,危机四伏。你若没什么智慧、没什么手段,是到不了对面的。而挂彩也是必然。

"您想问我什么,先生?"

"我想问您是否和吉拉德·布尔合作过。"

伽马什看见他双眼在闪动,想要垂下,打破眼神的接触。但是它们坚持住了,麦克尔·罗森布拉特轻轻点了点头。

"正如我对您的年轻同事,波伏瓦探员,说的那样,我们在麦吉尔大学做过同事,但恐怕我说的并不是百分之百的实话。我们的确一起工作过,但不是在同一个部门,而是在一些项目上合作过。虽然没什么人能真正和吉拉德·布尔合作。一开始可能是合作,但最终你会发现你只是在为他工作而已。"

"在他设计超级大炮的时候,您是否正在为他工作?"

"不。在他利用苏联作为销售军火的后门的时候,我就离开了。他不是很聪明。"

"所以你才离开的吗?害怕被抓?"

"不。我离开是因为这是错的。为自己国家设计武器是一回事,将它卖给出价最高的人又是另一回事了。吉拉德·布尔是个完美的推销员,他的良知也被泯灭得一干二净。"

"您刚才为什么说他不是很聪明?"伽马什问道。

"他做了几个愚蠢的决定,比如去奉承苏联。他过于自我膨胀,他的自我告诉他自己比所有人都更聪明。"

"他的自我是在说谎吗?"伽马什问道。

"很令人震惊,我知道。布尔博士相当夸张,他的个性去卖加农炮堪称完美,而布尔的确,正如我所说,是个伟大的推销员。"

"他为什么要把巴比伦的淫妇刻进加农炮?是某种个人风格?某种象征?布尔博士的其他设计中是否也有这个元素?"

"据我所知没有。可能是另一个销售工具吧,否则除了刻上世界末日象征的武器之外,还有什么能吸引萨达姆这样的疯狂暴君?而且还是源于古代伊拉克的,不多不少,真是绝配。"

"但这不是萨达姆的枪,对吗?"伽马什说道,"吉拉德·布尔不是在伊拉克造的,而是在魁北克。而且他还刻上了巴比伦的淫妇,为什么?"

"也许这正好说明了模型理论,"罗森布拉特说道,"他造出来就是为了秀给伊拉克人看的。毕竟,当时世界上所有的情报组织都对布尔和巴比伦计划十分感兴趣,但是他们从来没想过来这里寻找。他可以在这里秀给伊拉克人看,一旦人家下了订单,他就可以把它拆掉,再一块块儿地运去巴格达。"

伽马什听着这细致得令人好奇的假设,他必须承认,这说得通。魁北克只不过是个样品间,虽然还有其他的可能,另一个。

"或者,也可能本就是为了魁北克而造的,"伽马什说道,"萨达姆用飞毛腿连美国的一根汗毛也碰不到。也许他的目标根本就不是攻打以色列,或者伊朗,或者该区域的任何目标。也许目标就是美国。也许那些美国人如此肯定在那片区域的大规模杀伤性武器实际上就在这里。"

也许,也许,伽马什想,都是也许。

令人丧气。虽然他觉得他们已经越靠越近。也许。

伽马什靠在长凳上,看着桌对面的同伴,想起蕾娜-玛丽在调查吉拉德·布尔时的另一项发现。

"布尔博士非常年轻的时候就取得了博士学位,"伽马什说道,"是物理方面的,非常卓越的成就。但是就我了解他的成绩并不好。"

"这我不知道。他做学生的时候我还不认识他。"

"不。但您后来认识他了。他大概比您大二十岁,是吗?"

"大概。"现在罗森布拉特十分仔细地盯着伽马什看。他不会再上当了,但他就是无法摆脱一种感觉,感觉自己又再一次被领进危险的雷区。

"他的成绩不算出众,"伽马什说道,几乎像是在对自己说话,"而您多次提到他是个伟大的推销员。不是一个伟大的科学家,而是推销员。"

现在麦克尔·罗森布拉特知道他已经硬生生站在雷区的正中间。被这个沉着、理性、和善的男人拉了进去。

而他只能等着下一个不可避免的问题。

伽马什凑近,看上去几乎有点歉意。

"吉拉德·布尔的才智是否足够他设计出超级大炮?或者他其实只是个销售?背后是否还有另一个我们不知道的天才?"

轰隆隆。

第十九章

克莱拉·莫罗转进莱帕赫家的车道。车道又长又凹凸不平,和这片区域大部分的泥土车道一样。

她瞥了一眼乘客座位的下方,那里有一盘包着锡纸的炖菜,还有一份苹果脆,还是热的。她能闻到红糖与肉桂的味道,想着自己流口水算不算是一件坏事儿。而且还有种想要掉头的冲动,然后把这些全都吃掉。

她在这小小农舍的门前停下。

楼上一扇窗的窗帘动了动,她看见了伊芙的脸,一阵悲痛闪过这张脸,好像克莱拉是一粒细菌,而伊芙则是一道裂口。

一只老草狗,丰收,正躺在草地上。它挣扎着站起来,尾巴缓缓摆动。

"克莱拉,"伊芙说道,走到纱门前,挤出一个痛苦的笑容。

"我不想打扰你们,"克莱拉说道,怀里抱着菜肴,"但是我知道每天早上起床需要花多大的力气,更别提购物与烹饪了。后备箱里还有两袋杂物,是贝利夫先生送的。萨拉也从面包店送来了一些可颂和长棍,她说你可以放进速冻里,我倒不知道这点。他们在我家捱不了多久。"

克莱拉看见一丝真心的微笑,似乎有些松了口气的感觉,因为那绑住伊芙·莱帕赫、将全世界阻挡在外的绳索似乎松开了些许。

阿尔芒·伽马什看着老科学家离开 B&B 的餐厅。

伽马什一问起吉拉德·布尔在巴比伦计划中的真正角色,麦克尔·罗森布拉特就开始看表,然后以怪异的姿势滑出长凳。

"我真得走了。感谢您的陪伴。"

阿尔芒也站了起来。

罗森布拉特教授伸出一只手,而伽马什在走近一步与他握手的时候,在这位科学家的耳朵里轻声说了些什么。

接着又退后一步看着那张震惊的脸。

罗森布拉特转身,故作闲暇地漫步离开,而阿尔芒坐回长凳,坐回自己那杯咖啡之前,坐回自己的沉思里。

吉拉德·布尔是否设计了他的超级大炮?还是他只是那个聪明的台前之人?是否还有另一个幕后天才?更年轻,更聪明?也远比他更危险?

也许他还活着。根据蕾娜-玛丽的调查,吉拉德·布尔是在六十二岁时遇害的。伽马什知道大部分的科学家都是在四十岁时做出最好、最有活力、最有创意的成果。

布尔是否有一个沉默的搭档?一位科学家、物理学家、军备设计师?他们是否是完美拍档?一个躲在阴影里,描绘着举世无双的大炮草图,一尊优雅的武器?而另一个只是动动嘴皮子,在强大的圈子里流连,促成一单单生意?寻找买主,寻找萨达姆?

两人都才华横溢,在不同的领域中居高临下。

伽马什算了算,麦克尔·罗森布拉特在吉拉德·布尔遇害时正好四十五岁左右。超级大炮的设计一定是在五年之前完成的,或者更早。当时罗森布拉特应该三十多岁。

说得通。麦克尔·罗森布拉特是不是林子里的那头怪兽之父?

阿尔芒·伽马什发现罗森布拉特走得如此之快,都忘记那些被涂黑的文件。阿尔芒把他们收起来,心想这或许不是他的无心之失,或许文件里的东西对这位老科学家来说都不算什么新鲜事儿了。

伽马什啜了一口咖啡，思考着。

他有种感觉，罗森布拉特是个有良知的科学家。问题是，罗森布拉特的这种对与错的观念是否来得太迟？是否在他已经为恐怖平衡[①]做出贡献之后？

又或许，他的对错观念与伽马什的并不相同。

"我们坐下，凄然而泣，"伽马什在告别的时候对罗森布拉特耳语，接着他又提了那首诗的下一行，武器上没写的那句。"一追想锡安。"

布尔博士和罗森布拉特教授可能有他们自己的大规模杀伤性武器，阿尔芒·伽马什也有。就罗森布拉特离开时的面部表情来看，他已经击中红心。

罗森布拉特是否在巴比伦计划中出过力，接着，当他发现这是为萨达姆而造，并且萨达姆想要以此攻击以色列，他是否又为制止它出过力？通过杀死吉拉德·布尔。或许他并没有扣动扳机，但是还有谁会比一个密切合作的同事更了解布尔的一举一动？只需一句轻声耳语。

剩下的就交给摩萨德、中央情报局、伊朗人、CSIS。

但是，这已经是二十五年前的谋杀案了。阿尔芒·伽马什无需对那尊大炮负责，更别提吉拉德·布尔。他只需对劳伦特负责。他警告了他们所有人，却无人理会。

伊莎贝拉·拉科斯特已经没剩几个村镇或村民好盘问了。

警察局调查员终于可以公开讨论超级大炮了，虽然大家都兴趣高昂，却没几个人能提供稍微沾一点边的有用线索。

大部分人在大炮被制造出来的时候，要不是太年轻，要不就还没有搬来这里。比如莫娜，还有克莱拉，还有加布里和奥利维。

现在，伊莎贝拉拿着布尔博士的黑白照还有她的问题列表走进杂货

[①] 恐怖平衡（Balance of terror）：军事用语，指交战国双方和武器威力的平衡，且相互保证毁灭，双方均拥有足以完全毁灭对方的军事力量。

店,去和她名单上最后一个人谈话。村里第二年长的人,贝利夫先生,而让-居伊抽到了短签,跑去盘问最年长的那位了。

"要来一点吗,蠢蛋?"

露丝把格兰菲迪的瓶子朝波伏瓦那边倾了倾。

"你知道我已经戒了。"他说。

"这不是酒。我从伽马什家拿来的,"她说道,"是茶。伯爵茶。他们以为我不知道。"

波伏瓦笑了,要了点茶,虽然看着那琥珀色的液体从威士忌酒瓶里倒进他的玻璃杯中时,他总觉得有点不对劲。他闻了闻,的确没有酒精的药味。

不过,他还是把杯子推远了点,把照片推到她面前。

这是一张黑白照,上面有一个结实的男人,穿着西装,打着细领带,一件外套挂在一条手臂上。这是一个商人,而且业务出了点问题。虽然他的动作很随意,但是他脸上的焦虑展露无遗,就好像他听见了远处的枪声。

"你认识他吗?"

露丝研究了一会儿。"我应该认识吗?"

"你知道大炮的事儿吗?"

"我听说了些,人人都在说。"

"就是这个人造的,他的名字是吉拉德·布尔。"

"那就是真的了,我是说那大炮。"

让-居伊点点头。

"他们叫它超级大炮。"露丝说道。

他又点了点头。"比我见过的任何武器都大。"

"劳伦特说的是实话。"老诗人说道。

在让-居伊的眼里,她从没有这么苍老过。

"大炮是在八十年代末期造出来的,"他说道,"你当时就在这里。你能想到什么吗?当时森林里肯定十分闹腾,你不可能没有发现。"

"这问题只有城里人才问得出来。你们觉得乡下一定是安静的,并不是。有时候就连纽约都不及这里嘈杂。链锯一天到晚锯个不停,清出空地,锯断树木,砍断离电线太近的树枝,人们为了冬天伐木。在链锯和除草机之间,你耳朵都会聋掉,更别提春天的青蛙和甲壳虫了。没有人会注意到,或者记得,三十年前林子里的哪一阵喧嚣。"

波伏瓦点头。"他没有雇用当地人?"

"这个嘛,总之他没雇用我。"露丝说道。她又把那杯茶塞回给他。

贝利夫先生看上去比往常更孤僻。

"抱歉,我希望我能帮上忙。我当时就在这里,经营我的杂货店,但我什么都不记得了。"

"那尊大炮非常巨大,"探长拉科斯特说道,"硕大无比。无论是谁想要制造这家伙,都必须要清出一块地,搬来各个部件,再组装起来。你记得当时森林里有什么动静吗?"

"不记得。"他说道,摇了摇头。

她等他再多说一些,但是并没有下文。她必须要进去自己掏出信息,从他身体里掏出来。

"如果他要雇用些什么人来清场,当时他会选谁呢?"

"吉勒·桑登经常在林子里工作,"贝利夫先生说道,"但是他当时太年轻了。比利·威廉斯有个挖沟机,而且很会用链锯,但是他签了个四十年的市政合同,所以他挺忙的。"

拉科斯特已经和这两人谈过了。两人都不认识吉拉德·布尔。也都不知道大炮的事。两人在八十年代末都没有被雇用去清场,或者搬运奇怪的机械装置。

"住在这儿的,几乎人人都有一把链锯,用来伐木过冬。大部分都会做些奇怪的营生赚些现金。"他摇摇头,"不能说是很有技术含量的工作。"

"不能。"

"这和找到杀害莱帕赫家男孩的凶手有什么关系?"贝利夫先生问道。

伊莎贝拉·拉科斯特拿出照片。

"我不清楚,"她承认,"但是那尊大炮和劳伦特的死紧密相连,就是他找到了大炮才会被杀。我想您应该也不记得在过去几年中,有什么人,陌生人来问林子里大炮的事儿吧?"

"没有,女士,没有人走进我的店问我超级大炮的事。"

他这种郁闷而严肃的口吻让他的回答听上去更显滑稽。

她又把布尔博士的照片放回口袋。他们做鉴定,四处盘问,收集事实,但是杀死劳伦特的并不是某件事实,而是恐惧。有人太过害怕男孩所找到的东西,害怕他可能做的事或者说的话,因此不得不把他杀死。

只有某一种人,某一种秘密,才能将一个小男孩杀死。还有一种膨胀、巨大、恶臭、腐烂的情绪。

这是探长伽马什教她的。

是的,收集证据,收集事实,理所应当。事实会让他受法律制裁,情绪则会让他现形。

克莱拉把肉馅土豆派和苹果脆放进冰箱。这些是彼得走后,带给她安慰的食物。她就是跟着这些焙盘才能走回清醒的状态。感谢好心的邻居不断为她烘焙,不断给她送来,还有他们不断的陪伴。

现在轮到克莱拉去传递这种安慰、食物与陪伴。

"阿尔呢?"她问道。那位高大的男子一般都会在家,修修这理理那,或者整理一篮篮的蔬果。

"在地里,"伊芙说道,"在收割。"

克莱拉看向厨房窗外,见到阿尔·莱帕赫,他正蹲在南瓜地里,灰色马尾垂在宽阔的肩膀上。

有些僵硬。垂着眼,盯着肥沃的土地。

这一刻似乎过于私密,克莱拉便转头看着伊芙。

"你怎么样?"

"我感觉骨头在被不断侵蚀。"伊芙说道。克莱拉点点头。她明白这种感觉。

伊芙走出厨房,克莱拉和那条老狗跟着她。克莱拉以为他们要去客厅,结果伊芙笨重地爬上楼梯,站在紧闭着的门前。丰收留在楼梯下,抬头仰视着她们,要么是太老了爬不动,要么是没有任何动力去爬楼梯,上面已经没有男孩和它玩耍。

"阿尔不愿进来,"她解释道,"我必须把门关着。他不想看到任何与劳伦特相关的东西。但他出去的时候,我就会上来。"

她推开门,走了进去。床还是劳伦特走的时候的样子,没有铺过。他的衣服散落四处,就是他随手扔的位置。

两个女人肩并肩坐在劳伦特的床上。

老旧的农舍吱吱呀呀,仿佛在低吼,仿佛整个家都在哀悼,试图在地基中的大洞里再次站稳脚跟。

"我怕。"终于,伊芙开口说道。

"跟我说说,"克莱拉说道。她没有问:"怕什么?"克莱拉知道她怕什么,她也知道伊芙让她跨进门槛的唯一原因并非她怀中的菜肴,而是克莱拉心中的某物。她心中的黑洞。

克莱拉非常清楚。

"我怕这一切永无尽头,我的骨头有一天会消失,而有一天我会溶化。我再也站不起来,也动不了。"她看着克莱拉的眼睛,抓住克莱拉的眼神。"我最害怕的是这一切都不再重要。因为我无处可去,无事可做,再不需要这把骨头。"

这一刻,克莱拉明白虽然她自己的悲伤也十分沉重,但是根本无法与这个空洞的女人与这个空洞的家相提并论。

劳伦特留下的并不只是一道伤痕。而是一个真空的洞穴,被吸进去的任何东西都跟跄着打滚。那是一个硕大的黑洞,吸走所有的光,所有的物质,所有重要的事。

克莱拉虽然了解悲痛的滋味,在这一刻她突然感到害怕,因为面前这个女人失去了太多。

她们坐在劳伦特的床上,无声无息,只剩下老房子的哀恸。

这是个男孩的房间。到处是石头,或许是陨石的碎片,还有些白色的,可能是塑料,或者是牙齿锋利的老虎或恐龙的骨头。还有瓷器的碎片,可能来自阿本拿基人①的营地,如果这古老的部落也爱喝下午茶的话。

墙上贴满了哈利波特、亚瑟王还有罗宾汉的海报。

直到此刻,克莱拉只是因劳伦特的死而震惊,又因他是被谋杀的而惊恐。但是她一直都没有把他当作一个活生生的人去看,她一直都觉得劳伦特是个奇怪、讨人厌的小男孩,老是编故事,想要吸引眼球。

因此,在他兴致勃勃地爆出另一个异想天开的故事时,克莱拉总是避开他的眼神。

但是现在,她坐在他巴斯光年的床单上,看着他的鞋子,朝着不同的方向飞落。还有袜子,团成球状扔在地上。还有书,许许多多的书。还有谁会读书?什么样的孩子,什么样的小男孩还会读书?劳伦特的房间里到处都是书。还有图画。还有惊奇。还有悲伤,如此浓稠,让她无法呼吸。

这才是真正的劳伦特,他却永远地遗失了。

克莱拉站起来,走向书柜,紧靠着,她背对着伊芙,这样劳伦特的母亲就不会看见克莱拉突然涌上的悲伤。

她正对着《巴巴与丁丁》还有《小王子》。靠在书上的,是一系列裱着框的画,画中是一只敏捷的小羊。钢笔和墨水画在洁白的纸上。小羊在跳舞。那个词叫什么来着?雀跃,她想。九个画框一列排开,靠在书上。越靠后,越精致复杂,还加上了一些水彩。都是同一只小羊,在同一片草地。在远处,一只公羊和一只母羊观察着,捍卫着。每一张的背后都写着,劳伦特,一岁。劳伦特,两岁。等等。第一只小羊,最简单的那只,背后只有"我的儿子",还有一颗爱心。

克莱拉看着伊芙。她不知道这个女人还有这个能力。这一家人里,父亲是歌手,母亲是画家。可是再也没有小羊了。劳伦特·莱帕赫再也不会长大。

"跟我说说他吧。"克莱拉走回床边,在伊芙身边坐下。

---

① 阿本拿基人(Abenaki):位于美国新英格兰和加拿大魁北克省地区的美洲原住民。

她说了。突如其来，断断续续。直到在这勾勾划划与越来越长的线条之后，一幅肖像跃然而出。一个意想不到的婴儿，成了一个让人意想不到的小男孩。他总是在做、在说让人意想不到的事。

"阿尔在他刚被怀上的时候就爱上他了，"伊芙说道，"他会坐在我面前，抱着吉他，唱着歌。主要是他自己的歌。他是家里最有创造力的。"

克莱拉想起阿尔在葬礼上坐在那张椅子上。吉他放在大腿上，沉默着，再也没有歌了。克莱拉怀疑，就和她的艺术一样，他的音乐是否也永远消失了。那幸福的欢悦被悲痛啃噬殆尽。

"不是他干的，你知道。"

"什么？"克莱拉说道。

"我听见那些闲言碎语，我看见人们看我们的眼神。他们想说些好话，但他们怕是我们干的。大家真的这么想吗？"

克莱拉知道悲痛征收的可怕路费。每一个生日，每一个假日，每一个圣诞，都要付一笔。每次瞥到熟悉的笔迹，或一顶帽子，或团成球的袜子，都要付一笔。或者听见一声嘎吱，很像，就是那种熟悉的脚步声时。每个清晨，每个半晚，每个午时，悲痛都要征一笔买路费，当那些被留在背后的挣扎着向前时。

克莱拉不知道，如果自己在失去彼得的时候，陪伴她的不是肉馅土豆派和苹果脆，而是谴责；不是友善，而是指指点点；不是陪伴、拥抱与耐心，而是人们在背后窃窃私语，她该如何面对那悲痛。

阿尔·莱帕赫，这位最爱交朋友，最活泼欢快的男人，自从悲剧发生之后，大部分时间都跪在地上。没有人去搀扶他。

"他们不知道自己在说什么，"克莱拉说道，"他们不知道自己造成了什么样的伤害。大家很害怕，他们会紧紧抓住任何一根稻草，无论它有多荒诞。"

"我还以为他们是朋友。"

"你有朋友的，很多。我们都在帮你们说话。"克莱拉说道。

这倒是真。但有可能他们实际上还能做得更好。克莱拉有点讶异地发现，她其实也有点怀疑那些闲言碎语，或许，可能，有一点……是真的。

"好了,现在他们有别的话题可以谈了。"克莱拉说。

"什么意思?"

她还没有听说,克莱拉想。这两人真的被孤立了。就好像他们四周围了一条护城河。

"枪,"她开口,看着伊芙,她看上去不明所以。

在伊芙身后,劳伦特卧室的窗外,克莱拉看见一辆熟悉的车正在开过来,停在她的车旁。它后面又跟着两辆警车。伊芙看见克莱拉的表情,也转过身,接着僵硬地站了起来。

"警察。"她看着克莱拉,"他们怎么会来?你刚才说什么枪?"

...第二十章

"阿尔?"伊芙说道,向那位种在地里的高大男人走去,"警察来了。"

阿尔·莱帕赫还是跪在地上,但腰背挺直了起来。接着他非常缓慢地把自己挺起来。他转头,盯着他的妻子,就好像听不太懂她所说的话。

伊芙伸出手,他把它握在自己巨大的手里。接着她带着他回到屋里。

"阿尔。"克莱拉在他走过的时候说,但是虽然他看了她一眼,却什么都没说。

克莱拉不是很清楚该怎么办。留下来的话,似乎像是在侵犯他们的隐私,甚至有点像是食尸鬼的行为。她不想自己看上去好像是纯粹出于好奇、为了搜集八卦才留下的。但是如果离开的话,又好像是在逃避、抛弃他们。

她决定留下。劳伦特的父母已经被孤立了太久。

"先生,女士,"伊莎贝拉·拉科斯特说道,"恐怕我必须要再搜一遍你们的家。"

她瞥了一眼克莱拉,微不可查地点头致意。

"为什么?"伊芙说道,"发生什么事了吗? 是关于那把枪吗?"

"枪?"阿尔说道。他耷拉着的脸突然绷紧,他的眼睛终于又聚焦了起来,"什么枪?"

"我刚刚在和伊芙说,"克莱拉说道,"但是我没细讲。我想阿尔应该不知道。"

两位警官看着劳伦特的父亲,有些怀疑,当然,他是否是真的不知道。

"我不知道。"阿尔说道。

如果他真的知道超级大炮的事,波伏瓦想,他现在对一个完全不知情人的模仿真实惟妙惟肖。

"就是那个藏在伪装网下的东西,"拉科斯特说道,"在林子里,劳伦特遇害的地方,有一把枪。"

"应该说是加农炮,"波伏瓦说道,审视着他们,"一尊导弹发射器,叫超级大炮。"

"劳伦特说的是实话。"他的父亲说道,凝视着拉科斯特,他的眼睛仿佛在恳求什么或辩护着什么,但她不知道是什么。

原谅? 忽视? 让她和她的新闻远离此地。

"我没有相信他。我还嘲笑他。"

"我们都一样。"伊芙说道。

"不,你想去看看的,万一是真的呢。"

"但是接着他告诉我们上面有怪兽,"伊芙提醒他,"没有人会相信的。"

"上帝啊,"阿尔说道。听上去像是在祈求,像是在祷告,而不是咒骂,"噢,不。"莱帕赫闭上眼睛,垂下头,轻轻摇了摇,"我真不敢相信。"

"你不是唯一一个不相信他的人,"拉科斯特说道,"我们都没有信。"

虽然她语气友善,但是拉科斯特探长从来没有忘记自己可能正在和杀害劳伦特的凶手说话。

"我们可以搜查你们家吗?"波伏瓦探员问道。

伊芙和阿尔点头,跟着他们进去了。

和他们一起来的探员们开始搜查底层,而拉科斯特和波伏瓦则上楼搜查卧室。

拉科斯特搜查了阿尔和伊芙的房间，让-居伊则去了劳伦特的房间，打开每一层抽屉，检查贴在墙上的海报背面。他趴了下来看看床底下，床垫底下，枕头底下，地毯底下。他搜查了衣柜和劳伦特每件衣服的口袋。一个聪明的孩子可能会藏东西的任何一个角落。但是什么都没有。

劳伦特可能非常好奇，很有创意，但是他天性光明磊落。实际上，他想把自己所知的一切都宣告众人。

他什么都没藏。

床头柜上都是他收集的石头，石头上都掺杂着石英还有黄铁矿。一本书还摊在桌上。

罗赫·卡里耶的《曲棍球外套》①。让-居伊成长过程中最喜欢的故事。这是一个魁北克男孩的故事，一个疯狂的加拿大队的粉丝，但结果收到一件多伦多枫叶队的外套，不得不穿。

让-居伊拿起书，见劳伦特已经快读完这个小故事。他又把书原封不动地放回去了，他的手还在封面上熟悉的插画上流连。

"找到什么了吗？"拉科斯特问道。

"没有。"

"你还好吗？"

"还好。"

伊莎贝拉拿起其中一幅小羊的画，读着背后小心写下的词语。我的儿子。接着是一个爱心。她又放回去了。这虽然是必须完成的工作，但她总是感觉自己在侵犯别人的隐私。

"你呢？"波伏瓦问道。

"不多。"

她发现阿尔有前列腺增生，伊芙会刮脸毛，他们其中一人需要用栓剂。他们发现阿尔会读有关太阳能的书和历史小说，伊芙则会阅读有机

---

① 罗赫·卡里耶(Roch Carrier)是加拿大魁北克地区的作家。《曲棍球外套》(Le chandail de Hockey)是他在1979年发表的作品，1980年被改编成短片。

园艺和生物方面的书。

家里没有电视机，只有一台老旧的台式电脑。

拉科斯特打开电脑，搜查了一下，读了读客户、家人和朋友的邮件。过去几天内逐渐耗尽的慰问。

搜查完之后，他们在小农舍的客厅里和莱帕赫夫妇与克莱拉见面。克莱拉沏了茶，还给几位警官沏了一些，但他们拒绝了。

一座巨大的砖砌壁炉占了房间的大部分面积。两座老沙发相对而放，就在火炉两侧，每一张都盖着绒线编织毛毯。硬木地板上，到处都有麻点和刮痕。彩编地垫这儿一张、那儿一张，散落在地上。那只老狗头枕在爪子上，躺在一张摇椅旁边。

椅子旁边架着一把吉他。

波伏瓦走到音响旁边，看着那些唱片和磁带。

他拉出一张黑胶唱片，认出了封面上那位微笑的男子。一头红发，茂盛的红胡子，穿着花呢格子衬衫和牛仔裤，上面缝着和平符号。除了大麻之外，什么都不缺。

他也看见背景中站着三棵高大的松树。

专辑的名称叫作《避难所》。

"你？"波伏瓦问道，毫无必要。

阿尔点点头。伊芙拉起她丈夫的手。

"你是美国人，对吗？"拉科斯特问道，"逃了兵役？"

阿尔点头，"当时有很多人逃了兵役。"

"我知道，"拉科斯特说道，"我们不是在责怪你。你为什么会来这里？"

"为了避开战争。"阿尔说道。

"不，你是谁，为什么要到这个地方来？"

"我从佛蒙特州走过边境。我很累。很黑。我看见村子的灯光。所以我就停下。留下来了。"

他说的话几乎和婴儿说的没什么两样，都是很短的陈述句。

"那是什么时候？"拉科斯特问道。

"七零年代。"

"超过四十年了。"波伏瓦说道。

"你知不知道林子里那把枪?"拉科斯特问道。

"不。我讨厌枪。"

"劳伦特在找到那把枪之后,有没有说什么?他有没有和其他人说?"波伏瓦问道。

阿尔和伊芙摇摇头。

"没有?"波伏瓦问道,"还是你们不知道?"

"如果他和其他人说,却没有告诉我们,"伊芙说道,"但他肯定说了,不是吗?他是因为那枪才被人杀害的吗?"

"我们是这么想的,"拉科斯特说道,"你能不能想起劳伦特说过什么话,任何话,可能会对调查有帮助的?"

"他回家,我们吃了晚饭。劳伦特看书,我和阿尔在整理蔬菜篮,之后我们就去睡觉了。就是一个平常的夜晚。"

"隔天早上呢?"拉科斯特问道。

"早餐,接着他就出门,和往常一样骑着自行车。"伊芙闭上眼,拉科斯特和波伏瓦都清楚她看见了什么。她的小男孩的背影,冲进阳光,一去不回。

"我们看了看他的房间但什么都没有找到,"波伏瓦说道,"房间有没有什么变化?有没有什么新的东西?"

"比如?"伊芙问道。

比如大规模杀伤性武器的发射装置,波伏瓦想,或者大决战的图样。

"任何东西,"他说道,"他最近有没有把什么东西带回来?"

"我没有注意到。"

伊莎贝拉·拉科斯特的手伸进口袋,拿出一个证据包,放在他们两人中间的桌上,等待反应。

阿尔拿起来,眉毛拧到了一起。"你在哪里找到的?"

"是你的吗?"

"我想是的。"

伊芙从他手里拿过磁带,看了看上面的标签。

"皮特·西格。是我们的。"

"你怎么能这么肯定?"波伏瓦问道。

"还有谁会有这个?"她问道,举高磁带,"另外,上面的标签因为卡在卡车的卡带机里被撕坏了。"

"劳伦特的最爱之一?"拉科斯特问道。

伊芙微微笑。"不。他很讨厌它。阿尔花了两个月才把这盒磁带从卡带机里掏出来,所以我们开车的时候只能听这一盒。"

"一开始他很喜欢它。"阿尔说道。

"是的,但就连我都开始讨厌它了。你们是在哪里找到的?"伊芙问道。

"在枪旁边的地上,"拉科斯特说道,"你们有注意到它不见了吗?"

阿尔和伊芙都摇摇头。

"劳伦特为什么要把这个带过去?"伊芙问道。

"这个嘛,要么是他,要么是凶手带过去的。"波伏瓦说道。

过了一会儿这句话的含义才渗进两人心里,于是阿尔·莱帕赫站了起来,面向波伏瓦。

"你是在说我们吗?还是我?"

"我只是在说很明显的事实,"波伏瓦说道,也站了起来,"劳伦特为什么要带一盒自己很讨厌的磁带?"

"为了藏起来?"伊芙说道,站在她丈夫身边。拉着他的手,不是为了安慰,而是为了制止他做出会让所有人后悔的事。

这个男人或许讨厌暴力,波伏瓦知道,但他完全有能力施暴。

"我们听见那些传闻了,"阿尔说道,"他们觉得我杀了自己的孩子。甚至还有人说劳伦特不是我的孩子。说伊芙……"他心头涌起的情绪让他再也说不下去。这个巨大的男子站在离波伏瓦六英尺的地方,盯着他。已经不再生气,而是绝望。如果阿尔·莱帕赫是一座山,那么他们正亲眼目睹一次山崩。

"阿尔,"伊芙说道,把他拉开,"不要管人们怎么说。我们必须帮警察找到杀害劳伦特的凶手,这才是最重要的。"她从她丈夫面前转向拉科斯特,"你们一定要相信不是我们。求你们了。"

其他警局的探员从地下室上来,摇摇头。一无所获。

探长拉科斯特拾起了磁带。"感谢你们的时间。"

"我可以把这个带走吗?"波伏瓦问道,扬了扬阿尔·莱帕赫的唱片,"我会小心的。"

阿尔朝他摆摆手,放走了这个男人,这张唱片,这个问题。

克莱拉和拉科斯特和波伏瓦一起走到车旁。

"你们不是真的认为阿尔和伊芙和劳伦特的死有关,是吗?"她问道。

"我认为人们可能会做出可怕的事,"波伏瓦说道,"突然间发动攻击,伤害甚至杀害他们所爱的人。那个男人正在崩塌。"

"出于悲痛。"克莱拉说道。

"出于某个原因。"波伏瓦说道。

刚一上车,波伏瓦转头对拉科斯特说道:"你有没有发现莱帕赫一家的奇怪之处?"

拉科斯特从刚开始就很安静,陷入了思考。现在她点点头。

"他们都没有问起关于枪的事。"她说。

波伏瓦点点头,"正是。"

剩余的下午他们都在核查盘问记录,核实事实与细节。

伊莎贝拉看见伽马什和亨利一起从家中出来,先是瞥了一眼老车站,接着就转过头走出了视线。

几分钟之后,她在村镇上方的长凳上找到了他,亨利就坐在他旁边。

"您不是在回避我吧,是吗?"她问道,在伽马什旁边坐下,"因为这地方不是什么隐蔽之处。"

他笑了,脸上现出饶有兴味的褶子。

"或许吧,"他承认,"但不是针对你。"

"只是职业所需,"她说道,点点头,"不是自己来负责调查,感觉一定很奇怪吧。"

"是的,有一点,"他承认,"要特别小心别滑进老角色里。特别是自从——"他摊开大手,而她明白他有多挣扎,"劳伦特。"

她点点头。凶手已侵入家园。

"你需要你的空间,伊莎贝拉。这是你的案子。我根本不想回来,但是——"

"但这就在你的血液里。"

她低头看了一眼他的手。这双会说话的手。她曾握住它们,在他躺着快要死去的时候。他唾沫飞溅地对她说了一句话,他俩都知道那一定是他生命中最后的一句话。

蕾娜-玛丽。

她成了他倾注最后情感的载体,他的眼睛恳求她能明白。

她的确明白。

蕾娜-玛丽。

她紧紧握住他的手。上面都是他的血,还有别人的血。这些血液与她手上的混在了一起。她自己的,还有别人的。

现在,追捕凶手就在他们的血液里。

伽马什探长没有死,他继续主持了许多场调查,直到是时候来到这里。

他已经做得够多,现在轮到别人了。

轮到她。

"在这里,您和伽马什夫人看起来很高兴。"

"的确。意想不到的高兴。"

"但您觉得满足吗?"伊莎贝拉继续刺探道。

伽马什又笑了。她和让-居伊是多么不同,他曾直截了当地厉声问:"您准备就窝在这儿什么都不做,还是怎样,老大?"

他曾向他解释沉静不等于什么都不做。但是这位缠人的年轻人就是不能明白。而他自己也不会明白,伽马什知道,在自己三十多岁的时候。但现在他五十多了,阿尔芒·伽马什知道静坐沉淀相比四处奔波,反而更难,更令人害怕。

不，这不是什么也不做。这种沉静让他能想清楚该怎么做。下一步。下一步？

"请您接受总警司的职位吧，老大。警察局还有很多事要做，那里一团乱，仍需要清理。您看见那两个新来的了。新来的探员毫无纪律，他们根本不以效忠为荣。"

"这我的确注意到了。"

"如果让那些人一级级往上爬，十年内我们就会回到原点。"她转过身，正对着他，"求您了，接受那份工作吧。"

他俯瞰整座村镇。

"如此美丽。"他说道，声音比呼吸更轻。

她顺着他的目光，看见了小木屋、花园、小镇绿地上的三棵参天常青树，而她知道，这些并不是这座村镇的魅力所在。

加布里从小酒馆出来，正要去 B&B。他看见他们在山脊上，朝他们挥挥手。萨拉站在她的面包房门口，抖抖一块沾满面粉的毛巾。透过新旧书店的窗，他们可以看见莫娜正四处走动。

伊莎贝拉突然觉得自己糟透了，竟然让他觉得这些还不够。

伽马什抬起眼睛，目光从村庄看到连绵的青山，几千年前，山上的绿树已扎根此地。耀目的秋叶中夹杂着青松。

"你看看，"他说道，轻轻摇头，几乎难以置信，"有时候，我坐在这儿，想象着那些野生动物，那些生命，它们的故事天天在森林中上演。我想象过那些阿布拿基人的生活状态，在欧洲人来到这里之前。或者那些第一代的拓荒者。他们是否为此情此景惊叹？还是觉得这些只是障碍？"

他花了一点时间，想象自己就是早期的拓荒者。

他一定会为此惊叹。就算是现在他仍在惊叹。

"从来没有人找到过大炮一点都不奇怪，"他说道，"就算你知道是在那里，并在那里寻找，或许你也永远找不到它。你可能就走在它近在咫尺的地方，却仍然失之交臂。"

伊莎贝拉·拉科斯特的目光越过村庄，眺望广袤的森林。

"最惊人的是，它竟然被找到了。"他说道。

"最惊人的是,它竟然就在那里。"拉科斯特说道,看见他点了点头。

"你们今天早上离开之后,我问过罗森布拉特教授。"

他告诉她那位科学家的两个推论。超级大炮要么只不过是一个展示模型,给潜在买家看的,要么就是为了击中在美国的目标而故意放在那里的。

"无论是哪种,它为什么会在这儿?"她问道,"为什么不是在新不伦瑞克省或者新斯科舍省的森林中?或者在魁北克其他与美国接壤的地方?为什么在这儿?"

她指向地面。

伽马什坐在这儿,也一直在想同一件事。有人计划了这一切,或许计划了很长时间。接着又把它放在这里,小心翼翼,带着企图,放在这里。

"三松镇不在任何一张地图上,"他说道,"这就是作为隐蔽之处的优势,而同时,这里的小镇还能提供所需的服务与劳力。"

"只不过根据我们盘问的结果,没有当地工人去过现场。"她说道。

"没有人愿意承认。"

"对。"拉科斯特说道。

阿尔芒·伽马什的目光又飞回森林。他和亨利坐在这里不是单纯为了惊叹森林中的野生动物的神奇。他也在扫视它,寻找古老中的新生命,寻找华盖下的洞穴。

寻找那些被涂黑的笔记中,检查员所漏掉的那个字的证据。漏网之鱼。

"罗森布拉特教授读了蕾娜-玛丽打印出来的文件。"伽马什说道。

"他有没有什么有趣的发现?"拉科斯特问道。

"看起来没有。他要不就是没看见,要不就是故意不提,那个复数。"

那几千几百个词中间的一个字,就像森林中的一棵树,但那是改变一切的一棵树。

"那个'多',"拉科斯特说道,"多尊超级大炮。"

接着她看着几英里之外的森林。

"我们把大炮的事告诉莱帕赫夫妇了,"她说道,"今天,当我们再次搜查他们家了。"

"有没有什么发现?"

"没有,不过他们承认那盘皮特·西格的磁带是他们的,但不知道为什么它会出现在大炮附近。但还有另一件有趣的事。当我们告诉他们超级大炮的事,他们看上去很惊讶,但是都没有问任何一个相关的问题。一个都没有。"

"他们可能沉浸在悲痛之中,"他说道,"人们在亲人去世之后的表现都不是很正常,特别是被人害死之后,尤其还是个孩子。"

"的确。"过了一会儿她开口,轻声说道,"为什么在这里?"

"大炮?"他问道。

"不,那个男人。我问过阿尔·莱帕赫这个问题。他怎么会来三松镇的,在他逃兵役的时候。"

"他怎么说?"

"他说他徒步从佛蒙特州跨过国境,看见了村庄的灯光。"

现在她转头去看自己之前的上司。他的眉毛扬起,但什么都没说。

"但这是不可能的,不是吗?"她说道,"森林太过浓密。没有人可以徒步跨境,除非他们想迷失在森林里。他肯定知道自己该往哪里走。"

伽马什点头。

"他肯定有一个向导。有人带他过来。"

他们又看了一眼古老的村镇。那些高大的松树种植在那里是有原因的。为了示意那些寻求庇护的人,他们来到了安全之地。

他们已经到了三松镇。

第二十一章

蕾娜-玛丽和阿尔芒先敲敲门,接着就自己进了克莱拉的家门。另外还有几个客人也已经到了,虽然"客人"听上去有点正式。他们就是在下午接近傍晚的时候接到克莱拉的电话,邀请他们来吃个便饭①。

"幸运的是,"克莱拉说道,"奥利维和加布里今晚就不去小酒馆了,而是过来给我们准备主菜和餐前小吃。"

"我们会带色拉。"蕾娜-玛丽说道。

"色拉?"克莱拉说道,"什么是色拉?"

他们于是带着烤苹果奶酥来了,还有一盒子科蒂库克的香草冰淇淋。

奥利维和加布里也来了,和露丝和罗萨同时出现。

"我们的炖菜。"加布里说道,把它放倒柜台上,好像是他自己做的一样。

"看上去很好吃,"蕾娜-玛丽说道,"是什么?"

---

① Potluck,直译为"幸运锅"。

"美国嫩雏鸡,"奥利维说道,因为他见加布里正要胡编乱造里面的原料,"还有野生蔓越莓——"他看着柜台上落下的碎屑"——苹果馅。"

"正是。"加布里说道。

"好吧,如果你们就是今晚的'幸运',我猜她就是'锅'了。"莫娜说道,从客厅走进厨房,指指露丝。

"那你就是壶。"露丝说道。

"她是说壶很黑。"加布里说道。

"我知道,行了吧。"莫娜说道。

"什么声音?"露丝说道,转过身,侧耳倾听奇怪的声音。

"你从没用过的东西,"克莱拉说道,"门铃。"

"门铃?"露丝问道,"我还以为它只是个传说,飞马[①]那种。"

"还有界限。"加布里说道。

克莱拉没多久之后携着玛丽·弗雷泽和肖恩·德落梅一起出现了。

"我想你们认识这儿的某些人。"克莱拉说道。

他们对伽马什和让-居伊点点头,接着克莱拉将他们介绍给蕾娜-玛丽和露丝,后者说道:"他们看上去一点不像间谍。"

"你看上去也不像我邀请来的客人,"克莱拉说道,"可你还是在这儿。"

"我们不知道该带些什么来,"玛丽·弗雷泽说道,"就从杂货店买了这个。"

克莱拉拿起一瓶苹果西打酒。

"谢谢,"她说道,把它放进冰箱,和其他叮咚作响的西打酒排成一排。

"所以,你们今天去哪了?"阿尔芒问道,他和蕾娜-玛丽和两位新来的客人走进克莱拉的客厅,"我在小镇里都没看见你们。"

"噢,我们到处走走,"肖恩·德落梅说道,压低声音,"你知道我们要外出搜集情报,有关那个东西的。"

---

① 飞马:古希腊神话中的奇幻生物"珀伽索斯",俗称"飞马"。他是美杜莎和海神波塞冬所生,后来宙斯把他变成飞马座,放置天空。

"大炮?"露丝问道,"那个森林里该死的庞然大物,就在劳伦特遇害现场的那个东西?"

这句话就像个脑动脉瘤一样扩散在聚会上。客厅里的每个人都停止移动、说话、呼吸。

"是的,"德落梅说道,"就是那个东西。鸭子不错。"

露丝怀里的罗萨朝这位 CSIS 特工啄去,这位特工往后退了一步。

"关于这东西,你们发现什么了?"莫娜问道。她回到沙发上,坐在罗森布拉特教授旁边。

"我们不能透露太多,"玛丽·弗雷泽明显希望自己什么都不用透露。她朝罗森布拉特射去一个蔑视的眼神,但对方并没有因此萎靡。他反而心满意足地举着一杯威士忌,就像一位坐在早熟子孙中间的无害的老爷爷。

"别担心,"德落梅说道,"我们会搞定的。"

"别担心?"露丝问道,"我们后院里他妈的有一个巨大导弹发射器,很明显我们和大决战之间唯一的隔阂就是一个怕鸭子的男人。"

肖恩·德落梅勉强笑了笑,微微扭动了几下。但伽马什觉得他的这种不适不仅是源于露丝腐蚀性强大的评论,而且还源于这种社交场合。相比与活人打交道,德落梅更擅长与纸上的人打交道。玛丽·弗雷泽,可能掩饰得更好些,看上去还是像要找个地方躲起来,或者找些文件来读读。

她很自然地飘到书架旁边,读起书脊上的字来。

电话铃响了,克莱拉起身去接电话。

"别理露丝,"奥利维说道,一只手拉着德落梅的手臂,另一只手拉着玛丽·弗雷泽,推着他们去吧台,"她和救济院①之间只有一个喷嚏之隔。"

"我们都已经在那儿了。"露丝大叫。

阿尔芒注意力转移到老诗人身上。

---

① Asylum 既有救济院、收容所的意思,又有避难所之意。

露丝刚才说了"大决战。"不是"大灾难",也不是"灾祸",而是那一个与大炮息息相关的词,与刻画相关,与巴比伦的淫妇相关,往末日迈进的淫妇。

但他们没有告诉任何人那幅画的事儿。这只是巧合,还是她确实知道些什么?她的确会用这种词,这种大事件当然也是她最爱说的话题。

"说到避难所,"波伏瓦对露丝说道,"你家有没有黑胶唱片机?"

"你这是在鸡同鸭讲吗?"

"不。我有一张阿尔·莱帕赫的唱片,我想听听,但只有黑胶唱片。"

"如果你非要听的话,吃完晚饭过来吧,"她说道,"我家有一台,在某处。"

这是他从露丝那里收到的最亲切的邀请了。

莫娜找个借口起身,说她想去看看厨房里有没有什么需要帮忙的,而阿尔芒和蕾娜-玛丽则代替她坐在罗森布拉特教授身边。

从早上到现在阿尔芒还没有和他说上话。当时这位老物理学家匆忙离开早餐桌,耳朵里一直回荡着阿尔芒的问题。

超级大炮是不是吉拉德·布尔造的,还是说他只是个销售,实际设计师另有其人?吉拉德·布尔是否有一个无名的伙伴,因为布尔把所有功劳揽到自己身上所以逃开暗杀这一劫?还有所有的子弹。

伽马什不费吹灰之力就抓住了罗森布拉特,继续那场谈话。他知道,经过多年的调查,有时候一个难题最好还是让它慢慢钻进一个人。让它留在那里,用倒刺勾住。

他怀疑罗森布拉特教授一直在回避他,对此伽马什倒觉得无所谓。就让那个问题不断溃烂化脓。至少现在就让它这样吧。

"教授,"伽马什说道,非常诚恳地点点头,"我不确定您是否见过我的妻子,蕾娜-玛丽。"

"女士。"教授说道。

"我们一直在讨论回炉重造,要么是去麦吉尔大学,要么去蒙特利尔大学,"阿尔芒说道,"我知道蕾娜-玛丽一直都急着想来和您谈谈这事。"

"噢,是吗?"罗森布拉特转向她。

接过话题，蕾娜-玛丽开始和罗森布拉特谈起麦吉尔大学的事，而阿尔芒则走向让-居伊。

"有趣的组合，"让-居伊说道，看着那一群客人，"是你想到邀请大家的吗？"

"不是，"阿尔芒说道，"我和你一样惊讶。"

"太糟了。"克莱拉说道，接完电话回来。

"怎么了？"让-居伊问道。

"我邀请了安托瓦内特和布莱恩，但是布莱恩在蒙特利尔开展一场地理调研会，她只不过打电话来说一声。我想她今晚可能想自己静一静吧。电视里正在放《卡勒的女儿们》，你懂的。"

"是的，我懂，"阿尔芒说道，"我们都录下来了。当然，是给蕾娜-玛丽看。"

"当然，"克莱拉说道，"我也录了。"

这是一部老魁北克电视剧的经典重放，多年前它席卷了整个国家，而如今它的势头比从前有过之而无不及。很少有人在这部电视剧上演的夜晚不是离电视机近在咫尺的。

"对安托瓦内特来说，最近真是挺艰难的，"阿尔芒说道，"她戏班子的成员是不是还在恼恨她？"

"我觉得现在不能叫戏班子了，"克莱拉说道，大笑起来，"不过没错。他们仍在因为她瞒着他们选了弗莱明的剧而恼恨她。恐怕现在那里是血流成河了。"

约翰·弗莱明，伽马什知道，有必须见血的习惯，有他在，大部分时候都是血流成河。

"可惜她今晚没来。这聚会真不错，"他说道，看看周围的宾客，"有一段时间了。"

"一直都没什么心情组织娱乐活动。"克莱拉说道。

"今天怎么想到了？"让-居伊问道。

"今天下午去看莱帕赫一家了，"克莱拉说道，"他们如此伤心，如此孤单。让我怀念这一切。"

她环顾自己的客厅。随着客人不断互相交流、寒暄,喧闹声越来越响。伊莎贝拉·拉科斯特来了,还端着一盘奶酪走来走去。然而这些奶酪并不是做在脆饼干上的,而是削成薄片的苹果。说实话,克莱拉必须承认,这非常有新意,也很美味。

"我回家之后决定,我已经悲痛够了。我要往前看。"

"这是一种选择吗?"伽马什问道。

"从某种角度来说,"克莱拉说道,"我想我可能是被卡住了。我连画笔都不会用了。什么都画不出来。"她朝自己的工作室挥挥手,"但是自从看见他们所失去这么多之后,我自己突然变得可控了。而这——"她环顾四周"——就是我所决定采用的控制方式。通过朋友。我打电话给伊芙,邀请他们来,可惜是她说他们来不了了。"

伊芙·莱帕赫说得就好像他们有别的约会,克莱拉觉得这从某种角度来说并没有错。他们被困在家中,与他们的悲痛约会。

不过,伊芙有一些犹豫,而克莱拉听得出来是有点想过来的。她想试试看。但是拉力太大,失去太新,想要与世隔绝的渴望太过强烈,还有愧疚。

克莱拉知道那种感觉。

"那些画会回来的,"阿尔芒说道,"我知道。"

"是吗?"她问道,盯着他的双眼寻找真相,或者寻找说谎的证据。

他微笑着点头,"毫无疑问。"

"谢谢,"她说道,"露丝会帮我的。"

"露丝?"阿尔芒和让-居伊同时问道。两人都不知道克莱拉的死亡意愿如此有创意。

"好吧,说实话,更像是个警世故事。"克莱拉看向老诗人,她正和墙上的一幅画指手画脚地交流着。

前景则是蕾娜-玛丽脸上挂着一个僵硬的微笑,罗森布拉特教授则正用算法世界中的奇闻异事逗她开心。

"我看我还是去看看伽马什夫人是否需要援手。"让-居伊说着便要走过去。

"不是说我不想去，"阿尔芒说道，转身面向克莱拉，"只不过我有点好奇你为什么要请他们？"

他看向玛丽·弗雷泽和肖恩·德落梅，接着又看向罗森布拉特。

"他们在这里人生地不熟的，"她说道，"我想他们可能很寂寞吧，特别是教授。我希望他们能感到自己是受欢迎的。我们都希望如此。"

"没错。那么他们都知道超级大炮详细信息的这件事儿吧？"

"毫无关系。从没闪现在我的脑海。不过既然你提起来了，而且他们也不会透露，你为什么不告诉我们呢？"

"我们？"

"我。快说。"

他笑了，"我无法告诉你任何你所不知道的事。"

"但我什么都不知道。我们都不知道。"

"有的人知道，克莱拉。那尊大炮是在这里制造出来，就在三松镇之外，这是有原因的。"

"正是。为什么在这儿？目的是什么？它能用吗？是谁造的？"

不幸的是，这些问题他真的一个都回答不上来。

蕾娜-玛丽·伽马什终于摆脱陪伴物理学家的任务，慢慢向伊莎贝拉·拉科斯特走去，她正和玛丽·弗雷泽说话。

很难再找到比她更不像情报人员的人了，虽然玛丽·弗雷泽看上去非常聪明，蕾娜-玛丽想，那不是机敏的感觉。更像是慢热的、稳定的、往往令人恐惧的清晰头脑，它需要很长时间才能得出别人可能会忽视或者不想看见的结论。

在档案馆工作，做了一辈子的调查研究，蕾娜-玛丽知道并且仰慕那种头脑，虽然和他们共事会让人有点挫败感。他们往往过于顽固，一旦他们得出某种结论，他们会极不情愿地弃之而去，因为得出它要花很长很长的时间。

"许多人在九十年代初花了许多时间去寻找，但是最终设计图还是没有找到。"玛丽·弗雷泽对伊莎贝拉·拉科斯特说道。

"哪些人在寻找？"

玛丽·弗雷泽犀利地瞥了蕾娜-玛丽一眼。

蕾娜-玛丽立刻转向，意识到她不应该插入两人的对话。

"军火商都希望能卖出这份设计图，"玛丽·弗雷泽等伽马什夫人走出可听范围之后说道，"或者是情报组织想要阻止他们。"

"包括CSIS？"伊莎贝拉·拉科斯特问道。

"是的。我们去找过他们但是没有成功。一段时间之后大部分的情报组织都放弃了，想着要么是布尔博士的超级大炮设计图根本不存在，只是他的又一场狂想；要么就是真的，但已经被废弃了，被先进的科技淘汰了。巴比伦项目现在只能算是一件怪事罢了。大家都失去了兴趣。"

"除了你。"

"还有他。"她指指罗森布拉特教授，他现在正沉浸在与让-居伊·波伏瓦的谈话中。

"可是现在我们有了超级大炮，"拉科斯特说道，"这证明所有人都错了，而吉拉德·布尔是对的。那些设计图现在非常有价值，不是吗？"

"我认为'有价值'这个词不准确，"玛丽·弗雷泽说道，"现在这尊大炮的出土让这些设计图变成了无价之宝。"

她听上去像是大获全胜，就好像这成就是她自己的。从某种角度上来说的确如此。这一发现证明她和德落梅是正确的。将他们推到了CSIS的聚光灯之下。他们从成天在地下室交叉对比信息的低级公务员一下跃升为宝贵的资源，以他们的方式成了无价之宝。

"政府会出很多钱来购买这些图纸？"伊莎贝拉问道。

"不仅是政府，任何有钱又有铲除目标的人。"玛丽·弗雷泽朝罗森布拉特教授飞快地瞟了一眼，"你有没有想过他怎么会在这里？他认出了大炮，已经完成了你们要求。他应该退休了。难道这时候他不应该在家，或者在佛罗里达，或者别的什么地方吗？放松休息。"

"你怎么看？"

"我觉得大规模杀伤性武器是个奇怪的爱好，"玛丽·弗雷泽说道，"你不觉得吗？"

伊莎贝拉·拉科斯特不得不同意。

"他曾帮吉拉德·布尔做过事,他没告诉你吗?"德落梅说道,看着房间那头正在谈话的罗森布拉特和波伏瓦。

"他说了。"伽马什说道。

"他老爱暗示自己可不是什么普通的助手,不过实际上他对这个领域一点贡献也没有。"

又是"领域",伽马什想。对本应该隐蔽起来的东西来说,这个领域惊人地拥挤。

"他的专业技术是否过硬?"阿尔芒问道。

"罗森布拉特?"德落梅问道,"我研究过他,你知道,我以为布尔博士死后,罗森布拉特可能就是继其之后最好的,甚至更好。但是他所有的研究最终都不得善果。"

"我以为是他帮忙设计了阿芙罗飞箭战斗机。"伽马什说道。

"不触及核心技术的领域,是的。但是这个什么人都能做到。再说后来阿芙罗飞箭还是报废了,所以,他还是一无所成。罗森布拉特教授五十年来拿不出任何的成果。如果他从来没有来到这世上,也不会有人介意。"

这句话如此粗暴,而他说得又如此随意,伽马什发现自己开始重新评估面前的男人。或许这只是一个不善社交、情商低下之人不经大脑的话语,或许不止如此,或许他是真心厌恶这个男人。

"麦克尔·罗森布拉特的天才之处是攀附其他出众的人才,"德落梅说道,"他就是一条水蛭。现在他想要将超级大炮的功劳揽到自己身上。"

"功劳?"伽马什问道,"这东西用这个词合适吗?"

"你或许不喜欢,"德落梅说道,"我也可能不喜欢,但是超级大炮是一项卓越的成就,这是已知的事实。我们所不知道的是吉拉德·布尔想用它来干什么。问题是这个世界不断变迁,朋友也会成为敌人,而你卖给他们武器可能突然被用来屠杀你自己人。"

"不,"伽马什说道,"问题是这些武器竟然被造出来了,像吉拉德·布尔这样的人毫无忠诚可言。"

"人类诞生之日就是武器现世之时，"德落梅说道，"穴居人就已经有武器了。这是野兽的天性。谁能造出更好的武器谁就是赢家。你以为武器是从哪里来的？"

是从某个领域的地里长出来的，伽马什想，虽然没有人提出要将手中的剑打成锄头。

"我们无法预测未来，"德落梅说道，"所以我们只能尽可能准确地选择盟友。"

"以及武器，"伽马什说道，"你说了'我们'。我以为你只是一位档案管理员。"

"对不起，我说的是泛指的'我们'。"

"当然，请原谅。"

但有那么一瞬，肖恩·德落梅看上去或听上去一点都不像一个低级公务员。他看上去不再笨拙不安。在这位愚钝，几乎可以说是滑稽的公务员身上竟露出了意想不到的锋芒。

这里头肯定有戏，这一点伽马什非常确定。肖恩·德落梅既可以死气沉沉又可以精明狡猾。在这一刻他还是一个浑浑噩噩的小官僚，下一刻他就显现出自己也对军备交易的秘密世界有所涉足。

难道这更多的是一种幻象吗？就像劳伦特在小镇绿地上扮演士兵？

肖恩·德落梅是不是在一个危险的领域中玩角色扮演？接着又若无其事地回家吃晚餐？

阿尔芒·伽马什看着肖恩·德落梅，突然有点担心发生在劳伦特和吉拉德·布尔身上的事可能也发生在他身上。真实会来召唤他，一旦找到他，就会取走他的生命，就像取走他们的一样。

"你说几乎所有人都不再寻找超级大炮了？"伽马什说道。

"是的。"

"几乎，"伽马什重复道，"几乎所有人。但还是有人在继续寻找？"

谁会在有理性之人都放弃之后还继续寻找，伽马什想知道，虽然他早就知道了答案。

没有理性之人。就是他们。狂想者。

"谁还在继续寻找大炮?"伽马什问道。

"这都只是理论,假设。"

"那给我个理论。"

德落梅叹了口气。"好吧。那些停下的人可能去做别的了。他们做别的生意,找新的客户,制造新的武器。但也有些做不到这些的。"

"为什么?"伽马什问道。

"他们没有这种技术。在军备界有些人只是在底层捡捡漏而已,他们靠别人的创意过活。他们就是投机者,唯利是图之辈,他们更像是盗墓者或者寻宝人。他们无需累积财富,他们只需找到,然后偷走。"

"当然从军火商那里偷东西不是什么好主意。"

"不是,如果回报够大的话可能就值得冒险了。但是在这件事上毫无风险可言。那个设计了超级大炮的人已经死了。"

"是吗?"

肖恩·德落梅的头歪向一边,就好像那个问题把他的头一把推歪了。"我们又要聊这个问题了吗?我们早餐的时候就跟你说了,吉拉德·布尔脑袋中了五枪。他死了。"

"对,你们说过了。但如果布尔博士只是一个伟大的推销员,而不是一个伟大的设计师呢。"

德落梅张开嘴想说话,但是伽马什举起了手。

"听我说完。难道没有一定的证据显示这一点吗?布尔可能有这个想法,但是由其他人设计出来这尊大炮的?他们会成为完美的团队。吉拉德·布尔只需找到买家,另一个人只需画出图样。"

肖恩·德落梅沉默,消化着这番话。接着他笑了,嘴咧到耳根子,展露了一个看上去蠢笨无比的笑容。

"你是开玩笑的,对吗?你想看我笑话?"

伽马什一言不发。

"拜托,没有任何证据证明这一点。就算是有,又会是谁呢?请别说是约翰·弗莱明。"

再一次，伽马什保持沉默，但是看着房间那头。德落梅褪去了笑容。

"你不会以为……"他看了一眼罗森布拉特，"真是荒谬。他根本没那么聪明。"他压低了声音，"他现在还留在这儿，一定是有别的原因。"

伽马什想起德落梅对罗森布拉特的评价。水蛭，他对那些几十年如一日寻找超级大炮的人描述。那些靠别人的成果存活的人。水蛭。

"那尊大炮已经无所谓了，不是吗？"伽马什说道，"一旦它被找到了，所有在寻找超级大炮的人一定会转移他们的注意力。毕竟，有人在守卫。没有人能偷走它，或者发射它。"

"但有人可以再造另一尊。"德落梅说道。

"如果他们有设计图的话。"伽马什说道。

如果大炮在这里，那么设计图也可能在这里。

他们一直都认为杀害劳伦特的凶手已经知道大炮就在那里，并且想保守这个秘密。不然，谁还会相信他这么荒唐的故事？

但如果杀害劳伦特的凶手已经寻找了几十年了还没有找到呢？当一个满身污泥的小男孩从林子里飞出来，大声嚷嚷他发现一把比房子还大的枪，上面还有怪兽，这个人相信了他。他开始计划，谋杀。

伽马什现在找到了一直在困扰着他的问题的答案。当魁北克的森林里可能出现一尊超级大炮，一尊巨大的导弹发射器，CSIS竟然只是派来两名档案管理员，这实在令人费解。

没有特种兵小队。没有科学家小队。

伽马什现在明白了，这是因为他们根本不需要其他人。这大炮实际上就是一台雕塑，毫无用处。CSIS只需要能找到图纸的人。

而这项任务落到了两名中年官僚，他们比任何人都更了解巴比伦计划，更了解那迈向大决战的野兽。

或许，除了一位老物理学家之外。

麦克尔·罗森布拉特啜着他的威士忌，看看年轻气盛的警察局总督察，正与那位干瘪的CSIS特工玛丽·弗雷泽谈话。

她们在看他，但是他一对上她们的眼神，她们就立刻避开了。

接着他又将目光移到已经退休的探长，他正与德落梅说话。

他们也在看他。那位CSIS特工马上看往别处，但是阿尔芒·伽马什却和他对视了一会儿。

罗森布拉特教授突然觉得自己被包围了。

他转向自己的同伴，说道："我想知道他们怎么还在这儿。"

"CSIS的特工？"波伏瓦问道，"为了收集大炮的信息，当然。不然呢？"

"是的，"罗森布拉特说道，"不然呢。"

晚餐已经上齐，一盘盘的嫩雏鸡，一碗碗的烤蔬菜，一篮篮的长棍面包切片，都放在克莱拉厨房里长长的松木桌上。烛火照亮了房间，餐桌中央的摆饰生机勃勃。

莫娜花了一整个下午的时间，收集了许多弯曲的树枝，上面挂满了颜色明快的秋叶，还有些稍显纤细的枝丫，上面仍结着娇小艳红的野苹果。她还在绿地松树下捡来了许多松果。小树枝和松果，纪念那位倾其一生保护三松镇的小男孩。

...第二十二章

晚餐结束,餐盘也收拾好之后,客人们便各自回家了。
"你来吗,蠢蛋?"
"我先去拿唱片,一分钟之内就到。"
他说到做到。几分钟之后,让-居伊已经在小心翼翼地将黑胶唱片从封套中取出。
"来,给我。"露丝从他手中夺过唱片,几乎要摔在地上。
找到 A 面,她把唱片放在转盘上,在波伏瓦惊讶的目光中毫不费力地将小洞对准了杆子扣了上去。但是在她把唱片机的唱臂甩到那珍贵的唱片上,就快要刮坏它之前,他拦下了她。
"我来吧。"
"你之前用过?"露丝厉声问道,用尖锐的手肘将他推到一边。
"喂,"他说道,"痛死了。"
"你想知道什么叫痛?用你的耳朵感受吧。"她用手指戳阿尔·莱帕赫的唱片,它正在唱盘上转动。露丝非常专业、柔和地抬起唱臂,让唱针落到唱片上。

喇叭里传来一阵有节奏感的爆裂声。

接着第一首歌开始了，简单的吉他先出场。声音经典，旋律优美。接着是鼓声，有点像节拍器。一开始迈着缓慢的步伐，之后慢慢快了起来，强烈了起来。随着鼓点渐渐加快，更多的乐器加入其中。钢琴，弦乐，号角。鼓点几乎像在行军，渐渐堆砌出一个雄伟壮阔、活力充沛、令人心潮澎湃的高潮。

中间交织着人的歌声。

波伏瓦坐在结了块儿的旧沙发上，盯着转盘，惊叹阿尔·莱帕赫深邃、低沉的声音。

第一首歌渐渐弱下来的时候，让-居伊转向露丝："那真是令人难以置信。就连你也必须听听。"

"你仔细听歌词了吗？"

"应该听了。"

"好吧，如果这样你还觉得很棒，你蠢的就不止是蛋了。抱歉，我得去尿尿。"她把自己从椅子里摇起来，"我喝了一晚上的茶。"

她走开的时候，让-居伊抬起手臂，把唱针放到唱片开始的地方。

士兵与水手在酒吧相遇，阿尔用他沙哑的声音唱道，一人对另一人说，啊，你在这里。

让-居伊听着两位士兵和水手讨论战争和爱，两人的想法背道而驰，最终酿成了矛盾。

露丝是对的。痛死了，但可能并不是阿尔·莱帕赫想表达的那种痛。故事老套、令人尴尬、生厌。押的韵脚要么过于明显要么生搬硬套。但是音乐和歌声盖过了这一切，仿佛一张伪装网。让它听上去比实际上的更好。也许，波伏瓦想，就像这个男人本身。

下一首歌开始了。音乐强而有力，配以钢琴、五弦琴和口琴，民谣、摇滚与乡村音乐的结合体。

这下，阿尔正在唱一条迷路的狗，正要缩在路边等死，但一群野狗找到了他，拯救了他。他融入了群体，但是，太迟了，他这才发现他们其实是狼,他们要他去屠杀其他动物,和他们一样。不是因为他们很残酷,而是因为这是他们的天性。正当他要杀死一头小羊,心中绝望之时,他看见树丛外的灯光,便向着光跑去。门开了,是他的家人,召唤着他,等待着他。

让-居伊坐在沙发上,惊叹这本应该、本可以让人潸然泪下的故事,竟然被低级拖沓的歌词以及生搬硬套的韵脚给搅得荒唐可笑。波伏瓦可不觉得"狗"和"思想家"①是押韵的。

真可惜。莱帕赫的想法、声音、音乐都非常有力。可是,他的歌词,让人想骂娘。根本就不该拿出来与人分享。波伏瓦想知道当时唱片的销量。

让-居伊正沉浸在寻找与骂娘押韵的词,此时露丝再度亮相,对他一番打量。

"够了吗?"她问道,"你要是继续听下去,你的脑子会变成某种又软又臭的东西。"

"你怎么知道?你之前试过?"

这位疯狂的老诗人走到音响跟前,接着手持阿尔的专辑回到沙发前。她自己的那张。

"你怎么会有?"波伏瓦问道,从她手里接过。

"这是他自己制作的。我买了一张,出于礼貌听了一次,不过就是张垃圾。"

然而,让-居伊想,她把它留了下来。这唱片并没有沦落到教会义卖现场,或者垃圾场。而且露丝什么时候礼貌过了?又或许问题应该是,她什么时候开始不礼貌的?

"他刚来的时候,在考恩斯维尔街头卖艺,"露丝说道,"有时候他也会在蒙特利尔香颂音乐会馆里演奏,但是大部分时间他都是在这附近的咖啡屋唱歌。那是在加布里和奥利维开小酒馆之前。"

"他现在倒不在那里演出了,不是吗?"波伏瓦问道。

"不,"露丝说道,"他已经不唱歌了,感谢上帝。"

---

① 英文为 Dog 和 Ideologue。虽然最后尾音很像,但是词义相差十万八千里。

让-居伊将专辑面朝下放好。他不想看着这个长着茂密红胡子的年轻男子微笑着,对几十年之后等待着自己的心碎毫不知情。

"阿尔·莱帕赫是怎么跨境的?"让-居伊问道。

"他跑来的,我猜。可能屁股后面追着一群音乐爱好者。"

"莱帕赫说他是从佛蒙特州徒步跨境的。但是他又是怎么找到三松镇的?他不可能就这么闯进来吧,对吗?肯定有人帮他。"

"也许他命中注定要找到三松镇。"她说,又站了起来,把罗萨抱在怀里。

"你不相信。"

"你不知道我相信的是什么,"她发起火来,接着在爬上楼梯回到卧室之前表情又柔和了下来,"走的时候记得关灯。"

"你是要爬上去喘口气吗?"他在她背后喊道,听见黑暗中传出一声轻笑。

让-居伊往后靠,听着音乐,尽量不听那些歌词。比如——

来买,来买这好苹果派。

噢,不,波伏瓦想,我才不买。

开着我的本田,我的小甜甜……

他将那些歌词屏蔽,取而代之的是餐后的谈话,当他和伊莎贝拉从克莱拉家里从出来,前往伽马什家拿专辑的时候,他们就今晚的情况作了一次简单的讨论。

"我觉得很怪,"伊莎贝拉说道,坐在伽马什家的客厅里,"既不是CSIS的人也不是罗森布拉特发现布尔博士糟糕的成绩单,因此推论可能有另一个真正的设计师,在幕后工作。我说,这也太明显了吧。就连伽马什女士都发现了。"

"谢谢,亲爱的。"蕾娜-玛丽说道。

"对不起。你知道我的意思。这些人应该算是吉拉德·布尔专家了,或者解密专家,竟然连这一点都没发现?"

阿尔芒点头,"你觉得怎么会这样呢?除了蕾娜-玛丽明显比他们都聪明之外。"

"谢谢,我最亲爱的,"伽马什夫人说道,"你知道,很多天才在学校表现都不是很好。或许布尔博士也是。"

"或许吧,"让-居伊说道,"但是我认为CSIS的人,或许还有罗森布拉特教授,并不是没有发现。他们只是希望我们不会发现。我想他们非常清楚还有另一个人也与巴比伦计划密切相关。"

"这就是为什么他们还在这里。"阿尔芒说道,点点头。

"为了寻找设计图还是设计人?"伊莎贝拉问道。

"都要找。"波伏瓦说道。

"你意思是设计巴比伦大炮的人就在三松镇?"拉科斯特问道。

"不,"波伏瓦说道,"不一定。但有可能。我不知道。"

"说得好。"拉科斯特说道。

让-居伊促狭地笑笑,站了起来。"我要去露丝家听阿尔·莱帕赫的专辑。我想听听。要来吗?"

"不,我要回调查室看看报告都来了没。加拿大政府和美国人都在调查阿尔·莱帕赫。他刚到魁北克时用的就是法国姓氏,你们不觉得奇怪吗?"

"我觉得奇怪的,"波伏瓦说道,"是他说他徒步跨境,接着就这么跌跌撞撞进了三松镇。"

"不然呢?"蕾娜-玛丽问道,她想了一会儿,"他逃了兵役,对吗?"

警官们点点头。

"我记得,他们当时在加拿大是受到欢迎的,"蕾娜-玛丽说道,"我不确定他们是否真的需要偷偷摸摸地跨境。"

"他们也被赦免了,"阿尔芒说道,"被吉米·卡特。许多人回去了。"

"阿尔·莱帕赫没有。"伊莎贝拉·拉科斯特说道。

"我会问问露丝看她知道些什么。"波伏瓦说道。

"还有一件事你们明天可能要查查,"阿尔芒说道,送他们走下小径,"那两位CSIS特工今天消失去哪里了。他们不在村庄里,我觉得他们也不在大炮那里。"

那已经是一小时之前的对话了,现在让-居伊发现自己一个人在露丝的客厅里,听着阿尔·莱帕赫的专辑。

放完之后,他又将唱针放回旋转的唱片,但没有放到最开始的地方。他又坐了回去,倾听,再一次,那只林中狗的冒险故事。听众记忆深刻的画面,本应是永不放弃希望的温暖家人,还有找到回家之路的狗。但留在让-居伊脑海中的画面却是那只回归野性的动物。如果有必要,就会杀戮。

第二天早上,老火车站的调查室里响起了电话铃,是当地警察支队打来的。

"既然您已经在这里了,探长,我想您应该会想知道。"

"知道什么?"

"今天早上发现了一具尸体。"

拉科斯特抓起一支笔,并对波伏瓦打着手势,他便走了过来。

"谁?"

她在笔记本上写下了名字,就写在受害人旁边。只听让-居伊低声说了句:"妈的。"

"哪里?"拉科斯特记下了地址,"已经有小队过去了吗?"

"刚收到报案。我告诉他们不要触碰任何东西。"

波伏瓦探员已经坐回自己桌前,她听见他打电话给蒙特利尔要求派遣一支犯罪现场调查队。

"在家遭到重击致死,"当地探员说道,"现场被洗劫过,看上去像抢劫。我已经派了一辆救护车,当然,但是太迟了。"

"叫过来。"拉科斯特说道。

"已经叫了。她会在那里和您碰面。"

"很好。"

她挂断电话,看着自己的笔记本,上面写了一个名字,并画了个圈。

十分钟之后,他们跪在安托瓦内特·勒迈特的尸体旁边。

...第二十三章

"我认得她,"法医莎伦·哈里斯说道,"她就是那个运营诺尔顿剧院的,不是吗?"

哈里斯医生和伊莎贝拉·拉科斯特跪在安托瓦内特身边,她面朝上躺在地上,盯着天花板,看上去很惊讶。让-居伊·波伏瓦趴在尸体的另一侧。

"对,"拉科斯特探长说道,"艾地剧团。"

"他们在排弗莱明的剧,"哈里斯医生说道,她戴着手套的手娴熟地检查着尸体,"在社区里引发了些小骚动。"

法官提到弗莱明的名字的时候一脸恶心,就好像刚吞了口烂掉的鲑鱼。这位女士成天和腐烂程度不一的尸体打交道,还有什么能让她觉得恶心?提到约翰·弗莱明这个名字。

那种恶心,拉科斯特知道,是一种自然流露,就像敲膝盖时的条件反射。提到弗莱明时感到畏惧是人类的正常反应。

"我看不出有很多创伤,"法医说道,"在你们的鉴证科过来之前,我不想动她,但是目前来看,死亡时间在六小时到十二小时。"

"也就是昨晚九点半到今早两点半,"波伏瓦说道,"死因?"

"据我推测,"法医朝安托瓦内特的头部凑了凑,指着她的后脑勺,她紫色的头发凝结成了一片深红。

"看上去就只有致命一击,击碎了头盖骨。她可能都不知道是什么打中了她。"

"是什么?"拉科斯特问道。

他们环顾四周,很快找到了沾了血的壁炉一角。

波伏瓦凑近,"看来就是它了。"

他站起来,往旁边走了一步,好让法医和拉科斯特看得仔细些。她们端详着石角,又转过头看看安托瓦内特,眼珠仿佛玻璃,充满惊疑。

"她要么被推了一把或者朝后倒下,撞到了头部。"拉科斯特说道,哈里斯医生和波伏瓦探员都点头表示赞同。

"他杀,"法医说道,"但是也许不是故意的。看上去她看见那个抢劫犯时很惊讶。"

"看来没有强行闯入的痕迹,"拉科斯特说道,"但这也不能说明什么。"

她虽然常来魁北克的这块区域,但至今她还是觉得很惊奇,这里的人们都不锁门的。也许他们睡觉的时候会锁,但除此之外,任何人都可以进进出出,有时候人们活了下来,有时候并没有。

不过安托瓦内特·勒迈特没有锁门,意味着当时她还没有入睡。而且她还穿着出门穿的衣服,而不是睡衣。

"她昨晚本应去克莱拉·莫罗家吃晚饭的,"波伏瓦说道,"但是她打电话说不去了。"

莎伦·哈里斯抬起头。"你怎么知道?"

"我们当时就在那里。"拉科斯特说道。

"你们认识她?"哈里斯医生指指尸体。

"不太熟,"拉科斯特说道,"不过是的。安托瓦内特什么打电话给克莱拉的?"

波伏瓦想了想。"具体不是很确定,但是在晚餐之前,我们七点半吃的晚餐。"

"克莱拉有没有说安托瓦内特为什么不去了?"拉科斯特问道。

"不,她只是说她觉得安托瓦内特想自己一个人静静,因为弗莱明的戏剧带给她的压力。布莱恩,她的伴侣,"波伏瓦对哈里斯医生解释道,"在蒙特利尔有个会。和他工作相关的会议。所以安托瓦内特独自一人在家里。"

"我想他就是那个在厨房里的男人吧,"哈里斯医生说道,"他找到的她。"

波伏瓦转过头看看保护现场的地方探员,"是吗?"

"是,长官。我们到的时候他就在隔壁,我们把他带过来的。他挺萎靡的。他是她的配偶。"

"他对你说了什么?"拉科斯特问道。

"没什么,"探员说道,"我们光是让他能打起精神来就已经很难了。"两人都低头看看地上死去的女人。

他们并不是很了解安托瓦内特。波伏瓦在小酒馆见过她和布莱恩几次,还有一次是在伽马什家吃晚餐的时候。

伽马什夫妇,他想。他得告诉他们。

认识被害人既有好处又有坏处。这意味着他们知道受害人的某些习惯、个性,但这也意味着他们会有先入为主的看法。

让-居伊仔细观察着安托瓦内特·勒迈特,意识到自己并不怎么喜欢她。

她那种幼稚和风骚让他有点毛骨悚然。安托瓦内特的行为举止根本不像一个四十几岁的女人。她的妆太厚,带刺般的头发染成紫色,她爱穿的服装都太年轻、太紧绷、太短小,有时过于任性蛮横。

他又看了一眼那鲜血,粘在她的头发和地毯上。

但是他的这种反感主要不是因为她的外表,更多的是因为她选择了制作一部由连环杀手写的剧本。他想知道杀害她的凶手是否也又有一样的反感情绪。

"她似乎并没有被侵犯。"哈里斯医生说道,站了起来。

"指甲下有没有什么东西?"拉科斯特问道。

"没有组织或头发。无论是谁干的,看来是大大出乎她的意料。这"——哈里斯医生指指房间——"不是反抗造成的。"

他们环顾四周,看着被掀翻的家具,从桌子、柜子里拉出来的抽屉被扔在地上。书本一堆堆地散落在地毯上。有些甚至落在安托瓦内特的身体上。

"你怎么看?"让-居伊问拉科斯特。

"不是故意破坏。没有弄坏任何东西。没有喷漆或者排泄物。我同意哈里斯医生,看上去她是打扰到了一个抢劫犯。"

"还是一个挺拼命且不轻言放弃的抢劫犯,你不觉得吗?"他问道,"大部分只是抢了电视机就跑了。有的可能拉出几个抽屉看看有没有钱。"

拉科斯特想了想,"对。"

但就是说不通。抢劫犯往往会等到家里没人的时候,或者主人入睡的时候。当时灯还亮着。无论是谁做的,都应该知道主人可能在家,或者几乎肯定还醒着。

但是大部分的凌乱应该是在安托瓦内特死后造成的,此时凶手确信没有人会来打扰他了。也的确没有人来打扰他,因为他刚把那个人杀死了。

这才是让让-居伊·波伏瓦最烦恼的,很烦恼。大部分的抢劫犯就是抢劫而已,他们没有欲望也没有胆子去杀人。但这个凶手却不同,他杀了安托瓦内特,接着还在她尸骨未寒的时候在她家翻箱倒柜。

犯罪现场鉴证小队到了,开始忙碌了起来。让-居伊指挥着他们,而拉科斯特探长则在房子其他部分四处走动。看看其他的房间,但什么都没有触碰。

这是个大小适中的单层独栋,下面还有个地下室。不过就连地下室也被翻了个底朝天。肯定花了好几个小时。她越是深入这个家,越是确信这不是简单的抢劫,安托瓦内特·勒迈特也不是一个随机的目标。

地毯被翻开,地板也被掀起。墙板吊在墙壁上。大厅中央放着一张椅子,上面就是开了洞的天花板。拉科斯特站了上去,用手电照亮了阁楼,听见有什么东西仓皇逃走的脚步声,于是便从椅子上爬下来。

如果有必要,她会爬上去的,但是作为探长的特权之一,她可以找别人来爬。

"法医和鉴证小队会做好自己的工作的,"波伏瓦说道,也加入了她,"我们可以和布莱恩谈谈了。"

让-居伊在过来找拉科斯特的路上和他简单说了两句。

"他怎么样?"拉科斯特问道。

"震惊。麻木。"

但这两位并不会被此迷惑。在走廊上往回走的时候,两位经验丰富的凶杀案探员非常清楚,他们即将见到的就是他们的主要嫌疑人。

他们进来的时候,布莱恩·菲茨帕特里克站了起来。他好像想说什么,但看上去又好像忘记该怎么说话了。

"我很遗憾,布莱恩,"伊莎贝拉·拉科斯特说道,"真是太糟了。"

他点点头,眼睛从一个人身上闪到另一个人身上。

"发生什么事了?"他问道,坐回自己胶木桌前的椅子里。

拉科斯特看了眼站在门口看似非常无聊的当地警察支队探员。

厨房也被翻了个底朝天,虽然看上去没有什么损坏。最多也就是面粉、白糖、玉米片倒在柜台上,抽屉被拉出来,而且被掏空了。

看上去更像是在敷衍,似乎这位抢劫犯变身而成的杀人犯动力不足,或者时间不足,或者信心不足。

布莱恩看着他们,目不转睛,瞪着的眼里充满血丝。

"你什么时候发现她的,布莱恩?"拉科斯特问道。

"我今天早上七点半从蒙特利尔过来的,所以大概是九点到的。"

"你昨晚在蒙特利尔?"拉科斯特问道。

"对,去开会。之后就留在那里了。我希望我没有这么做。"他看上去焦虑不安,就像那些意识到结局本可以不同的人一样。在这样的结局里,他们的所作所为也有所不同。本可以,或是如果……

"你在回家的时候看见了什么?"拉科斯特问道。

让-居伊正在扮演伽马什探长在盘问时最爱扮演的角色,只是倾听,或者观察,偶尔问一两句,但是大部时间都在吸收对方说出来的,或者没说出来的。

"门没有锁——"

"这让你很惊讶吗?"拉科斯特问道。

"那倒不。安托瓦内特九点的时候可能已经起来工作了。她可能已经打开门锁了,但奇怪的是,窗帘还拉着。"

"她曾是个翻译,对吗?"拉科斯特说道。

"是的,她在家工作。"

他们所用时态的差异会随着时间的推移慢慢消失。

"所以你开门了。"拉科斯特提出。

"我大叫了声'嗨',但没有人回答。当然。"在说出最后两个字的时候,他看上去有点泄气,"我挂好外套,走进客厅,看见——"他打了个手势,但探长拉科斯特并没有替他补全,"东西散落得到处都是。我觉得我突然有点大脑空白,像被冻住了。接着我慌了,开始大叫安托瓦内特。我跑进房间,肯定是被绊倒了,因为我发现自己躺在地上。接着我便看见……"

"看见什么,布莱恩?"在他静下来时,拉科斯特轻轻问道。

"她的脚。我不确定后来发生了什么。我坐在这儿,想振作起来,可是这感觉……"他挣扎着寻找合适的词汇,"我记得看见她的脸,她的眼睛。我明白了。我觉得我肯定碰过她了,因为我记得那种冰冷。接着我以为我要昏倒了,但就是太……"

他盯着厨房的窗外,看上去像是刹住了,不知所措。

"接着你做了什么?"拉科斯特问道。

她觉得如果自己不继续问他,布莱恩可能会一辈子就这么盯着窗外,卡在那里。

拉科斯特瞥了一眼让-居伊,他一动不动地坐着,吸收着这一切。

"我很慌张,"布莱恩声音柔软,没有看他们的眼睛,"我逃跑了。我必须出去。我去了隔壁普洛克斯女士家,她报的警。"

"你回来过吗？"

他摇摇头。"只有在警察到的时候。他们叫我和他们一起过来，接着他们就让我待在这儿。"

咖啡好了，波伏瓦给他们一人倒了一杯。喝了一口浓浓的咖啡之后，拉科斯特继续盘问。她让这听上去像是一场对话，但只有一个傻瓜，或者一个被悲痛麻痹的人，才会相信。

"你能告诉我们你昨天晚上做了什么吗？"

"我在蒙特利尔。地理调查的每月例会，我们会读报告。"

"昨晚？"

"不，昨天下午，但我留宿了。我们几个出去喝酒吃饭了。我们一直都是这样。"

"你可以给我一些细节，比如其中某个人的电话吗？"

"可以。"

波伏瓦记了下来。

"你们什么时候结束的？"

"大概八点，八点半。不晚。"

"你住在哪？旅馆？"

"不，我们有个临时落脚点。就是个单间公寓。我在镇上开会的时候就会住在那里，还会喝几杯。"

"有人能为你作证吗？"拉科斯特问道。

"为我作证？"他问道，接着他明白了，每个嫌疑人最终都会明白，明白自己被怀疑了。但和许多人不同，布莱恩并没有生气或为自己辩护。他只是看上去更害怕了，如果他还能更害怕的话。

"我一个人在公寓里，没有看门人，我自己进去之后就没有再出来。"

"你有没有打电话给别人？"

"只打给了安托瓦内特。"他双唇紧闭，颤巍巍地吸了口气。

"几点？"

"我到公寓之后，大概下午三点。只是跟她报个平安。她告诉我克莱拉邀请我们过去吃晚餐，但她可能不去了。"

"她有没有说为什么不去?"波伏瓦问道,在此次盘问中首次提问。

"她说晚上可能有两个人会过来。"

"谁?"

"剧院的人,"他说道,"他们想和她谈谈。我想他们可能是想解雇她,但我什么都没说。"

"她觉得他们来干什么呢?"拉科斯特问道。

"她觉得他们可能会改变主意,并且最终继续制作那出戏。"他伸出手去拿厨房餐桌上的那本《她坐下,凄然而泣》,上面写满了密密麻麻的笔记。"她不信有人会退出。"

布莱恩又说出几个名字,波伏瓦又记了下来。

"这出戏煽起了很多情绪。"拉科斯特说道。

布莱恩点点头。"这是个错误,当然。我们不应该制作的。"他看着她,第一次如此聚精会神,"你该不会是在想这和——"他指指厨房通往客厅的门,"但这太荒谬了。只是一出戏而已。没人会这么在意。"

"他们在意到宁愿退出。"拉科斯特说道。

但为此杀人?

"谁知道你会在蒙特利尔?"她问道。

"我不知道,"布莱恩说道,考虑了一下,但明显没抓住这个问题的重点,"我想大家都知道我时不时会出去一趟,但是我应该没告诉任何人我昨天会出去。"

拉科斯特和波伏瓦交换了个眼神。布莱恩真不知道刚刚是一个分散自己身上火力的机会吗?

安托瓦内特是被一个知道自己不会被人打扰的人杀害的。凶手要么不知道有布莱恩这个人,要么就是知道布莱恩在蒙特利尔,要么就是布莱恩自己。

要是他告诉他们有很多人知道他不在这里,那么就会多出许多嫌疑人来。但是他没有。这意味着他要么是无辜或愚蠢,要么就是对自己非常自信,所以选择假扮愚蠢。

他们问完了接下去的问题,布莱恩给出了答案,有些断断续续,有些不太完整,有些却十分彻底。这些回答中,一个被悲痛麻痹的男人的形象呼之欲出,在安托瓦内特被杀害的时候他在现场的一百公里之外。他与此案毫无关系。只是希望自己当时就在这里。而且他也想不出有任何一个人会要她死。

"我知道你们不会放过任何可能性,但这是抢劫,不是吗?"布莱恩终于问道,"肯定是的。看看这地方。"

两位警方探员并没有回答,他看上去比任何时候都困惑。

"你们该不会说是有人故意杀死安托瓦内特的,是吗?"

"有这个可能。"拉科斯特说道。

"谁会这么做?"他厉声问道,"为什么?我知道有时候她说话很冲,但是她从来不会让别人真的那么生气。"

"你想不到任何人?"拉科斯特问道。

"当然想不到,"布莱恩说道,"这肯定只是一场可怕的意外。有人进来抢劫,结果安托瓦内特发现了他们。天呐,你们在说什么?"

"我们在说这有可能只是抢劫,但我们必须要确定。"拉科斯特说道,声音柔和,但是坚定。

她的镇定似乎起了效果。布莱恩深吸一口气,又冷静了下来。

"我会尽可能配合的,需要我做些什么?"

"你可以证明自己当时在蒙特利尔。"波伏瓦说道。

这次布莱恩没有会错意,但是与其为自己辩护,他只是点点头,把自己公寓的地址给了他们,负责人的号码,还有邻居的名字。

他还把他们的电脑、银行和手机密码给了他们。

"安托瓦内特用你电话的最后四位作为密码?"波伏瓦在看着他写下密码的时候问。

"我知道,太明显了,"布莱恩说道,"我和她说过,但是她只想用好记的密码。"

"你的呢?"波伏瓦问道,"什么都是0621?"

"对,这是我永远不会忘记的,六月二十一日。我们第一次约会,十年前。"

在他写字的时候，让-居伊·波伏瓦聚精会神地看着那页纸，看着那些数字，看着那支笔，尽量不去看布莱恩那双红色的迷茫的眼睛。

和布莱恩一样，他也是用和安妮的第一次约会作为密码。这是他永远不会，也永远不能忘记的。

他会有什么感觉，如果他发现安妮……？

伽马什探长曾教他们要爬进受害人和嫌疑人的皮肤底下，但是他也警告过自己的调查员们这是很难，也很危险的事。让-居伊一直以来都不明白这么做的意义，或者危险。

现在他懂了。

他爬进了布莱恩的皮肤里，但是他擦过了红心，最终只剩自己那颗破碎的心。

在他们离开的时候，让-居伊拿起了桌上的剧本。布莱恩解释说这是安托瓦内特的，他一起带去了蒙特利尔，自己那份留在剧院里了。

波伏瓦不是个迷信的人，或者他表现得不是个迷信的人。但是即使对这么一位理智的男人来说，这剧本似乎也比纸张来得更沉重。

他们问完了所有的邻居，没有一个人看见或听见任何东西，他们将隔壁的普洛克斯女士留到了最后。她正值中年，一张圆润而担忧的脸，她巨大、红色的双手不安地绞动着。

"布莱恩·菲茨帕特里克具体对你说了什么？"当他们在舒适的客厅坐下时，伊莎贝拉·拉科斯特问道，"他今天早晨什么时候过来的？"

"他说家里出事了，他需要打电话求助，但是他实在抖得太厉害了，所以我打了电话。"

"他有没有说什么别的？"

"只是说安托瓦内特受伤了。我问我们是否应该过去看看能不能帮上忙，他看上去非常害怕，我就明白了。"

她的眼睛从一个人身上转到另一个人，"她死了，不是吗？"

"恐怕是的。"

接着她做了件在魁北克极少见的事，她在胸口画了个十字。

"昨晚你有没有看见谁去他们家了?"伊莎贝拉·拉科斯特问道。

"没有,我拉上窗帘看电视呢,《卡勒的女儿们》。"

拉科斯特点点头。其他邻居也说了一样的话。每个人都拉下窗帘,坐在电视机前看那重新回归的大受欢迎的电视剧。

就算有狼人在撕裂她的客厅,这个女人在看这部剧的时候也不会动一下。拉科斯特开始怀疑这是否就是凶手选择那个时间作案的理由。

"你们知道是谁干的吗?"普洛克斯女士问道。

"不,还不知道,但我们会的。"拉科斯特说道。

她试着向普洛克斯女士再三保证,但是没有一个被捕的嫌疑人,这种保证听上去很空洞。

至少劳伦特·莱帕赫看上去并不是凶手随机选择的目标。从一开始就很清楚,他被杀并不是因为他是劳伦特,或者是个孩子,而是因为他在林子里的发现。是有原因的。

但是安托瓦内特·勒迈特的死看上去毫无头绪可言,没有什么明显的动机。就因为这一空缺,流露出了各种猜疑,以及可以理解的恐惧。

拉科斯特可以清楚想见普洛克斯女士在想什么。死的有可能是我。接下去就是,感谢上帝,是隔壁的女人。

"你怎么看安托瓦内特?"拉科斯特问道。

"她还行吧。她算是友善但不过分熟稔,如果你懂我的意思的话。"

"你喜欢她吗?"拉科斯特问道。

普洛克斯女士犹豫了一会儿,在自己的乐志宝椅子中动了动。"我同情她。我喜欢她的叔叔纪尧姆,我们会在夏天他过来做园艺的时候隔着篱笆聊天。"

"听起来你不怎么喜欢她。"拉科斯特轻轻施压,然而并不需要花许多力气。

"她很难相处,"普洛克斯女士承认,"她刚搬进来就开始抱怨。抱怨孩子在街上玩曲棍球,还有家庭宴会制造出来的噪音。她表现得就好像自己是庄主,我们都是庄民,如果你明白我的意思的话。"

拉科斯特明白。《卡勒的女儿们》的确颇有影响,包括里面对于地主和农民的老式称呼。但如果有人用了电视剧里的台词,那么那种情绪应该是千真万确。普洛克斯女士并不喜欢那位对他们指手画脚的城市女子,这和他们刚才听其他邻居说的一样,虽然版本不尽相同,在他们对最近发生的暴力死亡时间表现完应有的礼貌之后。

"你想得到可能是谁干的吗?"拉科斯特问道,看见普洛克斯女士瞪大了眼睛。

"不。你们不能吗?这不是你们的工作吗?你们不知道?"

"我们知道一些,"拉科斯特说道,再次搬出那种保证的语气,但再次成效甚微,"不过我必须得问。她和邻居没有什么特别暴力的冲突吗?"

"没有。就是很讨厌,如此而已。而且她看上去很奇怪,那些衣服。她就像个被宠坏的孩子。"

她精明地看着两位调查员。

"你们觉得这不是抢劫?"

"我们不能排除任何的可能性。"

普洛克斯女士看见了,很明显是刚看见,波伏瓦手中的那本剧本,接着她站了起来。不是很快,也没有任何挣扎地从她舒服的椅子站起来。她所有的动作都很优雅而缓和以及坚定。

"我希望你们可以离开,带着那个东西。"

无需问"那个东西"是什么。

"你知道这部戏剧?"波伏瓦问,扬了扬手中的剧本。有那么一刻,他以为普洛克斯女士又要画十字了。相反她彻底直起了身,站了起来,高大伟岸,面对着他和约翰·弗莱明的创作。

"我们都知道,这就是一部拙劣的戏剧。她竟然没能看透,这让我很费解。我不是个墨守成规的人,如果你是这么想的话。这就是错的。"

没有任何哲学辩论,没有任何对审查制度的探讨。只有一句简单的定论。制作弗莱明的戏剧就是错的。但究竟错到什么程度仍不清楚。

站在门口,波伏瓦问她怎么看布莱恩。

"我们喜欢他,"普洛克斯女士说道,明显是代表整个街区,"如果他杀了她,我们都能理解。但是他看上去真的非常在意她。"她摇摇头,"经常发生,不是吗?你看着一对人儿,想知道他们都看上了对方哪一点。你永远不知道,如果你明白我的意思的话。"

波伏瓦的确明白。你永远都不知道。

他们坐进车,回三松镇。

"你为什么拿上那本剧本?"拉科斯特问波伏瓦,他正在开车。

"它就是烫手山芋,"他解释道,"杀死安托瓦内特的人,无论是谁,都在寻找某样东西,有可能就是这剧本。"

"但外面有很多复印本。"

"没错,但这是原版。我觉得这值得一读。"

伊莎贝拉·拉科斯特点头,他说得没错,她希望自己也能想到这一点。

有时候她会觉得自己完全能胜任探长这一职位,有时候她会发现其实这个职位应该属于这个男人。

"除此之外,我还有没有漏掉别的什么东西?"她问他。

"你没漏掉很多东西,伊莎贝拉,"波伏瓦说道,"你漏掉的话,我就补上。反之亦然。我们这才叫最佳拍档嘛。"

"你不想伽马什先生吗?"她问道。

"这不是说你不好,只是我会永远想念伽马什探长的。"

"我也是。"她说。他们又开出几英里之后,她终于鼓起勇气问了一个自上任以来一直困扰着她的问题。

"不是应该由你来当探长吗?"

她问完立刻后悔了,万一他说是呢?

"要是我的话,我肯定会很高兴,"他终于说道,"但我并没有想过。在那之后。"

"你是说酗酒?"她问道,"嗑药?还是在你向伽马什探长开枪之后?"

"你这么一说,听上去是挺糟糕的。"波伏瓦说道,不过脸上挂着微笑。他们都知道扣动扳机是他做对的那件事,虽然几乎杀死他,但是他救了伽马什的命。

很少人,如果不是没有人的话,能有勇气开这一枪。拉科斯特不能保证自己也能开枪。

"你本可以阻止我的,你知道,"他说道,"你已经瞄准了我,就像我瞄准了他一样。你根本不知道我为什么要枪击老大。你为什么不阻止我?"

"你是说朝你开枪?"她问道。

"是的。别人就会,任何人都会。"

"我差点就开枪了,但是你曾恳求我相信你。"

"就这样?"

"不是你说的话,而是你说话的声音。你并没有发怒,也没有发疯,你很绝望。"

"你相信自己的直觉?"

她点头,双手紧握,为了压住每次她一想到那可怕的一天就止不住的颤抖。她瞄准波伏瓦,手指扣住扳机,犹豫。看着他毫不犹豫,看着他击倒伽马什探长。

感觉像是她自己被击中一样。

接着看见伽马什探长的身体离开地面,又撞击地面。

"你相信自己的直觉,"让-居伊说,"这就是为什么你能成为警察局最伟大的领导之一,伊莎贝拉。而我做你忠诚的右手,只要你还需要我。"

"你会朝我开枪吗?"

"眼睛都不会眨一下,老大。"

她笑了,意识到这是他第一次叫她老大。

弗莱明的剧本就坐在后座,好像一个乘客,倾听着,吸收着那关于谋杀的对话。

...第二十四章

"你好。"阿尔芒·伽马什说道。

他发现玛丽·弗雷泽一个人坐在B&B后部的小图书馆。她坐在一张舒适的椅子里,背对着角落书架,脚放在跪垫上,往壁炉中哔啵作响的火焰伸去。

她的毛衣起了球,一只大脚趾从袜子里戳出来。她根本没想把它藏起来,也没有因为裁缝的失败而尴尬。

不过,她明显不想让他看见的,是她正在阅读的文件。伽马什一进来,她就合上了,还一巴掌盖住封面。动作并不快,甚至有些慵懒。不过最终的结果是一份合上的秘密文件。

"复古风?"他问道,指指卷宗,"在所有东西都存进电脑之前?或者也许有些东西最好还是留一份纸质版,更好管理,也更容易销毁。"

他在图书馆的另一张舒适的椅子里坐下。

玛丽·弗雷泽把脚从跪垫上挪进鞋子里。她跷起腿,看着他。

"这话说得真是有趣,伽马什先生,"她说道,脸上挂着礼貌的微笑,

"我们大部分大档案还是纸质的。说实话,我更喜欢纸质的。"

"《华氏451》?"他问道。

她看上去很困惑,但不一会儿她就知道他提起这本书的意思,她看着他,就像她三年级的老师,阿瑟诺女士,眼神就像他终于说了些机智的话。

"我没准备烧掉它。"她说道。

"不过你完全可以烧掉它。"

"当然。我有什么可以帮到你的吗?"

"我只是在想你为什么对超级大炮好像没那么有兴趣。"

他的声音很宜人,实事求是,但是他犀利的眼神在审视着她。

她随意染的头发。没有化妆,只涂了点口红,还有一点结块的睫毛膏。她不戴隐形眼镜,更倾向佩戴毫无时尚感可言的有框眼镜。她什么都不遮,不遮皱纹,不遮近视,就连连裤袜上的破洞都不遮。这就是玛丽·弗雷泽最大的长处,他开始这么想。能让假的看上去像是真的一样。给人感觉她已将一切摊开,可实际上展现出来的几乎没什么实质性的内容。

这位CSIS的女人就像玛丽·波平斯阿姨那样降落在村镇,仿佛会将一切摆平,只不过一切并没有被摆平。他清楚,她也清楚。

不,他并不相信玛丽·弗雷泽,但是他觉得她很有趣。

现在她也回敬他一个审视的目光。

"我也在想为什么你这么有兴趣,"她说道,"对那把枪。"

"那我们扯平了,女士。"他往后靠,跷起腿,舒服坐好。"你所知道的有关超级大炮的信息不止是你告诉我们的那些。我想听听。"

"我为什么要告诉你?"

"因为你害怕,你需要尽可能多地建立同盟。"

"我不怕。"她也往后靠,在那张大椅子柔软的角落里蠕动了几下,就像一只小动物找到一处温暖的巢穴。

"你应该害怕。有人找到了布尔的枪,并且几乎肯定正在寻找设计图,"阿尔芒说道,"你害怕它们已经被找到了。"

"没有。"

"你怎么知道。"

"找到枪已经三天了。如果图纸在那里,那么凶手肯定早就开始伸出触角,寻找买手,准备拍卖。"

"你怎么知道他还没有?"

只有他们两人,真正的玛丽·弗雷泽开始浮现,从连裤袜上的阶梯,从她没有染到的发根,从打结的睫毛膏爬出来。档案管理员的表象在消退。可是与此同时,真正的阿尔芒·伽马什也开始显现。和蔼退休警察的表象也在消退。

她给了他一个耐心的微笑,"我们都知道。"

"你并不通晓一切。你不知道那把枪在这里。"但就算他在说这句话的时候,他也不清楚这是不是真的。

"我们知道布尔博士的确与此紧密相关,当然,但他不一定是真正的制造人。这倒是个意外。"

"并非意外之喜,我猜。"

"这个嘛,不一定。毕竟现在我们手上握着世界上唯一一尊超级大炮。可能会派上用处。"

"直到另一尊被造出来,"伽马什说道,"设计图在哪里?"

"哪儿都没有,被吉拉德·布尔销毁了。"

"那你在担心什么?"

"我没在担心。"

"那你为什么还在这儿?"他问道。

她什么都没说。

"那你为什么还在阅读布尔博士的档案?"

她的手扒得更开了,为了更好地隐藏那封面。

"你不笨,弗雷泽女士,你为什么要装笨?"

"我有吗?"

"已经有人将超级大炮的事传开了。村民们现在知道了,虽然我们要求他们保密,但是这件事传出山谷只是迟早的事儿。之后,记者、爱凑热闹的人、其他科学家都会过来,谁知道还有什么人会从阴影里爬出来、凑热闹。时间并不是站在你这边的。"

"不是'有人'传开，伽马什先生。是伊莎贝拉·拉科斯特。"

伽马什一动不动，尽量不露出任何马脚。不露出一个词，一点表情，一阵抽动。

"她这么做太蠢了，"玛丽·弗雷泽说道，"她根本不知道自己进入了一个什么样的世界，你也是。你以为自己知道，但你不知道。那里没有任何的规则，先生。没有法律，没有重力，没有任何限制，能拽住我们或拖垮我们。"

"我以为你是个档案管理员。"

她看着腿上的文件夹，"我是。可这些文件呢？它们是信息、知识，什么是知识？"

他不需要回答这一点，她也不需要。

"你为什么在这里？"他问道，"为什么是你？"

"小心"是她唯一的回答。

"你认识吉拉德·布尔吗？"伽马什问道，"他是CSIS杀的吗？"

一阵沉默。他朝前凑了凑，看着那张毫无表情、毫无特点的脸。

"是你杀的吗？"他问道。

"你不是很小心，伽马什先生。"

他站起来，微微躬身。她还留在原地。然而在他凑近她的时候她低语：“别以为我们没有发现，一个提早退休的老资格警察来到这无名之地，没过多久巴比伦大炮就被发现了。"

伽马什直起身，完全被她的话震惊了。但是真正的惊人之语还在后面。玛丽·弗雷站了起来，面对着他，柔软的脸庞变得僵硬。

"别以为我们没注意到，一个成年男子声称自己是一个九岁小男孩的朋友。你要么是个变态，要么就是想从那可怜男孩身上得到些什么。我会找到原因的。并且会一直盯着你的。"

伽马什知道自己的嘴微微张开，但他无法控制。

她真的在威胁他吗？还是这只是她的诡计？一种姿态？或者这个女人真认为他也与此有关？

他们是在同一战线的吗？他知道在这件事上自己该扮演和不该扮演的角色。但是他不知道她的角色是什么。玛丽·弗雷泽明显不善交际，有点笨手笨脚，稍显迟钝，说话温和充满书卷气。但是她也极其聪明，非常强大。

阿尔芒·伽马什永远不会妖魔化强大的女性。实际上，他就是由这样的女性抚养成人，与这样的女性成婚，又提携了这样一位女性。但是他几乎不能肯定自己相信面前这位。

他退后几步，审视着她，想看看她对他的怀疑是否是真心的，还是只是想还击而已。

"满潮村有什么？"他问道。

"你在威胁我吗？"她问道，看上去是真的提起了防备。

这并不是他预期的反应。

他本想先和拉科斯特和波伏瓦谈谈，但是今天早上看见他们离开三松镇的时候，他就决定自己去找伊薇特·尼科尔探员，他在警局的前同事。他请她通过手机追踪 CSIS 调查员前一天的行动。她在半小时后给了他答案。

当天他们并没有去检查吉拉德·布尔的超级大炮，或是去寻找图纸，相反，他们手机的脉冲显示玛丽·弗雷泽和肖恩·德落梅驱车二十英里，去了佛蒙特州边境的满潮村。

"我刚才说的话是在威胁你吗？"伽马什问道，"我不知道。对不起。"

他走了，感觉她的视线仍停留在他背上，直到他走出小小的图书馆。

他知道接下去该去哪儿了。

他没去成。

阿尔芒·伽马什才走到 B&B 的前门廊，就看见拉科斯特和波伏瓦回来了。他们的车慢下来，靠边，让-居伊探出身来。

"我们得谈谈。"两人同时说道。

"我去调查室。"伽马什说道。他从他们脸上可以看出一定是出事了。

车开走的时候，他看见后座上弗莱明的剧本，封面上写满了密密麻麻的笔记。

在他过桥走向老火车站的时候,拉科斯特和波伏瓦在车旁等着他。

"出什么事了?"他问道。

"你先说。"拉科斯特说道,他们进了房间,坐在会议桌旁。

"我知道CSIS探员昨天去哪了,"伽马什说道,"我请尼科尔探员追踪了他们的手机。我知道自己越权了——"

拉科斯特微笑,举手示意他不要道歉。"拜托,别这么说。我们需要你的帮助。"

伽马什简短地点点头,"他们去了一个叫满潮村的地方。是在魁北克,靠近佛蒙特州的边境,离这里大概三十公里。"

"你知道那个地方吗?"让-居伊问道,起身去研究墙上那张巨幅地图。

"不,"他说,和拉科斯特一起走到让-居伊身边。他把它指了出来,因为他已经找过了。"我从没去过。我想应该是个很小的村子。"

"嗯,"拉科斯特说,"知道他们在那儿干什么吗?是去见人吗?"

"有可能,"伽马什说道,他们又坐了回去,"他们在那个地方待了大半天,接着直接回来了。该你们说了。"

"安托瓦内特·勒迈特被人谋杀了,"伊莎贝拉·拉科斯特说道,看见伽马什一脸震惊,"我知道她是你的朋友之一。"

他坐回椅子,盯着他们,准备消化这一信息。"发生什么事了?"

"那地方被翻了个底朝天,"波伏瓦说道,"看上去她是打扰到了一个抢劫犯,或者被人故意做成那个样子。她似乎是跌倒,头撞到壁炉的角。哈里斯医生说这应该是昨晚九点半到早上两点半之间发生的。"

"她本来要去克莱拉家的,"阿尔芒说道,"但是她打电话取消了。我怀疑那位凶手是否——"

"——也以为她会在克莱拉家,所以家里没人?"拉科斯特问道,"有可能。"

波伏瓦和他们说了一声就去打电话了,拉科斯特则简明扼要地把他们目前为止所了解的内容告诉了伽马什。伽马什非常安静、专注,没有记笔记,但全都记在心里。

"我们问邻居有没有看到什么，但他们都在看《卡勒的女儿们》。"

"也许安托瓦内特就是因此才邀请她的客人在这个时间过来的。她想确保没有人看见他们过来。"波伏瓦回来的时候说。

"但是如果只是剧院的人，为什么还要这么偷偷摸摸的呢？"伽马什问道。

"因为不是剧院的人，"波伏瓦说道，"我刚刚打电话给他们了。他们自从退出之后都再没有安托瓦内特的音讯了。所以要么是安托瓦内特对布莱恩说谎了，要么就是布莱恩对我们说谎了。"

"但是他肯定知道我们会发现的，"拉科斯特说道。她想了一会，"反而是安托瓦内特对他谎称有人过来更有可能些。"

"为什么？"伽马什说道，"她的客人会是谁呢？"

"是不是他们将她杀死的呢？"波伏瓦问道，"看来很有可能，但风险也很大，万一安托瓦内特告诉布莱恩谁会过来呢？"

"他们肯定一早就知道她不会说出来的，"拉科斯特说道，"这就说明是她自己想保密的。"

"某种令人羞于启齿之事？"波伏瓦提出，开始抛砖引玉，"某种非法或者不伦之事？外遇？"

他们对视，接着伽马什的眼睛落到剧本上，兜兜转转最终又回到这里。这该死的戏剧。

波伏瓦跟随着他的目光。"是的，我们也在想相同的事。她的死是不是和弗莱明的剧本有关？他们是不是就在找这东西？这是否就解释了那些人将她家翻了个底朝天？布莱恩把它带到蒙特利尔去了，但是他们不可能知道这件事。"

伽马什站了起来。"我已经快读完了，我没看出来剧情里有什么玄机。你们需要我做什么事吗？我正要去满潮村，但已经有点迟了，而且再加上这个消息，我想我还是留在这儿吧。你们介意我告诉蕾娜-玛丽吗？"

"不。实际上，我们也正要广而告之，"拉科斯特说道，走到他身边，"我和你一起去吧，要开始盘问了。"

"还有件事你得知道，伊莎贝拉。"

他停了下来,她转向他。"我问过玛丽·弗雷泽关于满潮村的事。他们知道我们晓得他们去过那里。"

"她的反应是?"

"她问我是不是在威胁她。"

"哈,"拉科斯特说道,"奇怪。不知道她什么意思。"

"不知道满潮村里有什么。"

"我等会儿回调查室之后会查查看的。"

"你还有别的事要做,"他说道,"我可以查。我还留着我的安保编码。"

"噢,想想你能搞出来的破坏,老大。"拉科斯特说道,脸上挂着微笑。

"有趣的是,玛丽·弗雷泽看来和你想法差不多。她将矛头指向我,说我和劳伦特之死有关,并且还涉足寻找吉拉德·布尔的超级大炮之事。"

"如果她这么想的话,她真是疯了。"

"她是个复杂的人,"他说道,"我一周之前还在和我一个CSIS的老朋友聊天呢。我会再打个电话给她,查查玛丽·弗雷泽和肖恩·德落梅的事,当然是偷偷查。还有一件事,他们知道是你把巴比伦大炮的事情透露出去的。"

伊莎贝拉·拉科斯特的眼睛稍稍瞪大了一些,接着叹了口气。"好吧,总要被发现的。我不担心。"

但她看上去很担心。她的确应该担心,阿尔芒想着,和他们一起走进了安静的小镇,分道扬镳。他开始觉得玛丽·弗雷泽最好不是站在另一条战线上的敌人。问题是,她究竟是哪一边的?

...**第二十五章**

克莱拉·莫罗陷入小酒馆的椅子里。她正和几个朋友喝酒,包括莫娜,这时候伊莎贝拉·拉科斯特走了进来。

看她的脸就知道她肯定没什么好消息。但是无论克莱拉还是其他人都没想到会这么糟。

安托瓦内特死了,被人杀死的。

和所有房间里的其他人一样,克莱拉在听见这个消息的时候站了起来。接着她又沉沉坐了下去,盯着莫娜,她也落进自己的椅子里。

"发生什么事了?"克莱拉问道。

"那该死的戏剧,"露丝说道,在几张桌子之后,"她就不应该制作的。"

他们再度沉默,想着那部戏剧和它的作者。

就好像一条长长的,拉得极长的影子从弗莱明监狱的铁窗里溜了出来,朝他们伸过来。就像一根手指,又细又畸形。

昨晚,它到了。

克莱拉和莫娜走到老诗人的桌边,她正在笔记本上潦草地写着字。

一行行的诗,克莱拉看见,但根本读不了。加布里和奥利维已经在桌旁了。

罗森布拉特教授坐在角落里的一张桌子旁,从他们世界的外围看着他们。克莱拉向他打了个手势,他便站起来,加入了他们。人多似乎更安全,虽然他们都知道安全虽让人舒心,但不过是幻觉而已。

拉科斯特探长拉过一张椅子坐到他们桌旁。

"出什么事了?"奥利维问道。

她将能说的都说了。

"你知道有可能是谁对安托瓦内特做出这种事的吗?"莫娜问道。

他们语气急促。

"还不知道。"

"或者为什么?"克莱拉问道。

再一次,拉科斯特摇摇头。"昨晚安托瓦内特打电话过来的时候,说她不来吃晚饭了,除此之外她还说了什么吗?"

克莱拉想了想。"她说她很累,晚上想一个人静静。"

"你对此怎么看?"拉科斯特问道。

克莱拉摇摇头。"对不起,但是我除了相信她说的之外什么看法都没。她想一个人静静,不带布莱恩或任何人。"

"你怎么知道昨晚他不在的?"

"我下午打电话去邀请她的时候她告诉我的。"

"还有人知道他不在吗?"拉科斯特看了眼周围的人群,大家都摇摇头。"你们知道布莱恩定期去蒙特利尔开会吗?"

"我们都知道他时不时要出去一趟,"奥利维说道,"也知道他们在城里有一间小公寓,但我们不知道他什么时候会去。"

"噢,我的天,可怜的布莱恩,"加布里说道,"他知道了吗?"

"是他发现她的,"拉科斯特说道,"今天早上。"

"我会打电话给他,"加布里说道,站了起来,走去电话旁,"看看他要不要过来和我们一起住几天。"

"她的死和那大炮有关吗?"

这个问题是罗森布拉特教授问的,他直到现在都一直沉默地坐着。

"我们不知道。"拉科斯特说道。

"就是那戏剧,"露丝重复道,"就是约翰·弗莱明。"

"的确可能有人因为厌恶那出戏剧所以杀死了安托瓦内特,"拉科斯特让步,"接着再伪装成是抢劫。这似乎是最有可能的动机了。但不是约翰·弗莱明,他还在监狱里,许多年了。"

"是吗?"

"你是什么意思,露丝?"克莱拉问道。

"所有人之中你应该最清楚了。"老诗人转向她,"艺术创作也是一种创造物,它们有自己的生命。那部戏剧是弗莱明的,弗莱明是个杀人犯。"

"何等粗暴的野兽,它的时刻终于到来,"罗森布拉特说道,看着露丝的笔记本,"懒洋洋地走向伯利恒,等着投胎?"

露丝瞥了他一眼,她啪一声合上笔记本,声音之响让他们都跳了起来。

在把安托瓦内特遇害的消息告诉蕾娜-玛丽,一直谈到似乎没什么话好说之后,阿尔芒进了书房,开始搜寻各种档案,寻找满潮村的信息。

看上去就是个无害的小村庄。就像很多社区,它座落在佛蒙特州的边境,曾经因为伐木场和火车站而盛极一时。但是,和许多小社区一样,车站一关闭,它又衰落了下来。现在几乎呈隐蔽状态。

他花了两个小时,但是没有找到任何满潮村的特殊之处,也没找到任何两位情报人员有必要在那里待上一整天的原因。

但肯定有东西在那里。某样东西,某个人,把玛丽·弗雷泽和肖恩·德落梅给引了过去。

他走出了书房,目光落在自己那本弗莱明的剧本上。他拿起一份一天前的《新闻报》,开始沉浸其中。接着他站起来,去看看蕾娜-玛丽是不是还好。她在厨房里,做着晚餐。

"我可以帮忙吗?"他问道,虽然他知道答案。

不安的时候,蕾娜-玛丽喜欢切菜、测量、搅拌,照着菜谱做菜,一切都井然有序。无需猜测,也没有惊奇。

这件事本身充满创意,能令人冷静,结果也让人舒心,且可预期。

"不用了,我很好。对,我是说《我很好》,"蕾娜-玛丽说道,引用了露丝诗集的名字,在这里的"好"字,其实是由一塌糊涂、惶恐不安、神经过敏和言必称"我"组成的①。

他笑了,吻了她一下,又回到客厅,拿起一份《纽约客》。但是他的目光总是被门口桌上的剧本吸引。

最后,他终于给蕾娜-玛丽和自己各倒了一杯酒,拿起了那该死的剧本,读了起来。

他必须提醒自己,自己手中的东西并没有任何超自然的力量,没有任何恶意,它所有的力量就是他所给予的。

阿尔芒逼着自己又多读了几页之后,抬头看向将墙壁隔成一条一条的书架,上面塞满了他们珍藏的典籍。

他的祖父母曾将耶稣受难像和祝祷词钉在墙上,他和蕾娜-玛丽则把书放在他们的墙上。历史书,参考书,自传,小说,散文。这些故事分割着墙壁,也将他们同外面的世界隔离开来,或将他们与外面的世界连接起来。

他把剧本摊在沙发上,站了起来,浏览起了书架,读着那些熟悉的标题,触摸那些封皮。

重新振作起来之后,他又回去读剧本了。继续往前跟进。

几分钟之后,电话铃响了,伽马什意识到自己把剧本抓得太紧,现在连放下都需要花点力气。

"头儿?"拉科斯特说道,声音里透着兴奋。

"在?"

"你能来一趟调查室吗?我们有发现。"

"关于勒迈特的案子吗?"

---

① 以上这四个词分别为 Fucked up,Insecure,Neurotic,和 Egotistical。首字母放在一起就成了 FINE,也就是"好"。

"对,还有别的。"

"我马上来。"

他请蕾娜-玛丽把晚餐稍微延迟几分钟,告诉她自己要去哪里。

"邀请他们一起回来吃饭吧,"她在他背后喊道,"我做了很多。"

她只有四道菜,准备再加一道餐前点心。

"亚当,"伽马什说道,紧紧握住这年轻人的手,非常有力而包容,"看到你真高兴。"

"头儿。"亚当·科恩高兴地说道。

"你是勒迈特案子的调查员之一吗?"

"噢,当然不是,长官。他们都不让我靠近那个地方,"亚当·科恩说道,"拉科斯特探长几乎不让我离开我在总部的办公桌。"

"结果呢,你现在竟然到了三松镇。你得多来来。我一般只能指望自己的女婿。"

伽马什朝让-居伊·波伏瓦打了个手势。

"恐怕您女儿的品位有些问题,长官。"科恩假装压低声音。

"家族遗传,"伽马什说道,"她妈妈也是。"

他仔细看看这位年轻的探员。科恩被警校清洗出来,去当了狱卒。但是在那段可怕的时间里,在所有人都疏远伽马什的时候,是他助了伽马什一臂之力,而伽马什不会忘记这恩情。他把科恩弄回警校,教导他,直到他毕业。

伽马什曾请求拉科斯特一件事,这是她上任第一件事,也是他退休前最后一件事,就是将亚当·科恩收作她手下的新兵与门徒,照顾好他。

"你怎么来了?"伽马什问道。

"拉科斯特探长叫我调查安托瓦内特·勒迈特的家庭。我本想把我找到的东西发过来的,但是这里的网络信号太差了,所以我决定自己带过来,确保交到你们手中。"

"他咬断了自己的链条。"波伏瓦说道,把大家引向会议桌。

伽马什坐下,从一张脸看到另一张再看到另一张,最后目光停在伊莎贝拉身上。

"你们找到什么了？"

她向前凑了凑，"安托瓦内特·勒迈特的房子是在她名下，但是之前是她叔叔的。"

伽马什点点头，这他知道，布莱恩告诉他的。

阿尔芒注意到亚当·科恩面前有一张纸，面朝下。

科恩，伽马什意识到，体内的戏剧细胞不只是多了一点而已。他肯定是跟让-居伊·波伏瓦学的。

"纪尧姆·库蒂尔的家庭就住在这一带，"科恩探员汇报道，"他在他们所拥有的某块土地上造了这栋房子，没有别的亲戚了。他在1990年代初退休的。"科恩的手指挪到那张纸的边缘，"他在2005年去世，癌症。但是在他退休之前，他做着一份奇妙的工作。"

"他是个工程师，"伽马什说道，"安托瓦内特说他只是造造高架而已。不是很沉默，但我不觉得可以谈得上奇妙的程度。"

亚当·科恩翻过那张纸。

这是一张带点雪花的黑白照片，应该是由很小的底片放大而成的。上面有一群人站在一根管状物体之前。

伽马什戴上眼镜，凑近了些。

"那个，"亚当·科恩指出，"就是纪尧姆·库蒂尔。"

那位难以形容的男子咧着嘴对着相机笑，几近癫狂。他的头发又直又长，带着一副粗黑框眼镜，一套不合身的西装和领带。两旁各站着一个男人。其中一个戴着帽子的男人正看着地上，没看相机，另一个看上去毫无兴趣，甚至带点藐视一切的感觉，十分不耐烦。

伽马什觉得自己的双颊开始变冷。他从照片上抬起头来，看着科恩探员亮晶晶的眼睛。

之后伽马什脱下眼镜，穿过波伏瓦看到拉科斯特。

他们都大获全胜般看着他，理由很充分。

"可不是，"拉科斯特说道，手指直接戳在照片上第三人的那张没礼貌的脸上，"这就是关联。"

这就是吉拉德·布尔。

伽马什深吸一口气,尽量消化这一切。"纪尧姆·库蒂尔认识吉拉德·布尔。"

"不止认识,长官,"科恩探员说道,"这是库蒂尔讣告里的照片。不是报纸上也不是麦吉尔校友新闻上的。"

"纪尧姆·库蒂尔也是麦吉尔的学生?"伽马什问道。

"不。他是从蒙特利尔大学毕业的,"科恩说道,"但他在麦吉尔工作。"

"哪个学院?"伽马什问道。

"库蒂尔博士是位机械工程师,"拉科斯特探长说道,"但是他紧随物理学院其后,参与了高空飞行研究计划。"

"高空计划,"亚当·科恩说道,往后靠了靠之后又觉得这么说太随便了,"就是巴比伦计划的前身。"

"安托瓦内特的叔叔曾与吉拉德·布尔共事。"伽马什说道。

第二十六章

晚餐已经上桌,由萝卜苹果汤开始,上面淋着核桃油。

"奥利维给了我食谱。"雷娜-玛丽说道,把厨房里的灯调暗。

蜡烛已经点上,没到为她和阿尔芒塑造浪漫氛围的那种程度,还有伊莎贝拉、让-居伊和年轻的科恩先生呢。主要是那种让人静下心来的朦胧感,那小圆蜡烛,那小小的扑闪的火焰。如果谈话的内容非常艰涩,那么至少氛围要柔和。

他们回到伽马什家吃晚饭,继续讨论他们在调查室里开始的话题。

"安托瓦内特家有没有任何证据表明她的叔叔和吉拉德·布尔有关?"阿尔芒问道。

"没有,"让-居伊说道,"实际上,连和她叔叔有关的任何证据都没有。连照片、卡片都没有,也没有私人文件。如果我们不知道纪尧姆·库蒂尔是安托瓦内特的叔叔,而且曾经住在这栋房子里,光搜查那房子,我们肯定永远都发现不了。"

伽马什喝了一口汤。非常顺口,有大地的质朴,还带着一丝津甜。

"好喝。"他对蕾娜-玛丽说道,但是他的头脑在另一处。

"有的人就不是那么念旧,"拉科斯特说道,"我父亲就是那样。他不喜欢保留文件或信件。"

"也许安托瓦内特只是想把这个地方变成自己的家,"让-居伊说道,"天知道她有多自我中心。她叔叔的东西在这位庄园主的家中可能没有任何容身之所。"

"可连一张照片也没有?"蕾娜-玛丽说道,"他们肯定够亲近,他才会把房子留给她,而她一点属于他的东西都没有留下?感觉像是做了清场。"

阿尔芒同意蕾娜-玛丽。她这种深入的清理明显不止是要把这个地方变成自己的家。

"也许这就是凶手翻箱倒柜的原因,"伊莎贝拉说道,"也许他想抹去库蒂尔博士的所有证据,以及他和吉拉德·布尔之间的联系。"

伽马什想起今天早些时候和玛丽·弗雷泽的对话。以及这位 CSIS 档案管理员想要隐藏的文件。可她为什么要藏吉拉德·布尔的档案呢?人人都知道她肯定有一份。

她想要藏起那份档案上的名字,因为这名字出人意料。伽马什认为自己知道上面的名字是谁的了。他错了,卷宗里的不是吉拉德·布尔,而是纪尧姆·库蒂尔。

"更有可能的是,凶手是在寻找他认为库蒂尔博士可能放在家里的东西。"波伏瓦说道。

"巴比伦大炮的设计图,"拉科斯特说道,"这是安托瓦内特被杀的原因吗?为了某样她根本不知道自己拥有的东西?"

"为什么纪尧姆·库蒂尔会有设计图?"波伏瓦问道,"我无法想象吉拉德·布尔会放心交给任何人。"

"也许是库蒂尔博士从布尔那里偷来的。"拉科斯特提议。

"好吧,假设是他偷的吧,然后呢?"波伏瓦说道,"库蒂尔就只是把它们藏在家里。如果它们这么值钱,为什么不卖掉呢?"

"也许他想确保不会再有别的大炮现世。"科恩说道。

"那为什么不直接毁了图纸?"波伏瓦问道,"为什么还有留着?"

"我们不知道他留着它们,"拉科斯特指出,"我们基本可以确定他并没有卖掉,因为没有任何其他的大炮现世,但他也有可能已经把它们毁了。我们不知道,凶手也不会知道。"

"但这就意味着凶手知道安托瓦内特叔叔和吉拉德·布尔的关系,"蕾娜-玛丽说道,"为什么不早点寻找图纸?为什么是现在?"

"因为大炮现在被发现了,"拉科斯特说道,"那就是催化剂。直到那一刻,图纸都是毫无价值的。但一旦发现一尊可用的模型——"

"这些图纸就成了无价之宝,"蕾娜-玛丽说道,"我懂了。"

"还有另一种可能,"伽马什说道,"吉拉德·布尔手里从一开始就没有图纸。"

他们盯着他。他们已经喝完汤,现在开始吃烤三文鱼意大利宽面,上面撒着茴香和苹果。

"在他死前,他布鲁塞尔的公寓已经被人搜了很多次了,但什么都没有找到,"伽马什解释道,"在他死后,人们也还是在寻找,但是巴比伦大炮的设计图从来没有出现过。于是许多人猜测,布尔知道自己惹上了麻烦,所以把它们毁了。但如果他们在他身上找不到的原因是他根本就没有设计图呢?"

"因为他把图交给了库蒂尔博士。"拉科斯特说道。

"或者被库蒂尔偷了。"波伏瓦说道。

"或者,"伽马什说道,"因为吉拉德·布尔从一开始就没有设计图。"

"你觉得吉拉德·布尔是'台前之人',"拉科斯特说道,"库蒂尔博士才是真正的幕后天才?"

"我觉得有可能布尔博士手里没有设计图是因为这图不是布尔博士设计的。"伽马什说道,"你带着照片吗,亚当?"

亚当·科恩跳了起来,没过多久就带着照片回来了。他把它放在厨房餐桌上,大家都凑了过来。

"要开亮一点吗?"蕾娜-玛丽问道。

"不,这样很好,"她的丈夫说,那烛光非常抚慰人心。"我想他们可能组成了完美团队，"他说道，看着照片，"布尔善于交际，性格外向。库蒂尔博士安静些，是个单身科学家，一心扑在工作上。"

"这工作就是巴比伦项目。"波伏瓦说道。

"根据你的发现"——伽马什转向科恩——"库蒂尔博士是在麦吉尔大学的高空计划开始和吉拉德·布尔共事的。"

"对，但是高空飞行研究计划的经费被裁了，"科恩说道，"而布尔博士也离开了麦吉尔大学。"

"之后他做了什么？"伽马什问道。

"他成立了空间研究公司。"科恩说道。

"这家公司最终研发出了远距离武器，后来成了巴比伦大炮，"拉科斯特说道，"一直到那时，这都是一家私人公司，由布尔运营。"

"吉拉德·布尔成了军火商，"伽马什说道，"但可能并非军火设计师。"

"这就解释了为什么巴比伦大炮是在这里造出来的，"波伏瓦说道，"因为纪尧姆·库蒂尔在这里。"

"他在自家附近制造出模型，"拉科斯特说道，"在这里，只有他能看见，别人都不行。在魁北克森林中央，伊朗人、以色列人、伊拉克人、我们自己人都想不到要来这儿找，一尊不存在任何不存在的村庄中的大炮。"

"地球上最后一个角落，"波伏瓦说道，"三松镇。"

"没有人想到吉拉德·布尔并不是巴比伦大炮的创造者？"科恩问道。

"他们怎么会想到？"拉科斯特探长问道，"谁又会在乎？只要他能交货就行。"

"他被杀害之后，库蒂尔开始害怕了，"波伏瓦说道，"他藏起了图纸，或者也许销毁了它们，接着就隐姓埋名。回到自己的番茄和胡椒园，试着忘却林子里的那东西。"

"伪装网把它盖得严严实实，"伽马什说道，"有人非常尽心尽力地想把它藏起来。而且发射开关被拆掉了。除了设计者，还有谁能做到？你有没有在安托瓦内特家找到开关？"

"没有，不过说实话，我们并没有仔细找，"波伏瓦说道，"我们会回去再找找的。"

"如果在她家里的话,那么凶手可能已经拿走了,"伽马什说道,"不过值得一试。"

"我们会加大对大炮的警戒,"拉科斯特说完,往书房里的电话走去。

灯突然开了,全开,阿尔芒看向蕾娜-玛丽,她正站在开关旁边,现在她正走回桌旁。

"唉,这下气氛全无了。"让-居伊说道。

"我想再仔细看看照片。"她说道,弯下腰。

"您是不是认出什么人了,伽马什夫人?"亚当·科恩问道。

"不,不是人,而是这个地方看上去很眼熟。阿尔芒?"

颗粒状的放大照片中,三个男人站在一根指向下方的长长隧道的顶端。墙壁好像是金属的,从旁边和天花板射下更多的金属条。巨大的射灯固定在顶部。

"我觉得这不是隧道,"她说道,"我觉得他们站在一根很长的圆柱体的上方。"

"枪口,或许。"伽马什说道。

"那得是把很大的枪了。"

"这个嘛,我们的确有把很大的枪。"他说道。

"我觉得这不是枪,"波伏瓦说道,凑近伽马什夫人的肩膀,"看上去像是楼梯。"

"或者自动扶梯。"阿尔芒说道。

的确有种依稀可辨的熟悉感。是地铁站?飞机场?可能是任何地方。

"噢,这真让我心痒难搔。"蕾娜-玛丽说道。

"或许这无关紧要,"阿尔芒说道,"这照片明显是很多年之前拍的。"

"如果另一尊大炮已经被造出来的话,会发生什么事?"蕾娜-玛丽问道。

伽马什沉默了一会儿之后,张开了嘴。但是什么话都没有,当然更没有她所期待听到的让她安心的话语,那些被烛光照亮的话语。蕾娜-玛丽恐惧地发现,他只是又闭上嘴,看着她。

"你觉得凶手找到设计图了吗?"她轻轻问道。

"我不知道,"伽马什说道,"玛丽·弗雷泽曾指责我根本不懂军火交易界有多危险。她没有错。我觉得我们所面对过的任何遭遇可以与之相提并论。他们所经手的死亡规模远超常人理解。他们创造也喂养了战争,他们鼓励种族屠杀,为了利润。多大的利润,那单位可以说得上是以十亿计量的。生命是低贱的,只是附带利润而已。"

他以一种实事求是的语气说出这番话,反而更添恐惧。

"我想我们必须做好最坏的打算,"让-居伊说道,"也就是那图纸已经被人找到了。"

没过多久,晚餐聚会就散了。看来已经没什么别的好说的了。他们安排亚当·科恩住在B&B波伏瓦的房间里,而让-居伊则搬进伽马什家住。这位年轻人看来松了口气,因为他不用再开车回城里去了。

拉科斯特和科恩走了,碗也洗好了,阿尔芒和亨利正要外出散步。

"我可以加入你们吗?"让-居伊问道。

二人一狗在默契的沉默中绕着绿地走了一圈又一圈。那是个晴朗寒冷的夜晚,他们能看见自己的呼吸。天空中挂满了星星,三棵巨松的月影一路延展到草地,落在小酒馆上。

他们可以看见罗森布拉特教授一个人坐在桌旁。伽马什停下脚步,想了想,知道时候到了。

"今晚有点冷,"他对让-居伊说道,"我想喝点什么暖暖身子。"

"我也是这么想的,老大。"

一分钟之后,他们就坐在教授的桌旁了。

"您好。"阿尔芒说道。

"你们好。"教授说道,抬起头笑了。

阿尔芒从口袋里拿出一张照片,放在小酒馆的桌上,慢慢往前推去,往麦克尔·罗森布拉特推去。

"我现在想得到我问题的答案,请说,"伽马什说道,"超级大炮是吉拉德·布尔设计的吗?还是另有其人?另一个更聪明的人?"

他看着那微笑渐渐变平,变成一条直线,在罗森布拉特脸上死去。

...第二十七章

"最后下单时间。"奥利维在吧台后面说道。

还有另外两个人在小酒馆里,一对年轻情人正在约会,在桌子上面牵着手。伽马什倒不担心他们,他们很明显沉浸在自己的世界里。在那个世界中,感谢神,并没有任何种族屠杀,导弹弹头,或者森林深处所隐藏的东西。伽马什要确保这两个世界不会有任何交集。

"先生?"伽马什向罗森布拉特的法国白兰地点点头。

"噢,我觉得不用了。"

这位老科学家说话有点含糊,现在血一下子涌了上来,脸一下子通红。

"来杯水吧,老大。"波伏瓦说道,奥利维回来了,带了一大罐水和三只玻璃杯。

"我还在想你们什么时候会发现呢,"罗森布拉特说道,"我可能应该告诉你们的。"

"对,"伽马什说道,"要是那样的话就帮大忙了,甚至还能救一条命呢。"

"什么意思?"罗森布拉特教授瞪大了眼睛,接着又强迫它们闭上,为了更好地聚焦。

伽马什想,这不仅是酒精的作用,这个人看上去已经透支。

"昨晚,一位名叫安托瓦内特·勒迈特女性遇害。"波伏瓦说道。

"是的,我听说了。真可怕,"罗森布拉特说道,"这里的人们似乎觉得这和某出戏剧有关。肯定是一出很糟糕的戏。"

"她是纪尧姆·库蒂尔的侄女。"伽马什说道。

麦克尔·罗森布拉特盯着他们,好像他们虚化了一般。

"纪尧姆·库蒂尔,"他重复,"我已经很久没有听到那个名字了。"

"您怎么认识他的?"波伏瓦问道。

罗森布拉特看来被这个问题惊到了,他瞥了一眼那张照片,接着扫过他两位同伴的脸。

"我们一起工作过,时间很短,和吉拉德·布尔一起,还是在麦吉尔大学的时候。"

他们等他继续说。那对年轻人走了,手挽着手,奥利维开始打扫。

他们仍在等待。

罗森布拉特就好像陷入昏迷。

"你们从哪里找到这个的?"他终于开口,指指照片。

"从麦吉尔校友杂志。这是库蒂尔博士的讣告里的。"波伏瓦说道。

麦克尔·罗森布拉特点点头,"我记得看到那份通告,还有照片,还在想会不会有人把这一切联系起来。结果没有。"

"联系起来?"伽马什问道。

"或者他们的确联系起来了,"罗森布拉特说道,要么就是忽视了那个问题,要么就是陷入了自己的思绪不能自拔。

他看上去开始苏醒,开始振作。他的声音不再如梦初醒,他的眼神愈发犀利。

伽马什不确定这是个好兆头。他会立刻提起戒心,这个男人的壁垒很厚实、陈旧,里面嵌着一辈子抵御入侵的痕迹。

"他很聪明,您知道,很敏捷。"

"库蒂尔博士?"伽马什说道。

罗森布拉特笑了。"不,不是他。吉拉德·布尔。大部分科学家都像是书呆子,他们在某方面非常精深,但是在人生的其他主要方面上都非常失败。但布尔博士并非如此。他可能让人很难堪,唐突、没有耐心,但是他也可以非常聪慧,有魅力。他很精明,您知道。其他人没有注意到的事他都不会放过,这是个非常有用的技能。他善于寻找关联,我不是说社交方面的,虽然那方面他也很强。他善于联想,他能将完全无关的东西拼凑起来。"

"作为科学家?"伽马什问道。

这下罗森布拉特咯咯笑了起来,"作为科学家他一塌糊涂。"他稍微反思了一下这句话,接着改口道,"也不能说一塌糊涂,他至少获得了博士学位。他算是娴熟卖力,就是有点平淡无奇。不,您昨天说的是对的,说他是公共关系上的真正天才,让人们去赞同他们所不赞同的。但他也非常冷酷。"

"巴比伦大炮是谁设计的?"伽马什问道。

罗森布拉特朝照片点点头,"您已经知道了。"

"我需要您给一个肯定的答复。"

即使是现在,即使精疲力竭,被逼到角落里,伽马什都可以看见这位老科学家在扭动着,下意识的逃避深藏在他的天性之中,或者也可能是源于训练。

"图纸可能已经被找到了。"伽马什轻轻说道。

"啊,"罗森布拉特说道。这声音从他嘴里滑了出来,就像是一声叹息的长长的尾巴。

他点了几下头,好像是在进行一场内心对话,一场辩论,一场争论,接着他开口了。

"纪尧姆·库蒂尔设计了巴比伦大炮。我怀疑是吉拉德·布尔的想法,但是他需要比自己聪明的某个人来真正实现这一想法。于是他找到了被麦吉尔大学的工程学院赶出来的库蒂尔博士。库蒂尔成了布尔的首席设计师与幕后的伙伴。"

罗森布拉特教授一开口,似乎就停不下来了。这么一大串的信息和秘闻听得伽马什都有些倦怠。不确定这些是不是真的,或者有没有一半是真的,或者就是一大堆谎言。

虽然这一切都与他们的结论契合得天衣无缝,但有点过头了。

"吉拉德·布尔把自己作为巴比伦大炮的唯一设计人推到台前的时候,就等同于自杀,"罗森布拉特说道,"有人为了阻止他而杀了他。没有人知道纪尧姆·库蒂尔。"

"除了你。"波伏瓦说道。

"噢,我也不知道。直到很久以后。我做了那么多关于吉拉德·布尔的研究,发现根本说不通,直到我想到另有其人,另一个更聪明的人。"

"你觉得库蒂尔博士会留下设计图吗?"波伏瓦问道,"毕竟,他老板就是因为这个死的。"

"这是他毕生的心血,"罗森布拉特说道,"纪尧姆是个好人,从很多方面来看他是个温和的人。但是他并不会受到良知的影响。他没有任何想象力。不,可能不能这么说。只能说他目光短浅,缺乏远见。他只能看见眼前的挑战,面前的规模。他无法看到未来,看到他的设计会造成什么样的后果。"

"所以你的意思是?"波伏瓦厉声问道,"他到底会不会留下设计图?"

"我觉得会,"罗森布拉特说道,"这是他一辈子工作的结晶。毫无疑问是他职业生涯的最高成就。"他想了一会儿,"您说昨晚被杀的女子是他的侄女?"

"她住在他家。"伽马什说道。

在背后,小酒馆壁炉架上的钟开始敲响整点的钟声。午夜。

"你们没找到设计图?"罗森布拉特问道。

伽马什摇摇头,一片沉默中,钟声继续,一下一下,算好的间隔。

"您认为巴比伦计划的设计图在凶手手里?"罗森布拉特说道。

"我觉得有这个可能。我们只能假设他已经找到了设计图。"伽马什说道。

钟敲响了最后一下，停了下来。

麦克尔·罗森布拉特看看它，又转头看着伽马什。

"午夜钟声，探长，"他轻轻说道，"比我们想象中要晚。"

波伏瓦看着两人之间交换的眼神，知道自己又错过了不知哪本书里来的东西，但他很明白他们的意思。

他们和教授一起走回 B&B，确保他回到自己的房间。玛丽·弗雷泽门缝中还透着灯光，伽马什停了下来，敲了敲门。

"你在干嘛？" 波伏瓦轻声说道。

"CSIS 特工应该知道图纸可能已经被人找到了。"伽马什轻声回答。

"马上来，"传来玛丽·弗雷泽愉快的声音。门打开了，她站在那里，调整着一条出乎意料带有花边的晨衣，"噢。"

"你在等别人吗？"让-居伊问道。

"反正我没在等你们。"她说道。她戴着眼镜，床上铺满了纸。让-居伊绷紧身子去看，但是她走了出来，关上了门。

"我可以为你们做什么吗？肯定已经很晚了，"她扫了一眼手表，"已经超过午夜了。"

比我们想象中要晚。罗森布拉特的话钻进波伏瓦的脑海。

"设计图可能已经被人找到了。"阿尔芒说道。

那位住在档案馆里的女书虫消失了，取而代之的是一位非常锐利的人，站在他们面前，虽然她穿着带花边的粉色晨衣。

"跟我来。"这位 CSIS 特工说，引着他们到楼下，走到 B&B 客厅最遥远的角落。

"我们要不要叫上德落梅先生？"伽马什问道。

"没必要，"她说，坐了下来，"你们可以告诉我，我会转告他的。"

伽马什和波伏瓦坐在剩下的两张椅子里。

"您可能已经听说这里的另一桩谋杀案了，"伽马什说道，"一位叫安托瓦内特·勒迈特的女性。"

"是的，B&B 的老板告诉我了，看来他就是这里的街头公告员。"

"安托瓦内特·勒迈特是纪尧姆·库蒂尔的侄女。"

弗雷泽盯着伽马什，这些词从她面无表情的脸上划过，落进了沉默里。要让一个聪明人看上去那么空洞是需要花点力气的，伽马什怀疑她在这一刻用了很大、很大的力气。

"谁的侄女？"她问道。

"拜托，女士，"伽马什说道，"我们没时间装傻了。您和我一样清楚纪尧姆·库蒂尔和吉拉德·布尔一起参与了高空计划，并且几乎肯定一起合作制造了超级大炮。"

他再一次从口袋里掏出照片。展开它之后，他递给了她。她的眉毛微微扬起，在她的额头上出现了小小的缝隙。

"作为吉拉德·布尔专家，您不可能不知道。"伽马什说道。

玛丽·弗雷泽把照片对半折好之后递了回来。

"布尔博士有很多同事。包括，请允许我提醒您，罗森布拉特教授。"

"没错，但是罗森布拉特教授的侄女并没有被杀，他之前所住过的房子也没有被翻个底朝天，"伽马什说道，拿回了照片，"快要没有时间了，您这样逃避也不过是浪费我们仅剩不多的时间而已。您似乎把这当成一场游戏。关于库蒂尔博士的事我们都已经知道了。"

"你们什么都不知道，"她嘶声说道，"你们在猜测中泥足深陷，根本没有事实根据。而且你别擅自教育我们工作的重要性。在你逃到这个有趣的小镇，享受拿铁和小镇盛宴的时候，就已经丧失了这个权利。你知道我面对你的时候看到了什么吗？"

"是的，您今天下午已经告诉我了。一个嫌疑人，甚至可能是个恋童癖，因为我竟然会在意一个九岁小男孩。"

玛丽·弗雷泽爬进了他的皮肤底下，现在在这伤痛爆发了出来。

"不，"她说道，"我看见一个伪君子。你看见一个退休的机会，所以你就抓住了这个机会，知道没有人会来责怪你。我看见一个像可颂面包一样因为恐惧而膨胀的男人，拼了命的躲在这个小镇里面，远离伤害，远离责备，而我们这些剩下的人还是要继续斗争。你还来对我指手画脚？你真是丢人，先生。"

"够了——"波伏瓦说道。

"不,"伽马什说道,断开与弗雷泽的对视转头看着让-居伊,"不要,"他说道,又恢复了镇定。

接着他又转向玛丽·弗雷泽。

"我不是过来讨论我个人选择的,"他说道,"而是来提醒你昨晚有人杀害了安托瓦内特·勒迈特,还把她家弄得支离破碎。我们认为他正在寻找巴比伦大炮的设计图。"

"真够跳跃。"玛丽·弗雷泽说道。

"是吗?我们有充分的理由相信,是纪尧姆·库蒂尔设计了超级大炮,而非吉拉德·布尔。布尔博士是推销员,库蒂尔博士才是科学家。这就是为什么那尊大炮是在这里造出来的,因为库蒂尔博士熟悉这一带。熟悉这里的人,也知道没有人会来魁北克的森林里寻找巴比伦大炮。简直完美,直到有人杀了吉拉德·布尔。"

"这些都是猜测。"她说道。

"您看来不愿接受任何的可能性,"伽马什说道,"为什么?我们找到了库蒂尔博士和吉拉德·布尔之间的直接联系——"

"——你只有一张模糊的旧照片。"

"我们有的不止这些,"他说道,但是波伏瓦发现自己停了下来,没有把罗森布拉特教授说出来。

这位CSIS特工看上去极其镇定。她双手放在大腿上,但是十指紧紧交缠,指尖已经泛白。

"这些对你来说都不是什么新闻了,不是吗?"伽马什问道,跌跌撞撞地接近了真相,"你早就全都知道了。你今天下午是不是就在读那份文件?你藏起来不让我看见的那个名字,就是纪尧姆·库蒂尔。"

她坐直了,好像是在激励自己。

"你来之前就知道纪尧姆·库蒂尔与这件事的联系,但是你什么都没有说,"伽马什说道,他稍稍提高了音量,"没有警告我们,也没有警告安托瓦内特·勒迈特。"

她沉默。

"我们本可以拯救她。"

"你们本就什么都做不了，"她勃然大怒，"你们发现的比我以为你们可能发现的要多得多，但是你们一点都不知道你们抓住了什么。给我退后。走开。"

"为什么？所以在你们追求自己的无论什么目标的时候就可以牺牲更多性命了？"他厉声问道，"具体又是些什么目标？"

"没错，我们都知道库蒂尔博士，我们当然知道，"玛丽·弗雷泽说道，"但是我们都以为巴比伦计划随着吉拉德·布尔一起入土了。的确有传闻说有一尊大炮被造出来了，但是在情报圈，传闻算是家常便饭，大部分只会误导而已。我们这些年来一直在监视库蒂尔，但和你一样，他退休后就到这儿来了，开始种种番茄和玫瑰，还加入了一个桥牌俱乐部，就这么销声匿迹。这威胁便也销声匿迹了。"

"直到大炮被发现。"

"是的。这是一个意外。"她承认道。

"你们刚看到大炮的时候为什么不告诉我们纪尧姆·库蒂尔的事？"波伏瓦厉声问道，"你们为什么没有告诉我们他在巴比伦项目中的角色，以及他就住在这一带，还有一个侄女？"

她什么都没有说。

"你们根本不想我知道，"波伏瓦说道，"你们想——"

伽马什把一只手放在波伏瓦的手臂上，他便停下了。

波伏瓦说话的时候，玛丽·弗雷泽一直都没有看他，反而瞄准伽马什。

"很聪明，伽马什先生。"

波伏瓦盯着伽马什，不太清楚他为什么要制止自己。

"我们是过来执行公务的，伽马什先生。为 CSIS。但是有一个可疑之人您的确应该问问自己。麦克尔·罗森布拉特，他为什么还在这里？"

这，伽马什想，是她的一次进攻，为了转移他的注意力。但是这也的确，他必须承认，慢慢爬升成为他首当其冲要问的几个问题之一。

"你觉得罗森布拉特教授为什么还在这里呢？"波伏瓦问道。

"我一点想法也没有，"她说道，"这是你们的问题，不是我的。我有一份摘要,只是为了确保没有任何人再制造出一尊我们在林子里找到的那种大炮。我在乎的只有这一点而已。"

"只有这一点?"波伏瓦问道,"以人命为代价?"

她看着这位年轻人,就好像他说了句很可爱的话。一个孩子正学着说自己所不明白的词汇。

"你知道我在看着您的时候看到了什么吗?"伽马什问她。

"我真的不在乎。"玛丽·弗雷泽说道。

"我看见一个在黑暗中穿梭了太久,已双目尽盲之人。"

"我就知道大概就是这种话,"她微笑着说道,"但是你错了。我没有瞎,我的眼睛只不过是适应了黑暗。我比大部分人看得更清楚。"

"然而您却看不见自己所作所为造成的损害。"他说道。

"你根本不知道我看见的是什么,"她说道,她的声音冷酷而清脆,"以及看见过什么。你根本不知道我想要阻止的是什么。"

"告诉我。"伽马什说道。

电光火石间,让-居伊·波伏瓦以为她真的会说,但这一刻转瞬即逝。

"你指责我不了解您的世界,"伽马什说,"你可能是对的。但你也不再了解我的世界。在这个世界里,关心一个九岁小男孩,并为他的死而愤怒是有可能的。在这个世界里,安托瓦内特·勒迈特的生与死是至关重要的。"

"您就是个懦夫,先生,"她说道,"不愿意为了几百万人的生命接受几个人的牺牲。你说这很简单? 好吧,要是逃跑算是一种选择,的确是很简单,而你正是这么做的。但是我留了下来,我选择继续斗争。"

"为了大部分人?"伽马什说道。

"是的。"

他起身,一股憎恶涌上心头。他站在颇为惬意的房间中央。

"我不觉得您所做的事很简单,"他说道,"至少,一开始不简单。我觉得这会毁灭灵魂。但一旦灵魂被毁灭了,就简单了不少。不是吗?"

玛丽·弗雷泽站了起来,和他面对面。

"滚去地狱吧。"她轻声说道。

"我会的,如果有必要。我想我会在那儿见到您。"

"听好了,先生,"她朝着他的脊背说道,"一个懦夫不仅要死上一千次,而且他也会让一千人丢掉性命。"

他们离开的时候,发现 B&B 的楼梯上有动静,看见布莱恩站在那里。半上不上,半下不下,冻在那里。

他听见了多少?波伏瓦想。

他全都听见了,伽马什知道,通过布莱恩的表情判断。

一言不发,布莱恩回到楼上。各种各样可笑的想法跑过他的脑海,和波伏瓦一起走出 B&B 的时候伽马什如是想。

"我和玛丽·弗雷泽说话的时候您为什么制止我?"回家的路上让-居伊问。

"我怕你把不应该说的说出来。至少,不能在那人面前说。"

"您是指他们知道库蒂尔和图纸的事?但是他们并不是为了 CSIS 而是为了自己在寻找。"波伏瓦说道。

伽马什点点头。

"您觉得他们就是安托瓦内特昨晚等的人?玛丽·弗雷泽和肖恩·德落梅?"

"有可能。"伽马什承认。

"这些都是什么人,老大?"

"这,老朋友,是个很好的问题。"

...第二十八章

克莱拉从莫娜新旧书店的渗滤壶里倒出一杯咖啡之后,捧着杯子来到自己窗台前的座位。清晨挣扎着钻出沉重云层的裂缝,一缕缕的光射进森林。

"我听说安托瓦内特和劳伦特的死可能是有联系的,"她说道,看着莫娜把报纸放低了一点点,正好露出一双眼睛看着她,"而且还可能和林子里那尊大炮有关。"

莫娜一把将报纸揉到大腿上。

"真的?"她拿下眼镜,"可是怎么可能?安托瓦内特是在抢劫的过程中遇害的,或者和那剧本有关系——"

克莱拉摇摇头,"警察已经不那么想了。"

"你从哪里听来的?"

"加布里。他和布莱恩谈过,布莱恩听见阿尔芒和让-居伊昨晚和那个CSIS的女人说的话了,明显是在和她吵架。"

"吵架?"

"好吧，争论。加布里信誓旦旦地和我说的。嘘。"

"嘘？"莫娜问道，"这是秘密从你嘴里逃出来发出的声音吗？"

两个女人对视，但是他们中间悬挂着的，是一幅全息图，那尊大炮。那尊巨大的、该死的大炮，在林子里。两人都没见过，但是两个女人都想象得出那东西长什么样，也想知道它是怎么坐在林子里一动不动就害死那么多人的。

"安托瓦内特怎么会和那把枪扯上关系的？"莫娜问道。

"我不知道，加布里也没告诉我，"克莱拉说道，"很奇怪，竟然没人记得它被制造时的场景。你会以为那些老村民可能会记得。比如说，露丝。"

"露丝？你指望露丝能记得任何东西？"

"她自己就是一尊有些失控的加农炮。"克莱拉承认。

"也许她被那些制造人给抛弃了，"莫娜说，"她就是首次尝试的失败产物。"

克莱拉简短地笑了笑之后叹了口气，"我希望我们能了解更多。设想最坏的结果总是那么容易。"

"这本不需要什么想象力。"莫娜说道，她的目光漂过克莱拉，流到窗外。

"你看见什么了？"克莱拉问道，转过头。

她看见了小镇绿地，那三棵高大的松树，还有镇民的家。她看见暴风云，看见光轴，看见一群嘎嘎叫着的饿鸟，还有一个坐在长凳上给他们喂食的老人。

"我看见了答案。"莫娜说道。

"我去开。"蕾娜-玛丽喊道。她正在书房里查东西的时候听到一声踌躇的敲门声。

那声音如此踌躇，她都以为是自己听错了，可紧接着她又听见一声，这次是稍有底气的轻敲。当她打开门，发现布莱恩·菲茨帕特里克正站在那里。

"对不起,"他说道,"是不是太早了?"

"不,当然不。进来吧,你肯定很冷吧。"

昨晚飘来的威胁着要下雨的云,先是招来了冰冷的先驱部队,那冷风和寒意钻到了表皮之下,深入骨髓。

"昨晚加布里来接我的时候,我随便扔了点东西到箱子里,但是我当时脑子不太清楚,"布莱恩说道,抱住了自己,"我带了三双鞋子,但是只带了一双袜子。没带毛衣和大衣。"

"这个嘛,我们有很多衣服,可以借给你。"她亲吻他冰冷的双颊。

"我可以和你丈夫见个面吗?"

"当然。"

她领着他走进厨房,燃木炉上点着火,上面正滚着一壶咖啡。"阿尔芒。"

阿尔芒从笔记本前抬起头来,亨利也从自己正啃着的麋鹿玩具前抬起头来。一人一狗都立刻站了起来。

"布莱恩,"阿尔芒说,和这个男人握了握手,"请坐。我正把自己的一些想法记下来,正想着要去 B&B 见你呢。"

他把布莱恩引到火炉边的一张舒适的座椅中,蕾娜-玛丽则倒了一杯咖啡。

"你吃过早饭了吗?"她问道,"我可以给你热点培根和鸡蛋。"

"谢谢,加布里给我烤了几片吐司,我实际上不怎么饿。"

"我真为安托瓦内特感到抱歉,"蕾娜-玛丽说道,拿来咖啡和一些橙汁,"你好还吗?"

她没办法不问,但是答案很明显写在他仿佛被掏空般的外表上。他只是摇摇头,抬起一只手,接着又落到了椅子的扶手上。

而且很明显布莱恩想和阿尔芒单独谈谈。

蕾娜-玛丽上楼,带了几件阿尔芒的毛衣、袜子还有温暖的格子睡衣给布莱恩。她把它们放在门口的桌子上,还搭了一件厚实的外套,接着就叫上了亨利,帮这条牧羊犬扣上狗链,便和它一起去散步了。

"你昨晚听见我们的谈话了。"蕾娜-玛丽出门之后,阿尔芒说道。

布莱恩点点头,"我睡不着,听见你敲那位 CSIS 女士的门,就跟着你们下楼了。我不明白究竟是怎么回事。"

"安托瓦内特的叔叔是我们林子找到的那尊大炮的缔造者之一。"伽马什说道。既然布莱恩昨晚已经全都听见了,那么隐藏也没有用了。

"纪尧姆叔叔?"布莱恩问道,"可他是工程师,造高架的。"

"安托瓦内特经常提到他吗?"

"说得不多,但说实话,我也没怎么问。她看上去挺喜欢他的,他明显也挺喜欢她。你觉得她是因为他才会遇害的?"

"有可能。我们认为他可能留着大炮的设计图,有人去那里翻找,可能以为她不在家。"

"那很值钱,那天晚上我听你们说了。"

伽马什点头,"没错。关于那些图纸是否在那幢房子里,你是否有任何头绪?"

布莱恩摇摇头,"我觉得自己很没用。我觉得我本应该把这些图纸双手奉上给你,但这一切对我来说都还是新闻。我根本不知道发生了什么事。安托瓦内特知道她叔叔究竟做了什么吗?"

"我们也不知道。我们只知道在你们家没有任何关于他的证据。你是否能想起任何线索,比如一张照片之类的?"

布莱恩撅起嘴,思索着,接着摇了摇头。"可能有吧,但我根本没注意,我觉得我不算是个观察入微的人。我真希望自己在家,我应该在家的。"

"无论是谁,他都会等到你不在的时候再来的,"阿尔芒说道,"你什么都做不了。"

伽马什没有说出来,但是他相信当劳伦特找到大炮并开始大肆宣扬之时,当 CSIS 特工决定不泄露任何有关她叔叔的情报之时,安托瓦内特的生命就已经结束了。

"有没有人来问过有关纪尧姆·库蒂尔的事?"阿尔芒问道。

"据我所知是没有。他在我遇见她之前就已经过世了。"布莱恩看着自己的咖啡杯,就好像自己从来没见过咖啡杯一样,"我不知道该怎么办。"

阿尔芒点点头。他知道失去某人的同时,人也会被迷失的感觉淹没,再也无法辨识方向。

"我不能回家,"布莱恩说道,"还不能。"

伽马什知道他是指自己情绪方面还不能自己,但实际上警察也不会允许他回家的。

不出所料,拉科斯特今天早上第一件事就是打电话来告诉他,玛丽·弗雷泽和肖恩·德落梅搞了张禁令,要亲自搜查安托瓦内特的家。只有他们俩。虽然伽马什感觉这禁令只是做做表面文章而已。他基本可以肯定他们已经去过了,已经搜过了,无须走任何法律程序。

"我今天可能会去一趟剧院,"布莱恩说道,"我觉得在那儿感觉和她更近一些,总比一整天坐在 B&B 强。我也并不想和别人说话,你知道。"

"我开车送你去吧,"阿尔芒说道,站了起来,"我也正要往那个方向走。"

在门口他们找到了衣服。

"来,"阿尔芒说道,"我先打个电话,你先穿件毛衣吧。"

他进了书房,把门关严实,接着打了一个渥太华州的私人电话,此刻是八点半。在简单的交谈之后他挂断了电话。

今天中午,他们应该就能更加了解玛丽·弗雷泽和肖恩·德落梅了。布莱恩在前门等着他,穿着阿尔芒最喜欢的蓝色羊毛衫。

"恐怕对你来说有点大。"伽马什说道,为他卷起袖子。

"你也去诺尔顿吗?"布莱恩问道。

"不,比那儿再远几公里吧。我可以把你送到剧院,然后两小时之后再来接你,如果你没问题的话。"

他没说自己要去满潮村。知道的人越少越好。

他们开车离开的时候,伽马什看见罗森布拉特教授坐在长凳上,正抵御着凛冽的风,给鸟儿们撒面包屑。秋天的叶子,垂落的树梢,在他的周围随着风旋转,再加上那些兴奋的鸟儿,与空中的面包屑,给人一种印象,像是大自然在向这位老物理学家发疯。

再一次,伽马什开始想知道为什么罗森布拉特教授还留在这里,而不是坐在自家安全而温暖的壁炉前。

克莱拉和莫娜靠近长凳,坐在教授的两边。

"早上好,"克莱拉说道,在叫嚣的风中,她必须拔高音量。"您昨晚睡得好吗?"

"恐怕我昨晚喝得有点多,"他说道,"我过来呼吸呼吸新鲜空气。"

"好吧,这儿倒是有很多。"莫娜说,拨弄着围巾不让它蒙住她的脸。在教授的另一边,克莱拉正和她的头发作斗争。

罗森布拉特给了他们一些不新鲜的面包,扔给那些山雀、冠蓝鸦和知更鸟。

"鸟为食亡,"他说道,"我现在知道这词是从哪来的了。"

他们扔出去的面包被风卷起,滚过绿地,后面追着落叶与鸟群。

"对你们朋友的事,我感到很遗憾。"罗森布拉特说道,看着那面包引发的骚动。

"真可怕,"克莱拉说道,"但更糟的是没有人告诉我们任何消息。我们想知道您是不是能回答我们的一些问题呢。"

"我尽量。"

"我们听说安托瓦内特的死可能和劳伦特的死有关,"莫娜说道,"是真的吗?"

"我想警察怀疑这可能是真的。"他说道。

"怎么会?"克莱拉问道,"也和那尊大炮有关,是吗?"

"是的。但是我真的不能再多说了。抱歉。"

"您是不能,还是不想?"克莱拉问道。

"你们和伽马什先生是朋友,为什么不问他?"

莫娜笑了,"因为他不会告诉我们。"

"所以你们就准备拖我下水,女士们?"这句话说得既有趣又有魅力,但丝毫没有露出半分退让之意。

"您知道些什么,不是吗?"莫娜问道,"伊莎贝拉·拉科斯特告诉我们安托瓦内特死讯的时候,您说了什么,引用了一句话,关于粗暴的野兽,还有伯利恒。"

"我真希望是我说的,但我只不过是在读你们的朋友露丝写在笔记本里的东西。"

"那是引用的一句话,不是吗?"莫娜说道。

"我想是的,"罗森布拉特说道,"可能是莎士比亚,不都是他说的吗?或者《圣经》。"

"肯定对您来说是有某种意义的,因为您不仅是读了露丝写的东西,而且还大声说了出来,"克莱拉说道,"您肯定是赞同的。"

麦克尔·罗森布拉特双唇紧闭,低下了头,不是陷入了沉思,就是为了抵御击中他们的那一阵暴力的强风。

"我不知道什么应该保密,什么应该公开。"他的话语一脱口就被风打散,但是克莱拉和莫娜坐得够近,足够抓住它们。

他凝视着克莱拉,明显在衡量某种决定的利弊。

"我去过您的个人展,您知道,就是在当代艺术博物馆,一年前左右。我当时觉得您的肖像画太杰出了。您彻底改造了那种形式。让它焕发了新的活力。赋予它深度还有一种喜乐的精神,这是如今大部分的作品所缺乏的。"

"谢谢,"克莱拉说道。"您肯定明白艺术的力量,"他说道,"可以给人自由,但也可以成为武器,特别是与某种同样有力的东西结合起来的时候,比如战争。艺术是万事万物的灵感之源。公共场所勇敢士兵的雕像,英勇就义场景的油画,但它也被人用来将对神的敬畏注入敌人的心中。"

"您为什么要对我说这些?"克莱拉问道。

"因为您对我非常友善,而且我可以想见什么都不告诉你们让这情况变得更加糟糕。我无法给你们看那尊大炮,或者跟你们说太多,而且就算我说了,我怀疑也不会有什么帮助,但是有件事你们可能会感兴趣,甚至还能帮上忙。"

他拿出自己的苹果手机,轻触屏幕,接着递给了她。

"这是什么?"她问道,看着照片。

"一幅画。刻在大炮的旁边。"

莫娜站起来,坐到她朋友的旁边想好好看看。罗森布拉特教授的手指刷着屏幕,呈现了这幅画的另一个角度。

两个女人盯着七头蛇。它翻滚抵抗着,背上骑着一个女人。她甚至比那头怪兽更可怕。披头散发,脊背挺直,她盯着克莱拉、莫娜和罗森布拉特教授。不仅看着他们,更看着他们背后的村镇与周围的旋风,但是她自己却在这大漩涡中镇定自若,充满自信。

一滴冰冷的液体滴在克莱拉的头上,把她吓了一跳。接着又一滴落在屏幕上,扭曲了那个女人的脸,让她看上去甚至更显诡异。

"巴比伦的淫妇。"莫娜说道,罗森布拉特教授点点头。

两女面面相觑,罗森布拉特教授拿回手机,把它滑进自己的口袋里,避开了雨,也避开了视线。

"来源于《启示录》。"克莱拉说道。

两人都清楚这一点,也清楚这一象征。

这是对大灾难的警示。命中注定,避无可避,毁灭一切。

"我们该进去了。"罗森布拉特教授说道。

雨下得更大了,在他们缩头弓背地跑进屋的时候,豆大的雨点砸在路上,砸在他们背上,砸在他们头上。树在风中被拧成了麻花,他们看见蕾娜-玛丽和亨利在暴雨倾盆之前向家里冲刺。

三人匆匆跑进莫娜的书店。一进屋,她就拿出毛巾让他们擦干自己,点起了燃木炉,倒上茶,热腾腾的,十分浓郁。

雨点击打着窗户,让他们有些惊慌。

"我的天呐,"莫娜说道,擦擦脸,"如果那幅画是用来吓人的,那么它成功了。那该死的大炮还不够吓人吗?谁还会再刻上这幅画?"

"我可以再看看吗?"克莱拉问道,罗森布拉特教授把苹果手机给她。她盯着画面看,先是放大,又是缩小。

"有没有签名?"她问道。

"没那么容易辨认的东西,"教授说道,"怎么?"

"大部分艺术家都会通过自己的某种方式签名。上面倒是有字。"

"是的,引用了《圣经》,是希伯来语。"

"你和露丝引用的那句?"莫娜问道。

"不,另一句。关于巴比伦。"

"为什么要把巴比伦的淫妇刻在大炮上?"克莱拉问道。

"我们认为这可能就是一个销售道具,为了吸引买主。"

"谁是买主?魔鬼?"

"差不多吧。"

"某些粗暴的野兽,"克莱拉说道,盯着刻画,"懒洋洋地走向伯利恒。"

"他的路线直接穿过三松镇。"莫娜说道。

...第二十九章

伽马什车上雨刮器疯狂运作着,撞击,划开,撞击,划开,将雨刮到一边,想要清出一个半圆形的清晰视线。

他们到剧院的时候,布莱恩冲了出去。阿尔芒在车里等他进去,但是看见布莱恩把手伸进外套的口袋,接着伸出来又试试其他口袋。然后他看着伽马什。

阿尔芒熄火之后冲了过去,头顶着那飞驰的雨。

"你没钥匙吗?"他大叫道。

布莱恩又摸了摸自己的口袋,摇摇头。"在我的大衣里。这是你的。"

伽马什试了试把手。它转动了,门开了。

"感谢上帝,"他说,迅速地跟着布莱恩走了进去,"可这不应该是锁着的吗?"

他把门关上,把那敲打着他们的雨关在门外。

"安托瓦内特有时候会忘记锁,"布莱恩说道,用手顺顺湿漉漉的头发,"我现在可以了,如果你想走的话可以走了。"

"我想我可能要等到暴风雨过去吧,"阿尔芒说道,觉得自己有点糟糕,因为他知道布莱恩急需一个人独处的时间,"我就在剧院里等几分钟。"

布莱恩走到一块面板前面,一阵沉闷的金属声之后,舞台上的灯亮了,但剧院的灯仍是暗的。阿尔芒在脱下自己浸湿的外套之后,选了黑暗之中离舞台隔着几排座椅的位置,布莱恩坐在舞台上的沙发上。双手叠在腿上,一种镇静似乎落到了他的身上。他看上去就像在冥想。眼睛闭着,脸稍稍朝上扬起,平静,但是,伽马什想,并不平和。

这里是布莱恩的圣地,伽马什知道自己是个不速之客。他觉得自己就像是个偷窥狂,看着别人私密的一幕,一场私人戏剧中并未受邀的观众。

他转移了目光,看着舞台上的布景。

他看了一会儿才明白自己在看什么。一开始只是有种模糊的有所不同的感觉。没有不对,也没有威胁,只是有点不同。

布莱恩不可能注意到。他背对着布景,闭着眼睛。但是阿尔芒感觉到了,并且看见了。

布景里多了点东西。破烂的家具没有变,但是书架上多了几本书,还放着小摆饰填补那些空白。

阿尔芒的头歪向一边,看着这些东西。它们太远了,看不清楚,不过有一样东西吸引了他的注意力。他盯着它看了一会儿,接着站了起来。

走向舞台两翼,他爬了几级楼梯走到了舞台上,走进了探照灯光之中。布莱恩听见了脚步声,睁开了眼睛。

"要走了吗?"他问道,声音里透出不止一点希冀。

"还没有,"阿尔芒有些心不在焉地说道,盯着书架上的东西。接着他朝左侧迈了一步,弯下了腰,读着那些书脊。有些是之前就在台上的蒙尘的古老书籍,毫无疑问是在某场义卖上大批量购买的,并且已经在很多场演出中被用作道具了。但是还有一些别的,包括——他弯腰凑近,戴上了他的阅读眼镜——《粒子系统经典力学》、《屏障轨迹》以及一本叫《应用物理,理论与设计》的书。

直起身来，他的眼睛迅速扫过书架、书桌、抽屉柜，这些都是用来呈现弗莱明戏剧中的一间寄宿小屋。

他的目光停了下来。那里，在书桌上一套笔之后，是一张银框照片，上面是一个微笑的男人，还有一个扎着小马尾的小女孩靠在他的膝头。

伽马什拿出那三位科学家的照片，对比了两张照片上的人。两张脸都在笑，都有些凌乱，都是纪尧姆·库蒂尔。

那个小女孩几乎肯定是安托瓦内特·勒迈特，当她真的还是个小女孩，而不是个巨婴的时候。

他拿出手机打电话给伊莎贝拉·拉科斯特。

"安托瓦内特把她叔叔的东西搬到了剧院，"他说道，"就散落在舞台上。"

"设计图在那里吗？"她立刻问道，"发射装置吗？"

"我还不知道，我刚刚发现的。"

布莱恩已经走了过来，站在伽马什旁边。他伸手去拿那张照片，但是伽马什截下了他的手。

"我们马上过来，"拉科斯特说道，"什么都别碰。"

在她意识到自己在说什么的时候，这句话已经脱口而出了。

"我们会尽量不碰的。"伽马什说道，看着布莱恩。

"对不起，老大，"拉科斯特说道，"您当然不会碰的。"

伽马什挂断之后，他问布莱恩是否能辨认出哪些道具已经在那里放了一段时间了，哪些是后来添的。

布莱恩花了些时间，指向，但没有触碰，那套笔、照片、几本书，还有一些小摆设。

他指完之后，转向阿尔芒。"我刚才是不是听见你说是安托瓦内特把这些东西拿出来的？这些原本是她叔叔的？"

"肯定是她，"阿尔芒说道，"这些书可能只是间接线索，但是那张照片毫无疑问。这个呢？"阿尔芒指向那最先引起他注意的摆设。布莱恩刚才指出自己从来没见过这个东西。"你确定这不是你们道具组的东西？"

布莱恩咬着下嘴唇。"基本确定。这应该是某种纪念品，不是吗？"

的确,伽马什同意。它就是作为纪念品被制造出来的,纪念。他确定几天前他来见安托瓦内特的时候,这东西还不在舞台上,否则他一定会记得。

这毕竟是一个旅游纪念品。弯下腰,他和这小雕像对视。它又小又俗气又廉价。他知道,因为他自己就买过一个,不是给自己,也不是给蕾娜-玛丽。

是他们上次去巴黎的时候,给两个外孙女一人买了一个。他们周末带她们出去游玩,好留给丹尼尔和罗丝琳一些二人世界的时间。

在一系列清晰的画面之中,阿尔芒看见小弗洛伦丝和她的小妹妹佐拉站在埃菲尔铁塔之前;在卢森堡公园里,在牛奶房前举着滴着奶滴的冰淇淋甜筒。

接着小弗洛伦丝和小佐拉坐在高速火车上,从侧面看,两人肩并肩,瞪大眼睛看着窗外,法国的农田与他们飞速擦肩而过,他们朝着比利时猛冲。

接着小弗洛伦丝和小佐拉指着那个小男孩铜像大笑,他正朝布鲁塞尔的喷泉里撒尿。这著名的雕像名为撒尿男孩,这名字也引来一阵嬉笑。祖父给她们说了这个小王子的故事,传说中,在 1142 年,战火连天,他从一棵树上朝敌人撒尿。传说中,他这一举动不知如何迎来了最终的胜利。如果军火商能明白就好了,能赢得战争的并不是军火。

两个小女孩被这个故事感动得无以复加,恳求他们在纪念品小店里买下这个傻傻的雕像,爱不释手。最终和她们父母解释的时候有些尴尬,为什么两个小女孩明可以去美丽的布鲁塞尔市观光,可结果她们唯一的记忆、唯一的纪念品,是一个撒尿的小男孩。

但是伽马什现在想起那场旅行的另外一些情景。他们带着两个女孩去了原子球塔,一个与原子构造一模一样的巨塔,引领着原子时代。人们可以进去,去看看里面的样子,再从里面看看窗外,再通过那单一而极其特别的自动扶梯上上下下。

这就是蕾娜-玛丽看见照片时所想到的。

再一次阿尔芒从口袋里拿出照片,盯着看。如果有把椅子,他就会坐下了。在他的脑海中,他将那三位科学家替换成了两个眼泪汪汪疲倦至极的小女孩,还有精疲力竭的蕾娜-玛丽。在扶梯的顶端,这把扶梯,在原子球塔里。

照片就是在那里拍的,在原子球塔。这张照片将纪尧姆·库蒂尔放在了布鲁塞尔吉拉德·布尔的身边,证明他在巴比伦大炮研发时期正与布尔博士一同工作。

任何熟悉吉拉德·布尔的职业生涯,以及原子球塔的人,都应该看得出来。

几分钟之后,波伏瓦和拉科斯特到了,伽马什给他们指出舞台上几个新的道具。

"布莱恩确认这些东西原本并不在这里,"伽马什说道,"我上周来这儿的时候,它们肯定不在。"

"他人呢?"波伏瓦问,取出他用于鉴定的工具,戴上了手套。

"他在楼下的演员休息室,想一个人待着。"

他也告诉他们照片是在哪里拍的。

"布鲁塞尔,"波伏瓦说道,停下手头搜查书本的工作,"布尔遇害的地点。布尔是什么时候遇害的?"

"我们不能确定。"伽马什说道。

"安托瓦内特可能把她叔叔的东西都藏在地下室了,是前几天把它们带过来的,"拉科斯特说道,"这就意味着她知道她的叔叔和吉拉德·布尔以及大炮有关。否则为什么要藏起来呢?为什么要带到这儿来?"

"她不想把它们留在家里,我同意,"波伏瓦说道,"但为什么是前几天?发生什么事了?她在接手他房子的时候并没有这么做。在劳伦特遇害的时候她并没有这么做。是什么让她突然惊慌起来的?"

"大炮。"伽马什说道。

"但是大炮是在劳伦特遇害的时候发现的,"拉科斯特说道。接着她想起来了,"但是没有人知道伪装网之下的是什么。三天之前,人们才知道这是吉拉德·布尔的导弹发射器。"

伽马什点点头,"我想当安托瓦内特听说之后,她慌了。她一定知道这是她叔叔的大炮,而劳伦特就是为此而死的。"

"她害怕她会成为下一个目标,"波伏瓦说道,"如果凶手发现她叔叔和布尔之间的联系。"

"她没有错,"拉科斯特说道,"但等到她把东西藏起来,已经为时已晚。"

"这就是说,"伽马什说道,"她的叔叔肯定至少和她说过一些自己工作的事。"

"可能为了警戒她。"拉科斯特说道。

"但凶手怎么会知道库蒂尔博士的事?以及他的侄女就住在他家里?"波伏瓦问。

"他们一起在布鲁塞尔的照片就在他的讣告里,可能是安托瓦内特发出来的,毫不知情自己暴露了什么,"伽马什说道,"任何一个正在寻找设计图的人立刻就能发现端倪。"

"但是库蒂尔博士在吉拉德·布尔遇害许多年之后才去世的,"伊莎贝拉指出,"还会有人对此感兴趣吗?"

"对一大笔财富感兴趣?"波伏瓦问道,"就连罗森布拉特教授也承认还有人在寻找这传说中的超级大炮。我所能理解的是,在劳伦特发现大炮并被灭口之后,为什么凶手还要等上一周甚至更久的时间才杀死安托瓦内特,并在她家搜索设计图?如果他知道她叔叔制造了超级大炮,为什么不直接过去呢?"

伽马什深吸一口气,憋了一会儿,才吐出来。

这是个很好的问题。当然,的确有原因。答案可能就是——

"可能不是同一个人,"阿尔芒说道,"可能有人杀了劳伦特,而另一个人,听见这一发现,便下来寻找设计图。他们知道纪尧姆·库蒂尔是安托瓦内特的叔叔,如果说有人有巴比伦大炮的设计图,那一定是在他手上。"

"他们?"拉科斯特问道,"您是在思考是不是玛丽·弗雷泽和肖恩·德落梅干的,不是吗?"

"我不确定我这算不算是'思考',"伽马什说道,"不过没错,有这个可能。我今天早上打电话给我在CSIS的朋友了。今天稍晚些应该就能知道更多关于他们的消息了。"

拉科斯特环顾舞台。那些他们已知是安托瓦内特从家里带来的物品,他们已经取了指纹、做了抹片、用证据袋包好,但并没有找到发射装置或者设计图。

伽马什拿起几个包好的东西,仔细看着。一套笔,一套书挡,一位撒尿男孩。

"我觉得……"伽马什把玩着撒尿男孩,转了一圈,再转一圈。

"您该不会是觉得这就是发射装置吧?"波伏瓦问道,尽量憋住笑。

"我觉得如果一台武器足够扫平一整片区域,并且价值上十亿,那么用来启动这台武器的装置肯定被人伪装过了。而这"——伽马什把撒尿男孩递给让-居伊——"并不是。"

波伏瓦有些鄙夷地看着它。"这看着很眼熟。弗洛伦丝和佐拉不是……?"

"对,"伽马什说道,"蕾娜-玛丽给她们一人买了一个。猜猜你今年圣诞会收到什么礼物。"

他们听见沉重的脚步声爬上楼梯,他们转身并未看见布莱恩从舞台边缘浮现出来。

"我坐在演员休息室里的时候,想起那里有一张安托瓦内特的书桌。我差点就要翻看,但转念想到你们可能想先看看。"

"我去,"波伏瓦说道,把小小的雕像还给伽马什,"我要重新考虑给您什么礼物了,老大。"

二十分钟之后他回来了,摇摇头。"只有些老剧本和垃圾。蒙特利尔的团队什么时候到?下面真是个鼠窝,全是道具和戏服。"他扫了一眼整座剧院,"光是搜这地方就要花好几小时,甚至好几天。"

几分钟之后,鉴证小队到了,开始进行异常费力的剧院搜查。

此刻空中飘着绵绵细雨,伽马什开着车。那戏剧化的黎明带着它残破的云朵与光轴给暴风雨让了路,此刻只剩沉闷、寒冷、淅淅沥沥的早秋午后。

现在,雨刮器慵懒而有节奏感地挪动着,他正从诺顿剧院出发向南行驶,开往佛蒙特州的边境,听着尼尔·杨在 CD 里唱着每当他需要安慰,他记忆去往的地方。他的所有变化都在那里。

无助……

伽马什将拉科斯特、波伏瓦和鉴证队留在剧院,只是跟着导航驱车走在玛丽·弗雷泽和肖恩·德落梅两天前所走的路上。就在曼德维尔的南边,他右转,驱车进入满潮村。

一侧依山,一侧傍水,这小村庄本应是风景如画的。本可以,本应该。几乎可以肯定曾经它是一座美丽的小村庄,曾几何时。但是现在它似乎已被抛弃、被忘却,连一丝记忆也无。

……无助。

这远非伽马什第一次见到这般破落的小村庄。他环顾四周,看见老火车站,已经关闭了。火车连线,就像动脉,已经被切断,而这曾经繁荣的小村庄便也死去了,慢慢地死去。年轻人渐渐散开,去别处寻找生计,留下年迈的父母和祖父母。

伽马什看着导航。他正在满潮村,但是 CSIS 的特工们似乎去了稍远一些的地方。再向右转一次之后左转,他见到一排钢丝网眼编成的栅栏和一扇挂着生锈铁链和一把新锁的大门。

毫无愧疚,或毫无迟疑,伽马什打开自己的杂物箱,掏出一小袋工具,没多久,锁就开了。他开车进去,把车停在一桩老房子之后,带上自己的导航和伞,他便开始漫步。

向上。

在狭窄泥泞的小径上,漫步成了跋涉。他尽可能不要滑倒,但是他失足了两次,掉了导航仪,还有一个膝盖陷进了泥水里。第二次摔倒的时候,他伸手去拿那浸在泥水里的导航仪,正当他心里希望它没有坏掉的时候,他看见了铁轨。火车轨道。这一发现让他意识到自己正走在一条火车轨道的中间。比载客或载货火车用的轨道更狭窄些。它们已经被人抛弃,上面盖满了植被,只有一个单膝跪地的男人才可能发现。

他站在那里，停下来喘口气。他就快要到达坡顶。又爬了几分钟之后，已经再没有上坡路，只有下坡路了。弯下腰，他的手撑着膝盖。正是在这样的时刻，他意识到自己已经不再是三十岁，甚至四十岁，或者甚至五十岁了。直起身来，他环顾四周。坡顶长满了树木，但是他看出来这些树龄还小，很明显曾经被砍伐一空。

用橡皮靴的脚尖，他踢开了狭窄铁轨上的泥，顺着它们走，一直走到一座水泥平台，几乎被经年的尘土、根须和落叶遮蔽。周围还有其他的一些土堆，但是那些是最近才被人挖掘过的。巨大的零部件，就像史前古物，半是埋没半是生锈地坐在细雨里。他检查着它们，拍完照片之后，又回到了平台上。

曾经让他心潮澎湃的景色此刻让他想要呕吐。他看着广袤的森林，视线跳过树梢，一直看到远处佛蒙特州的青山山脉。浓雾与低云缠住山峰，整个世界仿佛都被洗掉了颜色。他听见头顶上的雨伞传来雨滴的鼓点。

巴比伦的淫妇曾来过这里，之后又走了。留下一地巨大的尸骨。

毫无疑问，它们曾结为一体，是为何物？

...第三十章

那些调查员们再一次坐在调查室的会议桌边。让-居伊看着伽马什戴上他的阅读眼镜,低头读波伏瓦交出的报告。接着伽马什脱下眼镜,若有所思地看着他之前的副手,让-居伊必须提醒自己,伽马什是客,而不再是主。

他曾经和自己的岳父开了一个玩笑,把沃尔玛的迎客人穿的背心作为礼物送给了他,作为给他的职业建议。伽马什发自内心地大笑,有一次甚至在他女儿女婿来看他的时候,穿上这件背心来开门,上面写着"欢迎来到沃尔玛"。

但是现在,让-居伊后悔自己送那条背心,以及背后的含义,他曾以为探长在退休之后不可能快活。而对于这个终其一生扑在工作上的男人来说,他需要别的,需要更多。

他记得玛丽·弗雷泽所说的话,那些伤人的话。他意识到自己之前送背心给自己的岳父的行为本质上和她说的话是一样的。

波伏瓦无需阅读自己的报告。没有什么好说的。

"我们已经盘问过安托瓦内特·勒迈特朋友、客户以及艾地剧团的成员。毫无疑问,她要制作弗莱明戏剧的决定让许多人反感。大家都很愤怒,这么说还是轻的。"

"你觉得她的死和这部戏剧有关?"拉科斯特问道。

"不,我不觉得。我们现在在查不在场证明,但目前为止看来所有人都是清白的。"

"布莱恩呢?"拉科斯特问道。

"他就有点难界定了,当然。他的指纹和DNA在犯罪现场到处都是,但这是正常的。他的衣服上也有她的头发和一些皮肤和血液组织,但是是他发现的她,而他觉得自己可能触碰过她的尸体,所以——"

他举起双手。

"他的不在场证明已经核实过了。"拉科斯特读着报告。

"对,"波伏瓦说道,"他的手机显示他的确一直都在蒙特利尔,但我们都知道,他可能是故意留在那里的。"

"我们都知道安托瓦内特在死去那天把她叔叔的东西搬到了剧院,甚至有可能就是在那天晚上搬的,"伽马什说道,"有人看见她搬了吗?"

"没有,"让-居伊说道,"不过我们倒是有证人看见她那天下午出现在杂货店、面包店还有酒水店,她在那里买了两瓶酒。"

"尸检报告显示她的晚餐是披萨、巧克力挞,还有红酒,"拉科斯特说道,"她血液里的酒精含量超标,在回收处有一个空瓶子。"

"另一瓶呢?"伽马什问道。

"在柜子里,没有开。"波伏瓦说道。

伽马什想了一会儿。"这听上去像什么?"

"像是酗酒。"让-居伊说道。

"听上去像是一个要放纵自己一晚的女人,"拉科斯特说道,"你们肯定不懂穿着睡衣吃着垃圾食品狂饮红酒对任何女人来说多有吸引力。巴黎的高档晚餐?算了。给我披萨、巧克力还有睡裤,我就高兴了。"

波伏瓦和伽马什看着她。

"母性,"她解释道,"安妮有一天也会懂的。我想如果你问蕾娜-

玛丽——"

"不过她不穿睡衣,"伽马什说道,"她穿出门穿的衣服。"

"没错,"拉科斯特说道,"她的衣橱里就有休闲服,她本可以换上的。"

"但是没有,"伽马什说道,"为什么?"

"可能她本来要换的,但直接开喝了,"波伏瓦说道,"接着喝高了之后,她就已经不再注意或关心自己的穿着。我想她是想用红酒来麻痹自己,她明显很害怕,否则为什么要把东西搬到剧院去?"

"但如果她这么害怕,为什么还让布莱恩去蒙特利尔呢?"拉科斯特问,"如果我害怕,我想我会希望有人陪伴的。"

"布莱恩?"波伏瓦问道。

"好吧,他虽不是罗特韦尔犬,但总好过害怕的时候身边一个人都没有吧。"

"为什么门没有锁?"伽马什问道,"她都已经怕到把她叔叔的东西清出家门了,结果她回到家,还不锁门?"

"习惯?"拉科斯特问道,但连她自己都无法说服自己。

"可能我们都想错了,"波伏瓦说道,靠回椅子上,气恼地抱起手臂,"也许她根本就不害怕。也许她希望布莱恩赶快出去她好见别人。"

"情人?"拉科斯特问道,但是摇了摇头,看着波伏瓦,她的眼睛眯了起来,"不。买主,你在想这出。"

"我在怀疑,"让-居伊说道,"我觉得这说得通。纪尧姆·库蒂尔把巴比伦计划告诉了他侄女,以及自己缔造者的角色,为了警告她。并且还告诉她他把发射装置和设计图藏在哪里了。但她没什么兴趣,这不过是他年迈的叔叔的自卖自夸。但是,一旦大炮被找到了,她明白了自己手中的是什么,也明白了它对某些人来说一定非常有价值。"

"当有人来接近她,"拉科斯特说道,也顺着这个思路走,"她邀请他——"

"或者她。"波伏瓦说道。

"或者他们。"伽马什说道。

"来家里,而且挑了个她知道布莱恩不在的日子。"

"是的，"伽马什说道，"我觉得这点很重要。那一晚他不在。"

"那为什么她要把东西搬去剧院？"波伏瓦问道，接着举起了手，"等等，别告诉我。她把东西从家里搬走，这样买主没有她就找不到那些东西了。而她也不会告诉他们，如果没有钱的话。"

他一头撞到会议桌上。

"解决了。"

"你有没有忽略一个细节？"阿尔芒问道。

"凶手的名字？"让-居伊问道，"我已经带领大家走到这个地步了，我想剩下的可以交给探长了，不是吗？"

伊莎贝拉·拉科斯特靠在椅背上，一支笔轻敲嘴唇。并没有在听，非常睿智的，而是在思考。

"酒，"她说道，"安托瓦内特为什么会在如此重要的会面之前先喝下一整瓶酒呢？难道她不希望自己届时能头脑清晰吗？"

"也许她需要更多的勇气，"波伏瓦说道，"再说了，我们又不能确定那一整瓶是不是都是她自己喝的。凶手可能也喝了两杯之后，把杯子洗掉了呢。或者安托瓦内特可能很紧张，结果喝过头了。毕竟，她知道自己要见的人已经杀过至少一个人了。"

拉科斯特点头，"这可能就能解释她的创伤，看上去不像故意的。如果是她喝醉之后和人争吵，和别人推推搡搡，比如她的买主，她可能因此失去了平衡。"

"一旦摆平了她，买主就可以自由地搜查整栋房子，"伽马什说道，"并不知道安托瓦内特已经搬走了一切。"

"好，现在，还有另一个问题，"拉科斯特说道，"对剧院的搜查一无所获。没有发射装备，没有设计图。所以她究竟藏到哪儿去了呢？"

他们面面相觑。

"看来我们进了一个死胡同，"拉科斯特说道，"我们明显需要更多信息。"

她朝亚当·科恩看去，他正坐在桌前盯着电脑屏幕。要是他是在玩游戏的话，她想，站了起来，走到房间那头。

"我们准备好听你汇报了。"

他的手停在键盘上,没有动,眼睛盯着拉科斯特看见时松了口气的东西,是文字。文件,看上去是的。

"基本好了,"他说道,有点分心。接着他抬起头。"对不起,长官,女士,探长。"

他微微矮身,如果他站着的话,可能就成了屈膝礼了。

"你弄完之后就过来吧。"

她把那份无人愿做的追踪文件、材料以支持调查的工作交给了他。库蒂尔博士的遗嘱,安托瓦内特的税单。

"再过几分钟他就会过来,"她说道,回到会议桌旁,"您 CSIS 的朋友有没有给您回电?"

"我来这儿之前刚和她通过话,"伽马什说道,"她不认识玛丽·弗雷泽或肖恩·德落梅,不过她查了他们的记录,他们的确在那里工作。他们的专业领域是在中东,吉拉德·布尔肯定是他们管辖的档案之一。"

"如果他们的专业领域是中东,"拉科斯特说道,"难道你们不会以为她应该知道阿拉伯语和希伯来语之间的区别吗?当她看见刻画上的文字,她以为是阿拉伯语。"

"我觉得她是在装傻,"伽马什说道,"我怀疑她经常这么做。她可能也想看看你知不知道。"

"好吧,让她得逞了,"拉科斯特说道,"我告诉她了。"

"没什么坏处,"伽马什说道,"我肯定玛丽·弗雷泽会说阿拉伯语和希伯来语,并且从一开始就知道这上面写的是什么。我朋友说弗雷泽和德落梅从 CSIS 成立开始就在那儿工作了。"

"那是什么时候?"波伏瓦问道。

"1984。"伽马什说道,看见他们都扬起了眉毛。

"您是在开玩笑吧。1984 年加拿大缔造出了一个老大哥?"拉科斯特问,"我希望至少有一个人欣赏这一讽刺吧。"

但是波伏瓦看上去不觉得这很有趣。"他们在那儿待了那么久,到现在还只是档案管理员?"

"这也是我们谈话的关键。当我的朋友发现这一点时,她也很疑惑,不过看来是真的。"

"我猜有些人就是会在体系中迷失吧。"拉科斯特说道。

但是伽马什知道,自己昨晚在B&B见到的玛丽·弗雷泽可能会隐藏自己,但绝对不会迷失。

"我的朋友倒有一个想法。"伽马什说道。

"他们并非真正的档案管理员?"波伏瓦问道。

"噢,关于他们的身份,他们所说属实,"伽马什说道,"我的联系人已经核实这一点了。他们的确是档案管理员,但是,也许,有一些附加价值。"

"什么意思?"

"CSIS有权收集及分析国内及国际情报。这就是为什么弗雷泽和德落梅能搜集到如此之多关于吉拉德·布尔在这里以及在南非、伊拉克还有比利时的动态。但是想要有效率地收集信息,想要知道哪些信息是真的,哪些是,拿玛丽·弗雷泽的话来说,误导。你需要一名知道该收集哪些信息的外勤特工。"

"一名档案管理员?"拉科斯特问道,伽马什微笑,"同时也可以出外勤的人。"

"有这种可能性。我的联系人说一开始的确有这种操作,但之后官僚和公务员工会介入了。多任务模式已经被取缔,分工变得更明确,更死板。现在他们有内勤人员也有外勤特工,这是两个互不干涉的领域。"

"但是有些元老可能就这么保留原始的工作状态,"拉科斯特说道,"两面兼顾。一部分时间的确是在做内勤,做调查、做分析,但他们也会出外勤,去收集情报。"

"你根本不知道自己进入了一个什么样的世界,"伽马什说道,"记得玛丽·弗雷泽说的话吗,让-居伊?"

波伏瓦点头。他永远不会忘记那房间里的寒意,其实他很意外那些话说出来的时候怎么没有裹着一团蒸汽。

"我觉得她不是在说那个整理与归档的世界,"伽马什说道,"你们看,我的联系人很快指出没有任何证据支持这一点。这些深藏不露的特工算是CSIS的某种传奇。实际上，所有的证据都指向玛丽·弗雷泽和肖恩·德落梅的身份的确与他们自称的相符。快要退休的档案管理员。"

"终于被派来出外勤了，"拉科斯特说道，"并且获得最后一次彰显自己价值的机会。这是他们刚来时给我的印象。两位有一点笨手笨脚，讨人喜欢，但并不是非常高效的低级公务员，他们被派来这里是因为他们是唯一了解一个早就死去的军火商以及一项早就被废弃的计划。他们只是在假装自己是真正的特工。"

"他们现在还给你这样的感觉吗？"波伏瓦问道。

"不。"

"我也是。"

"您愿意再联系CSIS看能不能再挖到点什么吗？"拉科斯特问道。

"她说她会的，但是我可以看得出已经接触到很敏感的话题了，"伽马什说道，"如果弗雷泽和德落梅真的是外勤特工，那最好还是就让他们去吧。"

他们听见了打印机的声音。

"CSIS的副局长好像是女的？"波伏瓦问道，"她该不会就是您的……"

"CSIS里有很多女性工作人员。"伽马什说道。

"对，"伊莎贝拉·拉科斯特说道，"做档案管理员。但是只有一个人的级别足够获取这些信息。您说您最近和她聊过天。"

"今天下午。"伽马什说道。

"不，我是说在此之前。她是否请您去她那儿工作？或许是她的职位，一旦她高升之后？"

"我们只是愉快地闲聊而已。我们已经认识许多年了，一起解决过几个案子。"

"当然。"拉科斯特说道。

波伏瓦侧耳倾听，看着自己的老上司。他肯定能成为一个非常出色的情报人员，让-居伊想。他怀疑已经有人来找过伽马什，甚至可能是给他最顶尖的工作,而他正在考虑。

欢迎来到CSIS。

伽马什正要把自己在满潮村的发现告诉他们,亚当·科恩插了进来。

"我找到阿尔·莱帕赫的信息了,"他说道,坐了下来,"你们想要我现在就给你们吗?"

拉科斯特看看伽马什,他示意年轻人继续。科恩看上去很焦虑,要是让他迟点说的话,他可能就要爆炸了。

"劳伦特的父亲不是阿尔·莱帕赫。"

"什么?"波伏瓦问道,在椅子里朝前一扑,压在桌子上面朝科恩探员,"那劳伦特的父亲是谁?"

"不,对不起,是我没说好。我不是说生理上的……"

他看出来自己把他们弄糊涂了。

"我重新说。阿尔·莱帕赫不是他的真名。我们把他的指纹发到全加拿大,还有美国警方那里,并且既然他逃了兵役,我们也送了一份去华盛顿国防部。"

"对,"拉科斯特说道,"什么都没发现。"

"这就很奇怪了,"科恩说道,"他承认自己是美国人,而且逃了兵役。肯定有些什么蛛丝马迹。不过接着我又找了军法署署长办公室。这是美国军队的法律部门,总部在华盛顿,猜我找到了什么。"

他把一份打印稿递给了拉科斯特探长,她读着,脸色越来越黯淡。深吸一口气之后,她递给了波伏瓦,接着转向科恩。

"给我看。"

波伏瓦还在阅读的时候,她跟着科恩走向他的电脑前。波伏瓦读完又递给了伽马什。

阿尔·莱帕赫的真名是弗雷德里克·劳森。美国军队的二等兵。

"不是逃兵役,"伽马什说道,从阅读眼镜的上方看向波伏瓦,"是逃兵。"

"继续读。"让-居伊说道,脸色庄重。

伽马什照做了。他感觉自己的双颊越来越冷,好像有一扇窗被留了一条缝隙,有妖风溜了进来。

"不仅是逃兵,"波伏瓦说道,当伽马什把文件放到桌上的时候,"他正要为自己在一次大屠杀中的所作所为接受审判。"

"美莱村大屠杀,"伽马什说道,"你们太年轻,不记得,但我记得。"

伊莎贝拉·拉科斯特陷进一张椅子里,翻看着科恩电脑上的照片。波伏瓦加入了她,伽马什也是,虽然他很不甘愿。他已经见过一次,还是年轻人的时候,比一个孩子也大不了多少。照片上暴行曾上过1960年代末期的晚间新闻。这种画面你是永远也不会忘记的。

这四人,三名经验丰富的凶杀侦探与一名新手,看着这些照片,几乎恐怖到让人无法理解。成百上千的死尸,小小的四肢,长长的黑发。那一天早上,男女老少还有婴儿都穿上了鲜艳的衣服,浑然不知山的那头有什么正在靠近。

"阿尔·莱帕赫是其中一个士兵?"拉科斯特问道。

"是弗雷德里克·劳森,"科恩探员说,"他在过境之后就成了阿尔·莱帕赫。"

"并不是逃避自己所不相信的战争,而是逃避制裁。"波伏瓦说道。

他听见身边传来伽马什很深、很深地吸了一口气,一声叹气。

"我们现在知道阿尔·莱帕赫的确有这个能耐杀死一个孩子。"波伏瓦说道。

"我们该怎么处理这条信息?"亚当·科恩问拉科斯特探长。

"我们先保密,"拉科斯特说道,"直到调查结束之时。到时候我们再决定。"

他们走向会议桌的时候她瞥了伽马什一眼,他向她微不可查地点了点头。他通常会这么做。

"这是什么?"波伏瓦问道,读着另一份打印文件。

"这是我找到的另一件事,"科恩说道,"你们让我查查库蒂尔博士的遗嘱,所以我就查了。他把一切都留给了侄女。这点很清楚,但是我开始想'一切'包括些什么。他家里的东西,一份两万美金的人寿保险,以及一点存款,还有房子本身。但是房产搜查表明他名下曾有另一处房产。"

"就在三松镇之外?"拉科斯特问道,"就在大炮所在地?"

"不。离这里有一定距离,"科恩探员说道,"在一个叫满潮村的地方。"

"啊,"伽马什说道,两手交叠放在桌上,"这倒很有趣。"

"那不就是那天CSIS特工去的地方吗?"拉科斯特问道。

"以及你们留在诺顿剧院的那天,我独自一人去的地方,"伽马什说道,"我沿着他们走过的路,发现了这个。"

他把存有照片的装置给了拉科斯特,描述了自己的所作所为以及所见所闻。

"可这是什么东西?"拉科斯特问道,把装置通过科恩交给了波伏瓦,科恩迅速瞄了一眼。

"你们还记得蕾娜-玛丽找到的关于吉拉德·布尔的那份被涂黑过的文件吗?"伽马什问道,"大部分有趣的信息都被抹去了,审查员只漏掉了一处。"

"多尊超级大炮。"波伏瓦说道,扬起眉毛,"多多多多多。"

"复数。"伽马什朝让-居伊手中的装置点点头,"我想这就是吉拉德·布尔或者纪尧姆·库蒂尔的另一尊导弹发射装置。一台更小的,或许是建造真正大炮之前的试验模型。"

"巴比伦计划不止是一尊大炮,而是两尊,"拉科斯特说道,"但是那块地是库蒂尔博士的?"

"直到他出售给一家编号公司,"科恩说道,"我正在追查。"

"我想我们会发现那就是空间研究公司,"让-居伊说道,"吉拉德·布尔的公司。"

"我觉得你说得没错,"伽马什说道,"但是为什么要抛弃能直视美国的完美山坡?为什么要搬到这里?我已经让蕾娜-玛丽用她的档案访问权限,看看能找到什么。"

"我也会继续找的,如果你们没有意见的。"科恩探员说道,看看伽马什,又看看拉科斯特,又看回来,像一只困惑的小狗。

然而伽马什一点也不困惑。他看着拉科斯特探长,她对科恩点点头。

"您能再联系一下CSIS吗?"波伏瓦问伽马什,"我知道您不想对她施压,但是看来了解CSIS掌握的所有关于吉拉德·布尔的信息至关重要。那两位特工明显知道满潮村,或者怀疑过。"

但是伽马什摇摇头。"如果弗雷泽和德落梅的确如我们所推测那样,那么他们一定滴水不漏地监控此事。我不希望他们知道我们已经知道了。"

"但是您已经找您在CSIS的联系人,询问他们的业务以及真正的职位,"波伏瓦说道,"您难道不怕弗雷泽和德落梅发现这一点吗?"他看着伽马什笑了,"我明白了。您希望他们发现您一直在过问。"

"我希望他们认为我们,再次借用玛丽·弗雷泽的话,被误导了。我想他们不希望我们发现的就是这件事。"

他指指照片上的另一尊巴比伦。

无论地狱还是满潮来临,他想道。

"你好?有人吗?"

他们先是听见声音,之后才看见人,虽然他们知道那是谁在叫唤。不一会儿,罗森布拉特教授就出现在巨大的红色消防车旁,这辆车和凶杀组共享一个空间。他穿着一件皱巴巴的黑色雨衣,手里提着把收起来的滴着水的雨伞。

"我有没有打扰到你们?"他问道,晃晃自己的雨伞,"我可以之后再来。"

"没有,"拉科斯特说道,"我们正好结束。"她起身,走向他,"有什么需要帮助的吗?"

"真的是件很小的事,我都有些不好意思说出口,"他看着它,"我只是想知道我能不能用一台你们的电脑?我的苹果手机在这个村里无法接收也无法发送信息。"

"没人的手机可以,"波伏瓦说道,加入了他们的对话,"要是这事儿没那么令人讨厌的话这地方就是个放松的好地方了。"

教授笑起来,直到他的注意力被科恩探员屏幕上的画面给吸引。

"这不是——?"

科恩很快挡在他面前。

"您为什么不用这台电脑呢,教授,"拉科斯特说道,把老科学家引向房间另一头的一张桌子前,"这台也已经连接上了,但是现在没有人在用。您需要查自己的邮件吗?"

他本可能再次笑起来的,但是在看见科恩探员电脑上转瞬即逝的画面之后,所有的幽默都已经枯萎。

"不,没有人会写邮件给我。我只想查一句某人引用的话。"他转向伽马什,"您可能知道是从哪儿来的。"

"又是什么晦涩的诗歌吗?"波伏瓦问道。

"实际上,的确如此,"罗森布拉特说道,看见波伏瓦一脸警惕,"虽然我觉得它没那么晦涩。我只是想不起来。《圣经》,我想,或者莎士比亚。我们在说那位女士的谋杀案的时候,你们的朋友露丝·萨多在笔记本上写下这句话。"

"也许是她自己的某一句诗。"拉科斯特说道。

"不,我不这么认为。关于某头粗暴的野兽走向耶路撒冷。"

"听上去很耳熟。"伽马什说道。

"噢,我们运气真好。"让-居伊嘟囔道。

"但是我认为不是耶路撒冷。"伽马什说道。

"对,您说得没错,"罗森布拉特说道,"是伯利恒。"

两人拉了椅子坐到电脑前,于是在其他人在调查着谋杀和大屠杀的时候,这两人开始查诗歌。

"有没有找到设计图?"罗森布拉特问道,打进了几个关键词:粗暴的野兽,伯利恒。接着点击搜索。

"还没有,"伽马什说道,"我们发现了库蒂尔博士的遗物,但其中没有设计图也没有发射装置。"

"真可惜。"

"您想看看吗?"伽马什问道,在他们等拨号连接下载信息的时候,把证据箱搬了过来。

罗森布拉特教授充满兴趣地戳着里面的东西,直到他看到了撒尿男孩。他把它拿了起来,笑了。

"我给我外孙买了一个。我的女儿不怎么高兴。大卫之后花了六个月在公共场所尿尿。那孩子能为加拿大撒尿。"

接着他拿起了放在桌上的那套文具。先取出了钢笔,他研究了一会儿,接着翻起了箱子,直到他找到了书挡。他把其中一个翻过来,放在桌上之后又拿起了另一个。这时拉科斯特和波伏瓦也来加入了这位老科学家,看着他玩着那些东西。

"您在干——"拉科斯特开口但立马停住了,她不想影响他集中注意力。

他们看着教授摆弄着这些东西,接着他们听见一声轻轻的咔嗒声。罗森布拉特皱了皱眉眉头,接着,拿起了两支笔,把它们插进书挡底座的洞里。

他又端详了一会儿之后,把它递了出来,就像一个聪明的孩子为母亲做了个什么东西一样。

"这是不是……?"拉科斯特问,从他手里接过。

"发射装置?我想是的,"教授说,和所有人一样震惊,"真是巧妙。"

伽马什盯着拉科斯特手中的物体,她正不断转动它。看上去已经不像一套笔和书挡了。就像笔和书挡之前看上去和发射装置根本沾不上边。

"您怎么知道的?"波伏瓦问,从她手中拿过,也转来转去地研究着。

"我不知道,只是试试。我想可能是作为物理学家的前提条件吧,良好的空间推理能力。但是第一个线索是笔,当然。"

"笔?"波伏瓦问。

"不能用的,"罗森布拉特指出,"没有笔尖,写不了。"

拉科斯特和波伏瓦对视了几眼,之后又看向伽马什,他正盯着波伏瓦手中的发射装置。接着他垂下眼睛去看电脑屏幕,诗歌已经浮现。

在他的视线中,出现一幅静态图,上面是发射装置、美莱村大屠杀、波伏瓦书桌上约翰·弗莱明的剧本,还有电脑屏幕上的问字:

何等粗暴的野兽,它的时刻终于到来,

懒洋洋地走向伯利恒,等着投胎?

第三十一章

"倒计时开始，"伽马什轻轻说道，他和罗森布拉特此时坐在小酒馆靠里的座位，"不是吗？"

他们的周围，年轻的服务员正在拜访餐桌准备迎接晚餐时间。窗外，垂死的树叶在风雨中来回飞舞，两只花栗鼠坐了起来，充满戒心。

它们也听说了吗？伽马什想。或许是风。

那滴答、滴答、滴答的倒计时。

"是的，"老科学家说道。他举起一只手，引起了服务员的注意，"一杯热巧克力，谢谢。"

"您要不要考虑热的苹果西打酒？"奥利维问道，"拜托？"

"听上去不错，老板。"伽马什说道。

"那我也要一杯，无酒精的。我还没从昨晚缓过来，"奥利维一离开，他对阿尔芒说道，"您知道，我昨天点了热巧克力，结果他们送来一杯苹果西打酒。"

罗森布拉特教授把手伸向壁炉中的火焰，双手搓揉了几下，就好像那温暖如春一般。

"真是个好把戏，"伽马什在西打酒上来的时候说，他用肉桂棒搅了搅饮料，温暖的苹果和肉桂的香气与麝香木的味道混合起来，"找到发射装置。"

"把戏？"罗森布拉特凝视着面前的男人。

他们离开警察局继续他们的研究，因他们的发现深受刺激，伽马什带着老科学家来到小酒馆。客人们开始进来喝点晚餐前的小酒，但是他们的桌子藏得很好，很少有人能注意到他们。为了保证隐私，伽马什请奥利维不要让任何人坐得离他们太近。

"这不是什么魔术，您知道，先生。"罗森布拉特说道，伽马什从来没见过他这么严肃。

"您也不是魔术师？"

教授皱起嘴唇，思考着。"您是在怀疑我吗？"

"满潮村里有什么？"

现在那双唇紧绷起来，罗森布拉特沉静了下来。伽马什几乎能闻到这个男人的大脑正在运转。闻上去有点像苹果。

罗森布拉特笑了，更多的是放弃而不是幽默。

"您知道？"

"玛丽·弗雷泽和肖恩·德落梅看见枪以后没过多久就去了那里，"伽马什解释道，"我们追踪了他们的手机。"

罗森布拉特摇头，"档案管理员。"

"怎么？"伽马什问道。

"满潮村是第一尊超级大炮的所在地，"麦克尔·罗森布拉特说，他边说边看着伽马什。"您并不惊讶。"

伽马什很安静，静待罗森布拉特会说什么，做什么。

"您去过了，不是吗？"科学家说道，再次将一切拼凑在一起，"您已经知道了。为什么还要来问我？"

但是他的伙伴保持沉默，罗森布拉特再一次领悟了。

"这是个测试？您想看看我会不会对您说实话。您怎么知道我知道的呢?"

"那些被涂黑的文件,"阿尔芒终于开口,"您读过,但是没有提到那复数。审查员抹除了所有的相关资料,除了这一处。多尊超级大炮。所有其他读了这份文件的人都看见了。我无法相信您竟然没有发现。为什么您没有指出来呢?只有一个答案。因为您已经知道了,还指望着我没看见。"

"我为什么会希望您也知道呢?"

"这是个好问题。您在看见林子里的枪的时候为什么不立刻告诉我们呢?您难道不觉得告诉我们曾有另外一尊大炮非常重要吗,而且还离得这么近?"

麦克尔·罗森布拉特脱下眼镜,揉揉脸,接着他又戴回眼镜,看着伽马什。

"实际上我以为这不是什么大事,但是听您这么说,我现在明白这看上去有多可疑了。没多少人知道巴比伦计划的另一部分,"麦克尔·罗森布拉特说道,"那两半分别是幼儿巴比伦和大巴比伦大炮。"

"两半?"伽马什问道,"一个整体?"

"不,最好应该说是两个部分,但不是一个整体。其中一个会引向另一个。第一尊是幼儿巴比伦,两尊中较小的那尊。"

"满潮村的那一尊。"

"是的。这是吉拉德·布尔在运营空间研究公司的时候想到的。幼儿巴比伦算是公开的秘密,就像很多武装市场里的产品。保密程度正好足以诱人深入,但是公开程度又足以吸引注意力。"

"它的确做到了,"伽马什说道,"不是吗?"他问罗森布拉特,但是他没有回答。

"从某种程度上来说。幼儿巴比伦实际上成了笑柄。它被称之为'幼儿',但它非常大,又笨拙,和外面的武器大不相同,于是它被摒弃了,因为它是由一个和武器一样不稳定的大脑的不稳定的产物,一个狂想者。没有任何可靠的工程师或物理学家认为有可能造出来。而且,就算造出来了,也不可能用得了。只有另外一个不稳定的大脑才会出资支持它。"

"萨达姆·侯赛因。"伽马什说道。

"是的。萨达姆对它的兴趣只不过核实了众人的怀疑,那就是这个想法是疯狂的。"

他慵懒地转动着自己的热苹果西打。

"他们错了。"伽马什说道。

"噢,不,他们没错。幼儿巴比伦的确没法用。它头重脚轻,无法支撑弹道。如果用那台东西把导弹发到低轨道,让它穿越几万英里,如果你在发射的时候只有千分之一的误差,你可能会扫平巴黎,而非莫斯科,或巴格达。"

"或伯利恒。"

罗森布拉特没有回应。

"他们怎么知道这不能用?"伽马什说道。

"他们试过了。"

伽马什没有也无法掩饰自己的惊讶。

"不是发射到空中,"罗森布拉特匆忙安抚他。

"那是哪儿?"伽马什问道。

"地下。"

现在伽马什看上去很困惑,他的确很困惑。

"您去那里的时候,有没有发现铁轨?"教授问道,"不是加拿大国家铁路,而是更小、更窄的铁路?"

"是的。我跟着它上了山。"

"对。这就是布尔的计划。就和一切与巴比伦计划相关的内容一样,这件事简单而绝妙。他们不可能真的发射一颗导弹,所以他们就把它放在山脚下的铁轨平台上,直接射向地面。"

"这有什么好处?"伽马什问道。

"后坐力,"罗森布拉特说道,"他们测量了倾斜的角度、速度,还有发射出去的距离,以及地洞的深度和轨道。如此简单,简直天才。"

"我听着不简单,"伽马什承认。罗森布拉特在说到"倾斜的角度"的时候就已经把他甩到后面去了。伽马什思考着自己所听见的内容。

"不会有很大的动静吗?"他问道,"从此就不可能保密了。"

"是的,"罗森布拉特同意。伽马什等着下文,但什么都没有。

"所以它失败了,您刚才说?"

"他们试了几次,很明显,但是虽然力度可以调整,他们没办法解决轨道问题。最终他们就抛弃了那个场地。"

听上去像是故事的尾声,但是伽马什知道这其实只是开始。就算是三十年后,这故事都还没结束。但是他感觉他们已经向结局迈进,或者结局正在朝他们迈进。

"后来呢?"他问道。

"巴比伦计划被叫停。吉拉德·布尔搬去了布鲁塞尔,纪尧姆·库蒂尔归隐玫瑰园。"

"只是巴比伦计划并未结束,"伽马什说道,"实际上,反而更大了。您说没多少人知道后面的事?"

"这是唯一一件扰人清梦之事。吉拉德·布尔竟然缄口不提第二尊武器,巴比伦大炮。这很不像他。他就像卖蛇油的,爱吆喝的小贩。所以当他对第二份设计闭口不言的时候,有些人就开始怀疑。"

"怀疑这次会不会是真的。"伽马什说道。

"怀疑吉拉德·布尔是否在制造一尊甚至更危险的武器,玩一场更危险的游戏和更多危险的人。"

"比伊拉克人还危险?"

麦克尔·罗森布拉特没有回答。

伽马什想了一会儿,"如果布尔没说,怎么会被发现的?"

"大部分人没有发现。漏出来的信息都是零散的,这儿一句,那儿一句的窃窃私语。这是个充满窃窃私语的世界,最终这些话语累积起来,成了叫嚣。很难将好的情报和那些噪音分割开来,"他停顿,回想了一番,"他们应该知道。"

"CSIS? 关于巴比伦计划的另一半?"

"一切,他们应该知晓一切。我觉得他们是知道的,他们只是不相信而已。他们将吉拉德·布尔当傻瓜看,业余爱好者,特别是在幼儿巴比伦大炮失败之后。"

"您也是。"伽马什指出。

"但我可没有整个情报网可以挥霍。我和他共事过,知道他没有能力造出他所宣扬的东西。但我没有想到的是,纪尧姆·库蒂尔有这个能力。"

罗森布拉特看着伽马什。

"说实话从来没有任何一人想到巴比伦计划不止是一个疯子的狂想。特别是在幼儿巴比伦失败之后。但是他做到了,他真的造了出来。"罗森布拉特摇摇头,看着自己芬芳的西打,用肉桂条搅动着,"我们怎么就没看出来呢?"

"您没有看出来吗?"

"这是什么意思?"

"如果所有人都认为布尔不过是丑角,他的设计也不过是疯狂的产物,为什么他还是被人杀了呢?"

"为了保证万无一失,"罗森布拉特说道,"为了安全起见。"

"谋杀置人于安全之地?"伽马什问道。

"有时候,的确如此。"罗森布拉特盯着前任凶杀组组长,"别告诉我您从来没想过这一点。"

"这就是'安全之地?'"伽马什问道,"我们离一尊可以扫平东岸所有主要城市的武器只有不到半公里的距离,更别提欧洲了。"

罗森布拉特凑近伽马什,"不管您喜不喜欢,吉拉德·布尔的死意味着大巴比伦最终没有落入伊拉克人之手,否则他们会赢得那场战争,他们会称霸成片区域,他们会扫平以色列,以及任何反抗之人。在这个危险的世界,伽马什先生,这就是安全之地。"

"如果这儿如此安全,"伽马什说道,"您为何如此害怕?"

...第三十二章

克莱拉向莫娜坦白自己内心的疑虑。

她越是倾诉,便越是确定。有时候,通过大声说出某些心里话,特别是对莫娜,克莱拉便会意识到这些话有多荒唐。

但不是这一次。这一次它们就这么凝结在那里。

"我该怎么做?"克莱拉问道。

"你知道你该怎么做。"

"我讨厌你这么说。"克莱拉说道,旋转着自己的白葡萄酒。

在她对面,莫娜笑了,但只是一瞬而已,这笑容难以穿透克莱拉刚才告诉她的那些话。

直到两位男士中的一人站起来,她们才发现他们一直坐在阴暗的角落里。

罗森布拉特教授走过她们桌子的时候,克莱拉对他点点头。他没有停下,而是继续走向并走出大门。接着她们注意到剩下的那个人。

阿尔芒不是在盯着科学家的背影就是在放空,他像是作了决定。他站起来,走向吧台,打了个电话,说话的时候背对着所有人。接着他又坐回桌子,楔入了自己的角落里。

克莱拉站了起来,后面跟着莫娜,两人滑进他身边的座位,一左一右坐好。

"我想我们发现了一些有趣的事,"克莱拉说道,"但是我不确定。"

"她很确定。"莫娜说道。

"告诉我。"阿尔芒说道,全心全意将注意力集中在她身上。

"请坐。"伊莎贝拉·拉科斯特指指调查室里的会议桌。玛丽·弗雷泽和肖恩·德落梅加上波伏瓦探员,他已经入座了。

"巴比伦项目不是只有一尊导弹发射器,"波伏瓦没头没脑地说道,"而是两尊。你们之前为什么不告诉我们?"

伽马什在和罗森布拉特教授确认有两尊大炮之后,从小酒馆打了个电话给他们,两尊大炮分别被命名为幼儿巴比伦与大巴比伦。

玛丽·弗雷泽泰然自若,以她那种木讷的姿态。伊莎贝拉·拉科斯特有种感觉,这位中年妇女的腿上应该摆一个毛钱球,就像某种无害的存在,只是为了安抚镇定躁动不安的婴儿们。

"是吗?"玛丽·弗雷泽问道。

伊莎贝拉·拉科斯特稍稍凑近了些,压低声音,她说道:"满潮村。"

这就像把一枚鹅卵石扔进了小池塘,一切都变了。

"但是幼儿巴比伦失败了——"玛丽·弗雷泽说道。

"玛丽。"肖恩·德落梅打断她。

"他们已经知道了,肖恩。"

现在轮到他盯着自己的同事了,"你知道他们会发现满潮村的情况,你为什么没有告诉我?"

"我忘了。"

"不可能。"他说道,审视着她。

"现在不是谈这件事的时候。"

她的话语和他们刚到三松镇时说的一模一样。关于开车的小小口角。当时这口角几乎像是在秀亲密,此刻却冷若冰霜。从肖恩·德落梅的表情来看,他也感觉得到了一点。在飞快瞄了一眼他的同事之后,他转向警方的调查员们。

"你们已经去过了?"

"跟着铁轨爬上山坡?"波伏瓦说道。

德落梅在椅子中动了动,深吸一口气,点点头。

然而,玛丽·弗雷泽一动不动,显得十分镇定,甚至像是冻住了。

"我们知道满潮村里的那尊,但不知道另一尊。"她承认。

"你们去过那里。"拉科斯特说道。

"是的。为了确认那些零部件还在那里,没有人把它组装起来。不过我必须承认,大巴比伦对我们来说才是真正惊人。"

无论是拉科斯特还是波伏瓦都没有买账。这两人的"真正"可没什么份量。

"为什么不告诉我们满潮村的事?"拉科斯特说道。

"告诉你们我们知道三十五年前有一尊大炮被造了出来,就在与美国接壤的地方?"玛丽·弗雷泽说道,"这可不适合在餐桌上说。"

"这不是一张餐桌,"拉科斯特勃然大怒,"这是谋杀调查。多起谋杀,而你们有非常有价值的信息。"

"我们一无所有,"玛丽·弗雷泽说道,"知道一项早就被抛弃的失败实验对你们寻找凶手能有什么帮助?"

让-居伊把手伸进证据箱,拿出一套笔和书挡,帮他们放在面前的桌上,接着,一言不发,伊莎贝拉·拉科斯特拿起了它们,摆弄了起来。

两位 CSIS 特工先是稍有兴趣地看着,当他们意识到她在做什么的时候,他们震惊了。

最后一个部件咔嗒一声安好后,她把这东西放在玛丽·弗雷泽的面前。但是肖恩·德落梅拿起了它,仔细检查。

"发射装置?"他终于问道。

"对,"拉科斯特说道,"如果你们不明白,那"——她伸出一根手指戳向刚组装好的东西——"就是个很好的谋杀调查过程的展示。各种看上去毫无关系也无足轻重的部分拼凑在一起,最终会成为致命一击。如果人们向我们隐瞒信息的话,我们是无法破案的。"

"比如山顶上的一尊该死的大炮,"波伏瓦说道,"林子里那尊的小弟弟。"

玛丽·弗雷泽听进去了,但似乎无动于衷,拉科斯特怀疑对她来说,保密和信息一样有价值。她也不会轻言放弃的。

"你们在哪里找到的?"他举起装置。

拉科斯特没有回答,他再次垂下眼睛看着自己手中的东西。"好吧,无论是在哪里,我很高兴你们找到了。这可能会成为大麻烦。"

"大麻烦,"波伏瓦重复,"或许这就是为什么它被叫大巴比伦。"

"你觉得这很好笑?"玛丽·弗雷泽用和他老师一模一样的严厉口吻说道,当时他用棒球打中了加斯顿·迪韦罗的鼻子。唯一不同就是她没说"年轻人"。

"你知道摧毁广岛的炸弹叫什么名字吗?"她问道,进一步肯定了波伏瓦对她的看法。

"大男孩。"玛丽·弗雷泽让这句话渗透进去,"大男孩杀死了几万人。大巴比伦的破坏力将更大。和你不同,吉拉德·布尔对这史实非常清楚,他也知道自己的客户也很清楚。他也知道象征的力量。他遵循那悠久而令人自豪的传统,在制造武器的时候给它取个小名,反而让它显得更加可怖。"

"自豪的传统?"拉科斯特问道。

"这个么,悠久总没错吧。"

拉科斯特走到窗前,"如果真有这么危险,为什么你们不打电话给军队呢? 空军。"她扫视着天空,"我们的头顶应该有直升机盘旋,周围应该有军队看守。"

她转向 CSIS 特工。

"他们在哪儿?"她问道。

肖恩·德落梅笑了,"难道你不觉得最好不要广而告之? 武器越大,便越需要保密。"

"秘密越大,危险越大,"拉科斯特说道,"你不觉得吗?"

阿尔芒倾听着克莱拉和莫娜,他的脸上充满惊奇。

"你确定?"

"不,不确定,"克莱拉承认,"我必须要再看一次。我刚要过去呢。"

"你得告诉拉科斯特探长,"伽马什说道,"她和波伏瓦探员就在老火车站。无论发生了什么事,谁都不要告诉。罗森布拉特教授知道吗?"

"不。我后来才想起来的。"

"很好。"

克莱拉站了起来。"和我们一起去吗?"

他们一起走到小酒馆的门口。

"不,我还想见一个人。"

"想见?"莫娜问道,顺着他的眼光看去。

"必须见,"阿尔芒承认。

他们分开了,克莱拉和莫娜走过桥去调查室,与刚走的CSIS探员们擦肩而过。伽马什则走了几步,来到草地上的长凳,坐在露丝和罗萨旁边。

"你想干什么?"露丝问道,罗萨看上去很惊讶。

"我想知道在你听说安托瓦内特被人谋杀之后,你为什么会写下叶芝的那几句诗。"

雨已经停了,木凳上结着水珠。现在已经渗进他的大衣和长裤的裤管。

"我正巧知道那首诗,也挺喜欢的,"露丝说道,"我经常听你引用这首诗。关于分崩离析。"

"没错。但你没有选择那几行诗。"

"该死,该死,该死,"不是罗萨就是露丝在咕哝。难以分辨究竟是谁开的口。这一人一鸭已经融为一体,虽然露丝相对而言更为暴躁。

"你知道的比你说自己知道得多。"伽马什说道。

"没错。我还会背整首诗呢。在不断扩张的螺旋中转了又转/猎鹰听不到驯鹰者的呼唤。① 螺旋是什么？"

"不知道，"伽马什承认，"我想我以前查过一次。"

露丝盯着下午晚些时候的天空，云朵已破开，被阳光穿透。麻雀、知更鸟和乌鸦飞落，聚集在绿地上。

"没有秃鹫，"她说道，"是个好兆头。"

他笑了，"不用担心，你会永远活下去的。"

"希望不会。"她掰了一些面包，扔到一只麻雀的头上，"可怜的劳伦特，谁会杀死一个孩子呢？"

"谁在懒洋洋地走向伯利恒？"伽马什问道，"谁是粗暴的野兽？"

她没有回答，在她正要扔出一口面包的时候，他轻柔但是坚定地抓着她的手，直到她看着他。

"叶芝将那首诗歌取名为《第二次降临》，"他说道，放开了她的手腕，"那首诗是关于希望、关于重生的，但是这只有在经历一次死亡，一次末日之后，在巴比伦的淫妇到达大决战战场之后。"

"你知道自己听上去有多荒谬吗？你根本不信那传说，不是吗？"

"我相信意象的力量，象征。"他盯着她，"你知道那幅刻画，不是吗？关于巴比伦的淫妇还有那尊大炮。这就是为什么你专门引用了关于野兽迈向伯利恒，等待投胎的诗句。它们指的就是巴比伦的淫妇。"

她枯瘦的手落到大腿上，仍钳着面包。

她的脸色苍白，眼睛直视前方。锐利，搜寻着。她的头微侧，倾听着。阿尔芒想，听着驯鹰者的声音。告诉她该怎么做。

"我们能和你谈谈吗？"伊莎贝拉·拉科斯特问道。

让-居伊在她身后，克莱拉在他身后。在莫娜的敦促下，克莱拉已经去调查室把一切都告诉他们了。莫娜回到了书店，但其他人现在站在门廊上，等待答复。

"拜托，莱帕赫夫人。"

---

① 引自于叶芝的诗歌《第二次降临》(The Second Coming)。

伊芙·莱帕赫往后退了一步，让他们进了家门，很惊讶地看见克莱拉跟在两位警察后面。

"我不想这么无礼——"伊芙开口。

但是克莱拉知道这就是伊芙想要的。如果她有一把短柄小斧和一些隐私，她宁愿用斧头也不想说话。

"——但我有点忙。也许你们可以之后再来。"

"导弹发射器上的巴比伦的淫妇是你画的，"克莱拉说道。她拿出自己的装置，把照片给伊芙看，"这是你的作品。"

"什么？"

"我知道，"克莱拉说道，"他们也知道。对不起，是我告诉他们的。不要再让一切更加糟糕了。"

"巴比伦的淫妇？"伊芙凑近看克莱拉明亮荧屏上的图画，"这就是那林子里该死的大炮？劳伦特找到的那尊？就在找到劳伦特的地方？就是他被……"她跌跌撞撞地陷入沉默，瞪大了眼睛，怒目而视。

克莱拉放下手臂，关掉了装置。

"是的。"伊莎贝拉·拉科斯特说道。

克莱拉仔细看着劳伦特的母亲。她很了解人的脸，了解他们的情绪，试着将这两者都捕捉进自己的画作里。她的作品看上去是肖像，实际上在那一层层皮肤之下，每一层之中，都藏着不同的、更深刻的情绪。

如果她想画此刻的伊芙·莱帕赫，她会尽量画出那种空虚、迷乱、绝望，还有在那里的，几乎深藏不露的——克莱拉是不是看见了恐惧？那面具是否过于紧绷，情绪是否过于膨胀？是否要破土而出？

如果克莱拉想画一张自画像呢？会有愤怒、厌恶，在这些之下的，是同情。再之下的呢？在黑暗之中？

猜忌。

"我看见劳伦特房间里的图画，那些小羊，"克莱拉说道，"在他每次生日的时候你为他画的画。两者就是出自同一双手，绝不会错。"

但是看见伊芙越来越警惕的神情，克莱拉觉得自己的猜忌越扩越大，膨胀着，就要穿透其他几层紧绷的皮肤，直到猜忌与恐惧在厨房中对视。

"不是你画的,是吗?"克莱拉说道。终于说出原本应该非常明显的事实,如果她没有被自己的才华给蒙蔽的话。

"那张图,"伊芙指指克莱拉手中现在已经暗掉的装置,"在大炮上?"

"是的,"波伏瓦说道。

"那是什么?你们叫它巴比伦的淫妇。"

"它出自《圣经》,"克莱拉说道,"出自《启示录》。有的人将它解读为基督的敌人,魔鬼。"

如果不是有两个人已经被害,其中一个是这个女人的儿子的话,这对话就显得过于戏剧化了。

伊芙抓住背后的胶木柜台。

"我可以再看看那些画吗?"克莱拉问道。

他们跟着伊芙穿过空荡的房间,走上楼梯,走进了劳伦特的房间。在那里,靠着书的,就是一排小羊的画,小山上一头公羊和一头母羊正看守着自己的孩子。这些画从第一张,上面只简单写了"我的儿子",一直画到劳伦特九岁的生日。在每一张画中的小羊都比前一张画中大上了一些,长大了。之后就结束了。羔羊已被屠杀。

"不是你画的,对吗?"克莱拉说道,现在她看出来了,"是阿尔。"

伊芙点点头。"我想你来那天我就已经说得非常清楚了。"

"也许你说了,但是我过于确定是你,我其实根本没有听见你在说什么。我没想到阿尔也能画画。"

"你知道你的丈夫曾参与制造导弹发射器吗?"波伏瓦问道。

"他不可能,"伊芙说道,"阿尔讨厌枪,也讨厌暴力。他就是为了远离这一切才来到这儿的。他不可能和那林子里的东西有任何关系。不是阿尔。"

两位警察没有告诉她他们所掌握的有关她丈夫的情报。他不仅可以很暴力,而且还参与过上世纪最大的暴行。

"你的丈夫在哪儿?"拉科斯特问道。

"在地里,"伊芙说道,"现在他整天都待在那里。"

透过劳伦特卧室的窗户,越过静止的蜘蛛侠、超人和蝙蝠侠,他们仍然可以看见那个高大的男人正弯着腰,正拔着地里的玉米。

一分钟之后,克莱拉和伊芙看着两位警察朝他走去。他站了起来,用巨大的前臂擦擦额头,接着他的双臂落到身体两侧。

之后两位警察如牧羊人一般领着阿尔·莱帕赫走向车旁。

第三十三章

"我知道。"露丝承认。

"贝利夫先生也知道,"伽马什说道,"这就是为什么他总是一大清早去拜访你,以为没有人看见。"

"他是个好人,阿尔芒,"露丝说道,声音里透出些警告的意味,"可能太好了。"

"他秘密当然保守得很好。"

"我们都不知道他们究竟在林子里干什么。"

"你肯定怀疑过。"

"怀疑他们在约旦河畔制造世界上最大的该死的导弹发射器?就连我也没那么神经。谁能想到?"

"你当时怎么想的?"他问道。

她重重地呼了一口气,但没有说话。

伽马什站了起来,走开。

"你去哪儿,屎蛋?"

他继续走。

"呆头?"

他没有转身。

"阿尔芒?"

但已经为时已晚。她看见杂货店的纱窗正在摇晃,还听见了嘭的一声,因为它晃过了门槛。晃回来的时候,便嘭一声撞上了。

她还听见那铰链熟悉的吱吱声。

吱吱,嘭。

她拾起了罗萨,把鸭子捧在怀里。站了起来,面向那扇门。

门又打开了,吱吱,嘭,两个男人向她走来。

"对不起,克莱蒙,我并不想——"

这位杂货店老板举起手,微笑。"没关系,露丝。我们早就应该说出来了。现在是时候了。"

他们坐下,贝利夫先生坐在她一边,阿尔芒坐在另一边。三人直视前方,好像在等公车。

"我记不得具体的日期,"贝利夫先生开始诉说,都不用阿尔芒提醒,"或者甚至是哪一年。你记得吗,露丝?"

"我只记得是春天。肯定是八十年代初。我还在写我的第一本诗集。"

"八十年代初?"伽马什问道,"这么久远?"

杂货店老板点点头,"我想是的。有一天我们在露丝家玩桥牌,纪尧姆·库蒂尔告诉我们他听说某个有钱的英国佬准备在三松镇后面的森林里造一栋房子。"

"你们怎么想?"

"我们什么都没想,"露丝说道,"有什么好想的? 如果有人告诉你他们要在森林里造房子,你会怎么想?"

"我想我可能就希望他们别太吵就行,"阿尔芒说道,"这就是为什么库蒂尔博士会这么对你们说,当然。为了解释为什么有各种噪音和陌生人。没有人发现被搬进林子里的不是什么燃木炉或者厨房水槽吗?"

"我们没有注意,"露丝说道,"他们在那地方。"她朝背后的森林挥挥手,"我们最多也就听见一些机器运作的声音,不过如果有人在造房子,那是正常的。"

可能非常难以置信,出乎意料,不可思议。他们怎么会没看见这么一尊庞然大物,一尊导弹发射器正被人从村子背后拖进林子里?但是伽马什记得罗森布拉特教授所说的话。吉拉德·布尔将大炮拆成许多小块,在全世界不同工厂里制造。最终的成果或许是硕大的,但是每一块部件就不见得了。可能是每次运一点,最终在那里组装起来。

"你们有没有见到这个有钱的英国佬?"阿尔芒问道。

"见过一次,"贝利夫先生说道,"在五金店。"

"也就是现在小酒馆的位置,"露丝说道,"之前是五金店。"

"那人自我介绍了一下,"贝利夫先生说道,"他不是一个人。还有一个人,他的项目经理。为了一栋木屋,就算是大木屋,聘请项目经理真是挺怪的。不过我以为这大概就是有钱英国佬爱干的事儿。他们想知道附近有没有艺术家。"杂货店老板看上去有点难受,"我将他们遣到露丝那儿去了。"

"露丝?为什么?"

"我慌了。"

"慌?"伽马什问道,"为什么慌?"

克莱蒙·贝利夫低头看着自己的双手,揉搓着想象中的污渍。

"他们给我种感觉,"他对自己的双手说道,"有点不对劲。他们看上去还行,但如果靠得太近或者盯得太久。"

他从草丛中捡起一个苹果。双手娴熟地一拧,苹果一分为二。他把其中一半递给了阿尔芒。

外层的果肉是洁白而湿润的,完美,但是里面的核是黑色的,腐烂了。

"不用在我的专业领域待多久,你都可以看得出来哪些东西已经烂了,"这位苍老的杂货店老板说道,"就算从外面看不明显。"

阿尔芒看着手中的苹果,接着抡起手臂,尽可能地扔得远远的。

"我只是想摆脱他们,"贝利夫先生说道,也把自己那半个扔掉了,看着它蹦蹦跳跳地滚到池塘边高高的草丛中。接着他看着露丝,"我从那以后一直在后悔叫他们去你那里。"

露丝拍拍他的手。"你是个好人,克莱蒙。一直都是。"

"他们想要什么?"阿尔芒问道。

"他们想要人帮他们画一幅画,"露丝说道,"我跟他们说我只是个诗人,叫他们走开。但是我不给他们介绍一个画家,他们就不肯走。"

"伊芙·莱帕赫。"伽马什说道。

"伊芙?"露丝说道,"不。当时她还是个孩子呢。是阿尔·莱帕赫。"

伽马什闭了会儿眼。当然,他想。怎么可能是伊芙。

"你怎么知道他是个画家的?"伽马什问道,"他不是个音乐家吗?"

"如果那也算音乐家的话。他也会画点画,"露丝说道,"如果你看他专辑的外壳,就能看见他画的画。"

"莱帕赫知道他们造的是什么吗?"阿尔芒问道。

"他怎么可能不知道?"露丝厉声问道,"你以为他们还把他眼睛给蒙起来了?也许他以为自己是在画一匹小马,结果成了大决战的象征。"

"你引用了叶芝的《第二次降临》。"伽马什假装她刚才什么都没说,"你怎么知道吉拉德·布尔想要人画的是巴比伦的淫妇。是他告诉你的吗?"

露丝摇摇头。"另一个人说的。"

伽马什眉毛拧了起来,试着去回想。于是他想到了。

"项目经理。"

"对,"贝利夫先生说道。

"我们第一次谈完之后,那个项目经理又回来了,"露丝说道,"他想要我写几行以《启示录》为灵感的诗词。他就是引用叶芝的人。"

"何等粗暴的野兽,它的时刻终于到来,"伽马什说道。

"懒洋洋地走向伯利恒,等着投胎,"贝利夫先生接了下去。

"我告诉他那就把叶芝的诗放在莱帕赫的画中好了,"露丝说道,"我写不出更好的。但是他说他想要特别一点的。想要以巴比伦的淫妇为原型的诗。"

"你是不是蠢蠢欲动?"伽马什问道。他本不想问的,这根本无关紧要,不过他还是很好奇,"那是个很强有力的意象。"

"邪恶的意象,"她说道,"这是因此几个世纪以来许多女人被追捕,这成了审判女巫、折磨、烧死女人的依据。所以,不。我并不蠢蠢欲动,我反感作呕。"

"你还觉得他们在造的是私人大宅吗?"他问道。

"人人品位不同。有的喜欢柔和的花朵,有的喜欢邪恶的画面。我不想去指手画脚。"

听见这句话,就连贝利夫先生都扬起了眉毛。

"克莱拉和彼得当时不在三松镇,但是当吉拉德·布尔问起画家的时候,你为什么不推荐你的朋友简·尼尔? 她也住在村子里。"他朝克莱拉家旁边的小石屋指了指,"她就是画家。当然她也不会想接这个工作的。"

"简觉得自己的作品是很私密的东西,"露丝说道,转过身面对他。挑衅他来挑衅她。

但是阿尔芒没有。他坐着等待,等待下文。

"露丝,"贝利夫先生轻轻说道,"我们必须和盘托出。"

"我不想把简拉进这趟浑水。"她终于说道。

"为什么?"阿尔芒问道,"为什么介绍阿尔·莱帕赫,你不喜欢的人?为什么把工作推给他,而不是你最亲密的朋友?"

露丝看上去被逼无奈,绝望透顶,阿尔芒希望自己能帮她,但是他不知该怎么帮,只能说道,"真相,露丝。告诉我。"

"他看上去非常正常,当然,"她说道,"他们都是,不是吗? 但他不是。他就像克莱蒙的苹果。"

"吉拉德·布尔?"

露丝摇摇头。

"阿尔·莱帕赫?"

"不。"

伽马什想,还有谁?

接着他穿过露丝看到贝利夫先生。

"项目管理员。"阿尔芒说道。

"对,"克莱蒙·贝利夫说道,"他很矮小,精瘦。在吉拉德·布尔旁边很容易被忽视。但是如果你看着他,仔细看他,你就能看见,或者感觉到。他有点不对劲。里面。"

贝利夫先生叹了口气。十分沉重。就联想到这个人都在这位杂货店老板的胸口压上一块大石。

"我把他们差去露丝那里。"他的大手盖在她的小手上,"我很害怕,我只想摆脱他们,摆脱他。"他捏紧了露丝的手,"我永远都无法原谅自己竟这么懦弱。"

"但他是谁?"伽马什问道。

"你知道他。"露丝说道。

伽马什想,他的嘴唇微动,自说自话,考虑到了所有的可能性。接着他终于摇了摇头。

"我不知道你指的是谁。"

"那张照片上的第三个男人,"露丝说道。

"哪张?"

"你给我看的那张,吉拉德·布尔和纪尧姆。"

"这张?"他把手伸进胸前的口袋,拿出一张在布鲁塞尔的原子球塔拍的黑白老照片。

上面有咧着嘴笑、几乎有些滑稽的纪尧姆·库蒂尔,还有沉默寡言的吉拉德·布尔。

还有另一个。他低着头,没有看镜头。

"我是否会凝视你的双眼,伫立,/无法动弹,无言以对,"露丝说道,"当道路被击得粉碎/天幕急坠。"

伽马什看着她。

"我在他走后写的,"她指指照片,"在我把他遣走之后。我和你一样,克莱蒙。我把他们扔给了阿尔·莱帕赫,希望他们能带走他,别来找我。只要能摆脱他,我什么都愿意做。吉拉德·布尔走后,项目经理回来了。

一个人。他敲门,就是在那时,他问我是不是能写几句诗,放在巴比伦淫妇图上。我告诉他不行。我告诉他我其实不是诗人,那只是我骗骗自己的。"

她的手在颤抖,贝利夫先生握住一只,阿尔芒握住另一只。

"他走之后,我去了圣托马斯教堂,"她说道,看着那木隔板搭出来的小教堂,"我祷告他不会再回来。我坐在那儿,因为羞耻而哭泣。为了我的所作所为。接着我写下了那些话,坐在长凳上,之后十年都没有再提笔。"

伽马什低头看那张黑白照片。似乎,就在那一瞬间,那第三个人仿佛向上抬了抬头,直勾勾地看着他。

我是否会凝视你的双眼,伫立,/无法动弹,无言以对

血液冲上他的脸,他的手开始变冷,阿尔芒·伽马什知道他是谁了。

当道路被击得粉碎/天幕急坠。

"是约翰·弗莱明。"他的声音掩藏在呼吸之下。

"是的,"露丝说,她冰冷的手捏紧了他的,"那粗暴的野兽。"

...**第三十四章**

十只小羊排成一串,放在调查室会议桌的中央,面对着阿尔和伊芙·莱帕赫。

"那幅画是你画的,"伊莎贝拉·拉科斯特说道,"你知道那大炮就在那里。你做了什么,莱帕赫先生。当你的儿子回家之后告诉你他在林子里的发现,一把巨枪上有一头怪兽。我们一直在寻找一个,只有一个,相信这离奇故事的人。而我们找到了,就是你。你有没有把他带回去?是不是你杀了你的儿子只为了保密?"

阿尔张大嘴看着他们,蓝色的眼睛满是恐惧。

"你知道如果大炮被人发现,那上面的刻画最终会指向你,"拉科斯特继续说道,"而我们会开始提问,我们会发现你真实的身份,你的所作所为。"

伊芙转向她的丈夫,"阿尔?"

伽马什坐在这对夫妻对面,等待回答。

他刚才和露丝及贝利夫先生坐在长凳上的时候,看见两辆车开往老火车站。

他正在收集约翰·弗莱明曾经来过三松镇的消息。而且他还是吉拉德·布尔的项目经理。在轻微的晕眩感中,他看见波伏瓦和拉科斯特和阿尔·莱帕赫一起下了车,克莱拉和伊芙则从卡车上爬了下来。伊芙跑到她丈夫旁边,克莱拉犹豫了一下,走回了自己家。

伽马什转身面向露丝和贝利夫先生。

"你们把约翰·弗莱明送走的时候,知道阿尔·莱帕赫的真实身份吗?"

他没有具体说这个问题是问谁的,但两人都点点头。

"你们帮他跨境的。"这是一句陈述句,而非问题,可再一次,他们点点头。

"那是1970年,"贝利夫先生说道,"我们当时参与了和平运动,帮助那些逃兵役者跨境。当时有一个特殊的案子找上了我们。"

露丝沉默,她薄薄的嘴唇已消失不见。

"你没有同意?"伽马什问道。

"我有些矛盾,"她说道,"我无法决定弗雷德里克·劳森究竟是战争的受害者,还是一个变态。"

"矛盾,"贝利夫先生带着一丝丝的微笑说道,"是你的内战。"

阿尔芒知道如果这话由他来说,露丝会猛烈抨击他,但是由贝利夫先生,克莱蒙,说出来,她倒是接受了。

"因为我不确定,而且他还没有被定罪,我觉得自己不能拒绝,"露丝说,"但这不意味着我必须喜欢这件事,或者他。"

"还好当时我们没有电视机。山谷里还没有信号,"贝利夫先生说道,"我们只是在报纸上看了这场暴行的报道和照片,但是直到许多年之后,我们才看到新闻录像。"

"如果你们看见美莱村大屠杀的影像,"阿尔芒问道,"你们会帮助弗雷德里克·劳森在这儿找到避难所吗?"

"我们不会知道,不是吗?"贝利夫先生看着被树木覆盖的山脉,"我们把他安排在寄宿处。就是如今的B&B。"他指指奥利维和加布里的旅馆,

"帮他在香颂音乐会馆找了个唱歌的工作。"

"他改了名字,"露丝说道,"再没有别人知道他的真实身份,以及他的所作所为。但我们知道。"

"所以当你们必须朝狼扔出一个人的时候,你们就选择了他?"阿尔芒问道。

"有这个必要吗,先生?"贝利夫先生问道。

"没关系,克莱蒙。他说的只是事实而已。"她转向阿尔芒,"阿尔·莱帕赫或弗雷德里克·劳森或者随便他怎么称呼自己,他都是该死的。而我没想到的是自己这么做,也是该死的。"

"这不是真的,露丝。"贝利夫先生说道。

"是的。我们俩都知道。我牺牲了他,为了拯救自己。"

"谁曾伤你至此,无法修复,"伽马什说道,引用了她最出名的诗。

"无法修复,"露丝重复道。她看着伽马什,几乎笑了,"我曾经也很好相处,你知道。很善良。虽然不算是最善良,或最好相处的,但也差不多了。"

"你现在仍是如此,女士,"伽马什说道,抚摸着罗萨,"在你心里。"

他站起来向他们告别,拉科斯特和波伏瓦需要知道这件事。他到达调查室的时候,拉科斯特正把十幅小羊摆在会议桌的中央,面朝劳伦特的父母。

阿尔芒和她对视,她走了过来,后面跟着波伏瓦。

"我刚在和露丝谈话。"

"是的,我们看见了,"波伏瓦说道,"还有贝利夫先生。"

"她知道巴比伦淫妇的画。是她推荐阿尔·莱帕赫去接下这份工作的。"

他将自己的发现告诉他们,从自己胸前的口袋里,他掏出那张黑白的三人合影。

伊莎贝拉和让-居伊看看那张熟悉的照片,又看看他,等待下文。

"吉拉德·布尔在制造巴比伦大炮的时候,还带着另一个人。他说他是自己的项目经理。"

伽马什拍打照片，"这个人。露丝认出来了。"

他的手指点在第三人上，这人的脸避开了相机，低着头。

"是吗？"拉科斯特说道，凑近了点，仔细看看。

波伏瓦也仔细看了。他一直都在思考那第三人是谁，而且还怀疑是罗森布拉特教授。但是那脸、额头和下巴的轮廓并不匹配。即使算上三十年的食物、饮料和担忧，那也不是麦克尔·罗森布拉特。

"他是谁，老大？"波伏瓦问道。

伊莎贝拉·拉科斯特抬起头，与伽马什对视。

"我的天，是约翰·弗莱明。"她说道，声音很轻。

"拜托，"波伏瓦说道，还轻蔑地哼了一声。但是伽马什没有笑，也没有纠正拉科斯特。

让-居伊更仔细地看了看，想起了多年前的那场审判的新闻。约翰·弗莱明既毫无特征，又让人永世难忘。

于是他又来了。现在他明白了，如此明显。可是——

"怎么可能是他？"他问道。

"我不知道，"伽马什说道，把照片放回胸前的口袋，"但是我知道就是他找阿尔·莱帕赫画巴比伦淫妇的。"

他们看向静静坐在桌旁等候的夫妇。

"您为什么不坐下呢，老大，趁我们盘问他的时候。"拉科斯特说道。

阿尔芒坐在阿尔·莱帕赫对面的椅子里。他看着那双幽深的蓝眼睛，强壮的肩膀，饱经风霜的脸庞。莱帕赫茂盛的灰胡子里仍有一丝曾经的明亮橙色。今天它们散着，没有被橡皮筋扎起来。这让他看上去桀骜不驯，充满野性。他的长发也松散着，打着结，这让他看上去像是某种人猿和人之间的生物，快要进化成功了，但还没有进化成人。

除了那双眼睛，锐利而有智慧。

阿尔·莱帕赫看上去几乎像是解脱了。一头重担已经落到膝前的野兽，虽然仍负重，但已经无需再前进。已经走到了尽头。

接着拉科斯特直截了当地问他是不是杀了自己的儿子只为保守秘密。他创造了巴比伦的淫妇，现在它向他自己的末世决战迈进。如果它被发现,就会直接指向阿尔·莱帕赫,指向弗雷德里克·劳森,指向越南的一座小村庄与大屠杀。

有那么一瞬间,阿尔·莱帕赫看上去非常恐惧。但接着他在胡子后面调整了表情,伽马什想知道这是不是就是他留胡子的目的。在这张又大又茂密的面具背后,藏着弗雷德里克·劳森,大肆杀戮者。

"什么?什么?"莱帕赫问道,从一个人看向另一个人,明显很困惑,"伤害劳伦特?我永远不会——"

"好了,我们都知道那不是真的,不是吗?"波伏瓦说道,瞟着这个男人。

莱帕赫的呼吸变得短促,他从波伏瓦看到拉科斯特,最终看到伽马什。

"你们看,我承认那幅画是我画的。他们给了我很多钱,我怎么能拒绝?"

他盯着他们,好像希望他们能理解。

"但我不知道那是枪。我恨——"

他停了下来,又看着他们。

"你恨枪,你是想这么说?"波伏瓦说道。他把自己的装置推过桌子,莱帕赫的大手条件反射地阻止它落下。他看着那张发光的画。

"那是你的刻画吗?"拉科斯特问道。

莱帕赫点头。

"正如你所见,"拉科斯特说道,"这是刻在枪上的。那巨大的枪,就在劳伦特遇害的地点。"

"我不明白,"阿尔说道,"我承认是我画的。他们要求很清楚,但是他们没有说是用来干什么的,我也没有问。"

"你也没有发现自己在用一尊巨大的导弹发射器作为画布?"波伏瓦责问道,"你滴下了多少强酸?看,我知道你以为自己能摆脱这一切,但是你不能。别再浪费我们的时间了,别再让一切更糟。"伽马什瞥了伊芙一眼,她正盯着自己的丈夫,目瞪口呆,"从头说起。告诉我们关于大炮和刻画的事。"

那毛发蓬松的头颅落下又抬起了几次，可能表示赞同，也可能是绝望。

"那是很久以前，"莱帕赫终于开口，"两个人来到寄宿处，问我是否能接个活。我以为他们是要我写歌，我同意了。但接着他们说是画画，并告诉我他们会付多少钱。他们给了几张特别的纸张，其中一人说他会在几周之后回来。他回来的时候，似乎很喜欢我的画。我就用那笔钱买下了农场，之后就再也没见过他。"

"你画在纸上？"拉科斯特问道，"不是直接画在大炮上？"

"我根本不知道有大炮这回事，"莱帕赫说道，"不管给我多少钱我都不会同意的。"

"那些人叫什么名字？"拉科斯特问道。

"那是三十年前了，"莱帕赫说道，"我不记得。"

拉科斯特看着伽马什。那张照片就在他面前的会议桌上，面朝下。他把它滑过去给她，她递给了阿尔·莱帕赫。

"有没有看上去很眼熟的人？"

莱帕赫仔细看了看，虽然伽马什觉得他只是在想该说什么，该承认多少。

"这个，"他指向吉拉德·布尔，"这个是另一个。这个人来找我给我工作和付钱的。"

他指着约翰·弗莱明。

伽马什在听他说的话，但也在听他的语气。莱帕赫看似掠过自己情感的水面，只是汇报一些事实，不包含任何的情绪。然而他那幅巴比伦淫妇的画中叫嚣着痛苦和绝望，这不仅是一张纸或一尊大炮上的线条，每一条都来自某个可怕的地方。阿尔芒能猜到是哪。

"你难道没有问为什么他要巴比伦的淫妇吗？"拉科斯特问道。

阿尔·莱帕赫沉默了，但是他们能听见他的喘息，就像背后有人在追赶。

"如果你见到他就不会想问了。"

"这又是什么意思？"波伏瓦问道。

"他看上去就像会被那种图像吸引的人。"

"你也是。"波伏瓦说道。

他把自己的笔记本电脑转到莱帕赫夫妇面前,好让他们看着屏幕,接着他按下一下键盘,在那些田野小羊的前景之后,一段新闻录像开始播放。

波伏瓦、拉科斯特和伽马什无法看那画面,但是他们可以看见它的效果。伊芙·莱帕赫手捂住嘴。阿尔·莱帕赫闭了会儿眼睛,但接着又逼着它们睁开。声音,如此细小,就像婴儿的声音,从他的嘴里逃了出来。

让-居伊按了静音,于是他们听不见记者的评论,莱帕赫夫妇只能看影像,在沉默中它们甚至更为有力。

阿尔·莱帕赫相框中在草地上玩耍的小羊背对着两位警察,而伽马什读着每一张画背后的文字。劳伦特,两岁,劳伦特三岁,等等。但是引起他注意的是第一幅。

"我的儿子",上面写道。仅此而已。还有一颗心。我的儿子。

美莱村①。

这个男人是否再度拿起屠刀?这次屠杀的是自己的儿子,还有安托瓦内特·勒迈特?为了保护自己的秘密?那真是地狱的秘密,地狱的罪行。

"阿尔?"伊芙说道,录像停在最后一幅画面上,"他们为什么给我们看这些?"

"她不知道?"波伏瓦问道。

阿尔摇摇头,转向她。他拉起她的手看着它。如此熟悉,如此出人意料。在他生命的后半程找到了她,坠入了爱河,并拉起了她的手。

"我没有逃兵役,伊芙,"他轻轻说道,"我的名字不是阿尔·莱帕赫。是弗雷德里克·劳森。我是军队的二等兵。我是逃兵。"

他的妻子从他的脸上看到荧幕,再看回来。

"噢,不,"她呢喃,"这不是真的。"她盯着他,搜索他的脸。接着她的

---

① 我的儿子(My Son)和美莱村(Son My)正好是反过来的。

眼睛看回小径上那一堆死尸,还有背后绿色的草地和前方的小羊。她的手从他的手中滑出。

没有人动,也没有人说话。只有彻底的沉默,就好像他们都被按下了暂停。接着一个词,一声尖叫打碎了这一切。

"不——"

这声尖叫就像爆炸的火炉从她体内冲出,她开始击打他的胸膛,已经说不出任何的话,只有声音。咆哮。

拉科斯特正要站起来,但是又坐下了。

莱帕赫什么都没有做,只是闭上了眼睛。看上去他似乎还迎向了那些拳头,迎接她的击打。警察们看着伊芙·莱帕赫的生命真真正正地彻底崩塌。阿尔芒眯起眼,不想看这么私人、这么私密、这么痛苦的画面,但必须得看。

他看着,想象着小小的弗雷德里克·劳森在树林中奔跑,就像劳伦特一样。一根木棍换一把枪,扮演士兵游戏,与敌人斗争,伟大英勇地牺牲自我。

伽马什可以肯定的一件事。小弗雷德里克·劳森没有捡起自己的木棍,指向村庄,屠杀一整个村的男女老少。所以其中一个怎么会变成另一个的呢?一个九岁的爱扮英雄的小男孩怎么会成为一个二十岁的实施暴行的男青年?

伊芙在筋疲力尽之后才停止击打自己丈夫的胸膛。

"你干的吗?"她呢喃。

"是的。"

他想再去拉她的手,但是她回避,甩开了她的手臂。

"走开,退后。"她厉声说道。

"我当时是个不一样的人,"他恳求道,"那是战争,我很年轻。排长说他们是越共。"

"小宝宝呢?"她说道,她的声音微不可闻。

"我别无选择。这是战略。他们是敌人。"

他的声音逐渐消失,还有那冗长的连祷、祷文,他每天都告诉自己这些故事,直到他对此深信不疑,直到奇迹出现,直到变质,直到弗雷德里克·劳森变成阿尔·莱帕赫,民谣歌手,会说故事的人,有机果园的园丁,还有老嬉皮士,逃兵役者。

直到谎言变成真实。

但是那些孤魂野鬼追着他,追过了国境,追过了那么多年。

弗雷德里克·劳森根本逃不掉,没有第二次的机会,没有第二次的生命。他的过去在某一天出现,敲着他的门,叫他画一幅画。看进那些死去的眼睛,弗雷德里克·劳森在这美丽的小村镇只能给他提供避难所,而不是原谅。

"有一个年轻的女孩——"

阿尔·莱帕赫停了下来,伽马什以为他说不下去了。希望他别说下去。但是莱帕赫振作起来,捡起自己的重担,继续向前。

"她肯定不超过十岁。她跪在我面前,展开双臂,什么都没说。一个字,一点声音也没有。没有乞求,没有哭喊,没有恐惧,什么都没有。我在她的眼里只看见了同情。"

同情,伽马什想。那就是莱帕赫放在巴比伦淫妇脸上的表情。这种情绪他难以形容。不是蔑视,不是傲慢,也不是娱乐,是同情。因为地狱就要来临。

那就是那幅画的根源。腐烂之源。

但是阿尔还没有说完。

"我只有一个人,"他说道,他的声音抽离,充满了怀疑,"我本可以放走她。"

让-居伊突然站了起来。他的脸因愤怒而扭曲,看上去就要把这一切发泄在莱帕赫身上,但相反,他飞快、踉跄地走开,踢到了一个废纸篓,撞到一张桌子,才终于走到了卫生间。

莱帕赫的眼睛从荧幕上抬起,看着伽马什。

"但我没有。"

...第三十五章

在一顿沉默的晚餐之后,阿尔芒进了自己的书房,关上门。

让-居伊和蕾娜-玛丽坐在客厅,面前的火焰蹦跳舞动着,发出柔和的温暖。

他们交换了几句客套话,但是蕾娜-玛丽已经接触凶杀案这么久了,非常清楚什么时候该说话,什么时候该沉默。

他们听见书房里传来说话声。

"他在打电话。"让-居伊说道,放下报纸。

"希望如此,"蕾娜-玛丽看见自己的伙伴笑了,"一切都好吗?你们进来的时候,脸色都有点苍白。"

"有时候你会听见、看见自己永远不想知道的东西,"他说道,"也永远不能忘记。"

她点头。让-居伊一到家就打电话给安妮了,阿尔芒拥抱了她一下,便去洗了把澡。有事发生了。她知道阿尔芒会告诉她的,不是今天,就是另一天。或者不会告诉她。也许它会直接被扔进那锁好焊上的房间。

"抱歉。"几分钟之后让-居伊说道,因为他们已经听不见书房里传出任何声音了。

他敲敲门,没等回复就进去了。

"头儿?"他说道,把门从背后关上了。

伽马什坐在书桌旁的一张巨大舒适的椅子里,地上有一只打开的文件箱,他的腿上则有一卷卷宗。他身后的书柜里不仅有书,还有家人在各个时间段的照片。不过,其中一张,被拿了下来,现在捏在伽马什的手里。

这是一张很小的照片,外面是纯银的相框,里面是他的孙女们,弗洛伦丝和佐拉。

伽马什盯着它,一只手拿着照片,一只手在脸上,抓着自己的脸。试着将那破碎的、破坏性的情感禁锢起来。但是它们从他的眼睛里逃离,让那双眼睛通红,闪着光亮。

现在他将它们闭上,现实轻轻的,接着他狠狠地挤起来,紧紧地闭住。

让-居伊沉重地在他对面的扶手椅中坐下,双手掩面,掩住自己的悲伤。

两人在那里坐了很长时间,没有只言片语,也没有一点声音,只有偶尔大口呼吸的声音。

终于,波伏瓦听见那熟悉的把纸巾抽出纸巾盒的声音。

"噢,上帝啊。"阿尔芒叹气。

让-居伊放下手,出于本能地用自己的手臂擦拭自己被打湿的脸之后,才伸手去拿纸巾。

两人都擦了脸,擤了鼻涕,最后终于对视。

阿尔芒先笑了。

"好吧,感觉好多了。我们什么时候得再来一次。"

"你就是为了这个才进来的吗,老大?"让-居伊问道,伸手去拿另一张纸巾,想着这些书究竟见证了多少泪水,才能让外面的世界看见镇定、坚定的面容。

"不,"阿尔芒微微笑了一下,"那是一个意外。我进来是因为我知道有一件事我一直该做,但不想做。但是和露丝谈过之后,似乎必须做了。"

"什么事？"

"我明天早上要去一趟特别关押单元。我要和约翰·弗莱明谈谈。"

伽马什尽量让这听上去就像一次普通的会面，但没法彻底掩饰起来。抓着纸巾的手微微颤抖，直到被握成一个拳头，揉紧了湿润的纸巾。

"我明白了，"波伏瓦说道。的确，对于弗莱明的案子，他比普罗大众所知道的稍多一些。他也跟进了那场审判，并听见警察局总部所流传的谣言。他知道，虽然从来没有人直接告诉过他，有一场秘密的审判。审判中的审判，探长也参与其中，但具体以何种身份波伏瓦就不得而知了。

"您读什么呢？"他问道，故意用过度欢快的声音，朝伽马什膝头的文件点点头，"是关于连环杀手的吗？"

但是伽马什阴沉的表情告诉他自己越过了底线，那个问题也好那不合时宜的故作轻松也好。

"是的，"伽马什说道。他合上文件，一只手沉重地放在上面，他看着让-居伊，"在莱帕赫告诉我们美莱村大屠杀的事的时候，你为什么走开？"

"我被冲昏了头脑，"他说道，"我怕自己要么会吐要么会攻击他，害怕某些可怕的事情会发生。我无法相信有人竟能做出这种事，还有那女孩。"

他的声音渐渐消失，他又开始揉搓自己的脸。

他一心想要将一切告诉这个男人，他也几乎要说出去了，但是他制止了自己。

"约翰·弗莱明究竟做了什么，老大？您做了什么我们不知道的事？"

伽马什感受到那份文件就在自己的手掌之下，但并没有低头看它。

他们一到家，阿尔芒就去了地下室深处的那间锁上的房间。在漫长的追凶生涯中，他经常碰到一些用不上的也无关紧要的事。其他人的秘密，他们的耻辱，甚至他们的罪行。

他把这些文件藏在地下室，在一把锁和一把钥匙之下，在那里他看守着、隐藏着它们，在有需要的时候便触手可及。今天，便是有需要的时候。地下室其他部分光线十分充足，但是只有这间房间里只吊着一个电灯泡。阿尔芒拉动开关的时候它稍稍摇晃，灰尘和死虫子黏在灯泡上。它发出的光照亮了摆放整齐的盒子,就像墙壁上的砖头。一直垒到最上面,而那最深处的,就是他要找的盒子。

他掸掉灰尘和蛛网,把它带到楼上的书房。接着他洗了把很漫长很漫长的澡,吃了晚餐,在此之后他才又回到书房,看见那只盒子无辜地坐在地上。

伽马什打开了盒盖,几乎以为自己会听见一声尖叫。但是当然,除了一片寂静,他只能听见隔壁房间蕾娜-玛丽和让-居伊宜人的交谈声。

他闭了一会儿眼睛,让自己坚如磐石,他打开了第一卷文件,开始阅读,开始回忆。接着那尖叫声响起,不是那些文件发出的,而是他自己脑海中的声光影,源于约翰·弗莱明的庭审,从他紧锁的心房爆了出来。

他再次看见那些画面,想见那些声音。哭泣,祈求。

弗莱明所杀之人当中是否也有那么一位安静地跪着,没有祈求怜悯?没有恐惧地尖叫?没有哭喊着要她的母亲、她的父亲、她的上帝?他是否看着她,一脸同情?

"我无法告诉你你所不知道的,让-居伊。约翰·弗莱明在七年中杀了七个人。每一个都是在人生的不同阶段。一个二十多岁的女人,一个三十多岁的男人,等等。这让他很难抓,因为这些谋杀案看起来毫不相干,而且都间隔了一年。"

波伏瓦发现头儿没有提到任何低于二十岁的受害者,虽然让-居伊知道的确有这样的受害者。

"只有在他被捕之后,他们的尸体才被发现。"伽马什说道。

"还有别的,老大。是什么?"波伏瓦低语,"告诉我。"

他可以看见他的岳父也想告诉他。

"这和弗莱明对他们做的事有关,对吗?"

"七个,"伽马什说道,"有七个。但是我当时没看出来。没有人看出来。但是我知道。"

"什么?您知道什么?"

"在巴比伦河畔,我们坐下,凄然而泣。巴比伦,让-居伊。巴比伦的淫妇。"

"什么?"让-居伊说。但是在他说话的同时,他看见伽马什往后退了一步,关上了门。不知怎么让-居伊没有把门关好。

"约翰·弗莱明是在新不伦瑞克省实施犯罪的,"伽马什说道,他的声音又变得公事公办起来,"但他被带到了魁北克,因为在那里他可能获得更公平的审判。他被送进特别关押单元,自此就一直待在那儿。"

让-居伊看见伽马什的手捏紧了纸巾。

波伏瓦站起来,点点头。"明天我要和您一起去。"

伽马什也站起来。"谢谢,我的老朋友,但是我觉得我还是自己去的好。"

"当然。"让-居伊说道。

第二天早上,让-居伊·波伏瓦在车旁等待,手中捧着小酒馆的两杯外带拿铁和巧克力可颂。

"就算我们要去摩多,但我们还是可以享受旅程的。"他说道,为阿尔芒打开乘客座位的车门。

伽马什站在小径上,调整了自己肩上的行囊,看着蕾娜-玛丽。

"你早就知道?"

"让-居伊想和你一起去?"她问道,"不。我和你一样震惊。"虽然很明显她一点都不惊奇。

"我错了,阿尔芒。"她拉起他的手,仔细看了看,摆弄着那一圈简单的金色婚戒,"在你说弗莱明和布尔博士有关的时候,我不屑一顾。对不起,我应该相信你的。"

"但永远不要盲目相信,亲爱的,"他说道,"质疑是对的。我听上去就像痴人说梦。你肯定不知道它实际上有多么才华横溢。"

她笑了,摇摇头。"你是对的,从过去所发生的事来看。"

阿尔芒看看波伏瓦,他正看着他们,"我最好还是快点走,在他把巧克力可颂吃完之前。"

"几分钟之前还比现在多两个可颂呢,"她说道,"你最好抓紧了。"

"我可以说服你不要去吗?"伽马什在走向汽车的时候问波伏瓦。

"你为什么不在我开车的时候试试看呢。"

"好吧,弗洛多。不过记住,是你自己要去的。"

波伏瓦开出三松镇,觉得自己是弗洛多的想法很好笑,希望伽马什是甘道夫,而不是山姆卫斯。

"您觉得阿尔·莱帕赫知道大炮的事吗?"在开出几英里之后波伏瓦问道。

"我不知道。我也在想同一件事。我觉得不让一个陌生人去超级大炮所在的现场刻图是有道理的。保密了这么久,吉拉德·布尔真会这么做吗?"

"科恩探员做了点调查,"波伏瓦说道,"的确有一种纸,可以用于将图画或文字转化成刻印。他可能在说实话。"

伽马什只是"嗯"了一声。

那是个明媚的早晨,他们直接朝着太阳开去。让-居伊戴上了墨镜,但是伽马什只是放下了遮光板。

"我读完那本戏剧了。"波伏瓦说道,通过后视镜看着后座上的包裹。

"然后呢?"

"当我忘记作者是谁的时候,我觉得写得真好。我深深被故事吸引,被里面的任务。那间公寓,包租婆,寄宿客。他们的人生。我还笑出来了——有的地方那么可笑我以为自己要尿失禁了。可接着我就开始憎恶自己。"

"为什么?"

"因为这是约翰·弗莱明写的,"波伏瓦说道,"而且我在笑的时候,我开始想也许他没那么坏。也许他变了。"

他瞥了一眼伽马什,看见他点点头。

"你也是?"他问道。

他不再点头。

"不。但是我比你更了解他。"

"那您为什么点头?"

"因为这就是弗莱明的伎俩,就是他想要的。他通过人们的思想逃开那间监狱。这就是我今天想一个人去的原因之一。"

"因为您可以免疫,老大?"

"不,我和你一样容易受到影响,但是至少这样我们之中只有一个人的脑海会被弗莱明侵入。对我来说,他已经在那里了。已经被破坏了。"

"但可能更糟,"他说道,"这就是为什么我在那里。"

在开了几小时之后,便可以看见在一片贫瘠中一座监狱的灰墙突兀耸立。森林被清除,土地也被铲平。任何越狱之人在他回归文明之前都会被发现,被制止。

但从来没有人从这里逃脱。如果没有外界的帮助,他们是不可能越狱的,然而外界没有人希望他们会回归。

如果这个世界上有僵尸,那他们就住在那些高墙之后。这些人,在其他的日子或时代里,早就被处死了。那些大屠杀凶手,连环杀人犯,变态杀人犯,那些疯狂的罪犯,全都在那里安了家。他们处于半死不活的状态,等待着死亡。讽刺的是,他们中许多人在被死神收割之前等了非常非常久。

波伏瓦停好车,他们在那儿坐了一会儿,凝视着那阴冷的高墙,那些警戒塔,还有那极小的门。看上去就像一个洞。

"亚当·科恩曾经在这儿工作?"波伏瓦问道。

"对。这是我们初次见面的地方。"

让-居伊一直以来都不觉得科恩探员有什么出众之处,但是他知道伽马什探长很欣赏他。现在他明白了,任何人在这里工作之后,竟还能保留着人性,更别提科恩所展现的那种近乎天真的状态,都值得尊重。

"他肯定藏得颇深,"让-居伊说道,从车里走出来。"的确,"阿尔芒说道,"我觉得每个人都会有深藏不露的东西。问题是,他们藏得这么深的究竟是什么呢?"

"科恩探员呢?"波伏瓦问道,在他们接近那奇怪的小门时,"他藏了什么?"

"我还不清楚,"伽马什说道,"我还在想你在藏什么呢。"

波伏瓦停下脚步,看着自己的岳父。"你是什么意思?"

"不用这么警惕，"伽马什微笑，"我的意思是有的人会把黑暗面藏起来，有的人藏起来的是光明面。而你，我的朋友，几乎肯定藏了一个可颂在里面。"

让-居伊笑了，门开了。这个巧合有那么一个瞬间让波伏瓦怀疑一切是否皆是因果关系。

接着他们走进了这个被上帝遗忘的所在之处。

...第三十六章

阿尔芒·伽马什盯着约翰·弗莱明。

在开车过来的路上,在走在长长的、两侧站满了守卫、单调绿色的长廊上时,通过那让人流眼泪的消毒剂,还有乒乒乓乓的声响与预知死亡的女妖的尖叫声中,他已经拟好了计划。

盯着这个人的眼睛,让他知道你不觉得恶心,不觉得厌恶。让他知道你什么感觉也没有。

他不过是自己任务清单上的一条。另一个凶杀案中需要盘问的对象,再没有其他。

再没有其他。

再没有其他,伽马什对自己说,他坐在会面室里。让-居伊在武装守卫身边,在门旁找了个座位,不在弗莱明的视线之内,但是伽马什可以看见他。

但是现在弗莱明就坐在对面,所有的计划、所有的问题、所有的策略全都离开了伽马什,就连那种想法都旋转着消失在下水道里。

他的脑海不仅是一片空白,而且一无所有。他将目光从弗莱明的眼睛落到弗莱明的双手上。如此洁白,一只叠在另一只手上。

接着一幅画面从下水道里爬了出来,另一幅,都是那双手的所作所为。伽马什如此用力,用力到疼痛才终于抬起了眼睛。

我是否会凝视你的双眼,伫立,

无法动弹,无言以对,

当道路被击得粉碎

天幕急坠。

他的眼里只有那七头的野兽。不是刻画,不是比喻,而是约翰·弗莱明所缔造的生物。阿尔芒·伽马什知道有东西避过了法庭、警察、弗莱明案子的公诉人,甚至他自己的辩护律师。

他知道约翰·弗莱明在犯案的时候,脑海中在想着什么。巴比伦的淫妇,那不仅仅是结束这个世界的人,而且还带来永恒的诅咒。

伽马什断断续续地吸了一口气,听见空气挣扎着穿过他喉咙时呼哧呼哧的声响。

在他对面,约翰·弗莱明的嘴角上扬,就像一把刀刃。

伽马什接住了弗莱明镇定的目光,召唤着蕾娜-玛丽,还有他们的孩子,还有孙女,还有亨利,还有他们的朋友。圣诞期间的喧闹,壁炉前安静的时光,安妮和让-居伊在三松镇举行的婚礼上,他们的舞蹈。他召唤克莱拉家的晚餐,小酒馆的饮料,还有在小镇长凳上度过的时光。

那些强壮的回忆将其他东西推搡着塞回属于它们的疯人院里。阿尔芒·伽马什坐在这贫瘠的房间里,却闻到了夏日里开到荼蘼的花园玫瑰的芬芳,听见小镇绿地上的嬉笑。他尝到了浓郁的咖啡,脸上还感受到清醒早晨的薄雾。

"我来,"他说道,声音强而有力,"是要和你谈谈吉拉德·布尔和巴比伦计划。"

他的回报就是他眨了一下眼睛。一瞬间的不确定,提起戒心。

约翰·弗莱明没想到他会说出这句话。

"我认识你。你在我庭审上坐着,"弗莱明说道,"你就坐在那里,看着。你喜欢看吗？好看吗？"

伽马什的表情没有变，但是在他的余光中，他看见波伏瓦被煽动了，他看出来弗莱明也感受到了。那微弱的反应，就是他想要的。

这是伽马什第一次听见他的声音。弗莱明没有在庭审的时候作证。阿尔芒很惊讶他的声音竟然如此柔软。甚至还有言语障碍的痕迹。是真的吗？还是为了给他添加更多的人性、甚至让他看上去很脆弱？

人们出于本性在看见残疾、疾病、某人的缺陷之时会放松警惕。不是因为同情，而是因为这让他们觉得自己高高在上，更加强壮。那些人，伽马什知道，往往活不长。这不是什么有用的天性。

"你想知道什么？"弗莱明问道。

"我想知道你怎么会成为项目经理的。"

"布尔博士在寻找某个可以协调日常工作的人，不是找科学家。他们可能非常精准，但都看不见大局。而我能。"

"布尔怎么会知道你的？"伽马什问道，意识到弗莱明只是回答了问题的一部分。

"口口相传。"

"要看你是在哪个圈子里了，"伽马什说道，"是谁推荐你的？"

"可能之前有几个满意的客户吧。我为一个以谨慎为特长的机构工作。"

"什么机构？"

"我觉得你听得不够仔细。谨慎，记得吗？"

"你为什么不想告诉我？"伽马什问道。

"你为什么想知道？这有什么要紧的？"

"我之前不是很确定，"伽马什说道，"但是现在我开始怀疑。"

两人对视。

"给我说说巴比伦的淫妇吧。"

这下他有反应了。嘴唇抿了起来，眼睛眯了起来。接着又是那刀锋般的微笑。

"我还在想什么时候才会有人来问呢。"弗莱明看着伽马什就好像他才是主，伽马什才是客。

"你的回答是？"伽马什问道。

"你是谁？"弗莱明问道。

他坐下之后就没有动过，一毫米也没有。他的手，他的头，他的身体都处于完全静止的状态，就像人体模型。就伽马什的观察，他甚至都没有呼吸。

只有那一次眨眼，那微笑，还有柔软有些缺陷的声音。

"何等粗暴的野兽，它的时刻终于到来，"伽马什以对话的语气说道，"懒洋洋地走向伯利恒，等着投胎？"

在那里，桌子对面，有没有最微弱的警惕的脉搏？

伽马什向前倾，轻声说道，"那就是我。"

"你怎么知道巴比伦的淫妇的？"弗莱明问道。

"那个？"伽马什反问道，弗莱明又眨了下眼，停了下来。

他必须好好想想，伽马什想。这就是说我在他的脑子里了。不过这不是什么让人舒心的想法。

"你明显找到大炮了。"弗莱明说。

"明显。"伽马什说道，等待着。

"你在哪儿找到的？"弗莱明问道。

"你留下的地方，当然。这又不是可以随意移动的东西，不是吗？"

"告诉我你在哪里找到的。"弗莱明说道。

他机警起来。他察觉到伽马什体内的什么东西。一丝细微的迟疑，可能。肤色的转变，或呼吸，或心跳。这个男人是个掠食者，他敏锐的感知源于他花了一辈子的时间跟踪。屠杀。

要制止一个掠食者的唯一方法就成为一个更强大的掠食者，伽马什知道。他一辈子追凶靠的并不是温顺与软弱。

"我们在满潮村发现了幼儿巴比伦，"他随意地说道，"或者至少是残骸。另一尊在林子里。而巴比伦的淫妇，你很难不发现。所以我们就和阿尔·莱帕赫聊了聊。"

他等待弗莱明消化这些信息。

"我告诉布尔他最容易掉链子,"弗莱明终于说道,"但是布尔相信那个人。"

"布尔博士也相信你。看来他的直觉并不怎么准,"伽马什说道,"因为最终,掉链子的是布尔博士。"

弗莱明凝视着他。想着,伽马什感觉到,要怎么整治他。或许,不是身体上的,而是思想、情绪上的。

伽马什的目光没有从弗莱明身上移开,但是他知道门边的波伏瓦一脸焦急。他感受到了危险。

"是的,"弗莱明说道,"吉拉德·布尔脑子挺好使的,但是他过于狂妄自大,嘴巴甚至更大。太多人发现巴比伦计划了,他甚至开始暗示大巴比伦已经开始造了。"

弗莱明微微摇头。给人一种不安的感觉,就好像是一个便宜的木娃娃在动弹一样。

"幼儿巴比伦不是秘密,不是吗?"伽马什说道,"本来就该如此。我们都知道。"

这一战略性的"我们"引起了弗莱明的注意。

"那是我的主意,"他说道,"在山巅造炮,直指美国。让它变成'秘密'。"他苍白的手在空中画了个引号。

"所有人的眼光都只会看那里。"伽马什欣赏地点点头,"而不是另一尊。真正的那尊。他们还说吉拉德·布尔是天才。"

他的语气十分嘲讽,弗莱明脸红了。

"骗到你了,对吗?"

伽马什举起了手,又落回了冰冷的金属桌面,看上去和解剖台如此相像。

"你并不知道我是谁,对吗?"伽马什说道,这就像是在玩火。门边的守卫扣紧了自己的步枪,就连波伏瓦也往后退了一些。

"没有人知道大巴比伦,"弗莱明说道,"没有人。他们以为满潮村是唯一那尊,它失败的时候,他们以为我们完了。"

"你证明所有人的看法都是对的,"伽马什说道,"巴比伦计划不会成功。他们笑话你们,也不再关注你们,于是你们就暗地里开始制造真正的大炮。"

这的确,伽马什必须承认,十分天才。一出大规模的戏法,而那手法真的成功了。他们竟然能把史上最大的导弹发射器藏起来,因为所有人都看错了方向。直到吉拉德·布尔的自大开始咆哮。

"当然,真正的天才是纪尧姆·库蒂尔。"伽马什说道。

"你知道他?"弗莱明说道,开始重新评估他的访客,"是的。我们赚了很多钱,多亏了库蒂尔博士。"

"直到吉拉德·布尔威胁到了整个项目。"

伽马什把照片从口袋里拿了出来。他本没有计划要这么做。实际上,他的计划是不要这么做。但是他知道他唯一从弗莱明那里套出情报的希望就是暗示他已经知晓一切。

他在金属桌面上抚平了照片,转了过来。

弗莱明的眉毛扬起,嘴唇再次卷起。他年轻的时候,或许还是非常有魅力的,但这些都不见了,不是被他的年龄而是他的所作所为啃噬殆尽。

伽马什拍拍照片。"这是布尔被杀害前不久在布鲁塞尔的原子球塔拍的。"

"这只是你的猜测。"

"你不喜欢猜测?"

"我不喜欢不确定。"

"所以你才杀了吉拉德·布尔吗?因为他已经无法掌控?"

"我杀了他因为有人叫我杀了他。"

啊,伽马什想。一条信息。

"你可能不应该告诉我的,"伽马什说道,"你难道不担心现在大炮被发现了,你可能就是下一个?我肯定会担心的。"

他正在冒险,他知道。但是既然他已经在弗莱明的脑子里了,他不如就在那儿捣鼓捣鼓,看看会发生什么。

他看见弗莱明脸上现出恐惧,意识到这位死亡的忠诚手下也害怕死亡本身。或许不是那么害怕死亡,而是害怕死亡之后的生活。

"你是谁?"弗莱明又问了一遍。

"我以为你知道我是谁。"伽马什说道。

现在他置身未知的领域。在弗莱明的头脑之外,甚至在那曾经存放着心脏的洞穴之外,一直走进面前这被造物的黑暗枯萎的灵魂。

他很熟悉弗莱明的生平。他也去教会,也敬畏神,但是过于敬畏让他逃跑,逃进另一个怀抱。

这就是他制造巴比伦淫妇的原因,作为献祭。

但是现在伽马什的思绪背叛了他。再一次,弗莱明的那些可怕献祭的画面在他的脑海中炸开。伽马什推搡着,怒气腾腾地将那些画面从他的脑海中清除出去。在他对面弗莱明正仔细观察,现在他看见伽马什痛苦地、急切地想去隐藏的东西。他的任性。

"你为什么来这里?"弗莱明咆哮道。

"为了感谢你,也来警告你,"伽马什说道,尽力想要赢回自己的优势。

"真的? 感谢我?"弗莱明说道。

"为了你的服务与沉默。"伽马什说道,看见这个被造物停顿了一下。

"警告呢?"

弗莱明的声音变了。那小小的缺陷消失了,那柔软现在听上去就像流沙。伽马什击中了什么,但他不知道是什么。

他的大脑飞速运转。劳伦特,导弹发射器,巴比伦的淫妇,满潮村,露丝和贝利夫先生,阿尔·莱帕赫。

还有什么,还有什么?

吉拉德·布尔之死。弗莱明已经承认了。伽马什将它扔到一边。

弗莱明正盯着他,开始怀疑伽马什只是在欺诈他,在害怕。

伽马什的大脑飞速运转。纪尧姆·库蒂尔,真正的巴比伦项目之父。还有吗? 伽马什绞尽脑汁,他漏掉了什么?

他可能发出了什么警告? 已经被关起来的人能做什么?

他知道了。

"《她坐下,凄然而泣》,"他说道,看见弗莱明脸色苍白,"为什么要写那东西,约翰? 为什么要寄给纪尧姆·库蒂尔? 你在想什么,你这个小东西？"

伽马什的手伸进自己的行囊，扔出了剧本，嘭，它掉在金属桌面上。

弗莱明展开一只手，用一根虫一样的手指抚摸着封面。接着狡猾的神情爬上他的脸。

"你不知道我为什么要写这个，对吗？"

"如果我不知道，我过来干嘛？"

"如果你知道，你就不用过来了，"弗莱明说道，"我还以为纪尧姆·库蒂尔会喜欢这本戏剧呢。他把设计图给了我，你知道。不想再和巴比伦计划有任何瓜葛。设计图所在之处的唯一线索就在抛弃它的缔造之父手中，我觉得这很有诗意。你读了吗？"

"剧本？我读了。"

"然后呢？"

"很美。"

这让弗莱明很惊讶，他更仔细地端详自己的访客。

"也很危险，"伽马什补充，一只手稳稳地放在剧本上，把它往回拉，脱开弗莱明可接触的范围，"你不应该写的，约翰，你也心知肚明不该把它寄给库蒂尔博士。"

"让你害怕，不是吗？"弗莱明说道。

"这是你这么做的原因吗？"伽马什说道，"想要恐吓我们？这"——他戳戳剧本，就好像那是一坨粪便——"算是警告？"

"提醒。"弗莱明说道。

"提醒什么？"

"我还在这儿，而且我知道。"

"知道什么？"

话刚一说出口，伽马什就想把它们收回来，但是太迟了。他在黑暗中漫步，现在他落下了悬崖。

他唯一的希望就是让弗莱明不断猜疑，让他相信他知道的比他多，是"他们"中的一员。但是那个问题让他暴露了自己。

门卫往后退到门前，波伏瓦的脸色发白。伽马什感觉自己胸口被弗莱明的人格力量击中了一拳。椅背让他停了下来,否则的话,他有种极其强烈的预感他会坠落,坠落,直到地狱。

阿尔芒·伽马什也曾接触过怨毒。可怜的男人和女人想要通过抚慰自己身上的恶灵来驱逐它们,用可怕的罪行喂养它们。但当然这只不过是让它们变得更加恐怖。

但这次不同。如果巴比伦计划有血有肉,那就是约翰·弗莱明。大规模杀伤性武器。没有思想,没有良知。

"你是谁?"弗莱明厉声问道。

他的目光在伽马什身上下穿梭,他的脸、他的喉咙、他的胸膛、他的头发、他的衣服、他的双手、他的婚戒,"你不是警察。他们一般都要说清楚自己的身份。你不是记者。可能是在写关于我的书的教授?但不是。这与学术无关,对吗?"他的目光钻入伽马什,"这是个人问题。"

弗莱明往后一靠,伽马什知道自己输了。

但还没有结束,对约翰·弗莱明来说,他的乐趣刚刚开始。弗莱明的头向一侧倾斜,像在卖弄风情,诡异可笑。

"你能进来,肯定认识什么人。"他环顾四周之后才又锁定伽马什。研究着他,像在研究钉在木板上蝴蝶。"你有点老,但还没老到退休的程度。"

弗莱明的目光转向伽马什的太阳穴。

"可怕的疤痕。是最近的,但有段时间了。不过,你看上去很健康,甚至很健壮。看来是喂谷物的,散养的。"

他在玩弄他,刺激他,但伽马什毫无反应。

"身体不是问题,对吗?"弗莱明问道,往前凑了凑,"是精神上的。你再也承受不住,你已经支离破碎。肯定发生了什么,而你不够强壮,你让那些依赖你的人失望。接着你就逃走藏了起来,像一个孩子。可能就是在那个小镇里。叫什么名字来着?"

不要想起来,伽马什祷告道,不要想起来。

"三松镇。"弗莱明微笑,"不错的地方,挺漂亮的。就像磐石,时间在它周围前进,却不会穿过它,几乎不属于这个世界。你是不是就住在那里?是不是因此你才会过来?因为巴比伦的淫妇打扰到你的藏身之所?破坏了你的天堂?"弗莱明顿了顿,"我记得有个女人坐在她的门廊上,说自己是个诗人。她很幸运有那么多词和该死的押韵。"

他不仅记得三松镇,每一处的细节都刻在他的记忆力。

"我不是这个房间里唯一的囚犯,对吗?"弗莱明问道,"你也被困在那个小镇里。你是个中年人,只想蹉跎剩下的光阴。你晚上会醒着躺在床上,思考下一步吗?你的朋友们是不是开始厌倦你?你的前同事是不是仍然忍让着你,其实在你背后咯咯笑?你的妻子是否开始不尊重你,当你扒拉着你监狱的铁窗,看着她的时候?还是你把她一起拉进你的小监狱里了?"

约翰·弗莱明看着他,得意洋洋。他终于整治了伽马什,剖出他的五脏六腑。这个男人开膛剖腹地躺在弗莱明面前。两人都心知肚明。

弗莱明的喉咙抽动着,将前所未有的怨毒呕在伽马什的身上。

"玛丽·弗雷泽,"伽马什说道,声音低沉。

他感觉面前的人格攻击有一瞬的迟疑,他便利用这个机会回击。

"她在三松镇,"伽马什说道,"和德落梅一起。"

他先用这些话捅向弗莱明,接着他的身体跟上。忽略头皮的抽动,他站了起来,向前倾身,手摊在冰冷的金属桌面,直到他的脸凑到弗莱明脸庞前一英寸的距离才停了下来。

弗莱明也站了起来,缩小了两人间的距离,他的鼻子顶到了伽马什的鼻子。他恶臭的呼吸喷进了伽马什的嘴巴,嘲讽着这种亲密。

"我不在乎。"弗莱明低语。

但是弗莱明等于承认自己认识他们了。直到此刻,这都只是伽马什的一种猜测。

"他们已知晓一切。"伽马什说道。

"这就不对了,"弗莱明说道,虽然伽马什凑得太近看不见他脸上的微笑,他感觉到了,"否则你不会在这儿。你手上可能有大炮,但是你并没有找到真正重要的东西。只有我能找到的东西。"

"设计图,"伽马什说道,"你在布鲁塞尔杀死布尔的时候从他那里拿走了。"

但是通过弗莱明的反应,他知道错了。他飞快地思考,尽量不因弗莱明贴着他的脸而分心。他盯着那双眼睛,他们的睫毛几乎交织在了一起。

接着伽马什挪开了,退回桌子的另一边。

"不,"他说道,"布尔博士根本没有设计图,他不需要。毕竟,这又不是他的设计图,是库蒂尔的。设计图从没离开过魁北克。"

"你已经很接近了,"弗莱明用唱的方式说了出来,拙劣地模仿孩子们玩捉迷藏时唱的歌曲。

弗莱明又坐下了。

"这就是你来这里的原因,对吗?"他对伽马什说道,"你有大炮但是没有设计图。可笑,不是吗?那个小村庄有那么多地方可藏,也有那么东西要藏。我想知道那地方究竟是天堂,还是什么别的地方?地狱长什么样?火焰与硫磺,或者是一个漂亮的地方,在林间或山谷?先是用和平和安全引诱你进去,之后便会成为监狱。那位拿着钥匙和锁的愉快老奶奶。"

弗莱明审视着伽马什。

"我知道设计图在哪。没有我你也可能找到。或者找不到。或者……"弗莱明顿了顿,笑了,"如果在你翻开每一块石头的时候,其他人先找到了巴比伦大炮的设计图。怎么办?"

"你想要什么?"伽马什问道。

"你知道我想要什么,而你也会双手呈上。否则你来干什么呢?"

"你把我当成别人了,"伽马什说道,"你等了这么多年的人。你害怕的人。"

他看着巴比伦计划之父的黑白照片。两个死人,一个终身监禁的囚犯。但是那一天还有一个人也在布鲁塞尔,伽马什意识到。肯定有人。

"照片是谁拍的?"

弗莱明往后靠,双臂抱胸。但是有些变化。弗莱明的手指紧紧抓住手臂上的骨头,脸上的冷笑也有些牵强。

伽马什击中了某样东西。

"你参与了巴比伦计划,"伽马什施压,"是奉了某个叫你看住吉拉德·布尔之人的命令。同一个人拍了这张照片。他和你一起在布鲁塞尔。但是你对他们说谎了，不是吗，约翰？你告诉他们满潮村，但没有告诉他们另一处。你杀了布尔，因为他变得太危险，他开始说话，开始暗示还有另一尊大炮。接着你偷走了设计图，藏起来了。相信我，约翰，你不会想要自由的。在这些高墙之外，你连一天都活不到。你是个小儿麻痹症患者，而这儿就是你的铁肺。"

"你觉得他们会伤害我？"弗莱明问道，"我是他们创造出来的。我可能制造了我自己的巴比伦淫妇，但是他们制造了我。他们需要我去做他们所不愿做的。"

"他们不需要你。你被抛弃了，被扔在这儿渐渐腐烂。"

"你觉得我还能有多腐烂？"弗莱明咧嘴问，伽马什几乎能闻到那腐臭的味道，"如果我是孩子，那父母会是什么样的呢？如果我是枝干，想象主根的样子吧。"

这些话像是直接钻进伽马什耳朵里似的，随着温热而恶臭的呼吸。

"阳光底下的一切都有目的。这是你所相信的吗？"弗莱明说道，"我有目的。你也有。现在回到你那个漂亮的小村庄，那些藏身之处，好好想想吧。之后我要你回来，放了我，好让我把大决战的设计图给你，接着我就会消失。永远不来打扰你。你说我在等着某个人，没错。我就是在等你。"

伽马什站了起来。结束了。

...第三十七章

　　让-居伊想说什么，但是他想不出该说什么来让对方好受点。所以他默默开着车，而伽马什盯着窗外。
　　头儿曾经跟他说过大猩猩会如何抵御攻击。它们会迎头顶上，俯视着对手。但时不时地，它们会伸出手，摸摸身边的其他猩猩。确保自己不是一个人。
　　眼睛仍注视着路面，让-居伊伸出手，触摸到了伽马什的肩膀。
　　阿尔芒转身，对让-居伊微笑。
　　"你没事吧？"波伏瓦问道。
　　"你呢？至少我知道我们进去的意义了。"
　　"你之前不知道吗？"
　　"不知道，"阿尔芒以一个疲倦的笑容作为回答，"我以为我知道，但你其实不可能一应俱全。不过，我们还是获得了一些情报。弗莱明就是那个杀死吉拉德·布尔之人。"
　　"根据某人的指令。那个'机构'。我觉得具体是哪个机构这没什么好说的,肯定是 CSIS。"

伽马什点头,但看上去有些分心。"也许,有可能,但他肯定认识玛丽·弗雷泽和肖恩·德落梅。"

"他们中的某一人当时在布鲁塞尔?"波伏瓦问道,"是不是弗雷泽或德落梅拍了那张照片,接着命令他去杀了布尔博士?"

"我也在想同一件事,虽然还有其他的可能性。"

"罗森布拉特教授。"波伏瓦说道。这位老科学家似乎总是与过去所发生的事,以及现在所发生的事擦肩而过。他瞥了眼伽马什,他眯起了眼睛,走上了一条小径,但不是他们正在行驶的那条马路。

"还有别人吗,老大?"

"还有一个人,让-居伊。另一种可能性。"

波伏瓦把这个案子里的所有年龄相符的人都想了一遍,所有在1990年代可能活跃在布鲁塞尔的人。

"贝利夫先生?"他问道,"他看上去知道很多,而且,我们对他了解多少?除了露丝以外,甚至没有人知道他的名字。"

"我想到的不是他,"伽马什说道,"我在想阿尔·莱帕赫。"

他一说出来,波伏瓦就能看见这背后的逻辑。实际上,现在看上去是如此明显,几乎不可能漏掉。

弗雷德里克·劳森可能是在露丝和贝利夫先生的帮助下悄悄入境的,但是他能在这里留下来,能够养活自己,能够成为阿尔·莱帕赫,能够结婚。一个本该接受战犯审判的逃兵,怎么可能不靠政府,或者其下的某一个机构做到这一点呢?

这是不是就是进入加拿大的代价?在某时某刻,阿尔·莱帕赫会受到政府召唤帮他们做一些见不得人的事?

拉科斯特已经让莱帕赫回家了,但是派遣了探员时刻监视。

"抱歉,"伽马什说道,把手机从口袋里掏了出来,肯定是在震动,因为波伏瓦什么都没有听见。

伽马什先看看是谁,之后才接了起来。

"探长。"他说道。

"好了,我知道你旁边有人,阿尔芒,"泰蕾兹·布鲁内尔说道,"我有事要告诉你。"

"什么?"从她声音的语气来看,肯定不是告诉他他中彩票了。

"我刚刚接到加拿大广播公司国家新闻执行制作人的电话。"

伽马什深吸一口气,全副武装。

波伏瓦瞥了一眼,头儿十分警惕,紧张。

"继续说。"

"和你想的一样,"她说道,"他们已经发现大炮的事了。"

"他们知道多少?"

"他们知道巴比伦计划,知道吉拉德·布尔,他们知道大炮在魁北克某处,这就是他们打电话给我的原因。"

"但是他们不知道在哪?"

"还不知道。但是他们只能等到今晚六点国家新闻广播的时间。到时候,他们可能已经知晓一切。就算他们不知道,以现在的信息这也足以成为头条新闻了,就像炸弹。所有的记者一定会蜂拥而至来抢新闻。他们最终会发现一切。在新闻播出之后你可能会有一天的时间,或者几个小时。"

"你能阻止他们吗?"他问道。

"你也了解新闻审查制度,阿尔芒。我已经递上紧急禁令的申请,但是那些法官都不愿意批。我们必须假设这件事会被公开。"

伽马什看看表。现在已经一点半了。

"他们还不知道纪尧姆·库蒂尔的事?"他问道。

"不,但是你在几个小时之内就发现了。他们也很快会发现的。一旦播出了,村里可能会有人开始曝光。到刚才为止竟然还没有走漏风声已经很令人惊讶了。"

三松镇非常善于保护自己的秘密,伽马什想。但是这个秘密即将逃脱。

"谢谢。"他挂了电话,"请停车。"

波伏瓦靠边停下,伽马什下车,弯下腰,一只手放在车上,一只手放在膝盖上，好像要呕吐。

让-居伊快步绕过汽车，"你还好吗？"

伽马什直起身来，缓过气。接着他走开了，走到乡村小路的路边。

"出什么事了？"让-居伊追着他问，但是当阿尔芒挥手请他给他点个人空间的时候他停了下来。

波伏瓦只听见伽马什最后的对话，但是也足够了解大意了。

阿尔芒转向让-居伊，他的脸色苍白憔悴。"在大炮上加拿大广播公司国家新闻之前我们有四小时的时间。"

"妈的。"

波伏瓦觉得自己的胃开始绞痛。两人都知道这是什么意思。在联播之后，网络、社交媒体、其他媒体上的新闻将铺天盖地。美国国家公共电台、美国有线电视新闻网络、英国广播公司、半岛电视台，吉拉德·布尔的超级大炮将人尽皆知。

"他们还不知道在哪，"伽马什说道，"他们不知道三松镇。我不确定他们是否知道满潮村。但是他们会知道的。当他们知道的时候……"

大骚乱，让-居伊想。

波伏瓦仔细看看自己的岳父，感到一阵晕眩。

"我的天，您不是在想……"

但是从伽马什的表情来看，这正是他在想的事情。

"您要放出弗莱明？"波伏瓦问道，几乎发不出声音来。

"我们必须在联播之前找到设计图。记者或者好奇的人士不是问题。每一个军火商，每一个雇佣兵，每一个情报组织，每一个恐怖组织与腐败的独裁者都会听见这个消息。这些人可不会错失良机。他们聪明、充满干劲又冷酷无情。他们会过来。天呐，让-居伊，你知道要是有军火商在我们之前找到图纸的话会发生什么事吗？"

"如果，如果，"让-居伊尖叫，"可能并不会发生，但是我们却能肯定如果让弗莱明从那个魔窟中出来的话会发生什么事。他会再度杀戮。再杀戮。"

"别告诉我弗莱明会做什么。你根本不知道那个人会做得出什么来，我知道。"

"那么告诉我,看在上帝的分上。他会做什么?那个人做得出什么来?"

"他做了巴比伦的淫妇。"伽马什叫道。

"那刻画,我知道。"

"不,真的。用他的受害者们。"

波伏瓦退了一步,离伽马什远了一点。远离从他嘴里出来的那些话和随之而来的画面,远离弗莱明的所作所为,远离可怖至此,必须向公众隐瞒之事。

"噢噢噢"从波伏瓦口中逃出,一声叹息,就好像他的灵魂已经枯萎,滑出了他的身体。

"还有孩子?"

"所有人。七个被害人。"伽马什说道,再次弯腰,手支在膝盖上。

波伏瓦的膝盖落入了尘土里。他看着伽马什试着呼吸。他根本不知道这个男人在这段时间里一直承受的重量。他见过的那些画面,甚至听说还有影像。伽马什曾经站在法庭上,承受所有,这样其他的公民就不用如此。为了大多数人牺牲的少数人。

伽马什直起身来,动作僵硬,直到他站得笔直,下定了决心。

"如果有任何其他的办法,让-居伊……"

"您不能放他出来,我求您了。"波伏瓦仍然跪在地上,手臂伸向了伽马什,"这样一点好处也没有。他可能在对您撒谎,他可能根本不知道设计图在哪。"波伏瓦站了起来,非常愤怒,"您离他太近,您当局者迷。他在玩弄您,扰乱您。"

"你以为我不知道?"伽马什叫道,"你以为我不知道他可能在撒谎,甚至就算他知道图纸在哪,他怎么可能告诉我们? 我知道。"

"那为什么还要这么做? 为什么还要考虑?"

"如果我们让弗莱明留在那里,而那些图纸被其他军火商找到了呢?"

他盯着波伏瓦,挑战他。挑战他站到伽马什所站的位置,在旋风之中。

两个男人相距十英尺,瞪着对方。

"你以为,"伽马什咆哮着说,"我想放走弗莱明？想把他带去三松镇？这想法让我恶心。但是我们可能别无选择。弗莱明可能不会告诉我们设计图在哪。是的,他可能会逃走。但是我不知道设计图在哪,你也不知道。天知道我有多迫切想要找到它们。"

"可能弗莱明也不知道。他这么说就为了从那里出来。"

"但他可能。他可能知道。他可能是我们唯一的希望。"

波伏瓦惊骇地盯着他。"您把希望寄托在那种东西身上？如果他下一次收割的生命属于伽马什夫人,或者安妮,或者您的孙女们？您还会这么漫不经心吗？"

"漫不经心？你以为我是这样的人？如果那些计划被找到了,会有多少夫妻、孩子、孙女们会被杀害？成千上万,甚至十几万人。没有人是安全的。"

这是一个诡辩的等式,而伽马什看上去像是马上就要昏倒一样。他在思考成为一个屠杀者的帮凶,为了更多的人。

玛丽·弗雷泽看错伽马什了。他曾经这么做过,他也会再次这么做。让少数的人暴露在死亡的可能性中,为了拯救更多人。那些决定最终将他撕成碎片,而他爬进了三松镇去愈合。而非,像看上去那样,去隐藏。

波伏瓦张开嘴,他的呼吸粗重,眼睛大睁。

"安妮怀孕了,阿尔芒。"

过了一会儿这些词才渗透伽马什的防线,穿过他内心的混乱。但是他的肩膀沉了下来,脸也柔和了起来。

接着他明白了。

"噢,我的上帝。"他呢喃道。

迈着大而稳健的步伐,他跨过了他们之间的距离,将让-居伊拥在怀中,抱着这抽泣着的男人。

"我们会找到设计图的,"他一遍又一遍重复,直到让-居伊镇定下来,"我们会找到的。"

虽然他不知该从何找起。

剩下的路由伽马什开回家,给让-居伊一个恢复的机会,让他说说他们即将新生的婴儿,还有安妮。

"求您千万别告诉伽马什夫人,"让-居伊说道,"安妮会杀了我的。她想要自己告诉她。"

"我不会告诉她的,但是你们要抓紧时间了,因为她可能从我这儿套出来的。她可狡猾了。"

在他们谈起这个好消息时,伽马什几乎要忘记他们刚才去了那里,前方又有什么在等待。几英里之后,他们又沦入沉默。

伽马什再次回想自己和弗莱明的对话,挣扎要将注意力集中在这之上。

"弗莱明承认他认识玛丽·弗雷泽和肖恩·德落梅,"他说道,波伏瓦点点头。让-居伊也在脑海中重播与弗莱明的会面,心里越来越急,被滴答作响的倒计时追赶着,以及意识到弗莱明有多凶残。

"但他说了什么,"阿尔芒说道,"当时我觉得自己应该记住的事,但接着又迷失了。"

"误导,"波伏瓦说道,"弗莱明可能知道他说了太多,试图用一大堆废话来隐藏起来。"

"但是什么呢?"伽马什问道。

他们绞尽脑汁。阿尔·莱帕赫,布鲁塞尔,机构,弗莱明说了什么?

让-居伊先想到了。不是弗莱明说的,而是伽马什说的。

"戏剧,"他说道,"您提到了戏剧,还放在了桌上,记得吗?"

"就是它,"伽马什说道,"他问我有没有读。"

"您说很美,但是他听了很惊讶,说明这不是重点。"

波伏瓦把手伸到后座,拿起了那个包裹,取出了破旧肮脏的剧本。

"他摸了一下,说您如果真的理解,就不需要来和他谈话了。"

"对,对,"伽马什说道,"我们不需要来见弗莱明,因为我们已经有了答案。"

"他隐藏设计图的地方就在那该死的戏剧里,"波伏瓦说道,低头看

《她坐下，凄然而泣》》，"您读过，我读过。我不记得任何关于设计图或者文件或任何藏起来的东西，您记得吗？"

伽马什思索着，冲刷着自己的回忆。剧中的场景是一个寄宿公寓。主角是一个被解雇的可怜人，不断中彩票。他会输掉所有钱，最终又回到这里。接着中彩票。再输掉。这很折磨人，但是观察入微，引人深思，也十分好笑。

"中了的彩票没有被藏起来或者弄掉了，对吗？"波伏瓦问道。

伽马什摇摇头。"不，他把它串在项链上，带在脖子上，记得吗？本来是耶稣受难像的位置。"

"妈的。还有什么，还有什么？有没有人掉了一把钥匙？一副手套，或任何东西？"

波伏瓦打开剧本，随机翻看着，越来越疯狂。

"打电话给拉科斯特，"伽马什说道，"告诉她加拿大广播公司在六点会播报新闻，让她把所有的剧本都收起来。"

"玛丽·弗雷泽和肖恩·德落梅也有一本，"波伏瓦提醒他，在拨通电话的时候。

"让他们去，"伽马什说道，"如果他们读了弗莱明的剧本，但是没发现端倪的话，就让他们去吧。"

波伏瓦接通了拉科斯特，调到扬声器，把最新情况告诉了她。

"我知道加拿大广播公司的事了，"她说道，"罗森布拉特教授刚才在这里。他接到一个记者的电话，问他关于超级大炮的事。他们明显已经做足了功课，知道他是研究吉拉德·布尔的专家。"

"他对他们说什么了？"波伏瓦问道。

"他告诉他们他早就退休了，布尔博士的案子也已经是很久之前的事了。他们问是不是找得到巴比伦大炮，他说他觉得这基本上不可能。因为有可能它从来就没有被造出来过，就算造出来也不能用。"

"他们信了吗？"

"一个字都不信，"拉科斯特说道，"教授恐怕自己这么否定他们已知的事实反而让事情更糟糕了。"

"我觉得目前已经不可能更糟糕了。"波伏瓦说道。

"好吧,好消息是,目前看来他们还不知道大炮在哪,而我怀疑他们会从满潮村开始找。他们甚至可能在那里就停下了。"

但他们都知道那是不可能的。"你能把所有的剧本都收起来吗?除了那些CSIS特工的。"

"我会让科恩去的。"她说道。

"不,"伽马什介入,"不要找科恩。你能找别的探员去吗?"

"我能,"她说道,声音中有着防备,"为什么?"

"我希望科恩探员能够留在调查室。你介意吗?我们到的时候我会和你解释的。"

他们挂了电话,波伏瓦瞟着电话,不敢看自己的岳父。他知道为什么伽马什想让科恩留下。

因为他要去做一件可怕的事。

...第三十八章

"真是疯了。"接着,一阵短暂的停顿之后,伊莎贝拉·拉科斯特补充道,"先生。就算我们可以把弗莱明从特别关押单元里弄出来,接到这儿来,那就等于是放出了一场瘟疫。"

"我们有"——伽马什看看火车站墙上的钟——"三小时零五分,在此之后就到了新闻联播,再也回不去了。开车去特别关押单元要两小时。科恩探员必须现在就走。"

"我会看时间,老大,"拉科斯特说道,"我看不懂的是您是不是疯了。我理解这种等价交换,我真的懂。但是我也赞同波伏瓦探员。很大几率上,弗莱明是在撒谎。他根本不知道设计图在哪。接下去呢?军火商仍有可能在我们之前找到设计图,而约翰·弗莱明一逃脱肯定会继续杀人。因为他一定会逃脱。而您觉得他第一个受害者会是谁?"

他们看向科恩探员,他正在房间另一头看着他们。他垂下了眼睛,假装在擦拭自己袖子上的污渍。

"必须要这么做。"伽马什说道。

"弗莱明便能如愿。"拉科斯特说道。

"我们也会得到我们需要的。看,"伽马什说道,"你知道如果别人先找到巴比伦项目的设计图会造成什么后果。与到时候发生的事相比,弗莱明看上去就像卡通人物一样。"

他瞥向亚当·科恩。

"如果我可以代替他去,我会的,但是只有亚当能做到我们需要做的事,只有他能把弗莱明弄出来。他在那里工作了十八个月,他了解特别关押单元,他了解狱卒与那边的系统。我一点也不情愿,但是这任务只能交给他。必须要做,伊莎贝拉。"

伽马什尽量掩饰自己的挫败感。许多年来,几十年来,他会询问自己团队的意见,但是最终决定权在他手中。然而,现在,他需要伊莎贝拉·拉科斯特的同意,需要她来执行。

"你们在说把约翰·弗莱明从特别关押单元里弄出来?"亚当·科恩问道,他朝他们凑近。"对不起,但我听见了。"

他们转向年轻人,伽马什向他走近一步。

"你觉得你能做到吗?"

科恩想了想,点点头。

"我觉得能。"

他看上去既像下定了决心,又像要临阵脱逃。他睁大双眼,瞳孔放大,他的皮肤可能不是苍白而是灰色的。一个快要跳下悬崖的人,希望自己会张开翅膀。

"很抱歉,但我想问问,先生,您确定这是个好主意吗?"

"我们只需要知道你觉得这是否可能,"伽马什安抚地说道,"还没有做决定。"

"但是约翰·弗莱明,"科恩说道,"他不是……"科恩寻找着恰当的说法,"他不是正常人。"

这句话说得太过保守,几乎让人觉得好笑。但是这年轻人脸上纯粹的恐惧让人笑不出来。

"我和他一起去,"波伏瓦说道,"我们不能只派他一个人。"

"我很抱歉再打扰你们一下，"科恩说道，再次凑近他们，"特别关押单元的保安系统里有一个缺陷。我们的培训是针对暴动、越狱，而非入侵，所以才可能成功。但是必须要一个他们认识且相信的人，某个他们觉得永远不可能造成麻烦的人。我。一个人。"

他的话说的是一回事，但是他的眼睛祈求着他们不要同意。不要派他去，更不要派他一个人去。

"不好意思，"拉科斯特对科恩探员有些礼貌得夸张，接着把另外两人带到调查室深处，"我们必须做出决定。"

她看着波伏瓦，看着伽马什。她瞥向科恩探员，再瞥向墙上的钟。

"好吧。我们派他去特别关押单元。正如你所说，他过去需要两小时，我们现在到联播只有三小时。我们到那时必须做出决定，但科恩探员至少要先到位。"

伽马什和波伏瓦点点头，伊莎贝拉·拉科斯特走回亚当·科恩身边。

"这还不是正式决定，"她说道，"如果你去的，必须小心几乎一定会发生的事。就算我们成功了，你把弗莱明弄出来再送回去，我们也会全被开除，甚至被控诉。你明白吗？"

"我叔叔有一个干酪薯条小站，"他说道，"我想我可以给我们所有人都弄到一份工作。"

他说得如此真诚，波伏瓦都不知道科恩到底是不是说真的。他也不知道是该哭还是笑，还是告诉他真相。这位年轻的亚当·科恩很可能失去的不只是工作。

拉科斯特探长写好了一封授权信，以警察局的抬头打了出来，交给了科恩探员，接着他们将他送到车旁。

"如果六点你还没有收到我的消息，你就得进 SHU，你明白吗？"拉科斯特探长说道，"吉拉德·布尔一上加拿大广播公司新闻联播的时候。"

"是的，先生。妈妈。女士。"

"噢上帝啊。"波伏瓦咕哝道。

"你不会有事的，孩子，"阿尔芒说道，"不要给弗莱明任何的信息。你的名字，还有你们去哪里。什么都不要说。他会试着和你交谈，只要忽略他就行。"他伸出手,"*Shalom aleichem*①。"

亚当·科恩看上去很惊讶,也很高兴。他拉住阿尔芒的手,"也希望您获得平安,先生。您怎么知道的?"

"我也是被我的犹太祖母养大的。"伽马什说道。

"*B'ezrat hashem*。"科恩说道,放开了伽马什的手,走到车里。

他们看着他开走。

"他跟你说了什么?"波伏瓦问道。

"他说,如系神意。"伽马什说道。

"我觉得上帝和现在发生的一切都没有什么关系,"拉科斯特说完,面向两个男人,"如果设计图的位置就藏在那部戏剧中的某处,我们必须要查一遍,仔细而快速。"

"我也在想这件事,"伽马什说道,"我和让-居伊都已经读过了,但什么也没找到。"

"你们需要新的视角,"拉科斯特说道,"要我读一读吗?"

"不,我想让小镇来读一读,"伽马什说道,"戏本就是要演的。"

"我们准备上演这出戏?"波伏瓦问道,"等等。有可能。妈妈可以做服装,我们可以用耐得叔叔的牛棚。"

"冷静,安迪·哈代,"伽马什说道,"我是说通读一遍。我们需要找人来读,我们来听。"

"这主意不错,"拉科斯特说道,"但要花点时间。从开始到读完,至少要一个半小时,到时候可能已经六点了。如果你们错了——"

"如果我们错了,我们有科恩探员已经就位。"伽马什说道。

"好吧,这也许能行,"拉科斯特说道,"这种事不总是会柳暗花明?"

伽马什粗声笑了一下。"总是。"

他开始快步走向村镇。"我想我们应该在我家做。更私密一些。我会找点我们知道值得信任的人。怎么了?"

他注意到她的迟疑,便停了下来。

---

① 希伯来语"祝你平安"的英文拼写。

"谁是值得信任的？"她问道。

"你的意思是？"

"我这么问您吧，"她说道，"如果有人两周前来到三松镇，在您和亨利散步的时候认识了您，或者和伽马什夫人一起坐在您的门廊前，他们会知道您曾经的身份与您过去的事迹吗？"

他微微笑。她说得对。

谁会知道莫娜并不是开了一辈子的书店，曾经是蒙特利尔杰出的心理医生？谁会知道那个头发里总是感染各种食物的女人是一位伟大的画家？

三松镇里有多少人已经经历了人生的第二或第三幕？人们深藏不露自己的心，但同时也隐藏着过去，隐藏着自己的日程。

他们真能相信谁？

让-居伊曾问起过贝利夫先生。看不出来他有所隐藏，但那位牵着肥头大耳的牧羊犬安静散步的男士不也一样，谁看得出来他曾靠追踪杀人犯为生？还有那位莽汉般的有机园丁曾是一个战犯？

"这里有人杀了劳伦特，"拉科斯特提醒他，"还有安托瓦内特。有人并非表面上看起来的样子。"

"可是，再一次，"伽马什说道，"我们别无选择。我们需要帮助。我们需要他们的帮助，"他说道，朝村镇打着手势。

他等待，准备就绪，直到拉科斯特探长简短地点了点头，他才匆匆过桥去了。

"我去拿剧本，"波伏瓦说道，"你来吗？"

伊莎贝拉·拉科斯特站稳脚跟，她看着他的眼睛，摇摇头。

"不，我觉得你和头儿去就够了。"她看着自己的电脑，和波伏瓦的一样，屏保循环播放这劳伦特和安托瓦内特的照片，"我还有事要做。你们去找设计图，我找凶手。我们被那尊大炮给带偏了。越来越多的误导信息，而我误入歧途。"

"不能算彻底的误导，"波伏瓦说道，"劳伦特被杀害不是因为他是劳伦特，他被杀害是因为他找到了那尊武器，安托瓦内特被杀害则是因为她的叔叔是设计人。大炮是一切的核心。"

"的确,但是重点变成寻找设计图,我们的目光已经不再聚焦凶手。他就在这里的某处。"她拍拍桌上的档案夹,"玛丽·弗雷泽说我们不懂她的世界,她没有说错。我们懂的是这个世界。这才是我要独自一人站稳脚跟的地方。我必须要回到最初级的证据。盘问,鉴证。谁知道呢,说不定我们就在某处汇合了。"

"B'ezrat hashem。"他说完便走了,拉科斯特则打开了文件夹,开始阅读。

通往真相的路不止一条。

阿尔芒先去了书店。在那里他找到了露丝、莫娜和克莱拉,并邀请他们去他家。他很恍惚,她们很好奇,天衣无缝。

接着他去了小酒馆,在那里他找到了正与加布里一起喝啤酒的布莱恩。现在刚过四点。伽马什稍作迟疑,就邀请了两人。布莱恩可能是个嫌疑人,但是他也是他们最大的资产。他对这出剧滚瓜烂熟。

"叫上奥利维,"阿尔芒转头说道,接着就匆忙走向小酒馆的门口。

正要出门的时候,他发现罗森布拉特教授正坐在角落里,朝他打手势。

"出什么事了?"伽马什走到他桌旁的时候他问道。他压低了声音说:"是不是和加拿大广播公司有关?"

伽马什几乎想踹自己一脚。他一直心急慌忙地想该邀请谁,在此之前没有好好扫一眼小酒馆看看不该邀请谁。罗森布拉特肯定是一位退休的教授,他们的背景核实已经证明了这一点。但是伽马什一点都不信他只是退休教授而已。就像玛丽·弗雷泽和肖恩·德落梅几乎肯定就是档案管理员而且不止如此。

"我能帮上忙吗?"这位老教授问道。

"不了,谢谢。我想我们人手已经足够了。"

罗森布拉特凝视着他,接着看看小酒馆里其他喝酒聊天的人们。

"他们根本不知道一旦大炮的消息走漏,他们会迎来什么。"

"我们都无法预知未来。"伽马什说道,他故意用这么老套的说辞来回答。他只是想快点脱身,丝毫不想将宝贵的时间浪费在晦涩的谈话中。

"噢,我觉得有些人可以,不是吗?"

他的语气让伽马什重新将注意力放回这位科学家的身上。"您这么说是什么意思?"

"我是说有些人能预测未来,因为他们就是缔造者,"罗森布拉特说道,"噢,不是什么好事。我们无法让人爱我们,甚至喜欢我们。但是我们可以让人恨我们。我们无法保证我们会被雇佣,但是我们可以保证被人解雇。"他放下手中的苹果西打酒,盯着伽马什,"我们无法保证我们能赢得战争,但我们可以保证输掉它。"

伽马什一动不动,凝视这位科学家。接着他坐了下来。

"许多人都会犯这个错误,以为打仗拼的是武器,"罗森布拉特几乎是自言自语,"但实际上拼的是想法。哪一方有最多的想法,最好的想法,就会赢。"

"那为什么要杀死拥有那些想法的人呢?"伽马什问道,"我想我们是在说吉拉德·布尔。有些人觉得他是天才,于是便朝他脑子里射进几颗子弹。"

"您知道答案。为了阻止别人得到他。有他在我们这边可能无法保证我们会赢得战争,但是如果他去了敌人那边,我们肯定就会输。"

"那么从什么时候开始,你发现自己搞错了?"伽马什问道。

"我?"

"只是一种人称而已,先生。我没有别的意思。"

"当然。"

"从什么时候发现杀错人的?"伽马什问道,"发现吉拉德·布尔不是那个出主意的人,只不过是台前的布偶?"

"啊,那就有问题了。大问题,非常大的问题,必须要解决的问题。"

"您说的意思和我听的意思是一样的吗?"伽马什说道。这是麦克尔·罗森布拉特最接近承认自己和吉拉德·布尔的死有关的一次了。而且不止如此。

"我什么都没说。我就是个老头，连衣服都穿不好。"他看看自己凌乱的衣服。

"您不是您穿的衣服，先生，"伽马什说道，"它们只不过是服装，甚至是伪装。"

"我很高兴您这么想。"罗森布拉特似乎觉得非常有趣，但他的脸马上严肃了起来，"您认为我和这件事有关？我一直坐在这里思考如果那些图纸被人找到会有什么后果，所有人都会失去生命。我想只有一个很老的人才明白在死期来临之前死去是多么可怕的事。"他凑近桌子对面的伽马什，"我不可能参与这种事。"

"除非是为了更多人的生命。"伽马什提出。

"也许这就是老人的角色。做年轻人无法做出的决定。"他仔细观察着伽马什，"或者本应该这么做。我的年龄够做您父亲了，我希望我是，那样的话您或许就会相信我了。我没有自己的孩子。"

"那大卫呢？您的孙子？"

罗森布拉特没有回答，伽马什点点头。

"虚构的？"

"我发现人们对爷爷的戒心没那么重，"罗森布拉特承认，"所以我创造出了大卫。但是我经常提起他，几乎能看见他了。他瘦小，一头黑发，闻上去像是象牙皂和泡泡糖的味道，那是我背着他妈妈给他的。有时候，他对于我来说比真正存在的人来说显得更真实。"

麦克尔·罗森布拉特低下头看着自己的手。"那林子里该死的大炮是真的，我的孙子不是。这是什么样的世界。"

阿尔芒瞥了一眼钟，滴答。"有件事您应该知道。我今天早上和约翰·弗莱明谈过话了。"

轮到罗森布拉特一动不动了。

"我知道他和吉拉德·布尔一起工作过，"伽马什说道，"我知道他就在三松镇。我知道他就在布鲁塞尔和布尔博士和纪尧姆·库蒂尔一起。我还知道他杀了吉拉德·布尔。但我也相信这不是他自己的想法。"

伽马什再一次拿出了那三个人的老照片，罪恶三人组。

"我曾经给您看过一次。上面就是布尔博士、库蒂尔博士还有约翰·弗莱明。但是那天还有一个人在那里,不是吗?那个照相之人,那个下令杀死吉拉德·布尔之人。"

"不是我。"

"也许是,也许不是。"

"无论您是怎么想的,这都是很久以前的事了,都结束了。"

"没有结束,"伽马什暴怒,但是他没有提高音量反而压低了声音,听上去就像在咆哮,"此刻在这里发生的事就是那天决定的直接后果。战争并没打赢,它只是在休眠,现在狼烟再起。"

"您必须要明白——"罗森布拉特开口。

"我不需要矫正,我只需要确切的答案。那天在那里的是谁?是谁拍的照片?是你吗?这一切的背后是谁?"

"不是我,"罗森布拉特说道,"我发誓。如果我有什么可以告诉你的话我会的。想到这些图纸落入别人手中就让我觉得恶心。"

"约翰·弗莱明正在来的路上,"伽马什说道,他的声音挣扎着回归正常。他收起照片,站了起来。

"什么?"

"如果我们六点前不找到设计图,他就会被带到这里来。一切都将水落石出。图纸,与其他一切。"

"你不能,"罗森布拉特粗声说道,"这人是个怪兽。"

"对。人造的。他又是谁的作品?"

...第三十九章

他们坐在伽马什的客厅中,椅子围成一个半圆。幸运的是,这部剧里的任务不多。几个寄宿处的寄宿者,地主婆,还有隔壁五金店的老板。

"你想要我们大声读出来?"贝利夫先生问道,拿着手里的剧本,就好像它是用尿液写的。

"实际上,我挺喜欢这个主意的。"加布里说道。

"你的确会喜欢。"克莱拉说道。

"现在,说真的。根据我在舞台上的经验——"他戏剧化地顿了顿,挑战他们给他一个粗鲁的评价。但出于某种原因,那一片沉默反而更侮辱人,"——由一个好演员读出来的东西,有时候和读纸上的台词感觉完全不同。"

"如果我们有好演员的话。"露丝说道。

"这个嘛,试一试也没什么损失。"奥利维说道。

"就是要这种精神。"莫娜说道。

但是伽马什和波伏瓦知道并非如此。他们现在损失的是最宝贵的商品,时间。等他们读完弗莱明的剧本的时候已经五点半了。已经没有时间再做任何其他的事。

阿尔芒粗线条地告诉他们叫他们来的原因。他们分好了角色,伽马什和波伏瓦作为观众,他们便开始朗读了起来。

有的,像露丝,只不过是读读台词而已,另一些人,比如克莱拉,将自己完全投入到了角色中去。加布里允许自己顺从民意地担任男主角,不断向克莱拉射出恼怒的视线,因为很明显她有这么一个隐藏的天赋。

其他人,像贝利夫先生,一开始自视甚高,结果被克莱拉的全情投入给影响,也尽量演出剧本中的情景,到了第二幕的时候,这位妙语连珠的五金店老板让所有人都爆笑不已,因为他什么都有就是没有所有人物最想要的东西。牛奶。每一个人总是去五金店里找牛奶。

这成了整部剧的主旋律。

然而,它还是没有揭露图纸所在的位置。

当最后一个词被读了出来,沉默降临,他们看着阿尔芒和让-居伊,他们也正坐在椅子上往前凑,希望抓住一个至关重要的字或者词。

但是再没有字词。他们已经演完了。

伽马什抽出了自己的装置,它的时间很准确。

现在是五点二十三分。还有三十七分钟。

他看看布莱恩。"想到什么吗?"

"对不起,我没觉得有什么特别的。"

"其他人呢?"伽马什问道。

全都摇摇头。

伽马什站了起来,向他们真诚道谢。

"有一件事你们必须知道,"他说道。他纠结过是否要告诉他们加拿大广播公司报道的事,但最终决定他们应该尽快听到这一消息,"加拿大广播公司正准备播报吉拉德的大炮被找到的消息。"

他们看上去很惊讶,但并不那么震惊。

"这意味着什么?"莫娜问道。

"这个嘛,他们还不知道在哪,"他说道,看见他们脸上如释重负的神情,"但这只是时间问题。一旦他们发现,所有人都会蜂拥而至。"

"所有人?"莫娜问道,"谁是所有人?记者,当然,还有谁?"

"寻找设计图的人,"伽马什说道,"这就是为什么我叫你们过来,这就是为什么我们必须先找到设计图。你们刚刚读完剧本,大部分是第一次读。如果之后有任何发现,请一定要立刻告诉我们。而且,当然,你们也一定不能和别人说起这件事。让-居伊?"

他将波伏瓦请进书房,关上了门。

加布里离开了,回去B&B,奥利维向小酒馆走去,此刻正是一天中最忙碌的时候。

布莱尔帮助蕾娜-玛丽洗完了咖啡杯,克莱拉和莫娜则把家具搬回原地,露丝什么都没干。

"我可以借用她吗?"贝利夫先生用过于夸张的礼貌语气询问道,指指露丝。

露丝站了起来。"不用问他们。我根本不知道他们是谁。"

"我们这儿一旦出售,概不退还。"克莱拉警告他。

"还有,我们找到她的时候她已经坏了。"莫娜说道,搬起一张椅子。

露丝对他们怒目而视,贝利夫先生看上去有些困惑,接着点了点头。

"我知道,"他终于说道,"我想发生那件事的时候我就在那里。"

这下轮到克莱拉和莫娜一脸困惑,看着两位老村民离开。

加布里站在B&B最里面的小图书馆的门口,看着。

他看见如此普通又如此引人入胜的画面。

玛丽·弗雷泽在读书。

仅此而已。就坐在那儿,盯着自己的大腿,上面不是一本书,不是一本剧本,是那本剧本。

没有任何不同寻常之处。除了她看着那些纸张时的眼神非比寻常地专注。

肖恩·德落梅坐在翼状靠背椅中,看着她,研究着她,而她研究着剧本。

接着他抬起头来，看着加布里，接着他站了起来，慢慢走来，专门向他走来。

加布里往后退了一步，当这位一直都莫可名状、平平无奇的男人向他走来。他的手中没有任何武器，德落梅的脸上也没有任何威胁的表情，但是加布里觉得自己的心脏在急剧跳动。肖恩·德落梅停在门口，两人隔着门槛对视。

接着德落梅慢慢地、一言不发地关上了门，咔嗒一声锁上了。紧接着又传来闩上门闩的声音。

加布里盯着那木门。小图书馆最后的画面融入他的记忆力。德落梅深色的眼睛，还有在他身后，继续阅读的玛丽·弗雷泽，好像她是否能活下去便在此一举。

波伏瓦从书房里打电话给调查室的拉科斯特。

她核实科恩已经在特别关押单元，"他在车里等着。"

波伏瓦只说了句"好"，但他感觉一点都不好。"案子有什么进展吗？"

"没，还没有，"她说完挂断了电话，又继续去看那些档案。就像戏剧，她知道答案就在她的面前，她要是能找到的话。

伊莎贝拉·拉科斯特把笔记看了一遍又一遍，盘问着两起谋杀案的证据。

安托瓦内特·勒迈特不是被她邀请去他家的人杀害的，就是惊吓到了入侵者。此人知道巴比伦计划，知道布莱恩会在蒙特利尔。此人知道她叔叔就是纪尧姆·库蒂尔，而库蒂尔博士是吉拉德·布尔的主要设计师。可能他就是巴比伦计划的真正缔造者。

此人认为那些设计图就藏在她家里，此人可能已经寻找了好几年。

大炮不能卖，现在已经不行了，但是图纸还能卖。

拉科斯特让自己停下。

又被那该死的设计图拉偏了，她想，重重叹了口气。

但是，她很近了，在偏离轨道之前。她是从哪儿开始偏离的？

好吧，她对自己说，我们先放下安托瓦内特的案子，回到第一起去看看。劳伦特的死。

那天那个男孩冲进来,讲述着又一个明显像是他自己想象出来的荒谬故事时,她自己就在小酒馆里。

伊莎贝拉·拉科斯特尽量回想他说了什么,做了什么。

劳伦特跑进来,跑到他们桌旁,激动地叽叽喳喳叫,对整个小酒馆的人宣布他在林子里找到了一把巨枪,上面有个怪兽。

看没有人注意,劳伦特就拖着伽马什的手臂,让他跟自己过去。

相反,头儿开车把他送回家了。在车里,劳伦特给他讲了更多关于枪的故事,关于上面有翅膀的怪兽还有外星人入侵,以及所有他丰沃想象力的产物。

一天之后,劳伦特死了。

他还告诉了谁?他的父母,他的父亲,那一个知道这不是幻想的人,虽然莱帕赫声称自己并不知道布尔博士和其他人在造的是什么。还是这不过是虚构人生的另一个谎言吗?他是否杀害了自己的孩子,只为灭口,因为一旦那庞大的大炮被找到了,上面有他的刻印,那么就会有人开始问问题,弗雷德里克·劳森就可能被人揭露?

是这样的吗?还是说劳伦特在伽马什把他送回家之后的几小时之内又撞见了另一个人?那个人知道劳伦特说的是实话。那个人叫劳伦特带他去看枪,接着在那里把他杀死,把他的尸体放在路边,假装成一场意外。

她一定漏掉了点什么,或者曲解了什么,或者被她视而不见。

就是在此时,波伏瓦打来了电话,告诉她他们在戏剧里什么都没找到。她的心沉了下来,虽然这不是他们唯一的希望,但是最可靠的。

她又走回那些文件夹面前,开始阅读。

接着她逼自己停下。她已经对案子了如指掌。刚刚又让头脑清醒了一下。现在是时候开动脑筋了。伊莎贝拉·拉科斯特合上了文件,把椅子甩到另一个方向,看着窗外。强迫自己什么也不做。除了那最重要的一件事。思考。

加布里从小酒馆打电话来,叫伽马什过去见他,于是现在只剩波伏瓦一个人留在书房。

让-居伊本不想探人隐私，但是，刚落了单，他的眼睛就开始在伽马什桌上的文件附近徘徊。信件，聘用书，一摞摞堆在那里。最上面的是从联合国发过来的，想要提升一下他们的警务部门，主要在海地。

出于某些说不出的原因，让-居伊心里一沉。海地一直都萦绕在伽马什心头。这个职位需要外交手腕、耐心与尊重，还有法语。可能很危险，但是让人非常有成就感，去那么一个支离破碎的国家训练当地的警察。这对头儿来说是个完美的职位。

接着波伏瓦又重新集中注意力，以一种最后孤注一掷的态度重新回去看那剧本，为了在里面找到些线索。

看上去，弗莱明更像在说谎，至少关于戏剧的部分。还有可能关于设计图的部分他也说谎了。

那些文字在让-居伊的眼前游来游去，但他什么也没看进去。他读了又读那些段落，就像不断重复的噩梦，他必须远离，却无法逃跑。

他看着那些文字，强迫自己镇静下来。但是他唯一能想到的是安妮和宝贝，还有这个世界里，有一尊该死的大炮掌握在疯子的手里。另一个疯子还在四处晃荡，正是他们放走的。

让-居伊强迫自己闭上眼。从脑子里抽取出关于那部戏剧新鲜的记忆，克莱拉、莫娜、伽马什夫人、布莱恩还有加布里读剧的情形，还有露丝、奥利维还有贝利夫先生。他们熟悉的声音诱惑着他，就像小时候他的奶奶给他读睡前故事，那个曲棍球外套的故事。

那些场景渐渐鲜活起来，人物鲜活起来，就在他的面前。波伏瓦可以看见他们。寄宿客，店老板。生动，有时引人捧腹，有时令人心碎，展现出惊人的人性。

约翰·弗莱明描绘出一群人，他们得到了第二次机会。一艘救生艇。但是他们并没有意识到这是救生艇，因为它并非他们想象中的样子。

他们想要一棵燃烧的树，一串闪电，中一次彩票。

这让让-居伊想到了三松镇。想到那些意外来到镇上的旅人。他们坐在小酒馆里，只为停下来放松自己，吃点东西。他们喝着牛奶咖啡，吃着巧克力可颂,看着地图。从来不会抬起头看看,环顾四周。

接着他们走了,爬出救生艇,又游回了海洋。他们游远了。找工作,找人,找更大的房子,以此得到救赎。

但是,时不时地,会有人抬头看看,环顾四周。看见他们已经到了,他们已经上岸。

让-居伊曾经和安妮一起坐在小酒馆,或者长凳上,或者伽马什家门廊上,看着那些新的表情,在几张不同的脸庞上。这样的表情不多,但一旦出现,那就绝对不会弄错,也绝对难以忘怀。那不是喜悦,不是幸福,还不是。而是松了一口气。

他能意识到这一点,因为他自己也已经被冲上岸来了。就在这里。

让-居伊睁开双眼,挺直身板。

阿尔芒·伽马什看着小酒馆窗外的 B&B。加布里悄悄告诉他自己看见德落梅和弗雷泽在图书馆里,读着弗莱明的戏剧。

"我从来没看人这么读书过,"他说道,"她精神特别集中,他就像她的看门狗,一只斗牛犬。"

"肖恩·德落梅?"伽马什问道。

"我知道,"加布里说道,"所以我才觉得应该告诉你。他和我平时见到的完全不同,一点也不高兴的样子。"

伽马什心里非常清楚自己背后壁炉架上的钟在滴答作响,而麦克尔·罗森布拉特,坐在角落里,走投无路。

有人将这剧本的重要性透露给了 CSIS 特工,伽马什可以猜出是谁。

阿尔芒看着窗外的小镇,尽了很大的努力才让自己的头脑清醒起来,再次听见村民们读着弗莱明戏剧的台词。阿尔芒一动不动地站着,在窗框中,他的双手背在身后,双眼紧闭。

"天呐,"两分钟后他呢喃,"该不会?"

玛丽·弗雷泽从剧本上抬起头来,血液涌上她的脸,又瞬间涌了回去。

她觉得头晕目眩。

"怎么了?"德落梅问道。

"天呐,"她含糊地说道,"我是个白痴。"

她捧起膝盖上的剧本,像是要给德落梅,但只是要留给自己。

"弗莱明曾经来过,这个小镇。"

"这点我们知道。"德落梅说道。

"这部剧就是设在这里的,"她兴奋地说道,"我们没有发现,因为三松镇变了,变化不是很大,但足够让人无法一眼就认出来。"

电话铃响了,让-居伊伸手去拿手机。他连一句"你好"都还没说出来,伽马什就说:"这部剧设在三松镇。"

"我也刚刚想到,"让-居伊说道,"弗莱明来这儿的时候,B&B 就是寄宿处。他把这部剧设在这里。但这又说明了什么?我们还是不知道设计图在哪。剧里没人丢过东西。"

"没错,但是每个人都在找些什么,而且还去了同一个地方希望能找到。记得吗?"

"牛奶,"波伏瓦说道,"五金店。"

"就是现在的小酒馆。"

"我马上到。"

伽马什把奥利维和加布里叫到一边,很清楚罗森布拉特正在看着他们,他已经不在乎了。这已经不重要,已经没有时间了。

还有二十分钟就要到六点了。

"你们搬过来的时候 B&B 还是一个寄宿公寓,对吗?"

两人点点头,聚精会神,十分警惕,他们已经感觉到了这事儿很紧急。

"而这儿是五金店?"

"对,"奥利维说道。

"你们明显大大装修了一番,"伽马什说道,"你们在墙上或者地板下有没有找到什么东西?"

求求你,主,求求你,主,他想道。

"各种各样的东西,"加布里说道,"我们把这地方拆得只剩螺栓。墙上贴了旧报纸还有松鼠木来隔热。"

"报纸,"伽马什清晰、直截了当地说道,"在哪里?"

"我们把它放在那边放毛毯的盒子里了,"他朝壁炉前的松木箱挥挥手。这么多年来,他们一直把它当咖啡桌和搁脚凳。

"我们一直都想读的,"加布里说道,跟着伽马什走过去,"有些真的很老。"

波伏瓦到了,也围到了毛毯箱旁边。

"他们装修的时候找到了旧报纸,"伽马什说道,跪在箱子前,"都在这儿。"

"请让我来帮助你们。"

他们抬头,看进罗森布拉特教授的眼睛。

"拜托。"老科学家说道。

伽马什和波伏瓦快速交换了一下眼神,接着伽马什点点头。他们把沉重木箱里的东西倒在一张地毯上。它们后方壁炉中的火焰哔啵作响,好像感觉到附近有易燃物。

加布里和奥利维也一起围坐在地上,他们分堆的时候,罗森布拉特教授坐在沙发上。

"仔细,"伽马什说道,"不要慌张,仔细看所有的内容。设计图可能看上去像别的东西。仔细检查一张纸之后,放到一边,再拿起另一张——"

但是他们已经在那一大堆纸张里乱翻了。

电话铃响了,奥利维站起来接了电话。

"是你的。"他把话筒递给让-居伊。

"让他留条消息吧。"

"消息就是'去你的',"奥利维说道,回到寻宝团队,"我想你猜得到是谁。她想和你一起分享煤酚皂溶液。"

大约一分钟之后,伽马什看着波伏瓦:"我觉得你应该去见她。"

"我也是这么想的。"波伏瓦说道,站了起来。

"谁?"罗森布拉特问道,把一张1778年的《魁北克公报》放到一边。

"露丝。"加布里说道。

"他要去帮她打扫?现在?"

奥利维耸耸肩。

"继续找,"伽马什说道,跪在翻过来的毛毯箱旁。他可以感觉到背后的火焰,也可以听见头顶的时钟。

...第四十章

"怎么了?"波伏瓦问道,在露丝家的客厅里挨着露丝坐下了。

贝利夫先生就坐在他们对面的一张看起来很眼熟的草坪躺椅中,因为这本来就是这位杂货店老板的。

露丝家里到处都是她"找到"的东西。找到,指的是在别人家里找到的。

"我知道设计图在哪。"

"哪?"他问道。

她往前凑了凑,拍拍剧本,它正坐在一打书撑起的木板上,都是从莫娜书店找来的书。

"剧本?"让-居伊厉声问道,"我们已经知道了。"

"不是剧本,蠢蛋,"她怒道,"这个。"

她捶打着封面,他一脸受挫地瞪大眼。

"看在上帝的分上,你在说什么?"

但是接着他看见她指的东西了。不是剧本,而是标题。

"《她坐下,凄然而泣》?"他说道,"你觉得关键是标题?"

"这和巴比伦有关,不是吗?"露丝说道,"弗莱明究竟想要让什么永垂不朽呢?什么会让他最高兴?"

"绝望的瞬间。"贝利夫先生说道。

"我不明白。"

"他来找我帮忙,我把他差到阿尔·莱帕赫那里去了,"她说道,"只要让他离我远远的,我做什么都愿意。"

波伏瓦听着,点点头。这些都不是什么新闻,那她为什么还要再重复自己说的话?再一次,她敲敲标题。

《她坐下,凄然而泣》。

"他为什么要起这个名字?"露丝问道,"我们刚刚读完。没有任何女人在任何时刻真的坐下哭泣。没有人这么做。那为什么要起这个名字?"

伽马什看着小酒馆地上一片狼藉。旧报纸和杂志散落得到处都是。但是没有设计图。

他漏掉什么了?还有十分钟就要六点了,然而他们还是没有巴比伦计划设计图的头绪。

他看着剧本,这该死的戏剧,他之前把它扔到小酒馆的一张扶手椅里去了。弗莱明撒谎了?现在看来极有可能。

《她坐下,凄然而泣》。《她坐下,凄然而泣》。

这,他必须承认,是个很奇怪的标题。剧里没有任何人,男人或女人,曾坐下哭泣过,或者站着哭泣。根本没有人抹过一次眼泪。

而那句《圣经》经文是"在巴比伦河畔,我们坐下,凄然而泣。"是我们坐下,不是她。这是句错误的引用。但弗莱明了解《圣经》,所以他肯定是故意的。有目的的。伽马什想起弗莱明用一根手指抚摸剧本。但是他所触摸的并非剧本,他是在抚摸标题的时候说:"你不知道我为什么要写这个,对吗?如果你知道,你就不用过来了。"

"这个"不是剧本,而是标题。

《她坐下,凄然而泣》。

伽马什逼着自己坐进一张扶手椅，剧本放在大腿上。奥利维、加布里和罗森布拉特盯着他。

"你不准备做些什么吗？"加布里厉声问道，"你这是放弃了吗？"

"嘘，"奥利维说道，"他正在做呢。他在思考。"

"啊，"加布里说道，"思考原来长这样。"

什么意思？伽马什问自己，屏蔽了周遭世界的一切声音。

弗莱明把设计图藏了起来，并写下了这部戏剧。戏剧就设定在虚构的三松镇。他眯起眼睛。每个人物都在找同样的东西。

牛奶。在五金店。他们去找。但是不在那里，当然。那去哪里可以找到呢？

伽马什站了起来，走向门口。

"我的店里？"贝利夫先生问道，"你觉得他把设计图藏在我店里了？"

"不然还有哪里有牛奶？"波伏瓦问道，走向玻璃窗。往外看的时候，他看见伽马什站在小酒馆的门口，也在看着贝利夫先生的杂货店。

但是伽马什转过头去。

让-居伊顺着头儿的目光。越过了贝利夫先生的店，越过小镇绿地，越过三棵高大的松树，越过克莱拉家，看到简的家里。简·尼尔如今空荡荡的家，伽马什的视线在这儿停留了一会儿。

露丝最好的朋友。她没有推荐简去接这个活，而是把阿尔·莱帕赫扔进了深渊。

"露丝，"让-居伊问道，"你和弗莱明说完话之后，有没有去你朋友简的家里？你有没有把这件事告诉她？"

伽马什的目光从简的家挪开，直接跨过小镇绿地，看向露丝家里。

他看见窗户里有人。让-居伊。

露丝想见波伏瓦，非常紧急，但是不想让任何人知道是怎么回事。所以她才留了那条关于煤酚皂溶液的信息。

露丝。

通过背叛他人而拯救了自己。露丝。被逼去面对这可怕的真相。她懦弱。

她会出卖藏在自己小阁楼里的犹太人。

她会将名单交给麦卡锡。

她会在宗教法庭上指出哪些是异教徒,避免被火烧死,拯救自己。

她一会看着远处小山上的十字架,在罗马人的耳边轻声说道:"客西马尼"。

之后,她便会坐下,凄然而泣。

"不,我没有去简那里,"露丝说道,"我太过羞耻。我只能自己一个人待着。"

"所以你留在这儿了?"让-居伊问道,"你拉起了窗帘,锁上了门,留在家里。"

"一开始。"

"之后呢?"

"我的天呐,"贝利夫先生对露丝说道,"他肯定看见了。"

"看见什么?"让-居伊喝问道。

伽马什的目光一直向上,现在非常顺畅,往山坡上看去,越过那老旧的校舍。

接着他的目光停住了。阿尔芒·伽马什走了起来。跑了起来。

"教堂,"波伏瓦说道,"你去了圣托马斯教堂。那就是弗莱明所看见的。"

他从露丝家里跑出来。伽马什已经在那宽木楼梯之下。他一次跨两级。在伽马什"呀"一声打开大门走进小教堂的时候,波伏瓦到了。

"你在那里能找到牛奶?"伽马什问道,只转过身简短地和波伏瓦说了一句。

"教堂,"让-居伊说道,"戏里的牛奶并不是真的牛奶。"

"是比喻。善良与治愈。"

伽马什扫视着木头长凳,简单的祭坛,朴素的墙壁。更像一个小礼拜堂,而不是一座教堂。

"还有原谅,"波伏瓦说道,"在五金店里你可找不到,但是在这儿你可能可以。露丝在背叛了阿尔·莱帕赫之后,就来到了圣托马斯教堂,祷告祈求原谅,寻找牛奶。"

"约翰·弗莱明曾经常去教堂。他嘲弄与讥讽的上帝,他很享受这种关系,"伽马什说道,"他要么是跟着她来的,要么是自己过来的,过来幸灾乐祸,因为他知道自己对她做了什么。"

他们听见背后有动静,露丝和贝利夫先生到了。

"你当时坐在哪里?"伽马什问她。

"在那里,"她指出,"男孩们的旁边。"

"男孩们,"那场大战的士兵,永远活在这彩绘玻璃中。他们朝泥泞与混乱迈进。这不是什么英雄纪念像。他们还很年轻,他们远离家庭,他们很害怕。

但是一个年轻人转过身来,这样他便直接俯瞰群众。在他的脸上,除了恐惧,还有别的东西。

原谅。

窗户下方写着三松镇的死者名单。这些男孩永远都不会回到那老旧的火车站,回到翘首期盼的父母身边。

在他们的名字下方写着"他们曾是我们的儿子们"。

露丝曾坐在穿过他们的身体而洒下的光中,凄然而泣。

她离开的时候呢?有人从阴影中出现。

伽马什跪了下来,把长凳推到一边。波伏瓦也和他一起,他们开始撬开宽木地板。

在那里,在一根长长的金属圆筒里,他们找到他们正在寻找的东西。大决战的计划图,就藏在一位怀疑论者圣托马斯的礼拜堂中。

伽马什看看表。正好六点。

第四十一章

"晚上好,我是苏珊·邦纳,这里是六点世界。"

亚当·科恩几乎听不见这些话,因为耳朵里的鼓声。

"我们今晚的头条,在魁北克东部城镇,有惊人的发现。"

他看看自己的装置。所有电子装置在监狱里都是被屏蔽的,但是有一个狱卒专用的编码,科恩已经输入进去。他的装置上显示有五格信号。没有消息。

他闭上了眼,不一会儿,亚当·科恩就振作起来,下了车,步伐坚定地走向嵌在厚重高墙里的那扇小门。

"我们今晚的头条,在魁北克东部城镇,有惊人的发现。"

"该死,"伊莎贝拉·拉科斯特说道。在调查室里,她的电脑正实时播放着新闻。

六点了,这比他们预想的还要糟糕。加拿大广播公司还不知道吉拉德·布尔的超级大炮的具体位置,但是他们已经将范围缩小到这个区域。

故事开始铺展。一名记者报告着吉拉德·布尔匪夷所思的人生与神秘的死亡。另一个则说着巴比伦计划的故事,还有萨达姆·侯赛因,还有两个疯子的聚首。

三个,拉科斯特知道。三个疯子。

"我听见你来了,"弗莱明用那柔软,有些缺陷的声音说道。他打量着面前的年轻人,"你以前是这里的狱卒,不是吗?"

但是亚当·科恩谨遵伽马什的警告,不要告诉弗莱明任何事。不要和他有任何互动。

"他需要换衣服吗?"五名陪伴科恩的狱卒中的一个问道。

"不,"科恩说道,"我们不会出去太久。他午夜就会回来。"

"在我变成南瓜之前?"弗莱明问道,在他们给他戴上手铐脚镣的时候,"或者变成别的什么东西。"

"你确定要这么做?"另一名狱卒说道。那位正是科恩在特别关押单元工作时的朋友,正是亚当·科恩带着授权信去见的那位,因为他知道这个人会相信他。

他的确信了。他什么都没有问就收下了警察局授权科恩带走弗莱明的信。

弗莱明看着这场交易,他那属于爬虫类的眼睛从一个人身上滑到另一个人身上,感受到,或许,有一场背叛的戏码正在上演。

让-居伊滑出几步之后才停住。他转过角落,狂奔过桥,跑进调查室叫拉科斯特叫停科恩。

"你去哪?"他在伽马什背后叫道,他没有转弯,而是继续往前跑,手里拿着设计图,奔向小酒馆。

"我们必须确保这些的确就是设计图。"伽马什扬了扬手中的图但没有停下奔跑的步伐。

"上面写着巴比伦计划,老大。还能是什么?"

"满潮村,就是那尊。还有更多的误导。"

波伏瓦看着背后的老火车站,再看看面前的伽马什。

"该死,"让-居伊说,狂奔起来,追上伽马什。

在小酒馆里,阿尔芒赶紧来到罗森布拉特教授面前,他已经挪到火焰旁的沙发上了。

"你们找到了?"这位老教授说道,站了起来。

"希望是。"

伽马什打开了圆筒,倒出了画卷。他坐下,将它摊在毛毯箱上。罗森布拉特靠了过来,弯下腰看起图纸来。

"这是吗?"波伏瓦问道。

罗森布拉特没有回答。他发出低哼声,手指追随着图上的线条。

快点,快点,波伏瓦想。他们的背后,壁炉架上的钟显示六点过六分。在背景音中他能听见加拿大广播新闻。法语的节目上也在讲述着吉拉德·布尔和巴比伦计划的故事。

奥利维和加布里肯定在厨房里,波伏瓦想道。在听新闻。和世界上其他人一起。

"这些是设计图吗?"他厉声问道。

亚当·科恩走在长长的走廊里,和他的朋友并肩。他觉得有点恶心,不知道是不是染上了流感,还是消毒剂的味道过于强烈,还是那味道带来的回忆。在这个魔窟里待了十八个月,守护这些变态。

还是他想到自己即将要做的事情,所以胃里才会翻江倒海?或者只是很简单的原因?没那么有英雄气概。是不是只不过是名为恐惧的花园中的普通植株,在他心中扎了根,怒放成了一种悚然之意?

科恩的背后,两名全副武装的狱卒在前,两名在侧,约翰·弗莱明拖着脚步,他的锁链叮当作响。混杂在那种声音中的是一阵低哼。一首古老的歌谣。

在巴比伦河畔……

亚当·科恩继续往前走,他的眼睛焊在明亮的出口指示灯上。他的手放在口袋里,钳住自己的装置。希望它能跳起来收到活生生的信息。

罗森布拉特教授看完一张,再看下一张,再下一张。看着原理图,时不时停下来思索,之后再继续。

"我看见他们解决弹道问题的方法了,就在这里。"他说道,指指图表。

"是真的吗?"伽马什喝问道,他的耐性被磨得只剩薄薄一层,现在终于被磨穿。

罗森布拉特直起身来,点头。"我相信是的。"

"很抱歉打扰你们,"传来一个女人的声音,他们转过身去看见玛丽·弗雷泽和肖恩·德落梅就站在门口,"我们看见你们从教堂过来。该不会是因为我想的那件事吧?"

伽马什卷起设计图,退后了一步。

"是的。"

玛丽·弗雷泽看上去是真的松了口气,接着她伸出手。

有那么一瞬间,伽马什以为这是友好的象征。要和他握手言和。她甚至还可能说几句恭喜他做到了她所没有做到的事。

但当他看见她的脸,就知道这只手不是在象征友好,而是在向他征收。

伽马什把画卷交给波伏瓦,接着一言不发地走过玛丽·弗雷泽,走向吧台的电话。他瞥了眼自己的手表。

六点二十分。

他快要拨完拉科斯特调查室的电话的时候,听见了微弱而熟悉的咔嗒声。

他定住了,接着缓慢转身,看见肖恩·德落梅正端着枪。

在他的余光中,他看见让-居伊匆忙将手举起来表示投降。他走开了几步,离开伽马什身边。

"你最好挂断电话。"

伽马什照做之后转向玛丽·弗雷泽。"不是 CSIS 的?"

"你真的不懂我们的世界,不是吗?现在不是解释的时候。"

她看上去仍然像玛丽·波平斯阿姨,从那过大的手袋到一勺糖的表情。

"拍照的是你,"伽马什说道,"吉拉德·布尔和库蒂尔博士。还有约翰·弗莱明。你就是布鲁塞尔的第四人。"

他走到离他们不到一尺的地方,但她似乎毫不在意。她知道他没有配枪。对她来说,阿尔芒·伽马什没什么好怕的。

她点头。"你的确发现了许多,伽马什先生。我当时还年轻,当然。现在我要弥补那些错误。设计图,请给我。"

波伏瓦拿着卷轴的手往下落。

"不,不行,"罗森布拉特教授说道,往前走了一步。德落梅和弗雷泽瞥了他一眼,趁他们眼神还没有转回来,波伏瓦手臂往后一晃,把巴比伦项目的图纸举在火焰上方。

德落梅抬起了枪,瞄准,但是伽马什站到他和自己女婿中间,张开双臂。

"不。"

这一举动出人意料,这一系列的事发生得太快,德落梅迟疑了。

"你只能把我们都杀了,"伽马什说道,"你准备好这么做了吗?"

"如果你准备好赴死,我们就准备好这么做了,"玛丽·弗雷泽说道,"为大多数人牺牲的少数人,记得吗?"

"你这为了大多数人的想法根本就是扭曲的,"波伏瓦怒道,"好好看着,这才叫为了绝大多数人的利益。"

他放开了设计图,罗森布拉特一步跨到伽马什身前。在他背后,阿尔芒听见呼的一声,巴比伦大炮的设计图烧了起来。

"该死,"德落梅大叫,把教授推到一边,手脚并用朝壁炉爬去,但是伽马什和波伏瓦拉住了他,把枪从他手里打飞。

没过多久,火焰彻底吞噬了设计图。波伏瓦抓住德落梅,伽马什则扫视四周。

玛丽·弗雷泽也往前走了几步,但是眼看无望也就停下了。现在她正盯着罗森布拉特教授,他弯下腰捡起了枪。

伽马什也转向他,一阵停顿。明明只有一呼一吸的时间,却仿佛永远不会结束,这位老科学家举着枪,看着他们。他们也看着他。

接着他将枪交给伽马什。

"好了,结束了,"加布里说道,从厨房走进酒馆,"几乎整段新闻都在说那该死的大炮。"

他停了下来,紧跟着他的奥利维撞到他身上,正要说些什么的时候看见房间里情形。

玛丽·弗雷泽看看他们,接着转向伽马什。她的脸异常苍白,气得发抖。"你们根本不知道你们刚才做了什么。"

她从他看到波伏瓦,最后看到老科学家。

"加布里没有说错,"波伏瓦说道,"结束了。"

他放开了德落梅,把他朝玛丽·弗雷泽那里推了一把。

"你这个蠢货,"玛丽·弗雷泽说道,"根本没有结束。都还没开始呢。"

"您不准备拦下他们吗?"CSIS特工走向门外的时候,罗森布拉特问道。

"让他们走吧,"伽马什说道,大步走到吧台和电话旁,"现在还有更重要的事。"

他拨通了拉科斯特的电话。

约翰·弗莱明在这几十年里首次感受完整的阳光洒在他的脸上,没有铁窗的阴影,也没有带刺的铁丝网或警戒塔。

已经很晚了,比年轻探员所知道的还要晚,弗莱明想,跟着他走向那极为低调的汽车。

弗莱明知道这一天会来临。他知道自己会重获自由,总有一天。他从骨子里有这种感觉。他耐心地等待着这一天,计划着。现在他就要实施这一计划。

他看着年轻人的脊背,听见长草在地里摇摆,闻到傍晚时分,遥远松树林里的凉爽空气。他的感知,休眠了那么多年,如今更为锐利,正处于最强大的时刻。

他甚至能闻到渗透在亚当·科恩制服里那如兰似麝的恐惧。弗莱明将这一切吸入,懒洋洋走向汽车。

弗雷泽和德落梅还没到门外,伽马什就听见拉科斯特接起了电话。没有等对方的问候,他就开口了。

"我们找到设计图了。打电话给科恩,叫他停下。"

调查室里,拉科斯特挂断电话,按下了快速拨号键。听见第一声拨号音响起。第二声。

"等等,"科恩说道,他们已经走到汽车旁,狱卒正要把犯人转移到车上的后座。

他拿出自己的装置。

什么也没有。

科恩又把它放进口袋,向自己的朋友点点头。

拉科斯特又试了一次,这次她亲自按下号码,非常仔细。

科恩电话的拨号音响了起来。又响了一声。

第五声之后,她挂断了电话。甚至没有连到语音信箱。

她试着发短信。但是弹回来了。

"怎么?"伽马什问道,他和波伏瓦,还有快要喘不过气来的罗森布拉特教授紧随其后,到达了调查室。

"什么都没有。"

"什么叫什么都没有?"波伏瓦厉声问道。

"他没有接,"她说道,"没接电话,短信也弹回来了。"

"这又是什么意思?"波伏瓦问道,但伽马什没有。他知道这意味着什么。

约翰·弗莱明被锁在安全汽车的后座上,手铐在金属板上,手臂和大腿被绑住。

狱卒试了一下，用力拽了拽，确保它们是安全的。

"他是你的了，"科恩的朋友说道，把钥匙交给他，"你必须要为他签名。"

他给了科恩他自己的装置，告诉他在哪里签名。

科恩签了。"这是新的嘛。"

"我想我们是在你走之后拿到的。非常精细的装置和网络。不可能被入侵。"

后座的弗莱明微笑。你可以防止任何东西的入侵，当然，除了背叛。

"谢谢，"科恩说道，与狱卒握握手，"我几个小时之后就会回来。"

"不着急。"

有东西把信号屏蔽掉了。"罗森布拉特教授说道。

"这是什么意思？"伽马什问道。

"这意味着你们的年轻探员甚至都没有发现自己收不到信息。信号显示出来的可能是满格，一切看上去都非常正常，也的确是，就是无法传送信息。"

"那我们该怎么和他联系？"拉科斯特问道。

"没办法。这不是软件问题，"罗森布拉特说道，"这是硬件问题。他必须要用他们的装置。"

"打电话给特别关押单元，"伽马什说道，"把他弄回来。"

科恩发动了汽车，但是他的脚踩在刹车上。

他的装置就坐在杯托里。

"我们走吧，"弗莱明说道，"你还在等什么？"

拿起自己的装置，科恩决定打个电话给拉科斯特探长，确认一下。他输入她的联系电话，看见屏幕上显示正在拨号。

接着跳出来一条信息无法连接。

当然，他想。她在三松镇。手机是打不通的。

"快点，"弗莱明说道，"你在浪费时间。你的上司可不喜欢这样。"

科恩放下了他的手机,汽车向前滚动。停了下来。

"又怎么了?"

科恩拿起自己的装置,拨打了调查室的座机。

拨号中。拨号中。

无法连接。

真奇怪。

"你在浪费时间哦,"弗莱明说道,"每分每秒都至关重要。你知道的。"

但是他柔软、带有缺陷的声音外围着一圈焦急。

科恩探员看着后视镜里那双发光的眼睛,那张渴望、饥饿的脸。接着他看着自己的装置。五格信号全满。已经联上网了。然而还是没有信息。一条也没有。无论谁发来的都没有,在超过四十五分钟的时间里。

接着他想起自己朋友的新装置。

他的手无法抑制地颤抖,手机差点掉了下来,他开启了公用模式,取消了监狱编码,输入了他自己的号码,接着装置开始亮起。

它震动着,闪着红灯。铃声响起。

在后座里,约翰·弗莱明看见这一切,猛然拉扯起将他锁在车上的锁链。

接线员把拉克斯特接进了守卫室。电话铃响了,接通了,正在此时她发现有人打电话进来。

她立刻挂断,切过去,此刻她听见了,响到连伽马什、波伏瓦甚至坐在隔壁桌的罗森布拉特教授都听见了……

一声嘶哑的尖叫。

伽马什的脸色苍白,睁大了眼睛,这邪恶的声音充满了调查室。

"头儿?"

他们听见年轻的声音,声嘶力竭地想要盖过那尖叫。

"是你吗?"科恩叫道。

"你在哪?"拉科斯特大叫道。

"我听不见。弗莱明在我车上。"

"把他送回去,"拉科斯特大叫,"我们找到设计图了。把他送回去。"

可是他们现在只能听见那尖叫。接着它渐渐低沉变成了咆哮。

粗暴的野兽。

"亚当?"伽马什凑近电话,大叫道,"你听得见我吗?"

接着……

"我听见了,伽马什先生,"亚当·科恩大叫道,"已经在送他回去了。"

...第四十二章

"大炮会怎么样?"蕾娜-玛丽问道,"现在设计图没有了。"

他们聚集在小酒馆里,伽马什、拉科斯特、让-居伊、克莱拉、莫娜、布莱恩、露丝还有贝利夫先生,罗森布拉特教授坐在一张舒适的扶手椅中,抱着一杯巨大的白兰地。

奥利维锁上门,对其他的客人道歉,"对不起,我们现在有私人聚会。"太阳早就落山了,夜晚降临。他们坐在炉火周围,脸上映出了火光。

"它会被拆掉、带走,"拉科斯特探长说道。

"去别的地方装起来?"贝利夫先生问道。

"也许,"伽马什说道,"但是没有设计图,他们要花很长时间了。不幸的是,发射装置似乎又不见了。"

波伏瓦和拉科斯特看看他,又转开了视线。

"发射装置不见了?"布莱恩问道,"去哪儿了?"

"我不知道,"阿尔芒笑着说。

"玛丽·弗雷泽和肖恩·德落梅,"莫娜说,"他们不是CSIS的?"

"我不知道他们是谁。"拉科斯特说道。

"好吧,我想他们不会走远的。"克莱拉说道。

"你是什么意思?"拉科斯特问道。

"好吧,你会去追的,不是吗?"

"为什么?"

克莱拉目瞪口呆。"因为他们威胁要杀死教授、阿尔芒还有让-居伊,这还只是开始。"

"德落梅的确用枪指着我们了,是,"阿尔芒说道,"但是被制止了。没有人受伤。除此以外他们没有做错什么。"

"这还不够吗?"加布里问道。

"我们必须选择我们的战役,"波伏瓦说道,"如果要上庭,我们必须要解释布尔还有设计图的事——"

"以及你为什么把它们烧了,"伽马什说道。他知道为什么波伏瓦把它们扔进火里。这是父亲的天性。让-居伊宁愿死,也不想他的孩子诞生在有吉拉德·布尔的畸形造物的世界中。

"你现在玩的是一个危险的游戏,把他们放走。"罗森布拉特教授说道。

"这是个危险的世界,"阿尔芒说道,"就连九岁的小男孩都知道。"

"但,但——"克莱拉结巴道。

"但他们杀了安托瓦内特,"布莱恩说道,"还有劳伦特。肯定是他们。他们在威胁你们的时候就已经等于承认了,为了那该死的设计图。"

他朝壁炉挥挥手,那里的设计图已经连灰都不剩了。巴比伦计划已经消失在空气中。

"但是玛丽·弗雷泽和德落梅怎么会知道劳伦特找到了大炮?"加布里问道,"他们当时不在这儿。肯定有人告诉他们的。"

"的确,"布莱恩说道,"他们在渥太华。肯定是这里的某个人打电话给她们,告诉他们劳伦特的事。这肯定就是为什么劳伦特在找到大炮之后,隔了一天才被杀。他们肯定开车过来,找到了那个男孩。"

"对,我们也曾这么想。"拉科斯特说道。

"曾经?"蕾娜-玛丽问道。

"这两起案件因为大炮的事变得太过复杂,"拉科斯特说道,"安托瓦内特被杀害的时候,我们发现她叔叔和吉拉德·布尔以及巴比伦计划之间的联系,于是这起案件就开始转向不同的方向。但是我的训练告诉我,在它的核心,谋杀往往与人性相关,而且一般是很简单的。"

她看看伽马什,他点点头表示赞同。

"今天下午你们在读剧本的时候,我回去把所有案件的证据都看了一遍。这是从这里开始的,正如你们所说,当劳伦特跑进来的时候。"

她指指大门,再次看见了男孩,浑身是土,还盖着树枝和青苔。他大声嚷嚷着自己的发现,张开纤细的手臂,尽可能地伸展表现自己发现的巨大。

一把巨大的枪。在林子里。上面有个怪兽。

如果是别的孩子,或者是个成年人,他们可能会听。

但是这是劳伦特·莱帕赫。一个屠龙的男孩,还骑着飞马,与入侵的军队打仗,保护小镇。

然后第二天再来一次。新的一天,新的冒险,新的故事,更大的危机,更伟大的英雄。

他六岁的时候还很有趣。七岁的时候就有些让人疲倦。到了八岁就很烦人了。到了九岁就太过分了。但是这是他的天性,正如他父亲所说,劳伦特是无法制止的。

"没有人相信他,"拉科斯特说道,"或者至少看上去是这样。但是那天下午,这里有一个人相信了他。他知道这有可能是真的。隔天他跟上去,知道劳伦特可能会回到大炮那里,不出所料。他既想再去看看那个东西,又因为劳伦特兴奋之余把自己父亲的磁带掉在那里了。这人杀了劳伦特,把他的尸体放在路边,伪装成意外。"

再一次,她看向伽马什。

"我们没有相信那个男孩,"她说道,"我们以为他的死亡是个意外。我们错了。"

"我也没有相信他。他的死亡看上去像是意外,但是最终正是人性而简单的东西证实并非如此。你们俩提出来的东西。"他看着加布里和奥利维,两人正认真听着。

"他的木棍。"奥利维说道。

"对。杀害那个男孩的人无论是谁,他并不了解他。没有意识到他去哪儿都会带着那根木棍。它一定会在他的尸体旁边。"

比"死亡"、"谋杀"这些词更有冲击力的"尸体"让阿尔芒一阵动摇。他顿了顿恢复镇定。

"但是木棍不在他身边。"蕾娜-玛丽说道,跳进来帮助她的丈夫。

"所以谁杀了安托瓦内特?"布莱恩问道,"是同一个人吗?"

"这个嘛,就又把我们带回巴比伦计划去了。"拉科斯特说道。

"杀了安托瓦内特的人明显知道她的叔叔就是纪尧姆·库蒂尔,"让-居伊·波伏瓦继续说下去,"也知道他和吉拉德·布尔一起工作过。他可能不知道库蒂尔博士就是巴比伦大炮的缔造者,但是可能怀疑过。有很多人谣传吉拉德·布尔与其说是科学家,不如说是销售。在他布鲁塞尔公寓或者其他地方都没有发现相关的设计图之后,大部分的情报组织或者军火商都放弃了。他们认为巴比伦计划流产了,而它的缔造者既是个疯子又是个死人。但是还是有那么一些人怀疑吉拉德·布尔说的是真的。也许比怀疑还多了那么一些。也许他们知道,因为在制造大炮的时候他们就在这一片区域。所以当劳伦特找到了大炮,这人相信了他。而且知道巴比伦计划的设计图如果存在,肯定就在纪尧姆·库蒂尔的老家。"

波伏瓦说话的时候,先是莫娜,接着蕾娜-玛丽,最后所有人都开始去看唯一一个符合描述的人。在这巨型武器被制造出来的过程中,他就在三松镇。三十年后,当劳伦特找到它的时候,他也在小酒馆里。

贝利夫先生。

这位杂货店老板镇定自若地坐着,明显无视那些眼光,无视那些围绕着他,开始堆砌起来的事实。

"另一种可能性是这人来自小镇外,"阿尔芒·伽马什继续说道,"此人可能不知道吉拉德·布尔的事,但是知道巴比伦计划。毕竟,这是一个公开的秘密,越来越多的信息在布尔死后渗漏了出来。巴比伦计划和它被杀死的缔造者只不过让人有些好奇,像是某种警世故事。但是对于有些人来说,正如罗森布拉特教授所说,不仅如此。它会成为一种执迷。万一吉拉德·布尔所说的都是真的呢?设计图价值可能上亿。而最终,耐心寻找许多年,留心倾听那些只言片语,他们听见了一件重要的事。一个小男孩发现了一把巨枪。在林子里。离纪尧姆·库蒂尔家不远。"

"你是在说有人找巴比伦大炮找了三十年?"克莱拉问道。

伊莎贝拉·拉科斯特向前凑了凑,圈子里的所有人也向前凑了凑。留心倾听,被完全吸引到故事中去。

"人为了力量、财富会做出什么来?"她问道,"人们花了一辈子的时间淘金,相信他们会找到母矿的。有的人会花些业余时间在地下室敲打,试着完善自己的发明。有的人整日整夜地坐在老虎机前,觉得自己可能就要中头奖了。有的人花了一辈子的时间写书,或者寻找癌症的治愈方法。"

她看向伽马什和波伏瓦。

"我们有些同事会把自己所有的业余时间用来解决一起几十年前的案子。理性的人是会变得偏执的。巴比伦计划具备一切吸引并抓住某人的特质。超出想象的力量与财富,是否值得为此付出几年?几十年?也许对你对我来说不值得。但是对某些人来说,是的。回报能轻易改变人生。"

"你所要做的只是在路上取走几条人命。"波伏瓦说道。

之前瞥向贝利夫先生的目光现在转移了。转移到房间里那位曾经承认自己花了许多年研究吉拉德·布尔的人。甚至还认识他。还知道纪尧姆·库蒂尔。甚至可能意识到库蒂尔才是巴比伦大炮的缔造者,甚至还可能知道安托瓦内特就是他的侄女。

而且还住在这附近。

麦克尔·罗森布拉特看着他们,聪明如他自然知道这眼神意味着什么。知道这些事实正建起一道围绕着他的高墙。

"但是他挡在阿尔芒身前,"蕾娜-玛丽说道,拉起她丈夫的手,"为了保护他。如果他杀了劳伦特和安托瓦内特,他是不会这么做的。"

"谢谢,夫人。"老教授说道。

但是阿尔芒什么都没说,他怀疑事实是否真的如此。他很庆幸德落梅没有开枪,但是他应该开的。在那些图纸刚一接触火焰的时候,肖恩·德落梅就应该开枪了。

但他没有。

"所以是谁杀了劳伦特和安托瓦内特?"蕾娜-玛丽问道,"你知道吗?"

"我正在等待更多信息,"拉科斯特说道,"我们已经有所怀疑。"

"我也有,"露丝说道,"我怀疑你们一点想法也没有。"

"我们会找出是谁干的,"拉科斯特安抚布莱恩,"相信我。只是时间的问题。"

布莱恩站了起来,疲倦而沮丧。"我觉得是 CSIS 的特工,而你们把他们放走了。我要回 B&B 了。我需要一个人独处。"

罗森布拉特教授站了起来。"我和你一起走回去吧,如果你不介意的话,如果你允许。"

拉科斯特点头。

"我没有杀安托瓦内特·勒迈特,"罗森布拉特教授说道,看着他们,在每张脸上都顿了顿,"我也没有杀死那个男孩。"

阿尔芒和布莱恩、罗森布拉特教授走向门口。

"你和我们一起吗?"布莱恩问道。

"不,"伽马什说道,"我们会在这儿再等两小时,等科恩探员回来。"

布莱恩转身面向小酒馆,在极短的一瞬间,他脸上的表情被让-居伊读懂了。另一个精疲力竭的男人被冲上了岸。

接着布莱恩走了,走在罗森布拉特教授之前,教授还在露台和阿尔芒说话。透过玻璃窗,村民们看见两个人,交头接耳,阿尔芒的手放在罗森布拉特的手臂上。

"他在感谢他,"莫娜说道,"挡在他前面。"

"你这么想?"露丝说道。

接着罗森布拉特教授走了,一个人走向 B&B 的灯光。

"你是不是让他先跑?"阿尔芒坐回自己座位的时候露丝问道。

"什么意思?"

"他救了你的命。你们俩。"她从伽马什看到波伏瓦又看回来,"现在也许你准备给他一个逃跑的机会。"

"你觉得我们会放走凶手?"拉科斯特问道。

"这个嘛,你们不是把他们放走了吗,CSIS 的特工,或者谁知道是什么身份,"露丝说道,"看来这就是你们警察局的新政策。"

"如果我帮一个凶手逃跑,那我就要背着这个活下去,不是吗?"阿尔芒盯着老诗人锐利的双眼。

"我怀疑你不行,"她说道,站了起来,"很晚了,我累了。"

她看着贝利夫先生,伸出了她的手,"你能不能送我回家?"

这是一个友谊与信任的公开声明,或者可能就是疯狂,他目前还是嫌疑人。

"当然,"杂货店老板说道。

他看看伊莎贝拉·拉科斯特,她犹豫了一下,点点头。

让露丝的手伸进自己的臂弯,贝利夫先生护送露丝出了小酒馆。

阿尔芒看着他们走过村镇绿地,消失在三棵松树之后。

几分钟之后,在黑暗的村庄里,一个黑影出现了。他正在飞奔,几乎看不见,如果伽马什不是在专门搜寻他。

"抱歉,"他说道,站了起来,对拉科斯特和波伏瓦点点头,他们也看见了。"请留在这里,"他对蕾娜-玛丽说道,接着目光转向了克莱拉、莫娜、奥利维和加布里。

"为什么?"加布里问道,站了起来。可当他看见他脸上的表情,他便重重地坐下了。

...第四十三章

奔,狂奔,踉跄,继续狂奔。

瘦长的树枝不住抽打他的脸颊,他抬手拨开,但是太暗了,他没注意到脚下凸起的树根。他扑倒,双臂大张,双手插进苔藓和泥土。手中的枪弹跳了几下滚落出了视线。他睁大双眼,几近癫狂地扫视着林地,双手在凋零腐朽的树叶中胡乱摸索。

他听见背后的脚步声。靴子践踏着土地。砰砰作响。他甚至能透过土地的震动,感觉他们一寸寸挨近,而他,匍匐在地,将叶子拨到一旁。

"拜托,拜托。"他哀求。

接着,那双染着鲜血且肮脏的双手紧紧抓住了冲锋枪的枪管,立即起身继续狂奔。他弓着腰,不断喘息。

他可以在黑暗中甩开他们。他对这林子比大部分都更熟悉。比他们更熟悉。

他的手伸进自己扯烂了的满是泥土的上衣口袋里。他的手指、指关节都已经被划破,流着血,他摸了一下。它就在那里。安全。

但他并不安全。他的追随者正朝他靠近,正在收拢。他看似不可能甩开他们。

他停了下来。转过身。抽出了枪。瞄准正追着他的两个男人和一个女人。而当他们离他只有咫尺之遥,近到不可能打不中的时候,他扣动了扳机。

阿尔芒、拉科斯特和让-居伊出了小酒馆,快步、轻声地走过小镇绿地,躲在三棵松树的阴影里,直到他们走到伽马什家里。

让-居伊踮起脚尖,看进书房的玻璃窗,接着又俯下身来。

"他不在这儿。"他轻声说道。

"他找到了吗?"拉科斯特问道。

"有一个办法可以找到。"伽马什说道。他打手势让波伏瓦转回去,他和拉科斯特,弯着腰,跑过露台,到达前门。

伊莎贝拉·拉科斯特拖着枪,慢慢地、小心地打开大门。接着走了进去。扫视着房间。空空如也。她迅速挪到书房,伽马什则通过走廊走进一间卧室。

拉科斯特打开书房里的书桌抽屉,又关上之后就走了,在客厅里遇见伽马什。

"波伏瓦房里的枪不见了。"他说道。

"超级大炮的发射装置也不见了。"她朝书房摆摆手。

他们跑出大门,离前面的让-居伊只有几步之遥,他正在树间奔跑。他逼着自己放慢脚步,侧耳倾听。确保他们的方向没有错。林子里漆黑一片,但是一个穿梭在秋天的树林,跑过死去枯萎的叶子的男人会发出很多声响。这就是他们追随的东西。

他们就这么明目张胆地追踪。没有必要隐藏他们自己。这就是一场赛跑,穿过黑暗的森林。追着那个杀害了劳伦特·莱帕赫还有安托瓦内特·勒迈特的男人。

这个男人,用偷来的发射装置,可以杀死成千上万人。

前方的跑步声停了下来,但是他们没有停下。他们继续跑,一头撞进那举起的枪口。

他已经瞄准了他们。他等到不可能失误的距离之后,才扣动了扳机。

但什么都没有发生。他又扣动了下。但是太晚了,他们已经抓住了他,伊莎贝拉·拉科斯特截住他,波伏瓦又扑了上去。

阿尔芒·伽马什离两位年轻探员只有几步之遥,抽出了自己的手机,打开了手电应用。

在那里,在光线中,就是他们的凶手。这个男人,像寻宝的海盗,像寻找他人血液的水蛭,寻找了几十年。接着他终于找到了巴比伦大炮,它所带来的只有死亡。

在光线中的,是布莱恩·菲茨帕特里克。

...第四十四章

　　亚当·科恩已经回来了,现在坐在小酒馆的炉火旁,正撕扯着自己啤酒上的标签。有人递给他一杯纯科涅克白兰地,喝了一小口,因为伽马什就在喝,看上去特别好喝的样子。不过虽然它看上去像枫糖浆,但是尝起来就像松节油。

　　整个小酒馆只有他们几个。已经很晚了,奥利维和加布里打扫完之后已经走了,把钥匙递给伽马什,叫他们用完之后锁上门。

　　现在只有几个警察,自己拿薯片、什锦坚果还有酒来吃喝。

　　让-居伊往火里扔了一根桦木柴,余烬炸了开来,穿过烟囱散了开去。他们看着,被这景象迷住了。

　　"可是为什么他的枪没能开火呢?"亚当·科恩问道,"布莱恩正拿枪指着你。"

　　"看来那把枪的发射装置也不见了,"拉科斯特说道,"我们都知道他手上没有枪,所以我们怀疑他会去伽马什家里找一把,所以波伏瓦探员故意把自己的枪留下了,就放在床头柜上。"

"为什么不拿走子弹？"

"他可能会查看，"波伏瓦说道，"但是没有人会去查撞针。"

"我们这是从纪尧姆·库蒂尔那儿学来的，"伊莎贝拉·拉科斯特说道，"他把超级大炮的发射装置取出来，也是出于一样的原因。这样就没有人可以用了。"

"他毕竟还是有良知的，"伽马什说道，"是吉拉德·布尔的死唤醒了他的良知，发现自己手头的不只是自己的工作，或者挑战，或者需要尽可能优雅解决的难题。他创造的东西将会杀死成千上万人。"

"设计图不见了，"让-居伊说道，"他可能认为吉拉德布尔已经把它们毁了，或者他可能怀疑是弗莱明偷走了。"

"就算他怀疑了，他可能也不想去和这个人对质。"伊莎贝拉说道。

"为什么不？"科恩问道。

"你会去吗？"她问道。

年轻探员摇摇头。自从见到约翰·弗莱明之后，他到现在脸色苍白，心有余悸。

"库蒂尔博士所能做的只有取出发射装置，"拉科斯特说道，"他肯定把它们带回家了，让它看上去像是分开的两个部分。他把这件事告诉了自己的侄女，但是安托瓦内特并没有把它当回事，直到劳伦特找到了大炮，并且被杀害。"

"那么布莱恩呢？"科恩说道，"他怎么会知道库蒂尔博士、巴比伦项目和安托瓦内特的？"

"他告诉我们他们已经在一起十年了，"波伏瓦说道，"这就说明他们是在2005年相遇的。那一年还发生了什么事？"

"纪尧姆·库蒂尔死了，"拉科斯特说道，"安托瓦内特搬进了他家，讣告刊登在了麦吉尔校友新闻上。布莱恩·菲茨帕特里克就是麦吉尔大学毕业的。他承认自己认出了照片上的吉拉德·布尔。"

"但他怎么会知道吉拉德·布尔的？"科恩问道，"他又不是物理学家。"

"不，但他是个投机者，"拉科斯特说道，"他对布尔博士的故事着了迷。在今晚的盘问中,布莱恩承认在自己的调研课上,他需要调查这片区域,结果发现了吉拉德·布尔和巴比伦计划。幼儿巴比伦的消息在一些晦涩的小报上有所提及,他再深入挖掘之后,就发现一些模糊的线索指向另一尊布尔可能缔造的导弹发射器。更大,更有力。"

"值一大堆钱。"波伏瓦说道。

"一开始带着游戏的心态,作为爱好去挖掘吉拉德·布尔的资料与这秘密的实验基地,之后就成了一种痴迷。"拉科斯特说道。

"当他看见了讣告,"波伏瓦说道,"意识到库蒂尔博士肯定不止和布尔共事过,而且和他亲近到一起去了布鲁塞尔,这一刻,布莱恩决定下来,故意撞见库蒂尔唯一活着的亲人。"

"安托瓦内特,"科恩说道,"十年前。"

"他现在已经和盘托出,"拉科斯特说道,"设计图没有了,大炮找到了,他已经什么都没有了。"

"可您是怎么知道是布莱恩·菲茨帕特里克杀了劳伦特和安托瓦内特?"科恩问道。

"最终,这是非常简单的,"伊莎贝拉·拉科斯特说道,"我重新查看了所有的文件,所有的证词和证据,还有时间表,有些事便十分明显了起来。凶手在劳伦特跑进小酒馆的那天一定在现场。他肯定听见了枪的故事,而且还相信了。这就将嫌疑人的范围缩得很小。而且还必须是不熟悉那个男孩的人,因为他落下了木棍。而且这人还知道安托瓦内特当晚是一个人。有哪些人符合条件?没几个人。"

"然而,只有一个人知道布莱恩那天会在蒙特利尔留宿一晚,"波伏瓦说道,"那就是布莱恩。那天劳伦特呼啸而来的时候,他也在小酒馆。"

"我们所掌握的大部分关于安托瓦内特的线索,特别是她死去的那个晚上的线索,都是布莱恩告诉我们的,"拉科斯特说道,"大部分是谎言。包括她那天在等人。但是他不知道的是,她请求克莱拉别拉她去聚会,而且还把自己叔叔的东西都搬去了剧院。让它们离自己越远越好。"

"这就是另一条线索,"波伏瓦说道,"安托瓦内特趁布莱恩不在的时候做了这件事,而没有请他帮忙一起搬。"

"您觉得她在怀疑他?"科恩问道。

"我不确定,但是有可能。确定的是,是布莱恩引燃了有关弗莱明戏剧的争议,甚至还火上浇油。是他告诉我们是弗莱明写的,在她决定制作的时候他还继续支持她,而其他人全都望而却步。"

"争议与分心正是他想要的。"布莱恩说道。

"凶手隐藏在混乱之中。"科恩说道,凶杀组的调查员们笑了。

"我被自己一个错误的想法给困住了,"拉科斯特承认道,"我很确定杀手肯定和吉拉德·布尔有关。肯定参与了巴比伦计划,不是科学家,就是军火商或者情报员。但是这么一来,那个人肯定有五十几岁了。我没想到凶手可能更年轻,可能痴迷于寻找大炮。可一旦我把这些全都抛开,只是看着手头的证据,所有的困惑都烟消云散了。"

"布莱恩说他并没想过要杀死安托瓦内特,"波伏瓦说道,"他说她回家,发现他在找东西。在争吵的过程中她倒下,撞到了头。"

"您相信他吗?"科恩说道。

"或许的确如此,"拉科斯特说道,"但我想他总是要杀了她的,如果他必须要这么做的话。和杀死劳伦特的原因一样,让她闭嘴。"

"他已经默默在家里寻找了许多年了,"波伏瓦说道,"他就是这么找到弗莱明的戏剧的。他还找了份工作调查附近的区域。这就给他另一个理由去寻找大炮。他承认自己甚至曾经离它只有几码的距离,但是因为那些伪装网所以才没有发现。"

"他都已经要放弃了,此时劳伦特出现在了小酒馆。"拉科斯特说道。

"您怀疑过他吗,先生?"科恩问伽马什,他一直安静地坐着,在聆听。

"有很长一段时间,我没有。不过我觉得很奇怪,每个人都因为弗莱明的戏剧怒火中烧,可是布莱恩没有。他说他只是忠于安托瓦内特,但是不止如此。他真的不在乎。对他来说,这只是一个工具而已,就像在这起案件中扔出的一枚臭气弹。结果呢,当然,他本应该多关注一下这出戏剧的。他想找到的,甚至不惜杀人也要找到的东西,就藏在他唯一遗漏掉的东西当中。弗莱明的戏剧,《她坐下,凄然而泣》。"

"我想约翰·弗莱明见自己又要回特别关押单元,一定不太高兴吧,"

波伏瓦说道，但是看见科恩探员的脸，他立刻后悔自己过于轻巧的语气。

"太可怕了。"就连科恩的嘴唇都发白了，让-居伊怀疑这位年轻人明天早上起来的时候，会不会发现头发都变白了，"我一直都反对死刑，但是只要约翰·弗莱明还活着，我就会害怕。"

"他威胁你了吗？"伽马什问道。

"没有，但是……"

年轻的科恩探员脸色更白了。

"……我犯了一个错误，先生。"

"没关系。"伽马什说道。

"您不明白。"亚当说道。

"我明白，而且已经结束了。所以别担心。"

他们对视了一会儿，年轻人点点头。

"所以布莱恩全都承认了？"科恩问道，从弗莱明的话题上岔开。

"很难否认，当我们发现他正带着从我桌上偷走的发射装置。"伽马什说道。

"很危险，不是吗？"科恩说道，"万一他逃跑了呢？"

"那不是真的，"拉科斯特说道，"真的那个好好锁着呢。我们必须把他引出来，我们没有足够的证据，他必须要自己连累自己才行。"

"所以您让他以为是您偷走了发射装置，"科恩对伽马什说道，伽马什点点头。

年轻的科恩探员喝了一大口啤酒，伸手去抓薯片，吃了几片之后才发现那不是薯片，而是苹果片。

他看着拉科斯特探长，还有波伏瓦探员，他的上司们。他又看向伽马什先生。再看向小酒馆里露出粗梁的天花板和厚实的木地板，还有敦实的粗石壁炉。他往窗外看去，但只看见他们的倒影。

他终于觉得安全了。

...第四十五章

伊莎贝拉·拉科斯特和亚当·科恩登上通往 B&B 的台阶。加布里留了门廊上的灯,当然,门也没有锁。

"你说和弗莱明在一起的时候你犯了个错误,"伊莎贝拉问道,"是什么?"

亚当·科恩咬着嘴唇,看着伽马什和波伏瓦探员交头接耳,朝伽马什家的灯光走去。但接着,两人停下来,转过头,朝小镇绿地的另一边走去。

"我说出了他的名字。"科恩说道。

伊莎贝拉·拉科斯特想了一会儿,才明白科恩的意思,接着她也看向那两个男人,沿着小镇绿地的边缘散着步。

亚当·科恩,在激动之中,在电话中大叫。他说了他的名字,伽马什先生。而约翰·弗莱明在后座上,肯定听见了。

"我想问有关罗森布拉特教授的事,"让-居伊说道,"您今晚和他说什么了,在露台上的时候? 您是在感谢他吗?"

"不。我在警告他。"

"关于什么?他挡在枪前。救了您的命,可能还有我的,还让设计图就这么烧掉了。不让那些CSIS特工或者谁能拿到。"

"我怀疑并非如此。"

"什么意思?"

"我的意思是我觉得罗森布拉特教授不会做出不计后果的事来。我想他知道得到那些设计图的机会已经逝去。当他挡在枪前的时候,他知道虽然德落梅可能会朝我们开枪,但不会朝他开枪。"

伽马什对当时的一切都记得一清二楚。

当麦克尔·罗森布拉特站在他面前,枪指着他的胸膛的时候,伽马什有一种非常强烈的感觉,罗森布拉特并没有什么危险。

在那转瞬即逝的一刻,当设计图被烧毁,德落梅本来应该开枪的。但是他没有。在设计图几乎肯定会被烧毁的时候,杀死伽马什和波伏瓦可能会引发国际通缉。所以罗森布拉特教授当时做了唯一一件可做之事。他站在墙前,不是为了拯救伽马什或者波伏瓦,而是尽可能挽回局面。

"您觉得罗森布拉特是他们中的一员?CSIS特工,或者别的什么组织?"

"或者别的什么组织。"伽马什说道。

他觉得麦克尔·罗森布拉特本身不是一个杀人犯,虽然他觉得这个人可能做得出来。但是他觉得罗森布拉特对玛丽·弗雷泽和肖恩·德落梅的了解比他装出来的要深多了。

毕竟,是谁叫他们来三松镇的?谁告诉他们巴比伦大炮被发现了?

伽马什在露台上,已经对那位退休的教授说得够多了。而且还警告他,自己会注意他们的。

"您仍觉得我和这一切有关?"罗森布拉特问道。

"我觉得您知道的比您所说出来的多得多。"

罗森布拉特仔细观察着他,"我们在同一战线,阿尔芒。你必须相信我。"

"您愿意发誓吗?"伽马什问道,"以您孙子的生命起誓?"

罗森布拉特教授笑了,伽马什听到一声微弱的肯定。"我愿意。"

但接着这欢快的气氛消失了。"你必须知道,"罗森布拉特说道,"时针并没有停止,只不过是被拨回原位了而已。"

阿尔芒·伽马什看着他走远,相信自己正看着那主根。正是孕育着玛丽·弗雷泽、肖恩·德落梅还有约翰·弗莱明,让他们抽芽的存在。

让-居伊和伽马什在沉默中绕着小镇绿地散步,穿过那冰冷新鲜的秋夜。

"罗森布拉特教授在挡在枪前的时候可能没有什么危险,但您不同,老大。"波伏瓦停下来,转向自己的岳父,"谢谢您。"

"不是所有人都会烧毁那些图纸的,我的老朋友。那是我所见过最伟大的事情之一。更何况我还是一个见过撒尿男孩的人呢。"

波伏瓦口中逃出一阵笑声,接着在他掐断之前,一声更轻更深的声响逃了出来。

"你是这个勇敢国家的勇士,让-居伊。你如此卓越,必须要把这种特质传承给下一代。"

他们沉默地走着,这是伽马什的选择,也是让-居伊的需要,还没有人开口。

"谢谢。"他终于说,接着又沉默了。

他们经过 B&B 的时候,阿尔芒看见窗户中的人影。一个老人,正准备入睡。在睡梦中,或许他会见到自己的孩子、孙子还有朋友们。还有温暖的壁炉,一本好书,一次安静的谈话。正是他本可以过上的人生。

第二天早上,一辆黑色的警用卡车正从里奇福德开往美国边境。

美国军法署署长办公室的一男一女穿着制服,站在边防的另一边,旁边站着宪兵。

等待着。

卡车在二十米之外停了下来,引擎仍发动着。两位军官对视了一眼,重心从一只脚换到另一只脚。焦急不安。

卡车门滑开了,一个高大结实的男人下车,顶着满头杂乱的灰发。接着他转身,伸出手,搀扶一位年老的妇女下车。接着,在她身后,是一位高高的老先生。

他们走在阿尔·莱帕赫的两旁,步伐一致,脸色庄重。交还这个男人,完成交易。

栏杆升了起来,但是在踏过国境之前,露丝拉住了她。

"对不起,"她说道,"是我让约翰·弗莱明去找你的。"

"我知道。"

"不,你不知道。他吓到我了,我只想摆脱他。我把你交给他,只为拯救我自己。"

阿尔·莱帕赫定定地看着露丝·萨多。

"我本也可以把他打发走的。这就是我们之间的区别。你看见了魔鬼,不想和他扯上任何关系。而我把他请进了门。"

阿尔看看正在等他的军官。接着转向曾救过他一次的男女。他握了握贝利夫先生的手,接着看着露丝。

"我可以吗?"他问道,接着她点头,他吻了吻她一边的脸颊,"我没有权利请求你们,但是求你们照顾好伊芙。她什么都不知道。"

接着他跨过了国境,变回了弗雷德里克·劳森。

那天在将阿尔·莱帕赫送出国境之前,露丝有一件必须要做的事。

她拾起罗萨,来到克莱拉的小木屋。自己进去之后,在意料之中的地方找到了克莱拉。露丝坐在能感受到弹簧和块状物体的沙发上,闻着香蕉皮和苹果核的味道,看着克莱拉坐在画架面前,看着彼得的肖像。

"谁曾伤你至此,无法修复?"露丝说道。

"你的诗歌。"克莱拉说道,坐在凳子上转头看向露丝。

"我在问你,克莱拉。谁曾伤你至此?"露丝指指画架,"你在等什么?"

"等?"克莱拉问道,"没等什么。"

"那你为什么会卡住? 就像那该死的戏剧中的人物。你是不是在等某个人,某个东西来拯救你? 等待彼得告诉你可以放下他继续前进? 你找牛奶找错地方了。"

"我只想画画,"克莱拉说道,"我不想得救,我不想被原谅。我甚至不想要牛奶。我只想画画。"

露丝挣扎着从沙发上站起来,"我这么做了。"

"你做了什么?"克莱拉问道。

"那个问题的答案。那么多年我什么都写不出来,我把这怪到约翰·弗莱明的头上。但我错了。"

克莱拉看着露丝和罗萨蹒跚走远。她根本不知道这个老疯婆在说什么。但是坐在画布前,这些话开始慢慢渗入。

谁会有如此大的破坏力?谁知道弱点、画错的线条藏在何处?谁能造成内出血?

克莱拉回头看向彼得的肖像。

"对不起,"她说道,看着他隐去的脸,"原谅我。"

她小心将它靠在墙上,架上了一张崭新的画布。

她知道为什么她会被卡住。她一直以来都画错了。想要把绘画当作忏悔。

克莱拉拿起自己的笔刷,盯着空荡荡的画布思索着。她要画那个曾伤她至此,无法修复的人。

一笔又一笔雷厉风行的线条,勾勒出了愤怒、悲伤、疑惑、恐惧、愧疚、喜乐、爱,以及最终,原谅。

这是她目前为止最私密、最困难的画作。

一幅自画像。

伊芙·莱帕赫正坐在厨房里端详着瓦斯炉,想要调动力气把它打开,但是她全身的骨头终于溶化,她无法动弹。无法拯救自己,也无法杀死自己。

窗外,她看见一辆车停了下来。两个老人走了出来。

"我们来带你回家,伊芙,"老妇人尖细的声音从门的另一边飘来。话语中的温柔让人简直认不出来是谁。"如果你不介意和一个出了故障的老诗人和她的鸭子一起生活的话。"

让-居伊举起电话放到耳边,透过伽马什书房的玻璃窗,看着安静的小镇。接着他转过身,背对窗,面向他岳父书桌上整齐叠放的纸张。

都是工作邀请,"下一步"的答案就在其中。

接着有人接起了电话。

"嘿,你好?"传来安妮欢快的声音。

"阿尔芒,"蕾娜-玛丽说,他们终于洗完了早餐的碗盘,"你到底要不要告诉我约翰·弗莱明做了什么?"

阿尔芒把手中的盘子放下,用毛巾把手擦干。

"约翰·弗莱明的所作所为已经属于过去。已经结束了,过去了。"

她仔细看着他。"是吗?"

"对。不过如果,接完这通电话,你还想知道弗莱明的事,我就告诉你。"

蕾娜-玛丽转身,看见让-居伊站在过道上拿着电话。她接过来,十分困惑,听了起来。

两个男人看着她,她脸上的线条变化成了另一种形状,她的眼睛充满了惊奇。所有关于约翰·弗莱明,关于超级大炮,关于巴比伦淫妇的想法全都烟消云散,她被一种更强大的力量淹没。

蕾娜-玛丽看着让-居伊,他已被情绪征服。接着她转向阿尔芒,他微笑着,眼睛里闪着光。接着蕾娜-玛丽在自己的老松木餐桌旁坐下,喜极而泣。

...作者笔记

吉拉德·布尔是真实存在的,他是一位科学家,加拿大人,武器设计师。我第一次听见他引人入胜的故事是在1990年代中期,当时我还在加拿大广播公司,做时事专题的广播节目主持人。我当时的制作人,艾伦·约翰逊,提到此人制造了一尊巨大的大炮,名为幼儿巴比伦,就在与美国接壤的国境边上,在魁北克的东部城镇。那是一尊,他说,世界上最大的畲鬼的(艾伦是一个伟大的记着,他的词汇量博大精深)导弹发射器。而且指向美国。

人们认为吉拉德·布尔造的这尊导弹发射器,名为巴比伦大炮,是为萨达姆·侯赛因造的,这位伊拉克的独裁者正朝区域战争慢慢前行。

据报道,幼儿巴比伦造出来了,但不能用,那是一场失败。但吉拉德·布尔并没有因此灰心,而且在军火界,有谣言称巴比伦计划其实有两尊导弹发射器,而不是一尊。幼儿巴比伦有一个兄弟,叫大巴比伦。这尊导弹发射器的体积之大,让第一尊看上简直微不足道。而且幼儿巴比伦的所有问题都得到了解决。

大巴比伦可以投入使用。它能将导弹发射进近地轨道。西方世界非常不高兴,那样的武器不能落入一个不稳定的独裁者的手中。

在1990年代初期,吉拉德·布尔在布鲁塞尔被杀。五颗子弹射进头部——然而,和他的人生一样,他的死亡甚至也是神秘的。他的凶手一直都没有被找到,虽然谣传是摩萨德,以色列的情报机关。

布尔博士的人生、他的工作、他的死亡,在当时都算是公开的秘密,不过在某个圈子之外就鲜为人知了。随着时间的推移,越来越多的信息显露出来。

我们所住的魁北克东部城镇中,许多人记得这个男人,许多人也在寻找这尊巨大的导弹发射器。实际上,我助理丽丝的丈夫戴尔就曾开车载我们去了幼儿巴比伦的所在地,如今那里还围着栅栏,锁着铁链。

这就是这位男人的力量,至今,这一带的人们仍能娓娓道来有关他或大炮的故事。

图书在版编目（CIP）数据

野兽天性/(加) 露易丝·佩妮著；王琳淳译. -- 上海：上海文艺出版社，2019
（伽马什探长系列）
ISBN 978-7-5321-7292-4
Ⅰ.①野… Ⅱ.①露… ②王… Ⅲ.①推理小说－加拿大－现代 Ⅳ.①I711.45
中国版本图书馆CIP数据核字(2019)第255417号

THE NATURE OF THE BEAST:A CHIEF INSPECTOR GAMACHE NOVEL By LOUISE PENNY
Copyright： © THREE PINES CREATIONS,INC.2015
This editon arranged with TERESA CHRIS LITERARY AGENCY LTD
Through BIG APPLE AGENCY,INC.,LABUAN,MALAYSIA
Simplified Chinese editon copyright:
2019 SHANGHAI LITERATURE AND PUBLISHING HOUSE
All rights reserved.
著作权合同登记图字：09-2017-478号

发 行 人：陈　徵
责任编辑：朱艳华
封面设计：徐晨薇

书　　名：野兽天性
作　　者：(加) 露易丝·佩妮
译　　者：王琳淳
出　　版：上海世纪出版集团　上海文艺出版社
地　　址：上海绍兴路7号　200020
发　　行：上海文艺出版社发行中心发行
　　　　　上海市绍兴路50号　200020　www.ewen.co
印　　刷：崇明裕安印刷厂
开　　本：890×1240　1/32
印　　张：12.875
插　　页：2
字　　数：232,000
印　　次：2020年2月第1版　2020年2月第1次印刷
I S B N： 978-7-5321-7292-4/I · 5805
定　　价：55.00元
告 读 者：如发现本书有质量问题请与印刷厂质量科联系　T:021-59404766